HORROR & THRILLER
BAND 188

DEAN KOONTZ

SÜNDENLOS

Aus dem Amerikanischen von Wulf Bergner

FESTA

Die amerikanische Originalausgaben *Innocence* und *Wilderness*
erschienen 2013 im Verlag Bantam Books.

1. Auflage Juni 2024

Titelbild: Umair/99designs

ISBN 978-3-98676-144-8
eBook 978-3-98676-145-5

INHALT

WILDNIS

»Die Welt ist eine Maschine,
die endlose Überraschungen produziert
und einander überlagernde Geheimnisse.«

1

Mutter behauptete, sie könne in jedem Spiegel, den ich benutzt hatte, mein Gesicht statt ihres eigenen sehen, mein Gesicht und meine einzigartigen Augen, und den Spiegel danach nicht mehr in ihrem Haus dulden. Sie zerschlug ihn und kehrte die Splitter auf, ohne einen Blick auf sie zu wagen, weil irgendwie auf jedem – so sagte sie – mein ganzes Gesicht abgebildet war, nicht nur ein Teil davon. Sie konnte es kaum ertragen mich auch nur gelegentlich anzusehen und sah meistens an mir vorbei oder betrachtete etwas ganz anderes, wenn wir miteinander sprachen. Als sie nun mein Gesicht auf einer Vielzahl von mit Silber beschichteten gezackten Glasscherben sah, rastete sie beinahe aus.

Obwohl Mutter trank und manchmal auch Drogen nahm, glaube ich, dass sie die Wahrheit sagte, was Spiegel betraf. Sie belog mich nie und liebte mich auf ihre verquere Art. Wegen ihrer Schönheit, sagte ich mir, müsse sie mehr als andere Frauen darunter leiden, dass sie jemanden mit meinem Aussehen zur Welt gebracht hatte.

Von weiten Wäldern umgeben lebten wir in einem behaglichen Haus am Ende einer langen unbefestigten Zufahrt, Meilen von den nächsten Nachbarn entfernt. Auf irgendeine Weise, über die sie nie sprach, war sie zu allem Geld gekommen, das sie ihr Leben lang brauchen würde, dabei hatte sie sich jedoch auch Feinde gemacht, die sie aufgespürt hätten, wenn sie an einem weniger abgelegenen Ort Zuflucht gesucht hätte.

Vater war ein Romantiker gewesen, der seine Vorstellung von Liebe mehr liebte als sie. Ruhelos und davon überzeugt, das ersehnte Ideal anderswo finden zu können, hatte er uns vor meiner Geburt verlassen. Mutter nannte mich Addison, und ich trage ihren Familiennamen Goodheart.

In der Nacht meiner Geburt, der schwere Wehen vorangingen, holte eine Hebamme namens Adelaide mich in Mutters Schlafzimmer auf die Welt. Sie war eine gottesfürchtige brave Frau vom Lande, aber bei meinem Anblick hätte sie mich erstickt oder mir das Genick gebrochen, wenn es Mutter nicht gelungen wäre, ihre Pistole aus der Nachttischschublade zu holen. Vielleicht aus Furcht vor einer Anzeige wegen versuchten Mordes oder weil Angst sie dazu motivierte, dieses Haus um jeden Preis zu verlassen, versprach die Hebamme hoch und heilig, niemals von mir zu sprechen und nie wieder zurückzukommen. Was die Welt betraf, war ich eine Totgeburt gewesen.

Ich konnte nur den Spiegel in meinem kleinen Zimmer benutzen: einen Ganzkörperspiegel auf der Innenseite meiner Kleiderschranktür. Manchmal stand ich davor, um mich selbst zu begutachten, im Lauf der Jahre allerdings weniger oft. Ich konnte mein Aussehen nicht ändern oder auch nur andeutungsweise begreifen, wer ich sein könnte, und die mit Selbstbetrachtung vertane Zeit brachte mir nichts.

Als ich älter wurde, fand Mutter es zunehmend schwieriger, meine Anwesenheit zu ertragen, und ich durfte oft tagelang nicht ins Haus kommen. Sie war eine Frau mit schlimmen Erfahrungen, ebenso taff wie schön, und bis ich aufkreuzte, war sie so furchtlos gewesen, wie man nur sein konnte, ohne töricht oder leichtsinnig zu sein.

Sie verabscheute ihre Unfähigkeit, sich ganz mit meiner Gegenwart abzufinden, und dass es ihr nicht gelang, die Beklemmung zu verbergen, die sie nur mildern konnte, indem sie mich gelegentlich aus dem Haus verbannte.

Kurz nach Sonnenaufgang an einem Oktobertag, ein paar Wochen nach meinem achten Geburtstag, sagte sie: »Dies ist so unrecht, Addison, und ich verabscheue mich dafür, aber du musst aus dem Haus, sonst weiß ich nicht, was ich tue. Vielleicht nur für einen Tag, vielleicht für zwei, ich weiß es nicht, ich hänge die Fahne auf, wenn du wieder ins Haus kommen darfst. Aber im Augenblick will ich dich nicht in meiner Nähe haben!«

Als Fahne benutzte sie ein Geschirrtuch, das sie an einen Haken an einem Pfosten der Veranda hängte. Wurde ich aus dem Haus verbannt, kontrollierte ich jeden Morgen und nochmals am Spätnachmittag, ob die Flagge aufgehängt war, und war jedes Mal entzückt, wenn sie dort hing. Zumindest für mich war Einsamkeit eine schlimme Härte, auch wenn sie die Grundvoraussetzung meiner Existenz war.

Hatte ich Hausverbot – das auch für die Veranda galt –, schlief ich im Garten, wenn das Wetter warm war. Im Winter schlief ich in der baufälligen Garage auf dem Rücksitz ihres Ford Explorer oder in einem bequemen Schlafsack auf dem Betonboden. Sie stellte mir jeden Tag einen Picknickkorb mit Essen hin, sodass mir nichts fehlte außer dem, was am meisten zählt – Gesellschaft.

Bis zu meinem achten Geburtstag war ich so häufig durch den Wald gestreift, dass er ebenso mein Heim war wie das Haus. Nichts im grünen Dom von Mutter Natur fürchtete mich oder erschrak auch nur vor meinem

Anblick. Weil ich mich nicht an die Hebamme erinnern konnte, hatte ich außer Mutter nie einen Menschen gesehen, und sie hatte mir eingeschärft, eine solche Begegnung werde bestimmt mit meinem Tod enden. Aber was sich mit Flügeln oder auf vier Beinen fortbewegte, verurteilte mich nicht. Außerdem war ich für mein Alter beachtlich stark und schnell und besaß jederzeit einen intuitiven Sinn dafür, wo ich im Wald war und wie ich mich dort am besten bewegen konnte. Ich trug Trekkingstiefel und Jeans und ein Flanellhemd; in einer Tasche hatte ich ein Schweizer Armeemesser mit zahlreichen Werkzeugen. Ich war acht, aber in mancher Beziehung älter als ein Achtjähriger, ein Junge, aber doch kein Junge wie jeder andere.

Die schönsten Werke der Menschen, die ich in Fotobänden gesehen hatte, waren nicht so bezaubernd wie mein gemischter Laubwald – Eichen und Ahorne, Birken und Wildkirschen. Und es gab Erlen, den bescheidenen Baum, den selbst erfahrene Waldläufer oft nicht wahrnehmen und der so haltbar ist, dass die halbe Stadt Venedig noch heute auf Erlenpfählen steht, die dem unaufhörlichen Ansturm des Meeres jahrhundertelang widerstanden haben. Wilde Akazien, die im Sommer rot blühen. Waldlilien mit ihren riesigen weißen Blütenblättern. Und all die eleganten Farne, Lanzenschildfarn und Farnspargel, und zierlich ausgestanztes Ptilidium pulcherrimum und Straußenfarn mit seinen Wedeln wie Federbälle. Weil Mutter als Naturliebhaberin eine Bibliothek von Nachschlagewerken hatte, wusste ich die Namen aller Dinge. Ich liebte den Wald, und als ich an jenem Tag Anfang Oktober aus dem Haus verbannt wurde, flüchtete ich in die Wildnis, die in jenem Jahr in bunten Herbstfarben leuchtete.

Über eine Meile vom Haus entfernt erreichte ich einen meiner Lieblingsplätze, eine vom Wetter in Jahrtausenden gestaltete Kalksteinformation, deren sanft fließende Formen aussahen, als schmelze sie dahin. Die Formation mit etwa zwölf Metern Durchmesser wies hier und dort röhrenförmige Schlunde auf, die mit Hohlräumen in ihrem Inneren – von denen einige durch Öffnungen am Fuß der Felsmasse zugänglich waren – in Verbindung standen. Wehte der Wind stark genug aus Norden, nutzte er den Kalkfelsen als natürliches Instrument, dem er die wehmütigsten Töne entlockte.

Ich saß auf dem höchsten Punkt, gut zwei Meter über dem Waldboden, und genoss die Sonne, die in warmen goldenen Strahlen durch die überhängenden Bäume fiel. Der prangende Wald war mit so vielen Vogelstimmen angefüllt wie Farben, vor allem Winterammern und Pirole, aber die Zipfelfalter, die mich mit ihren blauen Flügeln begeistert hatten, waren wie der Sommer verschwunden. Ich trauerte dem Sommer nach, den der Herbst vor Kurzem abgelöst hatte, denn bald würde der Wald weniger einladend sein, und viele Tiere würden weniger aktiv sein oder nach Süden ziehen … oder sterben.

Als der Wolf erschien, war ich nicht überrascht, denn ich hatte schon früher einige gesehen, die sich so lautlos zwischen den Bäumen bewegten, als wären sie die Geister längst toter Wölfe. Seit Jahren waren die Wölfe in diesen Bergen von Leuten ausgerottet worden, die sie falsch verstanden und irrtümlich für eine Gefahr für Menschen hielten. Aber jetzt kehrten sie zurück, ebenso scheu wie prachtvoll.

Wölfe suchen selten Blickkontakt, denn als stark sozial geprägte Tiere wissen sie, dass ein Anstarren herausfordernd sein kann. Ihre Neigung, andere Lebewesen indirekt zu beobachten, ist fälschlich als listige Verschlagenheit gedeutet worden. Dieser, ein großes Männchen, tauchte aus einer Masse elegant gewölbter Farnwedel auf, fast als ob er inmitten grüner Schals, die ein Zauberer ausgebreitet hatte, Gestalt annehme. Er stand vor der Felsformation, auf der ich saß, starrte zu mir herauf und stellte kurz Blickkontakt her, bevor er demütig zu Boden sah.

Wir hatten keine Angst voreinander. Und wie ich in den folgenden Jahren erfahren sollte, würde ich in Gegenwart von Menschen weit gefährdeter sein als allein mit einem Wolf im Wald.

Ich stand auf und blickte auf ihn hinab. Er sah mich noch einmal direkt an, dann wieder weg. Weil ich niemanden hatte, mit dem ich hätte reden können, sprach ich ihn an. Und warum auch nicht? Das am wenigsten Seltsame an mir war vielleicht, dass ich mit Tieren sprach, wenn ich keine menschliche Gesellschaft hatte. »Was willst du?«

Er umkreiste die Felsformation, schnüffelte in die Luft, stellte die Lauscher auf und starrte in den Wald. Als er nach Osten sah, sträubte sich plötzlich sein Nackenfell. Er winselte ängstlich, klemmte den Schwanz zwischen die Beine, starrte mich an, winselte nochmals, trabte nach Westen ins Unterholz davon und war fort. Hätte er reden können, hätte er nicht deutlicher ausdrücken können, dass von Osten eine Gefahr nahte. Er schien mich eigens aufgesucht zu haben, nur um mich zu warnen.

Vergleichbares hatte ich noch nie erlebt. Außer dem, was die Natur mir im Mutterleib angetan hatte, außer dass sie mich zu einem Ausgestoßenen und zur Zielscheibe von Angst und Hass gemacht hatte, hatte sie mir nie irgendwie zugesetzt. Ich war nie von einem ihrer Lebewesen gebissen, nicht mal von einer Biene gestochen worden, hatte nie mit Gift-Efeu, allergischem Ausschlag oder auch nur einfachem Heufieber zu tun gehabt. Nachdem sie mir das Schlimmste angetan hatte, war die Natur mit der von ihr erzeugten Missgeburt vielleicht so zufrieden, dass sie das Gefühl hatte, jedes weitere Leid, selbst wenn's nur ein Mückenstich war, wäre übertrieben und würde mich irgendwie herabsetzen. Stolz darauf, was sie aus einer dunklen Laune heraus geschaffen hatte, widerstand sie der Versuchung, die Vollkommenheit meiner Unvollkommenheit zu verbessern.

Weil ich mir sicher war, dass der Wolf mich vor einer Gefahr hatte warnen wollen, war ich im Begriff, von meinem Hochsitz hinabzuklettern, als ich unter den Bäumen einen Mann entdeckte, der eine leuchtend rote Jacke trug und ein Gewehr hatte. Ich wusste sofort, dass er ein Jäger sein musste, obwohl die Jagdsaison noch nicht begonnen hatte, was bedeutete, dass er kein Mann war, der sich an Regeln hielt, was ihn vermutlich noch gefährlicher machte als andere Männer, wenn er mich zu Gesicht bekam.

Und dann entdeckte er mich aus einer Entfernung von 30 bis 40 Metern. Er rief mir freundlich etwas zu, was bedeutete, dass er mich nicht genau gesehen hatte. Bevor er sehen konnte, was er vor sich hatte, glitt ich von der amorphen Felsmasse. Ich wollte in Panik in Richtung Haus flüchten, aber dann rief er etwas, und ich glaubte, er würde durchs Unterholz brechen, um mich zu verfolgen. Das Haus war über eine Meile weit entfernt. Statt loszurennen, hastete ich geduckt um die Felsformation herum, brachte sie zwischen ihn und mich, und sobald ich eine der Öffnungen erreichte, kroch ich blitzschnell auf allen vieren hinein.

2

Für mich war dieser von Wind und Wetter geformte Fels auch ein vertrautes Labyrinth, weil ich seine beschränkte innere Architektur erforscht hatte, soweit ich in sie eindringen konnte. Der Gang war niedrig und eng und machte eine Rechtskurve, und als ich ins stockfinstere Dunkel hineinkroch, hatte ich nicht nur Angst vor dem Jäger, sondern fürchtete auch, was heute vielleicht in der Felskammer am Ende des Tunnels hauste. Bei meinen früheren Expeditionen in diese Höhlen hatte ich eine Taschenlampe gehabt, aber heute hatte ich keine mitgenommen.

Das Labyrinth bildete auch einen Rückzugsort für alle möglichen Tierarten, wenn sie einen suchten – übrigens auch für Klapperschlangen. Anfang Oktober würden Schlangen bei kühlen Temperaturen lethargisch und daher vielleicht nicht allzu gefährlich sein, aber obwohl die Kinder von Mutter Natur mich in all den Jahren verschont hatten, konnte ein Wiesel, ein Dachs oder ein anderes größeres Raubtier sich aufgeschreckt in die Enge getrieben fühlen, wenn ich hereingepoltert kam. Mit dem Gesicht voraus war ich verwundbar, also kniff ich die Augen fest zusammen, um gegen einen plötzlichen Krallenhieb gefeit zu sein.

Die unterirdische Passage führte mich um eine Ecke und in die Höhle, die bei ungefähr zwei Metern Durchmesser bis zu eineinhalb Meter hoch war. Als mich nichts angriff, öffnete ich die Augen. Ein Silberdollar aus Sonnenlicht, das durch einen der Schlunde fiel, lag in einer Ecke des Raums, und unter einem weiteren Schlund war ein etwas größerer unregelmäßiger Lichtfleck zu sehen. An diesem windlosen Tag war die Luft in der Höhle still, und ich sah erleichtert, dass ich hier allein war.

Hier drinnen wollte ich bleiben, bis ich annehmen konnte, der Jäger sei ein gutes Stück weitergewandert. Die Luft roch schwach nach Kalk und verrottendem Laub, das der Wind durch das größere Loch in der Decke hereingeblasen hatte. Hätte ich an Platzangst gelitten, hätte ich's in dieser Enge nicht ausgehalten.

In diesem Augenblick hätte ich nicht voraussagen können, dass mir schon bald nichts anderes übrig bleiben würde, als einen Weg aus diesen Bergen zu finden. Oder dass ich bei Nacht und durch mühsame Fortbewegung, bei der ich zahlreiche Anschläge auf mich überlebte, in eine Großstadt gelangen würde. Oder dass ich viele Jahre lang tief unter ihren belebten Straßen in Abwasserkanälen, U-Bahn-Tunnels und all den seltsamen Winkeln, die unter einer Metropole existieren, versteckt leben würde. Oder dass ich in einem Winter, als ich die riesige Zentralbibliothek nach Mitternacht besuchte, als sie menschenleer hätte sein sollen, im Lampenlicht bei Charles Dickens ein Mädchen kennenlernte, wodurch sich sein Leben ebenso veränderte wie meines.

Während ich im Halbdunkel zwischen den Lichtflecken kauerte, hörte ich nach einigen Minuten Geräusche. Ich fürchtete, der bisher nur in meiner Fantasie existierende Dachs könnte Realität geworden und durch den

Kriechtunnel zu mir unterwegs sein. Die langen Krallen an seinen Vorderpfoten hätten ihn zu einem gefährlichen Gegner gemacht. Aber dann merkte ich, dass die Geräusche wie der Sonnenschein von oben kamen. Stiefel auf Fels, ein Klappern und Scharren. Ein Mann hustete, dann räusperte er sich. Das klang sehr nahe.

Hätte er mich nicht nur flüchtig, sondern etwas genauer gesehen, hätte er mich jetzt aggressiv gesucht oder beschlossen, diesen Wald zu verlassen, der so seltsam war, dass er etwas wie mich beherbergen konnte. Stattdessen schien er sich zu einer kurzen Rast niedergelassen zu haben, was darauf schließen ließ, dass er mich nicht deutlich gesehen hatte.

Was ich sein könnte, wie ich als Produkt menschlicher Eltern auf die Welt gekommen sein konnte, wusste ich nicht – und würde es vielleicht nie erfahren. Vieles an der Welt ist schön, und noch viel mehr erscheint dem Auge wenigstens als hübsch, und das Hässliche besteht aus denselben Elementen wie alles andere und gehört eindeutig mit zum Gesamtbild. Tatsächlich ist eine hässliche Spinne bei näherer Betrachtung auf ihre Weise ein komplexes Kunstwerk, das Respekt oder sogar Bewunderung verdient, und der Geier hat seine glänzend schwarzen Federn und die Giftschlange ihre Schuppen wie Pailletten.

Etwas schien anzudeuten, dass ich der Welt vielleicht doch einen Hauch von Schönheit würde darbieten können: das Wesen meines Herzens, das frei von Bitterkeit und Zorn blieb. Ich fürchtete, aber ich hasste nicht. Ich kannte Angst, aber ich verdammte nicht. Ich liebte und wünschte mir, geliebt zu werden. Und obwohl mein Leben eingeschränkt gewesen war, obwohl meine Erfahrung auf mir drohende Gefahren begrenzt war, war ich meistens glücklich. Auf dieser Welt, auf der Sorge und Elend allgemein waren, wo die Zivilisation manchmal in Gefahr zu sein schien, in Dunkelheit zu versinken, war die Fähigkeit, Glück und Hoffnung zu empfinden, vielleicht eine Art Schönheit, ein willkommenes kleines Licht im Dunkel.

In der dunklen Höhle kauernd dachte ich über den Jäger nach, der durch kaum mehr als einen Meter Fels von mir getrennt war. Sein Leben war für mich unvorstellbar, viel rätselhafter als das eines Löwen in der Savanne oder eines Eisbären in der Arktis. Die kleine Lichtung, auf der unser Haus stand, war so weit von dem nächsten Nachbarn entfernt, so abgelegen, dass sich bisher noch kein Jäger bis zu uns verirrt hatte. Mir kam es unwahrscheinlich vor, dass dieser Mann einen Hirsch erlegen und ihn dann meilenweit zu seinem Auto schleppen oder schleifen wollte. Mir fiel eine beunruhigende Möglichkeit ein. Vielleicht jagte er um des Tötens willen und hatte keine Verwendung für Wildfleisch. Erlegte er einen Hirsch, nahm er vielleicht nur das Geweih mit, war es eine Hirschkuh, genügten Lauscher und Schwanz. Oder vielleicht tötete er und nahm nichts mit außer der Erinnerung an einen Blattschuss. War das der Fall, schien ich mich erstmals im Leben in der Nähe des wahrhaft Bösen zu befinden.

Ich erkannte den Geruch seiner Zigarette, weil Mutter süchtig nach ihren Marlboros war. Im nächsten Augenblick wirbelte ein schwacher Luftzug Rauchfäden durch den größeren der beiden Schlunde nach unten, als säße der Jäger neben ihm. Die blassen Fäden drehten und wanden sich wie die Geister von Toten, die einen Weg ins Reich der Lebenden zurück suchten. Er pfiff eine Melodie,

die ich nicht kannte, und machte ab und zu eine Pause, um wieder an seiner Zigarette zu ziehen.

Außer Mutter war er der erste Mensch, den ich bewusst gesehen hatte. Ich hockte fasziniert im Dunkeln: ängstlich, aber neugierig, nicht anders als ein Astronaut, der auf einem anderen Planeten erstmals Außerirdischen begegnet. Sein manchmal unterbrochenes Pfeifen, sein gelegentliches Räuspern, ein paar gemurmelte Wörter, die Geräusche, wenn er seine Sitzposition wechselte – dies alles machte mich umso ungeduldiger, noch einen Blick auf den Mann zu erhaschen, wenigstens ein kleines Stück seiner Hand oder seiner roten Jacke zu sehen, denn obwohl er nur ein Mensch war, erschien er mir wie eine magische Gestalt. Im Lauf der Zeit gelangte ich zu der Überzeugung, er sitze so dicht neben dem Schlund, dass irgendetwas von ihm sichtbar sein würde, selbst wenn es nur ein Schuh war.

Ich schob mich lautlos unter die größere Röhre, starrte nach oben ins Licht und wurde durch den Anblick seiner Hand kaum einen Meter über mir belohnt. Sie lag mit der Zigarette zwischen zwei Fingern auf dem Fels neben dem Schlund. Die Hand war groß und schwielig; sie ließ vermuten, ihr Besitzer sei kräftig, und auf ihrem Rücken leuchteten rotblonde Haare wie dünner Kupferdraht.

Die vom Luftzug mitgerissenen Rauchfäden waberten über mein Gesicht, aber ich fürchtete nicht, husten oder niesen zu müssen. Ich hatte langjährige Erfahrung mit Mutters Rauchen, wenn wir lesend im Wohnzimmer saßen, sie mit ihrem Buch, ich mit meinem. Seit dem sechsten Lebensjahr las ich auf dem Niveau eines Erwachsenen, und Bücher waren eine Leidenschaft, die wir teilten. Ihr

Rücken blieb mir fast ständig zugewandt, damit sie sich den Anblick meines Gesichts ersparen konnte, der sie in Verzweiflung stürzen und roten Zorn auslösen konnte, der unendlich schlimmer als ihre gelegentlichen Depressionen war. Aber die eleganten Rauchfäden fanden irgendwie mein Gesicht und tasteten es ab, als hinterfragten sie die Realität meiner Züge.

Auf dem Fels über mir veränderte der Jäger seine Sitzhaltung. Seine Hand verschwand, aber wie er jetzt dasaß und eine Melodie summte, statt sie zu pfeifen, konnte ich einen Teil seines Gesichts in einem so steilen Winkel sehen, dass es den Präsidenten am Mount Rushmore glich: das energische Kinn, einen Mundwinkel, seine Nasenspitze. Ein Teil der Zigarette erschien, aber nicht die Hand, die sie hielt, und er inhalierte und blies einen Rauchring, der mich erstaunte. Der bläuliche Ring hing einen Augenblick zitternd in der Luft, als würde er ewig so bleiben, aber dann löste der leise Luftzug ihn auf, sog ihn in den Schlund und verteilte ihn auf meinem emporgewandten Gesicht.

Er blies einen weiteren Rauchring. Dieses zweite Mal verriet Absicht, was die Wiederholung umso reizvoller machte. Obwohl dieser Trick mich bezauberte, bin ich mir ziemlich sicher, dass ich keinen Laut von mir gab.

Aber trotzdem bewegte er plötzlich den Kopf, um nach unten zu sehen, und weil er die Sonne nicht blockierte, sah er einen Meter unter sich mein Auge, eines meiner einzigartigen Augen, das ihn durch die Röhre beobachtete. Seine Augen waren blau, und das auf mich gerichtete ließ nach dem ersten Schock solch wilde Bösartigkeit, solchen Hass und solches Entsetzen erkennen, dass ich wusste – falls ich je daran gezweifelt hatte –, dass Mutters Geschichte von der Hebamme wahr sein musste.

Am ganzen Leib zitternd und verängstigt wie nie zuvor wich ich aus dem Licht ins Dunkel zurück, presste meinen Rücken an die Höhlenwand und war dankbar dafür, dass der Kriechtunnel in mein Versteck für ihn viel zu klein war.

Der Knall seines Gewehrs hallte durch den Schlund und echote so unerwartet durch die Höhle, dass ich überrascht und erschrocken aufschrie. Ich hörte das Geschoss als Querschläger von den Wänden abprallen – *ping, ping, ping* – und wusste, dass ich hier unten sterben würde, aber es verbrauchte seine Energie, ohne mich zu finden. Der Jäger schob den Gewehrlauf tiefer in den Schlund und drückte erneut ab, und meine Ohren summten von dem Schussknall und zersplitterndem Fels und dem Surren des Querschlägers.

3

Erneut verschont wusste ich, dass ich nicht ewig unbeschadet davonkommen würde. Auf allen vieren durchs Dunkel kriechend fand ich den Weg ins Freie. Seit ich ihn vorhin benutzt hatte, schien der unterirdische Gang viel kleiner geworden zu sein, und der Fels drückte mich erbarmungslos nieder, als sollte ich zwischen zwei Schichten eingeschlossen und versteinert werden, um Archäologen viele Jahrtausende später Rätsel aufzugeben.

Obwohl ich von den beiden Schussknallen halb taub war, hörte ich den verängstigten Jäger über mir herumschreien. Seine Stimme erreichte mich durch die Schlunde, durch die an anderen Tagen der Wind heulte. Sie klang wütend und ängstlich zugleich.

Wieder fiel ein Schuss, aber sein Knall war gedämpfter und schien aus anderer Richtung als zuvor zu kommen. Vibrationen pflanzten sich in dem Fels fort, durch den ich mich schlängelte. Dann noch ein Schuss und noch einer.

Mir wurde klar, was er tat. Er war von der Felsformation geklettert und war dabei, um sie herumzugehen und das Loch zu suchen, das in die Höhle führte, aus der ich zu ihm aufgeblickt hatte. Es gab nur fünf, die einen Jungen von meiner Größe aufnehmen konnten, nur drei davon führten etwas weiter in den Fels hinein, nur eins führte zu einer Höhle, die groß genug war, um als Versteck dienen zu können. Schoss er blindlings in eines dieser Löcher, riskierte er, durch einen Querschläger verletzt zu werden, aber meine Intuition sagte mir, dass ich nicht darauf hoffen durfte, auf diese Weise gerettet zu werden.

Auf allen vieren weiterhastend umrundete ich die Biegung und sah kostbares Tageslicht vor mir. Ich hätte fast gezögert, aber meine einzige Hoffnung lag darin, ins Freie zu gelangen, bevor er auftauchte und zu schießen begann. Als ich mich aus dem Tunnel schob, erwartete ich einen Tritt ins Gesicht oder eine Kugel in den Kopf, aber sein nächster Schuss fiel auf der anderen Seite der Felsformation.

Ich richtete mich in die Hocke auf und überlegte, welche Möglichkeiten ich hatte. Ich befand mich auf der Westseite des Felsens, sodass ich sehen konnte, wo der Wolf im Unterholz verschwunden war. Aber in dieser Richtung lag auch unser Haus, und es wäre gefährlich gewesen, den Jäger dorthin zu locken. Im Norden bot ein Wildwechsel einen schmalen, aber deutlich erkennbaren Weg in einen höhergelegenen Wald. Gelang es mir, ihn zu erreichen und auf diese Weise zu verschwinden, bevor er den Felsen umrundete, war ich vielleicht außer Gefahr.

Als ich auf diese beste Fluchtmöglichkeit zurannte, hörte ich ihn wie einen biblischen Rächer schreien, der wegen eines eklatanten Verstoßes gegen alles, was gut und anständig ist, empört ist – »Scheusal!« –, und wusste, dass er mich gesehen hatte. Das Gewehr knallte und die Kugel riss dicht neben meinem Kopf ein Stück Holz aus einem Baumstamm. Über die Kraft meines hämmernden Herzens fast erschrocken rannte ich angestrengt keuchend weiter, wie ich noch nie gerannt war, und folgte dem mit Sonnenflecken gesprenkelten Wildwechsel, der größtenteils im Schatten lag.

Diesen Teil der Wildnis kannte ich besser als mein Verfolger. Schaffte ich es nur eine Minute länger, keinen Schuss in den Rücken zu bekommen, würde ich ihn vielleicht abschütteln können. Dieser Wald war fast ein Urwald, und obwohl der Mann längere Beine hatte und alle Feuerkraft besaß, konnte jemand, der nicht meinen speziellen intuitiven Orientierungssinn besaß, sich hier sehr leicht hoffnungslos verirren.

Als ich die erste Biegung des Wildwechsels erreichte, ohne einen weiteren Schuss zu hören, nahm ich an, er rannte weiter hinter mir her. Ich sah mich nicht um, sondern strengte mich umso mehr an.

Rotwild wählt den Weg des geringsten Widerstands, und weil sein Zeitgefühl das Leben statt in Stunden und Minuten in vier Jahreszeiten einteilt, lebt es ohne Zeitdruck. Deshalb mäandern seine aus Hufspuren entstandenen Trampelpfade und verzweigen sich gelegentlich. Ich nahm die erste Abzweigung, und als der Pfad sich nochmals teilte, nahm ich den neuen, weil ich hoffte, der Jäger würde irgendwo die falsche Richtung nehmen. Durch diese Taktik überschritt ich einen Hügelrücken, stieg in ein weites, nicht sehr tiefes Tal ab und erkletterte am Gegenhang einen felsigen Grat. Als ich dort haltmachte, um mich umzusehen, konnte ich niemanden entdecken.

Ich setzte mich auf einen Felsblock, um wieder zu Atem zu kommen, und sah den Wald unter mir in Flammen stehen, die ihn nicht verzehrten, jeder Baum eine rote, orangerote oder gelbe Fackel wie auf einem Riesengemälde eines Impressionisten, den dieser gewaltige Überfluss inspiriert und begeistert hatte.

Unterdessen begriff ich, weshalb er mich nicht auf dem ersten ansteigenden Wegstück in den Rücken geschossen hatte – weil er danebengeschossen hatte und erst nachladen musste, was mir die Minute verschafft hatte, die ich brauchte, um ihn abzuhängen. Nachdem ich die Strecke von der Felsformation bis zu diesem Grat wie eine Laborratte auf verschlungenen Wegen zurückgelegt hatte, war ich mir ziemlich sicher, dass er bei dem Versuch, mir zu folgen, mehrmals falsch abbiegen würde.

Sobald ich wieder zu Atem gekommen war, brauchte ich auf dem Heimweg nur so weit auszuholen, dass ich nicht riskierte, ihm über den Weg zu laufen, während er mich weiterhin suchte. Zumindest glaubte ich das. Die wilde Bösartigkeit seiner Reaktion hatte Mutters Warnungen bestätigt, aber ich begriff noch nicht, wie heftig die Abscheu war, die ich ausgelöst hatte, oder wie unerbittlich er sein Ziel, mich zu töten, verfolgen würde.

Als ich dasaß und auf die dichten Reihen der Bäume in ihrem Festgewand hinabsah, wurde mir bewusst, dass ich den Jäger – falls er im Wald aufstieg – vielleicht erst entdecken würde, wenn er schon dicht herangekommen war. In dieser Farbenpracht definierten die vielen Ahornbäume mit rotem Laub seine rote Jägerjacke als eine Art Tarnung.

Gleichzeitig mit dem Schussknall überschütteten mich Steinsplitter des von einer Kugel getroffenen Felsblocks. Ich ließ mich rückwärts über den schmalen Grat fallen, rollte hangabwärts, kroch ein kurzes Stück auf allen vieren, rappelte mich auf und stürmte durch schwankendes hohes Federgras davon, weil es hier keinen Wildwechsel gab. Ich schaffte es bis zu den Bäumen, in deren Schatten Farne wuchsen, und brach durchs Unterholz. Der Jäger war offenbar ein erfahrener Fährtenleser, und ich hinterließ eine Spur aus geknickter oder niedergetrampelter Vegetation, der jeder Amateur hätte folgen können.

4

Aus dem Unterholz heraus, wieder auf einem Wildwechsel, trabte ich durch einen mit einer Million Amaranthen geschmückten Wald und umging die Stellen, wo das abgefallene Laub feucht war. Ich vertraute nicht mehr darauf, dass häufige Abzweigungen meinen Verfolger täuschen würden, sondern suchte die kürzeste Route durch die nächste Senke.

Bei früheren Ausflügen war ich nie weiter als bis hierher gekommen, aber ich wusste, dass sich durch diese Senke ein Bach windet, der mir vielleicht eine Chance verschaffen konnte, den Jäger aufzuhalten oder ganz irrezuleiten. Ich brach durch plötzlich üppig wachsende farbige Farne mit purpurrot angehauchten graugrünen Wedeln und erreichte einen träge fließenden seichten Wasserlauf.

Auf ihren Trips in die Kleinstadt kaufte Mutter mir Kleidung und immer die besten wasserdichten Trekkingstiefel, wenn ich aus dem vorigen Paar herausgewachsen war. Obwohl ich sie nie so kühn auf die Probe gestellt hatte, watete ich in das ungefähr zehn Zentimeter tiefe Wasser und stapfte stromaufwärts. Nachdem ich ungefähr 20 Meter weit geplatscht war, sah ich mich um. Durch das klare Quellwasser waren meine Spuren im feinen Sand des Bachbetts deutlich zu sehen. Das Wasser floss so langsam, dass es Stunden brauchen würde, um meine Spuren zu verwischen, aber mein Verfolger war nur wenige Minuten hinter mir.

Ich hastete erschrocken weiter und erreichte einen Abschnitt des Bachlaufs, dessen Boden mit glatten Kieseln bedeckt war, auf denen meine Stiefel keine sichtbaren Abdrücke hinterließen. Am Ufer gab es hier und da felsige Stellen, wo ich den Bach ohne Fußabdrücke verlassen konnte. Ich nutzte die dritte Gelegenheit, verschwand unter den Bäumen und nahm den Gegenhang in Angriff.

Damit wagte ich mich auf neues Gebiet vor, wusste nicht, was mich erwartete, und hatte große Angst. Während des Aufstiegs sagte ich mir, ich sei nicht erst acht, sondern schon fast neun Jahre alt, noch ein Junge, gewiss, aber kein gewöhnlicher Junge, sondern stärker und schneller, als es meinem Alter entsprach. Und ich konnte schon auf dem Niveau eines 16-Jährigen lesen, was mich in diesem Fall nicht retten würde, aber immerhin suggerierte, dass meine Chancen, den Jäger zu überlisten, weit größer waren als die anderer Jungen in meinem Alter.

Und vielleicht ließ meine Erscheinung sich zu meinem Vorteil nutzen. Der Jäger hatte seine Abscheu ausgedrückt – »Scheusal!« –, aber ich hatte in dem blauen Auge, das mich durch den Schlund im Kalkstein betrachtete, auch Entsetzen gesehen. Vielleicht würde seine Angst irgendwann so übermächtig werden, dass er umkehrte.

Als ich den bewaldeten Hang hinauflief, verloren die herbstlichen Bäume etwas von ihrer bunten Farbenpracht, während die Sonnenkringel auf dem Waldboden verschwanden. Ich sah durchs Geäst hoch zum Himmel und stellte fest, dass aus Osten aufgezogene graue Wolken die Morgensonne verdeckten. Auch das konnte zu meinem Vorteil sein, denn für den Jäger wurde es bestimmt schwieriger, meiner Fährte zu folgen, wenn der Waldboden im Schatten lag.

Der Wald endete kurz nach dem nächsten Hügelrücken. Vor mir lag eine große Viehweide, an deren rückwärtigem Rand mehrere baufällige Gebäude standen: ein altes ebenerdiges Wohnhaus mit längst abgeblätterter Farbe und eingeworfenen Fenstern, daneben ein ehemaliger Stall, dessen Dachfirst wie das Rückgrat eines Pferdes mit Senkrücken durchhing. Einige wenige Pfosten des alten Weidezauns standen noch, aber die meisten waren im Lauf der Jahre in das kniehohe weizengelbe Gras gesunken, durch das leichte Wellen liefen, als würde Seegras von tiefen Meeresströmungen bewegt. Mein Weg durchs Gras hätte sich so deutlich abgezeichnet, als hätte ich ihn mit einer Sprühdose Day-Glo markiert.

Im Wald bleibend umging ich die Weide, schlängelte mich so rasch wie möglich zwischen den Bäumen hindurch und war mir bewusst, dass der Jäger jeden Augenblick auftauchen konnte. Meine Absicht war, in einem weiten Halbkreis zu dem Waldrand hinter dem Haus zu gelangen. Als ich dort ankam, entdeckte ich jedoch, dass das hohe Gras irgendeiner Binsenart gewichen war, was darauf schließen ließ, dass die Fläche hinter dem Haus einmal viel feuchter gewesen, aber später ausgetrocknet war. Auf dieser Oberfläche, die an eine japanische Reisstrohmatte erinnerte, würde ich vermutlich keine Spuren hinterlassen. Weil meine Kräfte schwanden und ich nicht wusste, wie lange ich noch durch den hügeligen Wald würde flüchten können, stapfte ich einem Impuls folgend zu dem baufälligen Haus hinüber.

Die abgetretenen Stufen der Verandatreppe protestierten knarrend, und ein halbes Dutzend Rauchschwalben verließ fluchtartig seine Lehmnester unter dem Dachüberhang und ließ sich vorübergehend auf dem First des rostigen Blechdachs nieder. Eine Hintertür gab es nicht mehr. Ich trat ins Halbdunkel ein, weil ich hoffte, dort ein gutes Versteck finden zu können.

Auch neu gebaut, frisch gestrichen und von jemandem bewohnt war das Haus bescheiden gewesen. Nach langem Leerstand ächzte und knarrte es bei jedem meiner Schritte, und selbst wenn es nicht über mir einstürzte, konnte es dem Jäger meine Position verraten, wenn ich auch nur von einem Fuß auf den anderen trat.

Vorn im Wohnzimmer fiel das graue Licht des sich eintrübenden Tages aschfahl durch die glaslosen Fenster und eine weitere Öffnung, die früher durch die Haustür verschlossen gewesen war. Dort wäre ich beinahe in ein Loch getreten, weil ein breites Fußbodenbrett unmittelbar vor der Tür fehlte. Vermutlich weil die Weide früher oft überflutet gewesen war, stand das Haus auf Pfählen über einem umschlossenen Kriechraum von nicht mal einem halben Meter Höhe.

Das Haus bot weniger Verstecke, als ich gehofft hatte, und ich wollte schon den Rückzug antreten, als ich im Schatten am Waldrand den Jäger entdeckte, der auf meiner Fährte zur Rückseite des Hauses unterwegs war. Mir blieb nichts anderes übrig, als mich hier zu verstecken, und meine einzige Option war der Kriechraum.

Weil sie locker waren, knarrten manche der 30 Zentimeter breiten Dielen lauter als andere. Die Nägel, mit denen sie fixiert gewesen waren, waren weggerostet. Ich hob erst eins, dann ein zweites Fußbodenbrett an der Wohnzimmerrückwand auf und zwängte mich durch die Tragebalken ins Reich von Spinnen, Tausendfüßlern und dergleichen. Die erste Planke ließ sich ohne große Mühe wieder an ihren Platz ziehen. Bei der zweiten war es schwieriger, sie durch den schmalen Schlitz zurechtzurücken, aber zuletzt lag sie doch wieder an ihrem Platz. Als ich mich in der Dunkelheit ausstreckte, kam mir plötzlich der Gedanke, eben meinen eigenen Sarg gebaut zu haben.

5

Eine Wildnis kann ein weites Wald- oder Dschungelgebiet ohne irgendwelche menschlichen Artefakte sein. Oder eine Wüste, die so trocken ist, dass dort nicht einmal Kakteen gedeihen. Oder ein Kontinent aus Schnee und Eis. Ein Kriechraum unter einem kleinen Haus war nicht groß genug, um eine Wildnis zu sein, aber ich fand ihn so abweisend und trostlos wie die Antarktis.

Durch die Lücke, wo an der Haustür ein Fußbodenbrett fehlte, fiel nur trübes graues Licht herein, und als ich den Kopf zur Seite drehte, um zwischen den Tragbalken zu ihm hinüberzusehen, schien der blasse Lichtschein einen

Kokon in Menschengröße zu bilden. Ich wusste, dass es nichts dergleichen geben konnte, aber als ich die Augen zusammenkniff, um besser sehen zu können, konnte ich die Spinnfäden erkennen, die wie kreuz und quer verwoben ein dichtes Gewebe aus Seidenfäden zu bilden schienen, und in diesem schwach leuchtenden, fast durchsichtigen Kokon lag ein Schattenwesen, das seine Metamorphose abschloss und seiner Geburt entgegenschlief. Auch die Fantasie kann eine Art Wildnis sein, sogar ein Ödland, wenn man ihr gestattet, einen von einem unwirtlichen, grotesken Ort zum nächsten mitzunehmen, denn man kann sich in alle möglichen paranoiden Sinnestäuschungen bis hin zum Wahnsinn hineinfantasieren.

Ich wandte mich von dem Lichtstreifen ab und starrte die ungehobelte Planke eine Handbreit über meinem Gesicht an, obwohl ich sie in der Düsternis kaum sehen konnte. Ich wartete und hoffte, der Jäger würde die beiden verlassenen Gebäude zu klein und offensichtlich finden, um mir als Versteck zu dienen.

Auf der Rückseite des Hauses knarrte ein Brett, als er die Veranda betrat. Er bewegte sich vorsichtig, um keinen Lärm zu machen, wurde aber immer wieder durch morsches und verwittertes Holz verraten. Als er das Wohnzimmer betrat, ächzten die Dielen, statt nur zu knarren – ein weiterer Beweis dafür, dass er ein großer, schwerer Mann war –, und die losen Bretter klapperten auf den Tragbalken.

Etwa in der Mitte des Raums machte er halt und blieb bewegungslos stehen. Weil er nicht mal sein Gewicht von einem Fuß auf den anderen verlagerte, war die Stille absolut. Ich rechnete mir aus, dass er nach mir horchte, und atmete nur flach und mit offenem Mund, und die feuchte Luft schmeckte nach Moder und Holzfäule, und ich hätte am liebsten gewürgt, was ich aber nicht tat.

Nach einer Minute überraschte er mich zweifach: indem er sprach und durch das, was er sagte. »Mit 15 hab ich schon Meth und PCB und härteren Stoff auf der Straße verkauft, hab den Scheiß für einen schlimmen Hundesohn namens Delehanty vertickt. Damals hat's Revierkämpfe gegeben, in diesem Geschäft gibt's immer Revierkämpfe. Diese beiden Kerle lauern mir in einem Hinterhof auf, wollen mich zusammenschlagen und mir den Stoff abnehmen, um Delehanty eine Botschaft zu schicken. Ich lege sie beide um. Ich lege sie um, schneide ihnen die Ohren ab, bringe sie Delehanty. Er hat mich befördert. Die Morde haben mir nichts ausgemacht, außer dass ich ihretwegen in der Organisation aufgestiegen bin und viel besser gelebt habe.«

Dies war kein Selbstgespräch. Was er sagte, war für mich bestimmt; er wusste, dass ich in der Nähe versteckt war, und weil es kein anderes mögliches Versteck gab, nahm er an, ich sei unter dem Fußboden versteckt.

Meines Wissens boten nur lose Fußbodenbretter einen Ausweg aus dem Gefängnis, in das ich mich freiwillig begeben hatte. Falls es irgendwo eine ins Freie hinausführende Klappe oder Schiebetür gab, würde ich sie im Dunkeln niemals finden, weil die Tragbalken mir die Sicht versperrten. Und der Kriechraum war so niedrig, dass selbst ein Junge wie ich sich darin nicht auf allen vieren bewegen konnte, sodass ich auf dem Bauch liegend hätte robben müssen. An ein Entkommen war jedenfalls nicht zu denken, denn sobald der Jäger hörte, wie ich mich bewegte, konnte er sich über mich stellen, durch den Fußboden schießen und mich tödlich treffen.

»Ich hab lange aufgehört, die Leute zu zählen, die ich umgelegt hab«, sagte er. »Manche sollte ich abmurksen, bei anderen ist vorgeschlagen worden, ich könnte sie aus Prinzip kaltmachen wollen, wieder andere hab ich auf eigene Rechnung gekillt. So oder so geht's immer um Geld. Man nimmt es anderen ab oder stellt sicher, dass es einem nicht abgenommen wird. Ich versuche gar nicht, das zu rechtfertigen. Das ist nicht nötig. Ich hab die Welt nicht so gemacht, wie sie ist. Sie ist brutal, und man tut, was nötig ist, um zurechtzukommen.«

Auch während er sprach, bewegte er sich nicht im Geringsten, was mich vermuten ließ, dass er horchte, selbst während er redete. Und wenn er zwischen einzelnen Sätzen seines Monologs eine Pause machte, schien er umso aufmerksamer auf das kleinste verräterische Geräusch zu horchen. Ich fragte mich, weshalb er nicht einfach durch den Raum ging und willkürlich durch den Fußboden schoss, bis meine Schreie ihm zeigten, dass er getroffen hatte.

»Einmal hab ich ein Paar in den Siebzigern umgelegt. Das war in Florida, ich mache dort Urlaub, aber ich mache niemals Urlaub, wenn ich eine Gelegenheit sehe. Sie fahren diesen Cadillac, einen echten Straßenkreuzer, und sie ist mit teurem Schmuck behängt. Ich sehe sie in einem Restaurant und weiß, dass bei diesen beiden was zu holen ist. Manchmal muss man seinem Instinkt folgen. Also gehe ich vor ihnen und fahre ihnen dann nach, und sie haben diese protzige Strandvilla, aber es ist noch hell, und ich brauche Dunkelheit.«

An meinem modrigen, übel riechenden Zufluchtsort setzte sich eine Spinne oder ein Insekt auf meine Stirn und verharrte dort einen Augenblick zitternd, als spürte es Gefahr. Aber dann begann es, seine Umgebung zu erforschen, und kroch über meine Stirn zur linken Schläfe.

»Also komme ich abends zurück und rechne mir aus, dass ich einfach an der Haustür klingeln und sie irgendwie beschwatzen werde, mich einzulassen. Du würdest staunen, welchen Blödsinn durchschnittliche Trottel glauben, glauben *wollen,* selbst wenn ihn ein völlig Fremder an ihrer Haustür erzählt. Aber das Gartentor ist unversperrt, also gehe ich nach hinten ums Haus, nur um mich umzusehen. Und da sind sie, sitzen nur bei Kerzenschein auf der Veranda, beobachten die Lichter auf dem Wasser und trinken Martinis. Meine Kanone hat einen Schalldämpfer, also hört niemand was, als ich ihn in seinem Liegestuhl erschieße. Bevor die Alte ein Wort rausbringt, schlage ich ihr die Pistole über den Kopf und schleife sie durch die Schiebetür ins Haus.«

Während die Spinne meine linke Schläfe und dann die Wange erforschte, wurde mir klar, dass der Jäger nicht mehr viel Munition haben konnte. Besaß er nur noch wenige Patronen, konnte er mich nicht auf einfachste Weise aufspüren, indem er durch den Fußboden schoss. Er musste mich durch seine Mordgeschichten aus der Fassung bringen und mich nervös machen, bis ich mich unabsichtlich verriet. Dabei schien die Spinne ihm helfen zu wollen, denn sie krabbelte jetzt zum linken Winkel meines offenen Mundes, durch den ich lautlos atmete. Als ich die Lippen zusammenpresste, kroch sie zum Kinn weiter.

»Die Alte und ich sind Zimmer für Zimmer durchs Haus gegangen, damit sie mir zeigen konnte, wo ihr bestes Zeug versteckt war. Sie hat behauptet, arm zu sein, und ich hab sie ziemlich zugerichtet, um sie zum Reden zu bringen. Das hat spaßig geendet, aber der Witz ist auf meine Kosten gegangen. Ihr Schmuck war nur Tand, die Antiquitäten waren miese Kopien, weil sie seit dem letzten Börsenkrach abgebrannt waren und bloß noch eine kümmerliche Pension und diese Scheißvilla hatten, in der sie weiterhin wohnen durften, weil sie sie gegen Leibrente verkauft hatten. Also lege ich die beiden um und vergeude einen Abend meines Urlaubs für lausige 612 Dollar in bar und einen gläsernen Briefbeschwerer vom Schreibtisch des Alten, der mir irgendwie gefallen hat, obwohl ich jetzt nicht mal mehr weiß, wo er zum Teufel hingekommen ist.«

Während die Spinne meine rechte Wange hinaufkroch, als wäre sie entschlossen, mein Gesicht zu umrunden, horchte ich auf das Schweigen des Jägers, der geduldig nach *mir* horchte. Der achtbeinige Forscher machte einen Umweg über meine Nase, und ich fürchtete schon, er würde sich für ein Nasenloch interessieren, was nicht auszuhalten gewesen wäre. Aber als die Stille andauerte, bewegte die Spinne sich auf mein rechtes Auge zu, als hielte sie meine Wimpern versehentlich für eine Artgenossin.

Als ich das Geräusch von Schritten und knarrendem Holz hörte, glaubte ich zunächst, der Jäger wäre in Bewegung, weil ich mich verraten hatte. Aber dann sagte ein anderer Mann »Oh, hey«, und mein Verfolger schien sich von der Stimme überrascht herumzuwerfen. Er schoss sofort, drückte dreimal ab. Der Schrei dauerte nur einen

Augenblick, war aber trotz seiner Kürze grässlich. Eine schwere Masse ging zu Boden und ließ die Dielen erzittern.

»Scheiße, wer *bist* du?«, fragte der Jäger, und ich erriet, dass er mit dem Mann sprach, den er erschossen hatte. Verwünschungen quollen aus ihm hervor, ein Strom von Obszönitäten, der in meinen Ohren wie das panikartige Fluchen eines verängstigten Mannes klang.

Als die Spinne zu meinem Ohr krabbelte, wagte ich es, eine Hand ans Gesicht zu heben, um ihr eine andere Möglichkeit anzubieten. Mein langbeiniger Besucher schrak nicht zurück, sondern glitt zitternd von einer Fingerspitze zur nächsten und zuletzt auf meine Handfläche.

»Wo immer du bist«, sagte der Jäger, der nun mich ansprach, »ich erledige dich, ich bring dich um, ich komme zurück und mach Hackfleisch aus dir.«

Seine flüchtigen Blicke, die mich gestreift hatten, hatten Wut und Hass, auch Gewalttätigkeit provoziert, ihm aber offenbar auch den Mut geraubt, mir ohne reichlich Munition gegenüberzutreten. Er flüchtete aus dem baufälligen Haus, seine Schritte polterten über den Fußboden und das Holz ächzte unter seinem stampfenden Gewicht. Anscheinend stolperte er, und ich war mir sicher, dass er gegen eine Wand gerannt war, weil das ganze Haus erzitterte und er wie ein verängstigtes Kind schrie. Mit einem weiteren Fluch rappelte er sich wieder auf, fand die Haustür und stürmte hinaus.

In der nun folgenden Stille ließ ich meine Hand auf den aus festgestampfter Erde bestehenden Boden des Kriechraums sinken. Nach kurzem Interesse für meinen Daumen fand die Spinne mich langweilig und krabbelte in die Dunkelheit davon.

6

Weil ich nicht risikofreudig bin, blieb ich vorerst auf dem Rücken in dem Kriechraum liegen, horchte, wartete, dachte nach.

An jenem lange zurückliegenden Tag, als ich erst acht war, gelangte ich noch nicht zu dieser Einsicht, aber im Lauf der Zeit erkannte ich, dass von den vielen Wildnisarten das menschliche Herz die schwärzeste und feindseligste sein kann. Viele Herzen enthalten große Schönheit und nur ein Quäntchen Dunkelheit. In vielen anderen Herzen erhellt Schönheit nur abgelegene Winkel, während allgemein Dunkelheit herrscht. Es gibt welche ganz ohne Dunkelheit, die aber selten sind. Und andere haben alles Licht aus ihrem Inneren verbannt und dafür eine große Leere eingelassen; diese Art ist überall anzutreffen, aber oft schwierig zu erkennen, weil sie listig ist.

In den Jahren nachdem ich dem Jäger entkommen war, sollte ich den Besten und Schlimmsten der Menschheit begegnen. An Tagen mit großen Gefahren, aber auch Tagen des Triumphs, über Jahre hinweg, die mit viel Kummer gesalzen, aber auch durch Freuden versüßt waren. Mein Leben sollte durch das Entsetzen und den wilden Zorn beschränkt sein, die mein Aussehen hervorrief, aber ich würde Frieden ebenso wie Angst, Zärtlichkeit ebenso wie Brutalität, sogar Liebe in Zeiten der Grausamkeit erleben. Ich will nicht behaupten, mein Leben hätte sich in einer Welt voller Seltsamkeiten als das eigenartigste erwiesen, aber ich hatte nie Grund, darüber zu klagen, mein Leben sei gewöhnlich.

Als ich schließlich davon überzeugt war, der Jäger sei verschwunden, hob ich die beiden losen Bretter an und stemmte mich aus dem Kriechraum. Ich klopfte meine Kleidung ab und fuhr mir mit beiden Händen übers Gesicht, um die Spinnweben zu entfernen, die in meiner Einbildung an meinen Zügen hafteten.

Ich sah den Leichnam auf der Schwelle der Haustür liegen – in einer Blutlache, die in dem schwachen Licht eher schwarz als rot war. Obwohl ich den Toten lieber meiden und durch die Hintertür verschwinden wollte, fühlte ich mich dazu verpflichtet, ihm ins Gesicht zu sehen, um Zeugnis ablegen zu können.

Offenbar war er ein Wanderer gewesen, der die Natur und die Berge liebte. Er war entsprechend gekleidet und hatte einen großen Rucksack getragen. Er schien Ende 20 zu sein: ein Mann mit lockigem Haar und gepflegtem Bart. Seine Augen standen weit offen, aber so grotesk ich auch aussah, einen Toten konnte ich nicht erschrecken.

In meinen acht Jahren hatte ich nur zwei lebendige Menschen gesehen, und dies war der erste Tote, den ich sah. Er hatte sich nicht willentlich für mich geopfert, aber das Schicksal hatte mich verschont, indem es ihn dahingerafft hatte. Vielleicht hatte er die Stimme des Jägers, aber nicht dessen letzte Worte gehört, oder vielleicht hatte er nichts gehört und war aus reiner Neugier in das alte Haus gekommen. Jedes Leben gleicht einer Garnrolle, die im Lauf der Jahre abgespult wird, und es ist ein seidener Faden, an dem wir so gefahrvoll hängen.

Ich dankte ihm und schloss ihm die Augen und konnte nichts weiter für ihn tun, als ihn dort liegend der Sorge der Natur zu überlassen, die ihn in sich aufnehmen und wieder mit sich vereinigen würde, wie es der Weg allen Fleisches ist.

Wäre der Jäger in der Nähe geblieben, hätte er mich längst erneut angegriffen. Trotzdem ging ich nicht unerschrocken über die Weide davon, sondern kehrte in den Wald zurück und umging sie vorsichtig. Wolken bedeckten den ganzen Himmel, und in dem trüben Licht leuchteten die Bäume nicht mehr so farbig, sondern wirkten farbloser braun, als ich sie gesehen hatte, als ich morgens aufgebrochen war. Die Bergahorne, die ihr Laub früher abwarfen als die meisten anderen Bäume, waren schon fast kahl und ragten holzschnittartig schwarz in den Himmel auf.

Während ich auf einem etwas anderen Weg heimkehrte, fragte ich mich, ob der Jäger wirklich zurückkommen und mir den Wald wegnehmen würde, sodass ich weder in Mutters Haus noch in die Wildnis gehören würde. Ich beschloss, mich nicht selbst traurig zu machen, indem ich über diese Möglichkeit nachdachte, und fühlte mich im Wald bald wieder so willkommen wie früher.

Als mich der Wolf auf dem Felsgrat des letzten Hügelrückens erwartete, wusste ich mit Gewissheit, dass er es gewesen war, der mich vor dem Jäger gewarnt hatte.

Wir starrten einander endlos lange Sekunden an, dann sagte ich: »Wenn du etwas Huhn möchtest, kannst du mitkommen, ich habe ein gutes Abendessen für dich.«

Er neigte den Kopf nach links, dann nach rechts, als wäre ich ihm ein Rätsel.

»Wollen wir Freunde sein?«, fragte ich, ging in die Hocke und streckte ihm eine Hand hin.

Vielleicht weil er ein echtes Wildtier war und ich zwei Welten angehörte, kam er nicht näher. Aber als ich mich wieder aufrichtete und hangabwärts weiterging, folgte er mir. Nach einiger Zeit erreichten wir einen anderen Bach als den, durch den ich gewatet war, einen lebhaft über glatte Kiesel plätschernden Wasserlauf. Ich kniete nieder und trank direkt aus dem Bach, bis mein Durst gelöscht war.

Der Wolf machte halt, um mich zu beobachten. Erst als ich getrunken hatte und wieder aufgestanden war, ging er ans Wasser, streckte die Schnauze hinein und trank stromaufwärts von mir, als beachtete er die Hygieneregeln fürs Trinken in der Wildnis.

Wir zogen weiter. Obwohl der Tag kühler und düsterer wurde, begleitete uns Vogelgezwitscher auf dem ganzen Heimweg. Nach einiger Zeit sah ich mich um, ob ich noch einen Begleiter hatte. Dabei stellte ich fest, dass sich ein weiterer Wolf zu ihm gesellt hatte. Sie trugen die Köpfe hoch, sie wedelten mit den Schwänzen und ihr angedeutetes Grinsen bewies, dass sie keine bösen Absichten hegten wie der Wolf im Märchen dem Rotkäppchen gegenüber. Ich hatte keine Angst vor ihnen, sondern ging weiter, und als ich mich erneut umsah, waren es drei.

Als wir den Waldrand erreichten, vor dem die Lichtung mit Mutters Haus lag, war das Rudel auf fünf Tiere angewachsen. Nun trabten sie an mir vorbei aufs Gras. Einer von ihnen deutete spielerisch eine Verbeugung an, die von einem anderen erwidert wurde, und bald rangelten sie miteinander, gaben vor, sich zu beißen, jagten sich im Kreis. Einer warf sich auf einem Hinterlauf herum, sodass der Verfolgte jäh zum Verfolger wurde, und sie zeigten bei jeder Bewegung eine natürliche Eleganz, die mich bezauberte.

Ich hatte noch nie etwas Vergleichbares gesehen und hatte den Eindruck, diese Vorführung finde speziell für mich statt. Ich beobachtete sie entzückt, wusste aber intuitiv, dass ich nicht zum Mitmachen eingeladen war. Als sie nach einiger Zeit müde wurden, zogen sie sich an den Waldrand zurück und starrten mich von dort aus mit ihren an diesem trüben Tag leuchtend gelben Augen an. Obwohl ich vermutete, ihr Herumtollen war nicht nur scherzhaft gemeint gewesen, konnte ich mir seinen eigentlichen Zweck nicht erklären.

Mit heraushängenden Zungen und bebenden Flanken hechelnd wandten sie sich nacheinander von mir ab und verschwanden unter den Bäumen – nicht viel anders als Schlafwölfe, die sich in den Dunstschleiern eines Traums auflösen. Ich blieb allein zurück.

Ich wollte direkt in das als Garage dienende verwitterte Häuschen gehen, um zu sehen, was Mutter mir in den Picknickkorb gelegt hatte, aber dann sah ich die Flagge – das Geschirrtuch – an ihren Haken am Verandapfosten hängen. Meine Verbannung war viel rascher zu Ende, als ich zu hoffen gewagt hätte.

Trotz der Schrecken dieses Tages und meiner Trauer darüber, dass der Wanderer hatte sterben müssen, damit ich weiterleben konnte, fühlte ich Jubel in mir aufsteigen. Mutter litt in meiner Gegenwart unter Angstgefühlen und war manchmal so verzweifelt, dass selbst Alkohol und Drogen sie nur langsam aus ihren Depressionen holen konnten. Letztlich war ich jedoch ihr Kind, und sie liebte mich auf ihre Weise. Auch wenn sie sich selten dazu überwinden konnte, mich zu berühren, und noch seltener, mich anzusehen, gab es für mich trotzdem einen Platz in ihrem Leben.

In dieser Beziehung war es immer meine größte Angst, Mutter könnte krank werden oder durch einen Unfall sterben und mich allein zurücklassen. Selbst eine Missgeburt wie ich konnte Einsamkeit in einer fürs Teilen eingerichteten Welt der Wunder fürchten. Als ich zu unserem kleinen, aber geliebten Haus weiterging, sollte ich bald zu lernen beginnen, dass unsere größten Ängste sich selten bewahrheiten, weil die Welt eine Maschine ist, die endlose Überraschungen produziert und einander überlagernde Geheimnisse – und Schocks, die den Geist widerstandsfähiger machen oder zerbrechen. Mein Leben sollte sich nicht in diesem Haus oder diesem Wald abspielen, sondern in der Wildnis, die jede City und die Welt unter jeder City ist, in der wir wenigen, wir Verborgenen heimlich hausen.

SÜNDENLOS

Dieses Buch ist Harry Recard dafür gewidmet, dass er mir im College Binokel beigebracht und dadurch meine akademische Karriere fast ruiniert hat. Und Diane Recard dafür, dass sie sich all die Jahre so gut um Harry gekümmert hat, eine anstrengende Aufgabe.

Nichts gefällt einem Autor besser als Post von Lesern, die behaupten, eines seiner Bücher sei lebensrettend gewesen oder habe sie zum Durchhalten in schwierigen Situationen angeregt. Aber als ich *Innocence* beendete, bewegte mich ein Brief von Elizabeth Waters aus dem Bundesstaat Washington zu meinem Roman *From the Corner of His Eye* mehr als die meisten. Beth, Ihr Mut macht mich demütig. Die Hoffnung, die Sie in meinem Buch gefunden haben, entspricht der, die Sie mir durch Ihre freundlichen Zeilen gegeben haben. Sie leuchten.

Selten geht große Schönheit
mit großer Tugend einher.

Petrarca, DE REMEDIIS

TEIL EINS

Das Mädchen,
das ich im Lampenlicht
bei Charles Dickens traf

1 Nachdem ich einem Brand entronnen war, rechnete ich mit einem weiteren. Ich erwartete die kommenden Flammen nicht ängstlich. Feuer war nur Licht und Hitze. Unser ganzes Leben lang braucht jeder von uns Wärme und sucht Licht. Ich konnte nicht fürchten, was ich brauchte und suchte. In Brand gesetzt zu werden war für mich nur die Erfüllung einer unausweichlichen Schlussfolgerung. Diese herrliche Welt mit ungezählten Schönheiten, Zaubern und Liebreizen rief in mir nur eine beherrschende Angst hervor: dass ich zu lange in ihr leben könnte.

2 Ich konnte lieben, aber nach Vaters Tod lebte ich in Einsamkeit. Deshalb liebte ich nur die teuren Verstorbenen und Bücher und die Augenblicke von großer Schönheit, mit denen die City mich gelegentlich überraschte, während ich sie mit aller Vorsicht und Heimlichkeit durchstreifte.

Zum Beispiel kommen in klaren Nächten, in der feierlichen Stunde, in der die meisten Einwohner schlafen, die Putzkolonnen fertig sind und die Hochhäuser bis Tagesanbruch dunkel bleiben, manchmal die Sterne heraus. Über dieser Metropole sind sie nicht so hell wie über der Prärie in Kansas oder den Bergen in Colorado, aber sie leuchten trotzdem, als gäbe es eine Stadt am Himmel, einen Sehnsuchtsort, an dem ich ohne Angst vor Feuer durch die Straßen gehen könnte, an dem ich jemanden finden könnte, den ich lieben könnte, der mich lieben würde.

Wurde ich hier gesehen, brachte meine Fähigkeit zu lieben mir keine Nachsicht ein. Eher das Gegenteil. Sahen sie mich, reagierten Männer wie Frauen gleichermaßen erschrocken, aber ihre Angst wich rasch blinder Wut. Ich wollte sie nicht verletzen, indem ich mich verteidigte, und blieb daher hilflos.

3

In bestimmten Nächten fand schöne, aber traurige Musik ihren Weg in meine tiefen, fensterlosen Räume. Ich wusste nicht, woher sie kam, konnte auch die Melodie nicht identifizieren. Dies war ein Lied ohne Worte, aber ich war der Überzeugung, den Text schon einmal von einer Diseuse mit rauchiger Stimme gehört zu haben. Immer wenn ich den Song hörte, bewegten sich meine Lippen, als wollten sie die Worte formen, aber sie fielen mir nicht mehr ein.

Obwohl das Stück kein Blues war, lastete es wie ein Blues auf meinem Herzen. Ich hätte es als Nocturne bezeichnen können, glaube aber, dass Nocturnes immer Instrumentalmusik sind. Zu dieser Melodie gab es einen Text, das wusste ich bestimmt.

Ich hätte imstande sein müssen, diese schmeichelnd weichen Klänge zu einem Lüftungsgitter, einem Gully oder irgendeinem anderen Übertragungsweg zurückzuverfolgen, aber jeder Versuch, ihre Quelle zu identifizieren, endete mit einem Fehlschlag. Die Musik schien aus der Luft zu kommen, als gelänge sie durch eine Membran aus einer anderen, unsichtbaren Parallelwelt zu uns.

Alle, die in der oberirdischen Welt leben, hätten die Idee einer unsichtbaren Welt vielleicht für zu ausgefallen gehalten und diese Vorstellung abgelehnt.

Aber wir anderen, die vor jedermann verborgen bleiben, wissen recht gut, dass diese Welt voller Rätsel und Wunder ist. Dabei besitzen wir keinen magischen Gesichtssinn, keine hellseherischen Fähigkeiten. Ich glaube, dass unsere Kenntnis der komplexen Dimensionen der Realität unserer Einsamkeit geschuldet ist.

In der City mit ihren Menschenmassen, dem Verkehr und ihrem Dauerlärm zu leben, ständig Leistung erbringen zu müssen, in unaufhörlichem Konkurrenzkampf um Geld, Status und Macht zu stehen hat den Verstand vielleicht abgelenkt, bis er das große Ganze nicht länger sehen – und vergessen – konnte. Oder vielleicht konnte man in der Hetze und dem Druck des Alltags nur bei Verstand bleiben, indem man die zahllosen Mirakel, Überraschungen, Wunder und Rätsel ignorierte, die die wahre Welt ausmachen.

Als ich »die vor jedermann verborgen bleiben« gesagt habe, hätte ich stattdessen »ich, der versteckt bleibt« sagen sollen. Meines Wissens gab es in dieser City kein weiteres Wesen wie mich, und ich hatte dort schon lange gelebt.

Zwölf Jahre lang habe ich mir diesen unterirdischen Bunker mit Vater geteilt. Er war vor sechs Jahren gestorben. Ich habe ihn geliebt. Ich vermisste ihn jeden Tag. Ich war jetzt 26, hatte vielleicht ein langes, einsames Leben vor mir.

Vor meiner Ankunft hatte Vater hier unten mit seinem Vater gelebt, den kennenzulernen ich nie die Ehre gehabt hatte. Die meisten Möbel und Bücher hatte ich von diesen beiden geerbt.

Eines Tages würde ich meine Habseligkeiten vielleicht jemandem vererben, der mich Vater nennen würde. Wir waren eine unausrottbare Dynastie von Enteigneten, die in der geheimen Unterwelt lebte, welche Einwohner der City nie zu sehen bekamen.

Mein Name ist Addison. Aber damals brauchten wir keine Namen, weil wir nur miteinander sprachen.

Mit einem Lächeln nannte Vater sich manchmal Es. Aber das war kein richtiger Name. Mich nannte er Es von Es oder Sohn von Es, was unser kleiner Scherz war.

Nach menschlichen Begriffen waren wir auf eine Weise äußerst hässlich, die bei ihnen Abscheu und erschreckend wilden Zorn hervorrief. Obwohl wir ebenso Menschen waren wie alle, die oberirdisch lebten, wollten wir niemanden kränken und hielten uns deswegen versteckt.

Vater lehrte mich, dass wir auf andere Männer und Frauen wegen der Art und Weise, wie sie uns behandelten, nicht zornig sein durften. Sie litten unter Ängsten, die wir nie verstehen konnten. Wir im Verborgenen hätten unsere Last zu tragen, sagte er, aber die der Oberirdischen sei viel schwerer als unsere, was auch stimmte.

Ich hegte keinen Zorn gegen sie. Sie taten mir leid, und ich liebte sie, so gut ich konnte. Wir sind alle aus irgendeinem Grund auf diese Welt gekommen; wir müssen uns nach dem Grund dafür fragen und hoffen, ihn zu erfahren.

Unsere fensterlose kleine Wohnung diente auch als meine Schule, in der ich mich zu lernen bemühte, und der wichtigste der drei kleinen Räume war der mit Regalen aus Mahagoni, die der Vater meines Vaters gebaut hatte. Die Regale standen voller Bücher, die oberirdisch lebende Menschen ausgesondert hatten.

Jeder der tiefen, bequemen Sessel hatte eine gepolsterte Fußbank. Daneben standen ein schlichter Holzwürfel, auf dem man ein Getränk abstellen konnte, und eine bronzene Stehlampe mit einem Plisseeschirm aus pfirsichfarbener Seide.

Ein kleiner Tisch mit zwei Stühlen bildete eine Essecke. Als wir noch zu zweit waren, spielten wir an diesem Tisch auch Schach oder Karten.

Heutzutage lege ich manchmal Patiencen. Andere Kartenspiele mochte ich nicht besonders, aber wenn ich die Karten mischte oder ausgab, sah ich manchmal nicht die eigenen Finger, sondern die meines Vaters. Seine Finger waren deformiert, weil sie auf selbst improvisierten Schienen schief zusammengeheilt waren, nachdem ein Geistlicher sie ihm an einem Sonntagabend gebrochen hatte, als Vater noch ein Junge gewesen war.

Ich liebte diese Hände, die niemals einem Lebewesen etwas angetan hatten. Die verblassten Narben und arthritischen Knöchel waren schön, weil sie seinen Mut symbolisierten und mich daran erinnerten, dass ich auf die Grausamkeiten, die uns zugefügt wurden, nie mit Verbitterung reagieren durfte. Obwohl er mehr erlitten hatte als ich, liebte er die Welt und das Leben.

Der Tisch und die meisten anderen Möbelstücke waren mühevoll hergeschafft oder von früheren Bewohnern an Ort und Stelle gebaut worden.

Sechs Jahre lang hatte ich keine zwei Sessel mehr gebraucht. Wenn ich las, saß ich meistens in dem Sessel, der seit meiner Ankunft meiner gewesen war. Manchmal setzte ich mich jedoch in Vaters Sessel, um mich besser an ihn zu erinnern und mich weniger einsam zu fühlen.

Wie alle anderen Räume war das zweite Zimmer zweieinhalb Meter hoch. Fußboden, Decke und die dicken Wände bestanden aus Stahlbeton, durch den manchmal Vibrationen drangen, aber nie erkennbare Geräusche – von der zuvor erwähnten Musik abgesehen.

Auf beiden Seiten des Durchgangs ohne Tür war von Wand zu Wand eine Hängematte gespannt. Das Segeltuch ließ sich leicht mit einem Schwamm reinigen, und meine Wolldecke war das einzige Bettzeug, das gewaschen werden musste.

Als Vater noch lebte, lagen wir in schlaflosen Nächten ohne Licht oder bei Kerzenschein wach und redeten stundenlang miteinander. Wir sprachen über das wenige, was wir mit eigenen Augen von der Welt gesehen hatten, über die Wunder der Natur, die wir in Fotobänden studierten, und darüber, was das alles bedeuten mochte.

Diese Stunden gehören vielleicht zu meinen glücklichsten Erinnerungen, obwohl ich so viele Glücksmomente erlebte, dass es schwierig ist, sie zu klassifizieren.

An der Rückwand stand zwischen den Hängematten ein Kühlschrank. Vaters Vater hatte ohne diese Annehmlichkeit auskommen müssen. Mein Vater – ein Autodidakt wie ich – hatte sich zu einem guten Elektriker und Installateur herangebildet. Er hatte den Kühlschrank zerlegt, aus der oberirdischen Welt heruntergeschafft und wieder zusammengebaut.

Links neben dem Kühlschrank stand ein Tisch mit einem Back- und Toastofen, einer Kochplatte und einem Crock-Pot-Schongarer. Die Regale rechts neben ihm dienten als meine Speisekammer und enthielten zudem Geschirr und Besteck.

Ich aß gut und war dankbar dafür, dass die City ein Ort des Überflusses war.

Als Vaters Vater diese Festung tief unter der Erde entdeckte, gab es hier bereits Strom und Wasser, aber die Räume waren unmöbliert. Nichts wies darauf hin, dass sie früher jemals bewohnt gewesen waren.

Bevor Vater mich allein und auf meine Ermordung wartend auffand, hatten sein Vater und er sich alle möglichen Erklärungen für diese Räume zurechtfantasiert.

Man hätte glauben können, dies müsste ein Luftschutzbunker sein, so tief unter der Straße, unter so vielen dicken Stahlbetonschichten, dass auch wiederholte Atomschläge ihn nicht hätten knacken können, und mit einem so verwinkelten Zugang, dass tödliche Strahlung, die sich in gerader Linie fortpflanzte, hier nicht eindringen konnte.

Schraubte man jedoch irgendeine der Wandsteckdosen ab, war das Metall unter dem Gehäuse mit dem Namen eines Herstellers gestempelt, der – wie unsere Recherchen ergaben – im Jahr 1933 pleitegegangen war, lange vor der Detonation der ersten Atombombe.

Außerdem wäre in einer Millionenstadt ein Luftschutzkeller für nur zwei Personen sinnlos gewesen.

Der dritte Raum, das Bad, ebenfalls mit Wänden aus Sichtbeton, war nicht mit der Erwartung gebaut, die City und ihre Versorgungseinrichtungen würden pulverisiert werden. Der Waschtisch und die Badewanne auf Löwentatzen wiesen je zwei Hähne auf, aber das heiße Wasser war nie mehr als angenehm warm, was darauf schließen ließ, dass es aus einem weit entfernten Boiler kam. Zu dem alten WC gehörte ein Spülkasten, der sich entleerte, indem man an einer Kette mit Porzellangriff zog.

Während des Baus hätte vielleicht ein städtischer Beamter, der zugleich ein Sexualstraftäter mit Mordgelüsten war, dieses Verlies unter irgendeinem Vorwand mit der Absicht errichten lassen können, es später aus allen Plänen zu tilgen, um Frauen in diesen privaten Kerker verschleppen und sie hier foltern und ermorden zu können, ohne dass die von Menschen wimmelnde City ahnte, was sich tief unter ihr abspielte.

Aber weder ein städtischer Ingenieur noch ein Architekt von Kanalsystemen schien ernstlich als Serienmörder infrage zu kommen. Und als Vaters Vater damals diese behagliche Unterkunft entdeckte, wiesen die glatten Betonflächen keine grausigen Flecken oder sonstige Spuren von Morden auf.

Diese Räume hatten im Gegenteil absolut nichts Bedrohliches an sich.

Die fehlenden Fenster und der nackte Sichtbeton hätten oberirdisch Lebende vielleicht an einen Kerker erinnert. Aber diese Wahrnehmung basierte auf der Annahme, ihre Lebensweise sei unserer nicht nur überlegen, sondern ohne praktikable Alternative.

Jedes Mal wenn ich diesen Zufluchtsort verließ, was ich aus zahlreichen Gründen tat, war mein Leben in Gefahr. Daher hatte ich ein scharfes Bewusstsein für drohende Gefahren entwickelt. Hier unten gab es keine Gefahren. Dies war mein Heim.

In Bezug auf eine unsichtbare Parallelwelt hatte ich mir eine schon früher erwähnte Theorie zurechtgelegt. Falls eine solche Welt existierte, die durch eine mit unseren fünf Sinnen nicht zu entdeckende Membran von unserer getrennt war, war diese Membran vielleicht an manchen

Stellen des Kontinuums so ausgebeult, dass sie auch einen kleinen Teil der anderen Realität umgab. Und wenn beide Welten demselben liebevollen Quell entstammten, stellte ich mir gern vor, es gäbe geheime Zufluchtsorte wie diesen speziell für Wesen wie mich, die ohne eigenes Verschulden Ausgestoßene waren: geschmäht, verfolgt und dringend schutzbedürftig.

Dies war die einzige Theorie, der ich anhängen wollte. Ich konnte nicht ändern, was ich war, konnte denen, die vor mir zurückschraken, nicht angenehmer erscheinen und konnte kein anderes Leben führen als das, zu dem meine Natur mich verurteilte. Meine Theorie tröstete mich. Bot sich eine andere an, die weniger beruhigend war, weigerte ich mich, sie in Betracht zu ziehen. So vieles in meinem Leben war schön, und ich wollte nicht riskieren, mich mit irgendeiner finsteren Idee zu beschäftigen, die meine Gedanken vergiften und mir meine hartnäckig behauptete Freude rauben konnte.

Ins Freie ging ich nie bei Tageslicht, nicht einmal in der Abenddämmerung. Ich stieg erst nach Mitternacht hinauf, wenn die meisten Leute schliefen und andere noch wach waren, aber träumten.

Schwarze Laufschuhe, dunkle Jeans und ein schwarzer oder dunkelblauer Hoodie waren meine Tarnung. Unter der Jacke trug ich einen Schal, der so gebunden war, dass ich ihn bis zu den Augen hochziehen konnte, wenn ich auf einer Gasse – oder seltener auf einer Straße – unterwegs sein musste, auf der mich jemand sehen konnte. Meine Kleidung stammte aus Secondhand-Läden, in die ich nachts auf dem Weg einbrach, den Ratten hätten nehmen können, wären sie für Heimlichkeit geboren wie ich.

So war ich in jener Dezembernacht angezogen, die mein Leben für immer verändern sollte. Ein Wesen wie ich rechnete automatisch damit, dass keine große Veränderung auf Dauer positiv sein konnte. Aber wenn ich die Chance bekäme, die Zeit zurückzudrehen und einen anderen Kurs zu steuern, würde ich ohne Rücksicht auf die Konsequenzen wieder tun, was ich getan habe.

4

Ich nannte ihn Vater, weil er einer Vaterfigur ähnlicher war als jedes andere Wesen, das ich gekannt hatte. Aber er war nicht wirklich mein Vater. Wie meine Mutter mir erzählte, liebte mein wahrer Vater die Freiheit mehr, als er sie liebte. Zwei Wochen vor meiner Geburt ging er fort und kam nie wieder, fuhr zur See, sagte sie, oder erkundete ferne Dschungel, ein ruheloser Mann, der reiste, um sich selbst zu finden, aber sich letztlich selbst verlor.

In der Nacht, in der ich geboren wurde, ließ ein schwerer Sturm das kleine Haus erzittern, ließ den Wald erzittern, ließ sogar, sagte sie, den Berg erzittern, den der Wald bekleidete. Der Sturmwind heulte übers Dach, ließ die Fenster klappern und drückte gegen die Haustür, als wäre er entschlossen, dorthin vorzudringen, wo ich geboren wurde.

Als ich das Licht der Welt erblickte, flüchtete die 20-jährige Tochter der Hebamme erschrocken aus dem Schlafzimmer. Sie suchte weinend Zuflucht in der Küche.

Weil die Hebamme versuchte, mich mit einer Decke zu ersticken, holte meine von schweren Wehen geschwächte Mutter ihre Pistole aus der Nachttischschublade und rettete mich mit Waffengewalt davor, ermordet zu werden.

Später, in der morgendlichen Windstille, waren alle Vögel fort, als hätte der Sturm sie aus den Bäumen und bis an den Rand des Kontinents geblasen. Sie kamen erst nach drei Tagen zurück: erst die Spatzen und Mauersegler, dann die Krähen und Habichte, zuletzt die Eulen.

Die Hebamme und ihre Tochter wahrten das Geheimnis meiner Existenz, weil sie eine Anzeige wegen versuchten Mordes fürchteten oder nur ruhig schlafen konnten, wenn sie vergaßen, dass ich existierte. Sie behaupteten, ich sei eine Totgeburt gewesen, und meine Mutter bestätigte ihre Darstellung. Ich lebte acht Jahre lang auf dem Berg, schlief fast so oft im Freien wie in dem behaglichen Häuschen am Ende der langen unbefestigten Zufahrt. In dieser ganzen Zeit sah ich bis zu dem Nachmittag, an dem ich das Haus verließ, außer meiner gütigen Mutter kein anderes menschliches Wesen.

Schon in einem Alter, in dem die Wildnis den meisten Kindern verboten gewesen wäre, durfte ich durch die abgelegensten Winkel des Waldes streifen. Aber ich besaß viel Kraft und unfehlbare Intuition und eine Art Verwandtschaft mit der Natur, als gehörten der Saft der Bäume und das Blut der Tiere zu meiner DNA, und meiner Mutter war wohler, wenn ich nicht im Haus war. Der schattige Wald bei Tageslicht und der nächtliche Wald im Mondschein wurden mir so vertraut wie mein eigenes Spiegelbild.

Ich kannte das Rotwild, die Eichhörnchen, die vielen Vogelarten, die Wölfe, die aus den eleganten Farnen hervorkamen und wieder in ihnen verschwanden. Meine Community war von gefiederten oder Fell tragenden Tieren bevölkert, die sich fliegend oder auf vier flinken Läufen bewegten. Im Unterholz des Waldlands und auf den Lichtungen, die ihr Revier waren, aber auch auf unserem eigenen Grundstück sah ich die Klaren und die Nebel, wie ich sie bei mir nannte. Ich wusste nicht, wer sie sein konnten, aber ich wusste instinktiv, dass meine liebe Mutter sie nie gesehen hatte, weil sie nie von ihnen gesprochen hatte. Ich erwähnte sie ihr gegenüber niemals, weil ich wusste, dass ihre Erwähnung Mutter Angst machen und nur bewirken würde, dass sie sich noch mehr Sorgen um mich machte.

Später konnte ich die Klaren und die Nebel auch in der City entdecken. Und wie ich später erklären werde, fing ich allmählich an, ihr Wesen zu begreifen.

Jedenfalls waren das glückliche Jahre. Ich war glücklich, wie ich es in gewissem Ausmaß stets gewesen bin. Für mich war der Wald keine Wildnis, sondern diente stattdessen als mein privater Park: tröstlich trotz seiner Weite und seiner endlosen Geheimnisse.

Je vertrauter einem ein Ort wird, desto mysteriöser wird er auch. Ist man für die Wahrheit von Dingen empfänglich, ist das ein Leben lang der Fall.

Kurz nach meinem achten Geburtstag wollte Mutter mich nicht mehr im Haus haben. Sie konnte in meiner Gegenwart nicht schlafen. Sie hatte keinen Appetit mehr und verlor deshalb an Gewicht. Sie wollte auch nicht, dass ich in der Nähe im Wald hauste, teils weil der Gedanke daran, wie vertraut mir der Wald war, sie daran erinnerte, dass sie dort nicht wie ich willkommen war, aber teils auch wegen des Jägers. Und so musste ich gehen.

Ich machte ihr keinen Vorwurf. Ich liebte sie.

Sie gab sich alle Mühe, mich zu lieben, was ihr in gewissem Ausmaß auch gelang. Aber ich war eine einzigartige

Last. Obwohl ich immer glücklich war – oder zumindest nicht unglücklich –, machte ich sie schrecklich traurig. Diese Traurigkeit brachte sie langsam um.

5

Über 18 Jahre später kam in dieser vertrauten und doch so geheimnisvollen City der Dezember, der mein Leben veränderte.

Als ich in dieser Nacht mit einem Rucksack über der Schulter aufbrach, weil ich meine Vorräte etwas aufstocken wollte, nahm ich zwei kompakte LED-Stablampen mit, die erste in einer Hand, die zweite für den Fall, dass die andere versagte, an meinem Gürtel befestigt. Die Route von meinen Räumen zu der City über mir war größtenteils dunkel wie viele Passagen in dieser Welt, ob unterirdisch oder nicht, betoniert oder nicht.

Ein eineinhalb Meter breiter Gang führte vom Hängemattenraum drei Meter geradeaus, wo er an einer glatten Betonwand zu enden schien. Ich reckte mich zur linken oberen Ecke hoch, steckte einen Zeigefinger in das Loch, das die einzige Unregelmäßigkeit bildete, und drückte den Knopf, der das Schloss entriegelte. Die 30 Zentimeter starke Stahlbetonplatte drehte sich lautlos in sorgfältig gefetteten Angeln.

Die entstehende Öffnung war eineinviertel Meter breit. Sobald ich die Schwelle überschritten hatte, schloss sich die massive Tür hinter mir und wurde ohne mein Zutun wieder verriegelt.

Im nächsten Teilabschnitt brauchte ich kein Licht: zweieinhalb Meter geradeaus, dann eine Linkskurve und weitere drei Meter zu einer clever konstruierten Jalousietür.

Von der anderen Seite aus schien die Tür lediglich die Abdeckung eines großen Lüftungsschachts zu sein.

Ich blieb horchend in der Dunkelheit stehen, aber durch die Jalousie kam nichts herein als Stille und ein Luftzug, der leicht, kühl und rein war wie der Atem eines durch Liebe und Zauberei zum Leben erweckten Schneemanns.

Die Luft roch schwach nach feuchtem Beton und dem Kalk, der im Lauf der Jahre aus den Wänden ausgeblüht war. In diesem Abschnitt der städtischen Unterwelt roch es niemals nach verwesenden Ratten oder dem übel riechenden Schimmel, der anderswo anzutreffen war.

Wie die drehbare Stahlbetontür hatte die Jalousietür einen versteckten Entriegelungsknopf. Auch sie schloss sich automatisch hinter mir.

Als ich meine Stablampe einschaltete, erschien im Dunkel vor mir ein Regenwasserkanal, als hätte ihn die Lichtklinge aus gewachsenem Fels herausgeschnitten. Die riesige Betonröhre schien groß genug zu sein, um die Welt vor einer Wiederholung von Noahs Sintflut bewahren zu können.

Von Zeit zu Zeit fuhren Wartungsteams mit Elektrofahrzeugen von der Größe von Pick-ups durch Hauptkanäle wie diesen. Im Augenblick war ich hier unten jedoch allein. Im Lauf der Jahre hatte ich solche Teams nur selten in der Ferne gesichtet, und noch seltener hatte ich flüchten müssen, um nicht entdeckt zu werden.

Ich schien geradezu mit einem Bann belegt zu sein, der mir Einsamkeit auferlegte. War ich unter oder über der Erde unterwegs, wandten sich die Leute im Allgemeinen von mir ab – oder ich von ihnen –, kurz bevor sie mich eigentlich hätten sehen müssen.

Sonst wäre ich schon längst ermordet worden.

Den letzten Starkregen hatte es Ende Oktober gegeben. Der Tunnel vor mir war trocken, und sein Boden weiträumig mit allen möglichen Abfällen übersät – Plastiktüten, Getränkedosen, Fast-Food-Behälter, Becher von Starbucks, ein Wollhandschuh, ein Babyschuh und ein glitzerndes Stück Modeschmuck –, die zurückgeblieben waren, als die große Regenwasserflut abgelaufen war.

Die Abfallmenge war nicht besonders groß. Ich hätte meilenweit gehen können, ohne auf irgendetwas treten zu müssen. Auf beiden Seiten der Röhre verliefen jedoch in einem Meter Höhe Inspektionsstege, auf denen die reißenden Fluten selten Abfälle zurückließen.

In regelmäßigen Abständen kam ich an Lüftungsgittern vorbei, die tatsächlich nichts anderes waren, schmalen Eisenleitern, die zu Ausstiegen in der Tunneldecke führten, und den Einmündungen kleinerer Nebenkanäle, die sich in den Hauptkanal ergossen.

In diesem unterirdischen Labyrinth waren ältere Kanäle wie dieser hier aus Ziegeln, Feldsteinen oder Hohlblocksteinen gemauert. Sie besaßen mehr Charme als die modernen Röhren, denn sie waren das Werk von Maurern, die auf ihre Handwerkskunst stolz gewesen waren.

Zum Sagenschatz der Metropole gehörte, eine Maurerkolonne habe heimlich im Dienst eines damaligen Gangsterbosses gestanden und mehrere seiner Feinde eingemauert, die meisten tot, aber manche auch lebendig. Ich hatte noch nie eines der kleinen Kreuze gesehen, die in Ziegel geritzt angeblich solche Gräber bezeichneten, und in Spalten zwischen Steinen auch keine skelettierten Finger gesehen, die vor langer Zeit versteinerten blassen Wurzeln glichen.

Vielleicht stimmten diese Geschichten nicht, waren nur urbane Legenden, obwohl ich recht gut wusste, wie unmenschlich Menschen sein können.

Auf halbem Weg zur ersten Kreuzung zweier Hauptkanäle entdeckte ich in der Ferne einen vertrauten silbern leuchtenden Schleier, einen der Nebel. Er schwamm als kohärenter, geschmeidiger Strom auf mich zu, als wäre die Luft, in der er sich bewegte, Wasser und er ein Leuchtaal.

Ich blieb stehen, um ihn zu beobachten, weil dieses Phänomen und das andere, das ich die Klaren nannte, mich stets faszinierten. Meiner Erfahrung nach hatte ich keinen Grund, mich zu fürchten, aber ich gestehe, dass mir unbehaglich zumute war.

Anders als echter Nebel oder Dampf, der aus einem Ventil strömt, war die Erscheinung an den Rändern nicht ausgefranst oder veränderte ihre Form unter dem Einfluss verschiedener Luftströmungen. Stattdessen schlängelte sie sich auf mich zu: ungefähr zweieinhalb Meter lang und gut einen Viertelmeter im Durchmesser, und als sie mich passierte, machte sie halt und richtete sich sekundenlang in der Tunnelmitte auf wie eine Kobra, die die Flöte des Schlangenbeschwörers sieht. Dann sank der Nebel in die Waagrechte zurück, schwamm als silbriges Lichtwesen durch die Luft davon, wurde kleiner und kleiner und verschwand.

Ich hatte mein Leben lang Klare und Nebel gesehen. Ich hoffte, eines Tages zu erfahren, was sie waren und was sie bedeuteten, obwohl ich vermutete, nie darüber aufgeklärt zu werden. Oder ich würde vielleicht einen hohen Preis dafür zahlen müssen, wenn ich erkannte, was sie in Wirklichkeit waren.

6

»Du bist ein zu hoher Preis, den ich zahlen muss«, erklärte Mutter mir an dem Nachmittag, an dem sie mich fortschickte. »Ich habe nach meinen eigenen Regeln gelebt und mit Kosten gerechnet, aber nicht mit solchen. Nicht mit dir.«

Immer so schön wie jede Frau in irgendeiner Zeitschrift, wie jede Fernsehschönheit, die von Millionen angeschmachtet wurde, hatte sie in letzter Zeit dünn und gestresst ausgesehen. Selbst die offensichtliche Erschöpfung und die dunklen Halbmonde wie verblassende Blutergüsse unter ihren Augen konnten ihrer Erscheinung nichts anhaben. Tatsächlich suggerierten sie, Mutter sei zartbesaitet und leide unter irgendeinem schrecklichen Verlust, aber ihr Schmerz war schön wie der, den eine Märtyrerin erduldet, und machte ihr Gesicht strahlender als je zuvor.

Sie saß am Küchentisch mit den glänzend verchromten Beinen und der roten Resopalplatte. Griffbereit standen dort ihre Medikamente und ihr Whisky, der für sie nur ein weiteres Medikament war.

Meiner Einschätzung nach war der Whisky ihre beste Medizin, denn er machte sie schlimmstenfalls traurig, aber manchmal brachte er sie auch zum Lachen oder bewirkte, dass sie sich hinlegte und schlief. Andererseits konnten die Tabletten oder das weiße Pulver, das sie manchmal schnupfte, unberechenbare Stimmungen auslösen, in denen sie weinte oder Wutanfälle bekam und mit Sachen warf oder sich absichtlich leichte Verletzungen zufügte.

Ihre graziösen Hände verwandelten alles, was sie berührte, in elegante Objekte: das einfache Whiskyglas, das wie geschliffener Kristall glitzerte, während sie mit dem Zeigefinger mehrmals über seinen vom Scotch feuchten Rand fuhr, und die schlanke Zigarette wie ein Zauberstab, aus dem Rauch aufstieg, als signalisierte er gewährte Wünsche.

Ich war nicht aufgefordert worden, mich hinzusetzen, also blieb ich vor dem Tisch stehen, ohne zu versuchen, mich ihr zu nähern. Vor langer Zeit hatte sie mich manchmal in den Arm genommen. Später hatte sie nur noch leichte Berührungen ertragen können, wenn sie mir das Haar aus der Stirn strich oder kurz ihre Hand auf meine legte. Aber in den letzten Monaten hatte sie sogar flüchtige Berührungen nicht mehr ertragen können.

Weil ich verstand, welchen Schmerz ich ihr durch meine Erscheinung verursachte, die allein schon eine Beleidigung war, litt ich ebenfalls. Sie hätte mich verabscheuen können, aber das tat sie nicht. Sie hatte mich zur Welt gebracht. Und als sie sah, was sie geboren hatte … selbst da verteidigte sie mich gegen die Hebamme, die mich erstickt hätte. Ich konnte nicht anders, als sie zu lieben und mir zu wünschen, sie könnte ein Wesen wie mich lieben.

Vor dem Fenster hinter ihr dräute der Oktoberhimmel düster grau. Der Herbst hatte unseren alten Ahorn weitgehend entlaubt, aber in dem böigen Wind zitterten die restlichen Blätter wie braune Fledermäuse unmittelbar vor dem Abflug. Dies war kein Tag, um die Heimat zu verlassen, und keine Welt, in der man allein sein wollte.

Sie hatte mich aufgefordert, meine Kapuzenjacke anzuziehen, was ich getan hatte. Und sie hatte mir einen Rucksack mit Essen und etwas Verbandszeug gepackt, den ich auf dem Rücken trug.

Nun zeigte Mutter auf ein Bündel Geldscheine auf dem Tisch. »Nimm es mit, auch wenn's dir nicht viel nützen wird. Es ist gestohlen, aber nicht von dir. In dieser Familie bin allein ich fürs Stehlen zuständig. Für dich ist's clean, nur ein Geschenk.«

Ich wusste, dass es ihr nie an Geld fehlte. Ich nahm das Geschenk und stopfte es in eine Tasche meiner Jeans.

Die Tränen, die sich in ihren Augen aufgestaut hatten, liefen ihr jetzt übers Gesicht, aber sie gab keinen einzigen Laut von sich. Ich ahnte, dass sie diese Szene schon lange geprobt hatte und entschlossen war, sie zu Ende zu spielen, ohne mir eine Chance zu geben, ihr Drehbuch durch Improvisation abzuändern.

Tränen verschleierten meinen Blick, als ich auszudrücken versuchte, wie sehr ich sie liebte, und die Verzweiflung bedauerte, in die ich sie gestürzt hatte, aber mein Gestammel klang erbärmlich falsch. Auch wenn ich für einen erst achtjährigen Jungen körperlich und emotional stark und klüger als ein Kind war, war ich nach Jahren gerechnet immer noch ein Kind.

Nachdem sie die Zigarette im Aschenbecher ausgedrückt hatte, benetzte sie die Finger beider Hände an dem feucht beschlagenen Whiskyglas. Sie schloss die Augen, drückte die Fingerspitzen auf die Lider und atmete mehrmals tief durch.

Mein Herz fühlte sich geschwollen an und drückte gegen Brustbein, Rippen und Rückgrat, dass ich fürchtete, es könnte durchbohrt werden.

Als sie mich wieder ansah, sagte sie: »Lebe nachts, wenn du überhaupt am Leben bleiben kannst. Lass die Kapuze hochgeschlagen. Lass den Kopf gesenkt. Versteck dein

Gesicht. Eine Sturmhaube fällt auf, aber mit einem Verband könnte's gehen. Lass sie vor allem nie deine Augen sehen. Diese Augen verraten dich sofort.«

»Ich komme zurecht«, versicherte ich ihr.

»Du kommst *nicht* zurecht«, widersprach sie scharf. »Und du solltest dir das nicht einbilden.«

Ich nickte wortlos.

Nachdem sie das halbe Glas Whisky mit einem Zug geleert hatte, sagte sie: »Ich würde dich nicht wegschicken, wenn der Jäger nicht gewesen wäre.«

Der Jäger hatte mich an diesem Vormittag im Wald gesehen. Ich war geflüchtet, er hatte mich verfolgt. Er hatte mehr als einmal auf mich geschossen und mich nur um Haaresbreite verfehlt.

»Er kommt zurück«, sagte Mutter. »Er kommt wieder und wieder zurück, bis er dich findet. Diesen Wald verlässt er erst, wenn du tot bist. Und dann werde ich in die Sache hineingezogen. Ermittler werden sich für mich interessieren, jede Kleinigkeit wissen wollen, und ich kann mir diese Art Nachforschungen weiß Gott nicht leisten.«

»Das tut mir leid«, sagte ich. »Es tut mir so leid.«

Sie schüttelte den Kopf. Ob sie meinte, eine Bitte um Entschuldigung sei nicht erforderlich, oder sie für ungenügend hielt, konnte ich nicht beurteilen. Sie griff nach der Packung Zigaretten und zog eine heraus.

Ich trug bereits Strickhandschuhe, denn auch meine Hände konnten mich verraten. Jetzt schlug ich die Kapuze meiner Jacke hoch.

Als ich eine Hand auf den Knauf der Küchentür legte, hörte ich Mutter sagen: »Ich hab gelogen, Addison.«

Ich drehte mich nach ihr um.

Ihre eleganten Hände zitterten so stark, dass sie's nicht schaffte, das Zigarettenende und die Feuerzeugflamme zusammenzuführen. Sie ließ das Feuerzeug fallen und warf die Zigarette auf den Tisch.

»Ich habe gelogen, als ich gesagt habe, ich hätte dich nicht weggeschickt, wenn der Jäger nicht gewesen wäre. Ich schicke dich auf jeden Fall weg, Jäger hin oder her. Ich halt's nicht länger aus. Ich kann nicht mehr. Ich bin ein egoistisches Miststück.«

»Das bist du nicht«, sagte ich und trat einen Schritt auf sie zu. »Du hast Angst, das ist alles. Nicht nur vor mir, sondern ... vor so vielen Dingen.«

Dann war sie plötzlich auf andere Art schön wie eine heidnische Sturmgöttin: energiegeladen und voller Zorn. »Halt die Klappe und glaub gefälligst, was dir erzählt wird, Junge. Ich bin egoistisch und eitel und geldgierig und Schlimmeres, und ich gefalle mir so. Ich *genieße* die Art, wie ich bin.«

»Nein, das bist du alles nicht, du bist ...«

»Halt deine verdammte Klappe, HALT EINFACH DIE SCHNAUZE! Du kennst mich nicht besser, als ich mich selbst kenne. Ich bin, was ich bin, und hier gibt es nichts für dich, es hat nie was gegeben, wird nie etwas geben. Zieh los und lebe, wie du kannst, im Wald oder sonst wo, und trau dich bloß nicht zurückzukommen, denn hier erwartet dich nichts als der Tod. Und jetzt verpiss dich!«

Sie warf das Whiskyglas nach mir, aber ich weiß bestimmt, dass sie mich nicht treffen wollte. Sie zielte schlecht, und das Glas zerschellte am Kühlschrank.

Jeder Augenblick, den ich länger blieb, fügte ihr eine weitere Wunde zu. Ich konnte nichts tun oder sagen, das ihr helfen würde. Das Leben in einer aus dem Gleis geratenen Welt ist schwer.

Bitterer schluchzend als je zuvor – und jemals wieder – verließ ich das Haus und sah mich nicht noch mal um. Ich trauerte, jedoch nicht wegen meiner persönlichen Umstände oder meiner zweifelhaften Aussichten. Ich trauerte ihretwegen, weil ich wusste, dass sie nicht mich, sondern nur sich selbst hasste. Sie verabscheute sich nicht dafür, dass sie mir vor über acht Jahren das Leben geschenkt hatte, sondern dafür, dass sie mir jetzt die Tür wies.

Über der niedrigen Wolkendecke ging der Tag zur Neige. Die Wolken, die zuvor glatt und grau gewesen waren, waren nun zerrissen und an manchen Stellen rabenschwarz.

Als ich den Garten durchquerte, ließ der Wind abgestorbenes Laub um meine Füße wirbeln, als tanzten kleine Tiere, Faktoten einer Hexe, um sie herum, der sie dienten.

Ich betrat den Wald mit der Gewissheit, dass der Jäger vorläufig fort war. Sein Entsetzen war größer gewesen als sein Zorn; er würde nicht länger bleiben, weil die Nacht herabsank, aber bald nach Tagesanbruch zurückkommen.

Sobald ich sicher sein konnte, dass die Schatten mich verbargen, machte ich halt, drehte mich um und lehnte mich an einen Baum. Ich wartete, bis keine Tränen mehr kamen und ich wieder klar sehen konnte.

Dies würde mein letzter Blick auf das Haus sein, in dem ich zur Welt gekommen und bisher aufgewachsen war. Ich wollte noch einmal beobachten, wie die Abenddämmerung seine Mauern in Dunkelheit hüllte, wie hinter den Fenstern Lampenlicht aufflammte.

An Tagen, an denen mein Anblick Mutter am unangenehmsten gewesen war, war ich bis zur Abenddämmerung durch den Wald gestreift und hatte dann im Freien oder in kalten Nächten in einem komfortablen Schlafsack in der baufälligen Einzelgarage geschlafen. Sie stellte mir immer einen kleinen Picknickkorb mit Essen auf den Fahrersitz ihres Fords, und wenn ich verbannt war, aß ich in der Abenddämmerung und beobachtete dabei das Haus aus der Ferne, weil es mir so gut gefiel, hinter den Fenstern plötzlich warmes Licht erstrahlen zu sehen und zu wissen, dass Mutter in meiner Abwesenheit Frieden gefunden haben musste.

Als die Schwärze einer sternenlosen Nacht das Häuschen einhüllte, als der Wind bei Tagesende erstarb und feierliche Stille über den Wald herabsank, flammte hinter den Fenstern jetzt wieder Licht auf. In mir riefen die leuchtenden Rechtecke aus Glas zuverlässig ein befriedigendes Gefühl von Heimat, Sicherheit und Behaglichkeit hervor. War ich jedoch im Haus willkommen, erschien mir dasselbe Licht von innen betrachtet lange nicht so golden und berührend, als wenn ich es von außerhalb sah.

Ich hätte nun gehen sollen, hätte der schmalen unbefestigten Zufahrt bis zu der fernen asphaltierten County Road folgen sollen, aber ich zögerte noch. Anfangs hoffte ich, sie an einem Fenster vorbeigehen zu sehen, einen letzten Blick auf diese Frau erhaschen zu können, der ich meine Existenz verdankte. Aber als erst eine, dann zwei Stunden verstrichen, musste ich mir eingestehen, dass ich in Wirklichkeit nicht wusste, was ich tun, wohin ich mich wenden sollte. Hier am Waldrand war ich orientierungsloser, als ich jemals auf meinen Streifzügen durch die Wildnis gewesen war.

Die Haustür wurde geöffnet. In der Stille drang das leise Quietschen der Angeln deutlich an mein Ohr, dann trat meine Mutter auf die Veranda – von hinten beleuchtet, nur eine Silhouette. Ich dachte, sie würde mich rufen, weil sie hoffte, ich sei noch irgendwo in der Nähe, um mir zu sagen, sie liebe mich mehr, als sie mich fürchte, und wolle mich nun doch nicht mehr wegschicken.

Aber dann sah ich die Schrotflinte. Die Repetierflinte Kaliber 12/70 mit Pistolengriff, die stets geladen war, um unerwünschte Besucher abwehren zu können, die sie nie genau bezeichnet hatte; sie nannte die Waffe ihre Versicherungspolice. Während sie ins Dunkel hinausspähte, hielt sie die Flinte nicht lässig, sondern mit beiden Händen schussbereit, auch wenn ihre Mündung nach oben zeigte. Ich vermutete, sie hatte mich im Verdacht, noch in der Nähe herumzulungern, und wollte mir durch diese Demonstration einbläuen, meine Verbannung sei endgültig.

Ich schämte mich jetzt, weil ich ihre Wünsche nicht sofort befolgt hatte. Aber als sie ins Haus zurückkehrte und die Tür schloss, blieb ich weiter am Waldrand, weil es mir nicht gelingen wollte, mich zum Aufbruch zu motivieren.

Ungefähr eine halbe Stunde verstrich, bevor die Schrotflinte knallte. Obwohl der Schussknall durch die Mauern des Hauses gedämpft wurde, hallte er in der Stille des Bergwaldes sehr laut.

Zunächst dachte ich, jemand müsse sich durch die Hintertür oder ein für mich nicht sichtbares Fenster Zutritt zum Haus verschafft haben, denn Mutter sprach oft von Feinden und ihrem Vorsatz, an einem Ort zu leben, an dem niemand sie jemals finden würde. Ich brach durchs Unterholz und war auf halbem Weg zum Haus, bevor mir klar wurde, dass dort drinnen kein Eindringling verletzt oder tot lag, kein Feind als ihr schlimmster, nämlich sie selbst.

Hätte mein Tod sie ins Leben zurückrufen können, wäre ich auf dem Rasen vor dem Haus gestorben.

Ich glaubte, ich müsste ins Haus gehen. Vielleicht war sie nur verletzt und brauchte Hilfe.

Aber ich kehrte nicht ins Haus zurück. Ich kannte meine Mutter gut. War ihr wichtig, dass etwas erledigt wurde, setzte sie Herz und Verstand voll dafür ein und schaffte, was sie sich vorgenommen hatte. Sie machte weder Fehler noch gab sie sich mit Halbheiten zufrieden.

Wie lange ich in der Stille nach dem Schussknall auf dem nächtlich dunklen Rasen blieb, weiß ich nicht.

Irgendwann entdeckte ich, dass ich kniete.

Auch an meinen Aufbruch habe ich keine Erinnerung. Dass ich auf der unbefestigten Zufahrt unterwegs war, merkte ich erst in der letzten Minute vor der Asphaltstraße.

Kurz nach Tagesanbruch suchte ich Zuflucht in der baufälligen Scheune einer verlassenen Farm, deren niedergebranntes Wohnhaus nicht wiederaufgebaut worden war. Mäuse waren ihre rechtmäßigen Bewohner, aber sie hatten nicht zu viel Angst vor mir, und ich versicherte ihnen, ich wolle nur ein paar Stunden bleiben.

Mutter hatte mir nicht nur das Wesentliche in den Rucksack gepackt, sondern auch ein halbes Dutzend selbst gebackener Schokoplätzchen mit Pekannüssen, die ich so liebte.

7

Zu Fuß unter der City unterwegs war ich eben an einer Kreuzung angelangt, als plötzlich ein Rumpeln ertönte, das Donnern einer U-Bahn, deren Tunnel als einzige tiefer als die Regenwasserkanäle lagen. Kam es einmal vor, dass ein U-Bahn-Abschnitt überflutet war, wurde das Wasser in diese Kanäle hinaufgepumpt. Vor der Jahrtausendwende war es in Abwasserkanäle gepumpt worden, aber durch einen verhängnisvollen Rückstau liefen einmal zwei Meilen U-Bahn-Tunnel mit Fäkalien voll und mussten in wochenlanger Arbeit von Teams in Schutzanzügen gesäubert werden, sodass diese Lösung wieder verworfen wurde.

Eine City ist halb Tier, halb Maschine mit Arterien voll Frischwasser und Venen voll Abwasser. Nerven aus Telefon- und Stromkabeln, Abwasserkanäle als Verdauungsapparat, Leitungen für Gas und Heißdampf. Ventile und Filter und Messgeräte und Motoren und Transformatoren und Zehntausende von miteinander verlinkten Computern, und obwohl ihre Einwohner schlafen, schläft die Großstadt nie.

Die City ernährte mich und bot mir eine sichere Zuflucht, für die ich dankbar war, aber ich blieb ihr gegenüber weiter leicht misstrauisch und fürchtete sie manchmal auch. Logik sagte mir, trotz ihrer Komplexität sei die Stadt nur eine Ansammlung von Dingen, Gebäuden, Maschinen und Systemen, die kein Bewusstsein entwickeln, keine Absichten hegen konnte. Trotzdem hatte ich oft das Gefühl, obwohl ihre Einwohner nichts von meiner Existenz ahnten, kannte mich die City – und beobachtete mich.

Führte die Großstadt ein von ihren Einwohnern unabhängiges Eigenleben, musste sie zu Freundlichkeit wie zu Grausamkeit imstande sein. Als Schöpfung von Männern und Frauen besaß sie deren schlechte Eigenschaften bestimmt genauso wie deren Tugenden.

Das Rumpeln der U-Bahn zog unter meinen Füßen entlang und wurde nach der großen Kreuzung schwächer. Ich bog links in einen Seitenkanal ab, der stärker anstieg als der Haupttunnel. Hier gab es keine seitlichen Laufstege, und das niedrigere Profil bedingte, dass ich ein gutes Stück mit hochgezogenen Schultern und gesenktem Kopf unterwegs war.

Ich war mit diesen unterirdischen Boulevards und Gassen so vertraut, dass ich mich ohne Licht hätte zurechtfinden können. Aber obwohl ich mich nur nachts hinauswagte und tagsüber in der Tiefe lebte, blieb ich ein Lichtwesen und sehnte mich mehr nach Licht, als meine Umstände erlaubten.

Ich erreichte einen offenen Hohlraum in der rechten Kanalwand, der ein Halbzylinder aus gewölbten Betonsteinen war. Bei eineinhalb Metern Durchmesser war er gut zwei Meter hoch und sah wie ein Schacht aus, den man unter einem Kanaldeckel vorfindet, außer dass solche Schächte tiefer, nicht seitlich offen und nur von oben her zugänglich sind.

Über mir hatte ich einen schweren Gusseisendeckel mit am Rand eingefräster Nut. Aus meinem Rucksack holte ich das einzige Werkzeug, das er enthielt: eine gut einen Meter lange Eisenstange mit T-förmigem Griff an einem Ende und einer Art Steckschlüssel am anderen. Als ich den Schlüssel in die Nut steckte und entgegen dem Uhrzeigersinn drehte, wurde der ausbalancierte Scharnierdeckel entriegelt, sodass ich ihn hochdrücken und öffnen konnte.

Das Werkzeug hatte der Vater meines Vaters einige Jahre vor seinem Tod aus einem Werkstattwagen der Stadtreinigung geklaut. Dieser Kanaldeckelschlüssel war mein kostbarster Besitz. Der größte Teil meiner Bewegungsfreiheit, so kümmerlich sie auch war, wäre dahin gewesen, wenn ich dieses Werkzeug verloren hätte.

Nachdem ich den Schlüssel wieder in ein Reißverschlussfach meines Rucksacks gesteckt hatte, nahm ich die Stablampe zwischen die Zähne, packte den Rand des Mannlochs und stemmte mich aus der offenen Luke in den Keller der Zentralbibliothek der Stadt. Alles war still, wie es an diesem Ort sein sollte, und die Luft war trocken, nicht ausgedörrt und kühl, aber auch nicht kalt.

In dieser ersten Stunde eines Sonntagmorgens würde das riesige Gebäude menschenleer sein. Die Putzkolonne hatte ihre Arbeit längst beendet. Sonntags war die Bibliothek geschlossen. Ich konnte damit rechnen, sie bis Montagmorgen für mich allein zu haben. Mein Plan sah jedoch vor, dass ich mich hier nur wenige Stunden aufhalten würde, bevor ich weiterzog, um anderswo meine Vorräte zu ergänzen.

Das klimatisierte Kellergeschoss war gigantisch: ein saalartiger Raum mit Reihen von massiven Säulen, die sich nach oben hin verbreiterten, sodass sie elegante Kreuzgewölbe aus Kalkstein bildeten. Zwischen den Säulenreihen standen Stahlschränke, teils mit Schubladen, auf 30 Zentimeter hohen Betonsockeln. Manche enthielten irgendwelche Akten, aber die breiten, nicht sehr hohen Schubladen nahmen Blaupausen und kleine Stapel von vor Alter brüchigen Druckwerken auf, die nicht mehr stehend aufbewahrt werden konnten.

Dies war das Archiv für Stadtgeschichte, was den Zugang zu dem Regenwasserkanal unter dem Gebäude erklärte. Es gab noch mehrere solcher Abflüsse, die im unwahrscheinlichen Fall eines Wasserrohrbruchs oder einer anderen Katastrophe geöffnet werden konnten, damit das Wasser nicht höher stieg als die Sockel, auf denen die Stahlschränke standen.

Mir gefielen der immense Raum, die Kolonnaden und die Kreuzgewölbe darüber, die mich an Fotos des gewaltigen Reservoirs erinnerten, das François d'Orbay unter der Wasserterrasse und dem Park des Schlosses Versailles erbaut hatte. Bewegte ich den Lichtstrahl meiner Stablampe, schwenkten die Schatten der Säulen wie große schwarze Türen zur Seite.

Ein gewöhnlicher Aufzug und ein Lastenaufzug führten nach oben in die Bibliothek, aber ich benutzte sie nie. Treppen waren lautlos, sicherer. Ich hatte die Wahl zwischen mehreren geschlossenen Treppenhäusern und entschied mich für die Treppe in der Südostecke.

Natürlich waren Bücher die Hauptattraktion, die mich in diese Bibliothek lockte. Obwohl Vater – wie schon sein Vater vor ihm – Bücher gesammelt hatte, die oberirdisch Lebende weggeworfen hatten, obwohl ich mir Bücher aus den Secondhand-Läden ausleihen konnte, in die ich nachts einbrach, waren viele Bücher nirgends leichter zu finden als in der Zentralbibliothek.

Über die Treppe gelangte ich in den mit Walnussholz getäfelten Zeitschriftensaal, in dem Zeitungen und Zeitschriften auslagen. Ein kurzer Korridor führte in den Hauptlesesaal, ein 1500 Quadratmeter großes architektonisches Meisterwerk, das aus einem Meer aus dunkelkaramellbraunen Marmorfliesen aufstieg. Der riesige Saal, in dem ein Teil der Büchersammlung stand, bot jenseits des Labyrinths aus Regalen Platz für mindestens 500 Lesende an zweckmäßigen hölzernen Lesepulten.

Zu dieser nächtlichen Stunde war der Lesesaal sonst immer lediglich durch den diffusen Widerschein der beleuchteten Stadt erhellt gewesen. Dieses Mal brannten hier jedoch zahlreiche Lampen.

Ich hätte beinahe den Rückzug angetreten, aber irgendeine Intuition veranlasste mich dazu zu bleiben, zu sehen, zu wissen.

Vor Jahrzehnten waren nachts Wachleute durch die vielen Säle und Korridore der Zentralbibliothek gestreift. Aber in einem Staat, den Verschwendung fast in den Bankrott getrieben hatte, wurden massive Schlösser und Alarmanlagen als Sicherheitsmaßnahmen bevorzugt, weil sie keine Gehälter, Gesundheitsvorsorge und Renten beanspruchten.

Zwischen den zweieinhalb Meter hohen Regalreihen, von Bibliothekaren als Stapel bezeichnet, führten Gänge von Ost nach West, von Nord nach Süd. Als ich mich dem Eingang des Labyrinths näherte, hörte ich Schritte, die selbst in der Stille fast unhörbar waren: so leichte und rasche Schritte, als stammten sie vom Gespenst eines Kindes, das in verzweifelter Hast vor der Realität seines frühen Todes zu fliehen versuchte.

In der Schneise vor mir erschien am Kreuzungspunkt zweier Gänge von links, also von Norden, ein schlankes Mädchen, das nur mit den Zehen auftretend schnell und graziös wie eine Gazelle lief. Ihre Schuhe waren silbern wie die geflügelten Sandalen des Gottes Merkur, aber ansonsten war sie ganz in Schwarz gekleidet. Auch ihr langes Haar war anscheinend schwarz; es glänzte im Lampenlicht wie ein Waldteich im Mondschein bei Nacht. Gerade noch hier, im nächsten Augenblick fort schien sie um ihr Leben zu rennen.

Ich hörte keinen Verfolger, obwohl ihre offenkundige Angst suggerierte, jemand müsse ihr auf den Fersen sein. Wurde sie tatsächlich gejagt, konnte ich mir keinen Verfolger vorstellen, der sich leiser bewegte als sie.

Ich bewegte mich vorsichtig zwischen den Stapeln weiter. Die Kronleuchter unter der 15 Meter hohen Decke gaben kein Licht. Der Gang, auf dem das Mädchen gerannt war, erstreckte sich in beträchtlicher Länge und wurde von Leuchten aus gebürstetem Edelstahl mit polierten Messingapplikationen erhellt, die an den 20 Zentimeter breiten Verbindungsstegen zwischen Regalabschnitten montiert waren.

Die Stahlregale hatten Rückwände, sodass ich nicht über die Bücher hinweg in den nächsten Gang sehen konnte. Leise auftretend bewegte ich mich nach Osten bis zum nächsten Nord-Süd-Korridor, der parallel zu dem ersten verlief, aber das Mädchen war nirgends mehr zu sehen.

Die Bücherregale waren in einem großen Raster aufgestellt, das weit weniger kompliziert als die Labyrinthe des alten Videospiels Ms. Pac-Man war. Trotzdem erschien es mir viel verwirrender als ein Raster, als ich mich vorsichtig weiterbewegte, um Ecken spähte und mehrmals die Richtung wechselte, wie meine Intuition es mir eingab.

Ich war nach Süden unterwegs, wollte an der nächsten Ecke links abbiegen, als ich etwas hörte, das wie das leiseste Quietschen einer Gummisohle klang. Ich erstarrte zwischen den beiden letzten Leuchten – nicht im Schatten, aber auch nicht hell beleuchtet.

Ein großer, muskulöser Mann hastete von links kommend über die Kreuzung vor mir. Anscheinend war er sich der Position seiner Beute so sicher, dass er nicht nach links oder rechts blickte, als er meinen Gang überquerte und verschwand. Ich fürchtete, dass er mich aus dem Augenwinkel heraus wahrgenommen hatte und zurückkommen würde, um sich mich genauer anzusehen, aber er bewegte sich weiter.

Er trug einen Anzug mit Krawatte, jedoch ohne das Jackett, und hatte die Ärmel seines weißen Hemdes hochgekrempelt, als gehörte er hierher, als arbeitete er hier in leitender Position. Aber irgendetwas an ihm – vielleicht seine Intensität, seine grimmige Miene, seine zu Fäusten geballten grobknochigen Hände – ließ mich vermuten, seine Absichten seien verdächtig, wenn nicht sogar unehrenhaft.

Ich brachte den Mut auf, ihm zu folgen, aber als ich um die Ecke bog, war er verschwunden. Obwohl ich die Bibliothek inzwischen recht gut kannte, war dies wohl eher sein Labyrinth als meines. Falls er den Minotaurus der Sage darstellte und mir die Rolle des Theseus zufiel, der solche Ungeheuer erlegte, konnte diese Sache für die guten Kerle schlimm ausgehen, weil ich noch nie ein Monster oder sonst wen getötet hatte.

Das Mädchen schrie auf, und der Mann brüllte: *»Bitch, du kleine Bitch, ich bring dich um!«*, und das Mädchen schrie erneut. Das Poltern und Rumpeln einer Buchlawine ließ vermuten, dass jemand die Waffe des Wissens auf unkonventionelle Weise einsetzte.

Die Akustik in dem riesigen Saal war irreführend. Die reich vergoldete Kassettendecke, die Kalksteinwände, der Marmorboden und die endlosen Reihen schallschluckender Bücher absorbierten Geräusche oder warfen sie so verzerrt zurück, dass der Eindruck entstand, der kurze Kampf fände auf allen Gängen um mich herum statt. Dann plötzlich wieder Stille.

Ich stand auf einer Kreuzung, hielt den Kopf schief, drehte mich einmal um mich selbst und spürte mein Herz jagen, weil ich fürchtete, ihr sei etwas zugestoßen. Ich erinnerte mich daran, dass der Minotaurus in dem Labyrinth unter Kreta Menschenfleisch gefressen hatte.

8

Die Kapuze hochgeschlagen, den Kopf so tief gesenkt, dass ich mich gerade noch orientieren konnte, bog ich links, rechts, links ab, wandte mich mal hierhin, mal dorthin, im Kreis und wieder zurück, durch die Abteilung Geschichte mit all ihren Kriegen, durch die Naturwissenschaften mit all ihren Entdeckungen und Mysterien. Ich hörte mehrmals schleichende Schritte, das rasche leichte Atmen des Mädchens, einen von einer Männerstimme gemurmelten Fluch. Zweimal sah ich ihn flüchtig, als er vor mir um eine Ecke bog. Sie sah ich nicht, aber das war gut, ausgezeichnet, viel besser, als ihre Leiche zu finden.

Ich entdeckte den Gang, auf dessen Boden Bücher aufgehäuft waren, die das Mädchen geworfen oder aus dem Regal gerissen hatte, um seinen Verfolger zu behindern. Es schmerzte mich, Bücher so behandelt zu sehen. Aber sie war ungefähr 16, wog vermutlich keine 50 Kilo. Der Mann mit den hochgerollten Ärmeln war fast 1,90 Meter groß, wog bestimmt das Doppelte, konnte seinen Zorn offenbar nicht beherrschen und hatte gedroht, sie umzubringen. Sogar wenn sie die ganze Bibliothek vernichten musste, um sich zu retten, wäre sie im Recht gewesen. Jedes Buch verkörpert einen wachen Verstand, ein enthülltes Leben, eine Welt, die auf ihre Erforschung wartet, aber das alles sind auch lebende Menschen – und noch mehr, weil ihre Geschichten noch nicht zu Ende erzählt sind.

Dann veränderte sich wieder etwas, und ich glaubte im ersten Augenblick, das läge nur daran, dass die leisen Laute von Flucht und Verfolgung wieder absoluter Stille gewichen waren. Aber dann erhob sich das leiseste Flüstern, seinem Wesen nach vage flüssig, als plätscherten dünne Wasserstrahlen aus der obersten Schale eines fast außer Hörweite stehenden Brunnens in tiefere.

Begleitet wurde dieser gespenstische Laut von einem Geruch, der nicht in die Bibliothek gehörte, der weder dem hier lagernden Papier aus drei Jahrhunderten eigen war noch dem kaum wahrnehmbaren Zitronenduft der Kalksteinwände und erst recht nicht dem Geruch von Möbelpolitur und Bohnerwachs glich. Dies war der feuchte Geruch einer frisch gereinigten Straße, den ein kühler Luftzug herantrug, der nicht ganz stark genug war, um die Seiten der auf dem Marmorboden aufgehäuften Bücher zu bewegen.

Ich wusste, dass ich riskierte, entdeckt zu werden, als ich auf der Suche nach der Ursache des Luftzugs zum Südende der Stapel ging, wo ich zögerte, aus dem Labyrinth zu treten. Links vor mir hatte ich die Rückgabetheke, rechts stand die Haupttheke, und zwischen beiden führte ein breiter Streifen aus glänzend karamellbraunem Marmor in das große runde Foyer mit seiner Glaskuppel. Auf der gegenüberliegenden Seite des Foyers stand eine der vier reich verzierten Bronzetüren zur Straße hin weit offen.

Außer Sichtweite, irgendwo zwischen den Regalen, waren rennende Schritte zu hören. Als ich in meinen nur schwach erhellten Gang zurückwich, erschien der zornige Mann, der aus Osten kommend schräg an der Bücherrückgabe vorbeilief. Er war so auf das Foyer und die offene Tür fixiert, dass er mich vermutlich nicht einmal gesehen hätte, wenn ich auf einem angestrahlten Podest gestanden hätte.

Diese Ereignisse, die noch im Fluss waren, erregten mich aus Gründen, die ich nicht definieren konnte, und ich merkte, dass ich mich waghalsiger verhielt als je zuvor. In der Überzeugung, der Mann würde auf der Suche nach der Geflüchteten durch die offene Tür ins Freie und die beiden langen Treppen hinunterlaufen, folgte ich ihm so kühn, dass er sich nur hätte umsehen müssen, um mich zu entdecken.

Tatsächlich stampfte er durch die offene Tür hinaus, und ich erreichte sie gerade noch rechtzeitig, um ihn am Fuß der unteren Treppe auf dem Gehsteig zu sehen, wo er sich links und rechts nach seiner Beute in Silberschuhen umsah. Die breite Fahrbahn war vor Kurzem von einem Wagen der Straßenreinigung zur Hälfte gesprengt worden, was erklärte, weshalb der Geruch weniger frisch war, als wenn es geregnet hätte, und das leise Flüstern kam von den wenigen Autos, die nach Mitternacht auf dem nassen Asphalt unterwegs waren.

Als der Mann auf die Fahrbahn trat, um die Avenue besser überblicken zu können, fiel mir auf, dass die

Alarmanlage nicht angesprochen hatte, als das Mädchen entkommen war. Und dann bemerkte ich, dass die schwere Tür, die sich automatisch geschlossen hätte, durch einen L-förmigen Türstopper offen gehalten wurde, den sie aus einer Vertiefung im Boden hochgeklappt haben musste. Sie hatte sich nicht die Zeit genommen, den Stopper richtig einrasten zu lassen, aber sein in der obersten Stufe der Granittreppe steckendes Ende hielt die schwere Tür offen.

Die Wahrscheinlichkeit, dass der Bolzen diese anscheinend singuläre Aussparung in dem sonst glatten Granit traf, erschien mir gering. Ich vermutete, sie hatte ihn dort hineingesteckt, um sicherzustellen, dass durch die weit geöffnete Tür ein Luftzug hereinkam, der auffallen musste.

Als sich der frustrierte Mann auf der Straße nach der Bibliothek umzudrehen begann, wich ich zurück, bevor er mich entdecken konnte. Ich hastete durchs Foyer, um in das Bücherlabyrinth zurückzukehren.

Beim Anblick des Mädchens in Schwarz zögerte ich. Sie flitzte durch den schwach beleuchteten Lesesaal jenseits der Stapel, war zu einer Tür in der fernen Nordostecke des riesigen Saals unterwegs.

Sie hatte ihre Flucht vorgetäuscht, was bedeutete, dass sie innerhalb des Gebäudes ein Versteck hatte, in dem sie sich sicher fühlen konnte. Und es bedeutete noch mehr, auch wenn ich vorerst nicht wusste, was.

Ich hörte den Mann laut fluchen, noch bevor er die obersten Stufen heraufkam. Das Labyrinth aus Bücherregalen konnte ich nicht mehr erreichen. Er würde mich sehen, sobald er durch die Tür hereinkam. Ich wandte mich nach links und setzte mit einer Flanke über die elegant geschwungene Haupttheke, die einen mit viel Mahagoni gestalteten großzügigen Arbeitsbereich umschloss, an dem vier Besucher gleichzeitig bedient werden konnten. Ich duckte mich unter die Theke und konnte nur hoffen, nicht gesehen worden zu sein.

Ich hörte, wie die schwere Bronzetür mit einem Knall geschlossen wurde, die Verriegelung einschnappte und der Türstopper leise klirrte, als er wieder in seine Halterung gesteckt wurde. Seine Schritte schienen geradewegs auf mein Versteck zuzukommen, aber dann marschierte er an mir vorbei – so dicht, dass ich sein Rasierwasser mit Gewürznoten riechen konnte. Im Vorbeigehen knurrte er »Bitch!« und noch schlimmere Verwünschungen, als hasste er das Mädchen tatsächlich genug, um es ermorden zu wollen. Dann verhallte seine Stimme. In der Ferne fiel eine Tür ins Schloss.

Wenig später erlosch das Licht.

Ich rappelte mich auf, blieb aber noch im geschützten Bereich der Haupttheke.

Die Zehnmeterfenster der Südwand begannen über zweieinhalb Meter hohen Bücherregalen und endeten knapp drei Meter unter der tiefen Kassettendecke mit eleganten Bogen. Zu den Reizen der City gehört ihr leuchtender Nachthimmel, der nie weniger als romantisch und oft magisch ist. In dieser Dezembernacht leuchtete die Metropole nicht wie zuvor in mattem Milchweiß in die Bibliothek, sondern mit einer überzeugenden Imitation von Schneelicht, als reflektierte frisch gefallener Schnee den Schein des Weihnachtsmonds. Die AUSGANG-Schilder über den Türen waren rot wie Trauben von

Stechpalmenbeeren, und ich staunte über mich selbst, dass ich so etwas dachte, und fragte mich, wovon ich besessen war, dass mir so leicht zumute war, nachdem ich mich vor wenigen Minuten noch angstvoll versteckt hatte.

Natürlich kam das von dem Mädchen. Ihre Anmut, ihre Schnelligkeit, ihr eleganter Laufstil und vor allem das Rätsel ihrer Anwesenheit in der Bibliothek weckten in mir Vorfreude auf ein aufregendes Abenteuer, das ich würde beobachten können, ohne selbst daran teilnehmen zu dürfen.

Obwohl mein Leben nach allen Normen unkonventionell war, war es nicht voller glitzernder Abenteuer oder staunenswerter Heldentaten. Ich hielt mich tagsüber versteckt, las, hörte Musik mit dem Kopfhörer meines CD-Players, dachte nach, löste Kreuzworträtsel, schlief manchmal. Nachts schlich ich durch die Großstadt, um mir die Dinge zu beschaffen, die ich fürs Überleben brauchte, aber auch auf der Suche nach Glücksmomenten an Orten wie diesem, wo große Kultur und die schönen Künste sich in prachtvoller Architektur vereinigten.

Bedachte ich jedoch den blinden Zorn, den alles verzehrenden Hass, den meine Erscheinung hervorrief, wäre der Versuch, an einem Abenteuer teilnehmen zu dürfen, so unklug gewesen, als würde ein Bluter mit Macheten jonglieren.

Aus Büchern wusste ich jedoch, dass alle Menschen danach streben, ein sinnvolles, bedeutungsvolles Leben zu führen. Selbst ich in meiner grässlichen Andersartigkeit wünschte mir nichts weniger als Sinn und Bedeutung.

Meine Intuition sagte mir, dieses Mädchen könnte in seiner Einstellung mir gegenüber anders sein als andere

Leute. Sie könnte mindestens so tolerant sein, wie Mutter gewesen war, und als Prüfstein fungieren, an dem ich den Wert meiner Persönlichkeit erproben konnte, ohne Folter und einen gewaltsamen Tod befürchten zu müssen. Ich vermutete, sie brauche vielleicht Hilfe, und traute mir zu, ihr trotz meiner Einschränkungen behilflich sein zu können.

Ich erwartete keine Beziehung, nur eine denkwürdige Begegnung, bei der ich vielleicht etwas beitragen konnte, das ihrem Leben eine entscheidende Wende gab. Vater hatte oft gesagt, wir seien hier, um zu lernen und zu geben. Aber wie konnte man geben, wenn man versteckt lebte, seit sechs Jahren allein?

Einige Minuten nach dem Ausschalten der Beleuchtung hallte eine Lautsprecherstimme durchs Gebäude: »Alarmanlage scharf gestellt!«

Der zornige Mann musste die Bibliothek durch den Hinterausgang verlassen haben, der auf eine Gasse hinausführte. Neben dieser Tür war das Tastenfeld der Alarmanlage in die Mauer eingelassen.

In einem so riesigen Gebäude hätten Bewegungsmelder zu viele Fehlalarme ausgelöst, deshalb waren hier keine installiert. Wegen der Klimatisierung zum Schutz des Papiers blieben die Fenster permanent geschlossen, und ihre schweren Bronzebeschläge waren für Einbrecher nicht leicht zu überwinden. Außerdem waren heutige Kriminelle noch dümmer als Diebe in früheren Jahrhunderten und wussten nicht, dass Bücher wertvoll sind. Und die Vandalen, die es früher vielleicht genossen hätten, sich hier einschließen zu lassen, um nachts Bücher zu beschädigen oder zu vernichten, kamen heutzutage mit solch frechen, in aller Öffentlichkeit verübten Straftaten davon, dass Bücher zu zerreißen oder sogar in sie zu urinieren im Vergleich zu Anschlägen auf die Zivilisation, die anderswo verübt werden konnten, langweilig erschien. Alle Zugänge waren alarmgesichert, aber innerhalb dieser Mauern konnte ich mich frei bewegen.

Ich schaltete meine Stablampe ein und verließ den Empfangsbereich durch die Tür.

In den 18 Jahren seit meinem ersten Besuch hatte die Pracht dieses Gebäudes stundenweise allein mir gehört, als wäre ich der König der Bücher und dies mein Palast. Obwohl ich jeden Winkel kannte, langweilte ich mich hier nie – und nun bot sich mir etwas Neues. Was machte sie hier? Wieso hatte sie die Chance zur Flucht nicht ergriffen? Wer war ihr rasender Verfolger gewesen? Die Bibliothek war mir nicht mehr so aufregend erschienen seit meinen ersten Besuchen mit Vater.

Ich hastete durch den riesigen Lesesaal zu der Tür, durch die das Mädchen verschwunden war. Ich kannte die Verstecke, die sie gefunden haben konnte: Zufluchtsorte, die vielleicht sogar den dienstältesten Angestellten der Bibliothek verborgen geblieben waren.

Erwies sie sich als weniger tolerant als meine Mutter, war sie zumindest viel kleiner als ich und konnte mir vermutlich nichts anhaben, bevor ich vor ihr flüchten konnte. Die Erinnerung an ihren eleganten Laufstil, wie sie fast durch die Gänge geschwebt war, bezauberte mich noch immer, aber ich erinnerte mich auch daran, dass Leute, die überhaupt nicht bedrohlich gewirkt hatten, manchmal zu denen gehört hatten, die mich beinahe umgebracht hatten. Selbst einen im Sterben liegenden Mann, der nichts mehr zu verlieren hatte, packte solcher Hass, dass er mich mit seinem letzten Atemzug verfluchte, als ich bei ihm niedergekniet war, um zu versuchen, ihm zu helfen.

9

Mit acht Jahren, ein Junge, aber auch völlig anders als andere Jungen, war ich auf der Suche nach einem Ort, an dem ich heimisch werden konnte. Nach meiner Verbannung aus dem Häuschen auf dem Berg wanderte ich fünf Tage lang über Land, meistens in den beiden ersten Stunden nach Tagesanbruch und der letzten Stunde vor Einbruch der Dunkelheit, in denen Leute, die in Wald und Flur wandern oder außerhalb der Jagdsaison jagen wollten, seltener unterwegs waren. Ich schlief nachts und blieb den größten Teil des Tages versteckt, aber stets wachsam.

Weil ich den mir vertrauten Wald bald verließ und in unbekannte Wälder kam, versuchte ich, möglichst in der Nähe irgendeiner Straße zu bleiben, ohne mich allzu oft aus der Deckung zu wagen. Weil es in diesem Teil der Welt vor allem Bäume gab, von denen ich allerdings manche nicht kannte, konnte ich den Asphalt mehr oder weniger im Blick behalten, während die Bäume mich vor denen verbargen, die auf ihm unterwegs waren.

An jenem Morgen war ich unterwegs, bevor die Sonne aufging, aber die Federwolken im Osten leuchteten bereits mehr rosa als blau – genau wie die Flamingos, die ich in einem Fotoband gesehen hatte.

Außer Whisky, Tabletten und dem weißen Pulver, das sie gelegentlich schnupfte, liebte meine Mutter nur die Natur, und sie hatte mindestens 100 Bildbände über Vögel und

Haarwild und andere Tiere. Menschen seien keinen Dreck wert, sagte sie, keiner von ihnen. Sie sagte, mein Vater sei wie alle Männer ein fauler Dreckskerl gewesen und sie werde sich nie wieder mit einem Mann einlassen – auch mit keiner Frau –, denn letztlich seien alle selbstsüchtige Perverse, wenn man sie richtig kennenlerne. Aber sie liebte Tiere. Und obwohl sie sie liebte, wollte sie keinen Hund, keine Katze, kein anderes Tier im Haus haben, weil sie kein lebendes Wesen besitzen und von keinem vereinnahmt werden wollte.

Das Flamingo-Rosa wurde dunkler, fast orangerot, aber ich wusste, dass die feurigen Farben bald weggebrannt werden würden, wie es immer der Fall war. Die jetzt so prächtig angestrahlten Wolken würden bald aschfahl werden und der Himmel über ihnen gleichförmig blau. Solange dieses orangerote Leuchten anhielt, bevor die Sonne sich zeigte und Strahlen scharf wie Glas in den Wald schickte, waren die Morgenschatten unter den Bäumen so schwarz, dass ich fast spüren konnte, wie sie seidenweich über mich hinwegglitten.

Im orangeroten Morgenlicht fuhr ein Wagen die einsame Straße entlang, die auf einem niedrigen Damm gut einen Meter über dem Waldboden verlief. Vom Asphalt führte eine mit Gras bewachsene Böschung sanft abfallend zu meinem Versteck herunter. Weil ich glaubte, im seidenen Schatten unter den Bäumen gut verborgen zu sein, warf ich mich nicht in Deckung oder ging wenigstens in die Hocke, selbst dann nicht, als der Wagen hielt und die Männer ausstiegen. Irgendwie wusste ich, dass sie zu einem Zweck hergekommen waren, der ihre volle Aufmerksamkeit erforderte, sodass ihre ganze Welt zu dem zusammengeschrumpft war, was sie hier erledigen wollten.

Drei der Männer scherzten mit dem vierten. Ich konnte hören, wie das Lachen in ihren Stimmen durch den Wald hallte, aber der Kerl, den zwei von ihnen festhielten, schien nicht in der richtigen Stimmung zu sein, um sich amüsieren zu lassen.

Anfangs glaubte ich, er wäre krank und schwach, vielleicht betrunken, aber dann erkannte ich, dass er schwer misshandelt worden war. Selbst aus 15 Metern Entfernung wirkte sein Gesicht geschwollen, ganz entstellt. Sein hellblaues Hemd hatte Blutflecken.

Während zwei Männer ihn festhielten, boxte der vierte Mann ihm in den Magen. Ich dachte, er hätte zugeschlagen, aber als er nochmals ausholte, sah ich das Messer in seiner Hand. Als sie den Erstochenen von der Fahrbahn kippten, rutschte dieser auf dem Rücken liegend mit dem Kopf voraus die Böschung hinunter, an deren Fuß er bewegungslos liegen blieb.

Die drei Kerle neben dem Wagen lachten darüber, wie der Tote durchs taunasse Gras geglitten war, und einer von ihnen zog den Reißverschluss seiner Hose auf, als wollte er auf ihr Opfer pissen, aber das war nur ein weiterer Scherz. Dann rief der zur Fahrertür laufende Messerstecher: »Los, ihr Penner, wir müssen weiter!«

Der Wagen raste davon, sein Motorengeräusch verhallte im dichten Wald, und die Sonne ging in der tiefsten Stille auf, die ich jemals erlebt hatte.

Ich beobachtete eine Zeit lang den Toten und wartete darauf, dass das Auto zurückkommen würde, aber als die farbigen Wolken zu Aschgrau verblasst waren, wusste ich, dass die Mörder nicht zurückkommen würden.

Als ich mich dem Toten näherte, entdeckte ich Leben in ihm. Das Gesicht des Opfers war schrecklich geschwollen und mit Blutergüssen übersät. Aber der Mann atmete noch.

Ein Messer mit kunstvoll geschnitztem Knochengriff ragte aus seinem Unterleib, steckte bis zum Heft darin. Wo die Rechte des Mannes nicht von Blut glitschig war, waren ihre Finger so weiß wie der Knochengriff, den sie umklammerten.

Ich wollte ihm helfen, wusste aber nicht, wie. Nichts, was mir einfiel, erschien mir angemessen tröstlich. Während ich unbeholfen schwieg, fragte ich mich, ob ich jemals mit Menschen außer meiner Mutter würde reden können. Schließlich hatte ich nie mit jemandem außer ihr auch nur ein Wort gewechselt.

Ganz mit dem Sterben beschäftigt, das bald eintreten würde, schien er mich nicht gleich zu bemerken. Sein linkes Auge war fast zugeschwollen, das weit aufgerissene rechte starrte nach oben, als zöge irgendein erstaunliches Flugobjekt über den Morgenhimmel.

»Das tut mir leid«, sagte ich. »Es tut mir so leid.«

Sein Blick erfasste mich. Er gab einen leisen, erstickten Laut von sich, der mehr Abscheu als Schmerzen auszudrücken schien.

Obwohl ich meine Strickhandschuhe trug, erschauderte er, als ich ihn berührte, und hätte bestimmt um sich geschlagen und wäre vor mir zurückgewichen, wenn er nicht so schwach gewesen wäre.

Als er mit heiserer, verzweifelter Stimme sprach, zerplatzten Blutbläschen zwischen seinen Lippen. »Hau ab. Lass mich. Verschwinde.«

Erst dann merkte ich, dass ich vergessen hatte, meinen Schal vors Gesicht zu ziehen, und auch meine Kapuze nicht hochgeschlagen war.

Mutter hatte mich gewarnt, dass allein meine Augen mich verraten würden, und der Sterbende konnte den Blick nicht von ihnen wenden. Während er mein Starren erwiderte, nahm seine Blässe rasch zu, als verletzte mein Blick ihn schlimmer als das Messer mit Knochengriff.

Mit plötzlich aufflammender Energie knurrte er ein Wort, das ich nicht kannte, spuckte es so bösartig aus, dass ich erkannte, dass es eine Beleidigung und ein Fluch zugleich sein musste. Als er dieses Wort wiederholte, stieg solch ungeheurer Hass in ihm auf, dass er gegen die Schmerzen in seinem aufgeschlitzten Bauch immun war. Er vergrößerte die Wunde noch, als er das Messer herausriss und mir das Gesicht zu zerschneiden versuchte, als wollte er die Augen erblinden lassen, die ihn so ärgerten.

Ich wich zurück, der Hieb ging ins Leere, das Messer fiel ihm aus der Hand, sein Arm sank schlaff herab, und er lag tot da.

10

Jenseits der Tür, durch die das Mädchen verschwunden war, führte ein breiter Korridor mit einem Kreuzgewölbe als Decke zu vier Sälen mit Spezialsammlungen. Eine davon bestand aus 7000 Bänden: lauter Erstausgaben berühmter Kriminalromane im Wert von vielen Millionen, eine Spende eines in dieser Stadt lebenden berühmten Schriftstellers.

Nachdem ich den Saal betreten hatte, schaltete ich meine Stablampe aus und blieb horchend stehen.

In jedem großen Gebäude, das nicht nur funktional sein, sondern auch gefällig aussehen soll, gibt es hier und da Hohlräume in den Wänden, die nicht für Strom- oder Wasserleitungen gebraucht werden. Manche davon sind so groß wie begehbare Kleiderschränke. Gehören sie zu dem Raum, in dem sie sich befinden, wird ihre Form durch Winkel und Nischen bestimmt. Um einer dem Auge angenehmen Harmonie willen sind solche Hohlräume hinter Wänden versteckt.

Manchmal findet ein cleverer Architekt mit romantischer Veranlagung und Sinn für Geheimnisvolles eine Möglichkeit, solche Räume durch eine gut getarnte Geheimtür oder ähnliche Mittel zugänglich zu machen. Oft dienen diese zusätzlichen Räume als Lager, aber manche Architekten mit Sinn für Humor, die Mysterien lieben, nutzen sie anders.

Falls das leichtfüßige Mädchen sich hier zwischen bedruckten Seiten voll mit FBI-Agenten, Kriminalbeamten, Privatdetektiven und allen möglichen Amateuren, die Verbrechen aufklärten, versteckt hielt, war es so still wie die Leichname, die ebenfalls diese Seiten füllten.

Die originalen Baupläne für die über 100 Jahre alte Zentralbibliothek waren unten im Keller archiviert. Meine Liebe zu dem Gebäude und seinen Büchern hatte mich schon vor Jahren veranlasst, diese Pläne genau zu studieren. Dabei hatte ich zwei relativ große Hohlräume entdeckt.

Einer davon war anderswo im Gebäude hinter einer Geheimtür in einer getäfelten Wand versteckt. Er war dreieinhalb Meter breit und zwei Meter tief und wundervoll mit exotischen Hölzern und exquisiten Schnitzereien eingerichtet. Meiner Überzeugung nach hatte der Architekt – John Lebow von Lebow & Vaughn – die Ausstattung beider Geheimräume selbst entworfen und ausgeführt, allerdings nicht aus Spaß.

An der Rückwand, im Blickpunkt des ersten Geheimraums, hing das Porträt einer schönen Frau mit rötlich braunem Haar und grünen Augen. Sie saß mit einem Buch in der Hand an einem Tisch, auf dem sich weitere Bücher türmten. Ein kleines Messingschild unten am Rahmen identifizierte sie als MARY MARGARET LEBOW / GELIEBTE EHEFRAU. Als ihr Todestag war der 15. Juni 1904 angegeben, über ein Jahr vor der Fertigstellung der Bibliothek.

Der zweite Geheimraum, drei Meter breit und zweieinhalb Meter tief, lag hier bei den Kriminalromanen – hinter einer Wand aus Bücherregalen neben einem 275 mal 150 Zentimeter großen Gemälde versteckt, das den Haupteingang der Bibliothek zeigte, wie er 1905 erstmals zu Weihnachten geschmückt gewesen war. Das große Gemälde schien fest an der Wand montiert zu sein. Aber mehrere kleine Stahlstifte, die raffiniert in dem Prunkrahmen versteckt waren, lösten die Verriegelung, wenn sie in richtiger Reihenfolge nacheinander gedrückt wurden, sodass das Gemälde sich an einem unsichtbaren Klavierband zur Seite schwenken ließ.

In dem ebenfalls mit edlen Hölzern exquisit ausgestatteten zweiten Geheimraum hing ein weiteres Gemälde, diesmal von zwei Kindern: ein Junge von sieben und ein Mädchen von neun Jahren, beide mit einem Buch in der Hand. Die Plakette am Rahmen benannte auch sie – KATHERINE ANNE LEBOW / JAMES ALLEN

LEBOW und zeigte, dass sie am selben Tag wie ihre Mutter gestorben waren.

Meine Recherchen hatten ergeben, dass Mary Margaret Lebow Bibliothekarin gewesen war, als der Architekt sie kennengelernt und geheiratet hatte. Viele Jahre später waren sie und ihre Kinder bei einem Besuch in New York City, wo ihr Mann geblieben war, um weiterhin den Bau der Bibliothek zu beaufsichtigen, mit einigen Verwandten – und über 1300 weiteren Fahrgästen – für einen Tagesausflug an Bord des Dampfers *General Slocum* gegangen. Die Fahrt sollte die Lower East Side von Manhattan entlang und auf dem East River zum Long Island Sund gehen. Sie waren noch nicht lange unterwegs, als an Bord Feuer ausbrach, das rasend schnell um sich griff. Hunderte von Passagieren sprangen in Panik ins Wasser. Schwimmen konnten nur wenige. Wer nicht verbrannte, ertrank – über 1000 Personen. Bis zum 11. September 2001 hatte die Katastrophe vom 15. Juni 1904 die meisten Menschenleben in der Geschichte New Yorks gefordert.

Die meisten der damals tödlich Verunglückten waren Mitglieder der St. Mark's Evangelical Lutheran Church in der 623 East 6th Street gewesen, der auch Mary Margarets Verwandte angehört hatten. In ihrem Schmerz hätten andere Männer Gott für unsagbar grausam halten und sich für immer von ihm abwenden können – anscheinend nicht jedoch John Lebow. In die Wandtäfelung der Geheimräume waren auf beiden Seiten der Ölporträts vergoldete Kreuze eingelassen. Diese liebevoll erbauten Schreine für seine Frau, die Bibliothekarin, und ihre Kinder legten Zeugnis ab von der ungebrochenen Hoffnung des Architekten.

Ich schaltete meine Lampe wieder ein, richtete ihren Lichtstrahl auf das große Gemälde, das zugleich als Tür diente, und sprach so laut, dass das Mädchen mich hören musste, wenn es in der Kammer dahinter saß. »Ich heiße Addison, obwohl das niemand auf der Welt weiß – außer jetzt du. Bist du dort drinnen bei John Lebows verlorenen Kindern, sollst du wissen, dass ich früher auch ein verlorenes Kind war. Und ich fühle mich noch immer verloren, obwohl ich kein Kind mehr bin.«

Niemand antwortete mir.

»Ich will dir nichts Böses. Wollte ich dir etwas tun, könnte ich die drei versteckten Stifte in richtiger Reihenfolge drücken und dich dort rausholen. Ich will dir nur helfen, wenn ich kann. Vielleicht glaubst du, keine Hilfe zu brauchen. Das denke ich manchmal auch. Aber das tun wir alle. Wir alle brauchen Hilfe.«

Auf dem Gemälde waren immergrüne Girlanden um die Säulen auf beiden Seiten des Haupteingangs geschlungen, und an allen vier Bronzetüren hingen Kränze mit riesigen roten Schleifen. Auf die schon verschneite Straße fiel weiterer Schnee, und die Welt wirkte perfekter, als sie im Jahr 1905 vielleicht gewesen war.

»Willst du nicht mit mir reden, belästige ich dich nie wieder. Ich liebe die Bibliothek zu sehr, um sie aufzugeben, also werde ich manchmal nachts herkommen, aber ohne nach dir Ausschau zu halten. Nimm dir etwas Zeit, darüber nachzudenken. Falls du reden willst, bin ich die nächste halbe Stunde im Hauptlesesaal zwischen den Stapeln, wo der böse Mann dich nicht einholen konnte, wo du gelaufen bist, wie eine Ballerina tanzt. Ich bin auf dem Gang mit Charles Dickens.«

Ich wusste, dass sie kühn und schnell und sicher keine Maus war. Aber eine Maus hinter der Wandtäfelung, die eine Katze witterte, von der sie nur durch eine dünne Schicht Kirschholz getrennt war, und von ihr gewittert wurde, hätte nicht stiller sein können als dieses Mädchen.

11

Im Hauptlesesaal hatte jeder Gang zwischen den Regalen einen eigenen Lichtschalter, und ich betätigte nur einen. Die hoch montierten Leuchten mit ihren Schirmen aus gebürstetem Stahl mit Messingapplikationen erzeugten schimmernde Lichtflecken auf dem karamellbraunen Marmorboden.

Nachdem ich die Glühbirne aus einer der Leuchten herausgedreht hatte, stellte ich mich möglichst dicht neben Dickens – seine Bücher im Licht, ich im Schatten. Falls das Mädchen kam, würde ich mein Gesicht weder absichtlich noch versehentlich zeigen. Reflektiertes Licht konnte die Augen unter meiner Kapuze leuchten lassen, aber sie würde weder ihre Farbe noch Details noch sonst etwas sehen können, das die Leute dazu brachte, mich erstechen oder verbrennen zu wollen.

Falls sie kam und wir eine Zeit lang auf Augenhöhe miteinander sprachen, bevor ein jähes intuitives Verstehen meines Wesens sie dazu bewog, die Flucht zu ergreifen, würde ich sie nicht verfolgen, sondern stattdessen selbst vor ihr weglaufen. Aber wenn ihr Entsetzen abklang, würde sie im Lauf der Zeit vielleicht verstehen, dass ich ihr nichts Böses wollte, sondern auch ihre Antipathie verstand, ohne sie ihr zu verübeln.

Um mein Freund zu sein, muss man vielleicht wie ich sein, einer der verborgen Lebenden. Vielleicht konnte niemand, der oberirdisch lebte, ein Wesen wie mich tolerieren. Aber ich gab die Hoffnung nie auf, dass sich unter den Milliarden auf der Welt ein paar Menschen finden könnten, die den Mut aufbringen würden, mich als das zu akzeptieren, was ich war, und genug Selbstbewusstsein aufbringen würden, um mich auf einem Teil meines Lebensweges zu begleiten. Das selbst so rätselhafte Mädchen schien nach langer Zeit die Erste zu sein, die vielleicht diese Fähigkeit besaß.

Als ich zu fürchten begann, sie würde nicht kommen, erschien sie am anderen Endes des Ganges und trat dort in den Lichtkreis der letzten Leuchte. Wie sie so mit ihren silbernen Schuhen, in schwarzen Jeans, schwarzem Pullover und schwarzer Lederjacke breitbeinig dastand und die Arme in die Hüften stemmte, schien sie einem der Comics entstiegen zu sein, die ich nicht sonderlich mag. Ich meine die Comics, in denen jeder, die guten Kerle wie die schlechten, sehr selbstbewusst und stolz, taff und entschlossen wirkt. Sie stehen mit herausgedrückter Brust, zurückgenommenen Schultern und erhobenem Kopf da, wirken heldenhaft und zuversichtlich, und ihr Haar weht sogar in Szenen, in denen es keinen Wind gibt, weil sie mit wehendem Haar besser aussehen. In der Bibliothek gab es natürlich keinen Wind, und das Haar des Mädchens wehte auch nicht, sondern war lang und schwarz und struppig, sodass es ein bisschen so aussah, als wehte es.

Vielleicht mit Ausnahme von Batman mag ich die Superhelden und Superschurken in vielen dieser Comics nicht besonders, weil ihre stets dramatischen Posen eigentlich zeigen, was sie von sich selbst halten. Sehr selbstgerecht, ob sie nun die Welt retten oder in die Luft jagen. So im Bann von Machtfantasien stehend. Dieses Mädchen sah aus wie einem Comic entstiegen, aber irgendwie merkte ich ihr an, dass ihre Pose nicht widerspiegelte, was sie tatsächlich von sich selbst hielt.

Oder vielleicht bildete ich mir das nur ein. Die Brache der Einsamkeit ist fruchtbarer Boden für Selbsttäuschungen.

Nachdem sie mich aus der Ferne begutachtet hatte, nahm sie die Hände von den Hüften und näherte sich weder vorsichtig noch kühn, sondern mit derselben mühelosen Grazie, die mich sofort bezaubert hatte.

Als sie ins Licht trat, das die Bücher von Dickens beleuchtete, sagte ich: »Bitte nicht weiter.« Sie machte halt. Wir waren kaum dreieinhalb Meter voneinander entfernt, aber meine Kapuze und die von mir herausgedrehte Glühbirne ersparten ihr den Schock meines Anblicks.

Was ihr Aussehen betraf, hatte ich bei wenigen flüchtigen Blicken nicht bemerkt, wie grotesk sie sich schmückte und schminkte. In ihrem gepiercten rechten Nasenflügel trug sie einen silbernen Ring in Form einer Schlange, die den eigenen Schwanz frisst. In ihrer Unterlippe steckte eine glänzend rote Glasperle, die auf dem schwarzen Lippenstift wie ein Blutstropfen aussah. Ihr makelloser Teint war weiß wie Puderzucker, und sie betonte diese Blässe noch, indem sie reichlich Wimperntusche und eine dicke Schicht Schminke auftrug. Ihr rabenschwarzes, offenbar selbst geschnittenes Haar wies sie als Anhängerin der Gothic-Kultur aus, vermutete ich, aber dies war eine sehr individuelle Version eines gewöhnlichen Goth Girls. Nur ein Beispiel: Die Schminke bildete sorgfältig ausgeführte Rauten, deren Spitzen auf der

Stirn und unter den Wangenknochen lagen, was mich nicht nur an bestimmte Harlekine, sondern auch an eine höchst beunruhigende Marionette im Smoking erinnerte, die ich einmal im beleuchteten Schaufenster eines Ladens für altes Spielzeug gesehen hatte.

Die Augen in der Mitte dieser Rauten waren identisch mit denen der Marionette. Die Augäpfel schneeweiß und ohne Äderchen, pechschwarze Iriden mit flachen dunkelroten Rillen, die nur sichtbar waren, wenn das Lampenlicht aus genau dem richtigen Winkel einfiel. Weil meine Lebensweise mich selten mit anderen Leuten zusammenbrachte und ich die Formen menschlicher Gesichter und die verschiedenen Augenfarben nur aus Fotobüchern kannte, konnte ich nicht bestimmt sagen, solche Augen seien ungewöhnlich, aber sie waren so beunruhigend, dass ich vermutete, sie seien selten.

»Du willst mir also helfen«, sagte sie.

»Ja. Was ich auch tun kann, um dir zu helfen.«

»Mir kann niemand helfen«, erklärte sie ohne eine Spur von Verbitterung oder Verzweiflung. »Nur einer konnte mir jemals helfen, und er ist jetzt tot. Auch du stirbst, wenn du dich mir anschließt, und dich erwartet ein grausamer Tod.«

12

Ich stand bei Dickens im Schatten und sie im Lampenlicht, und ich konnte sehen, dass ihre Fingernägel schwarz lackiert und ihre Handrücken mit zusammengerollten blauen Echsen mit gespaltenen roten Zungen tätowiert waren.

»Das war keine leere Drohung, als ich gesagt habe, du würdest einen grausamen Tod sterben«, erläuterte sie.

»Das ist die reine Wahrheit. Ich will dich nicht in meiner Nähe haben.«

»Wer war dieser eine Mensch, der dir helfen konnte?«, fragte ich.

»Das spielt keine Rolle. Das war an einem anderen Ort, zu einer anderen Zeit. Darüber zu reden bringt sie nicht zurück. Die Vergangenheit ist tot.«

»Wäre sie tot, würde sie nicht so süß duften.«

»Für mich ist sie nicht süß«, sagte sie.

»Ich denke, schon. Als du ›an einem anderen Ort, zu einer anderen Zeit‹ gesagt hast, hat deine Stimme weicher geklungen.«

»Bilde dir ein, was du willst. Hier ist nichts weich. Ich bestehe ganz aus Knochen und Panzer und Stacheln.«

Ich lächelte, aber sie konnte mein Gesicht natürlich nicht sehen. Manchmal ist's mein Lächeln, das sie am meisten ängstigt. »Wie heißt du?«

»Das brauchst du nicht zu wissen.«

»Ja, das stimmt. Ich wüsste's nur gern.«

Die fadendünnen roten Rillen in ihren pechschwarzen Augen leuchteten heller. »Wie heißt du gleich wieder, verlorener Junge?«

»Addison, wie ich schon gesagt habe.«

»Addison wer?«

»Der Nachname meiner Mutter war Goodheart.«

»Hatte sie ein gutes Herz?«

»Sie war eine Diebin, vielleicht Schlimmeres. Sie wollte liebevoll sein, liebevoller, als ihr gegeben war. Aber ich habe sie geliebt.«

»Wie hat dein Vater geheißen?«

»Das hat sie mir nie gesagt.«

»Meine Mutter ist bei meiner Geburt gestorben«, sagte sie, und ich überlegte mir, dass meine Mutter gewissermaßen *an* meiner Geburt gestorben war, acht Jahre verspätet, aber ich sagte nichts.

Das Mädchen sah zu der Rokokodecke mit den dunklen Kronleuchtern auf, als wären der reiche Stuck um die tiefen Kassetten und die Himmelsszenen mit goldenen Wolken in ihnen für sie in einem ganz speziellen unsichtbaren Lichtspektrum sichtbar.

Als sie wieder mich ansah, fragte sie: »Was machst du nach Mitternacht in der Bibliothek?«

»Ich bin gekommen, um zu lesen. Und um einfach ihre Pracht zu genießen.«

Sie studierte mich lange, obwohl sie kaum mehr sehen konnte als meine Silhouette. Dann sagte sie: »Gwyneth.«

»Und dein Nachname, Gwyneth?«

»Ich benutze keinen.«

»Aber du hast einen.«

Während ich auf ihre Antwort wartete, wurde mir klar, dass die Goth-Kostümierung mehr als nur Mode war, dass sie vielleicht gar keine Mode, sondern ein Panzer war.

Als sie dann sprach, nannte sie nicht ihren Nachnamen, sondern sagte stattdessen: »Du hast gesehen, wie ich vor ihm weggelaufen bin, aber ich habe dich nie gesehen.«

»Ich bin sehr diskret.«

Sie betrachtete die Reihe von Dickens-Romanen in dem Regal rechts neben ihr. Dann ließ sie ihren Finger über die Lederrücken gleiten, auf denen die Titel im Lampenlicht leuchteten. »Sind die wertvoll?«

»Nicht besonders. Diese Reihe stammt aus den 70er-Jahren.«

»Die Bände sehen wunderbar aus.«

»Die Ledereinbände sind Handarbeit, die Titel aus echtem Gold.«

»Die Leute machen so viele schöne Dinge.«

»Manche Leute.«

Als sie sich wieder mir zuwandte, fragte sie: »Woher wusstest du, dass ich dort drinnen bei Lebows Kindern zu finden war?«

»Ich habe gesehen, wie du den Lesesaal verlassen hast, als er dich auf der Straße gesucht hat. Ich habe mir ausgerechnet, dass du unten im Archiv die Baupläne studiert haben musstest. Das habe ich auch getan.«

»Wieso hast du sie studiert?«, fragte sie.

»Ich dachte, das Skelett dieses Baus könnte so schön sein wie das fertige Gebäude. Und das ist es. Wieso hast du dich für die Pläne interessiert?«

Sie dachte etwa eine halbe Minute über ihre Antwort nach, überlegte vielleicht, ob sie überhaupt antworten sollte. »Ich kenne mich gern aus. An Orten, die über die ganze Stadt verteilt sind. Besser als jeder andere sie kennt. Die Leute haben die Geschichte vom Was und Wie und Warum vieler Dinge vergessen. Sie wissen so wenig über die Orte, an denen sie leben.«

»Du bleibst nicht jede Nacht hier. Sonst hätte ich dich schon früher gesehen.«

»Ich bleibe gar nicht hier. Ich komme nur manchmal auf Besuch.«

»Wo wohnst du?«

»Mal hier, mal dort. Überall. Ich bin gern unterwegs.«

Durch ihr dick aufgetragenes Make-up zu sehen war nicht leicht, aber ich vermutete, darunter war sie bildhübsch.

»Wer war der Kerl, der dich gejagt hat?«

Sie sagte: »Ryan Telford. Er ist Kurator der Kunstsammlung der Bibliothek.«

»Hat er geglaubt, du wolltest etwas stehlen oder beschädigen?«

»Nein. Er war überrascht, mich hier zu entdecken.«

»Dass ich nachts herkomme, weiß auch niemand.«

»Telford war überrascht, speziell mich zu sehen, meine ich. Er kennt mich … von einem anderen Ort, aus einer anderen Zeit.«

»Wo, wann?«, fragte ich.

»Unwichtig. Damals wollte er mich vergewaltigen und hat es beinahe geschafft. Auch heute Nacht wollte er mich vergewaltigen. Allerdings hat er ein schlimmeres Wort als Vergewaltigung benutzt.«

Das machte mich traurig. »Ich weiß nicht, was ich dazu sagen soll.«

»Wer wüsste das schon?«

»Wie alt bist du?«, fragte ich.

»Ist das wichtig?«

»Vermutlich nicht.«

Sie sagte: »Ich bin 18.«

»Ich hätte dich für höchstens 16 gehalten, aus der Nähe betrachtet vielleicht nicht älter als 13.«

»Ich habe eine knabenhafte Figur.«

»Nun, nein.«

»Nun, ja«, sagte sie. »Knabenhaft in der Art, wie sehr junge Mädchen knabenhaft wirken können. Warum verbirgst du dein Gesicht?«

Ich fand es interessant, dass sie so lange gebraucht hatte, das zu fragen. »Ich will dich nicht abschrecken.«

»Aussehen ist mir nicht wichtig.«

»Hier geht's nicht nur ums Aussehen.«

»Um was sonst?«

»Leute, die mich sehen, sind angewidert und erschrocken. Manche hassen mich oder glauben, dass sie's tun, und dann … nun, dann wird's schlimm.«

»Ist dein Gesicht verbrannt oder was?«

»Wenn's nur das wäre«, sagte ich. »Ein paar Leute wollten mich mal verbrennen, aber ich war schon so, bevor sie's versucht haben.«

»Hier drinnen ist's nicht kalt. Also gehören die Handschuhe auch dazu?«

»Ja.«

Sie zuckte mit den Schultern. »Deine Hände sehen ziemlich normal aus.«

»Das sind sie auch. Aber sie … lassen ahnen, wie ich sonst aussehe.«

»Mit deiner Kapuze siehst du wie der Sensenmann aus.«

»Schon möglich, aber der bin ich nicht.«

»Willst du nicht, dass ich dich sehe, versuche ich's nicht«, sagte sie. »Du kannst dich auf mich verlassen.«

»Das glaube ich.«

»Ehrenwort. Aber ich habe auch eine Regel.«

»Welche Regel?

»Du darfst mich nicht berühren. Nicht mal ganz leicht, ganz flüchtig. Vor allem nicht mit Haut auf Haut. Vor allem das nicht. Aber auch nicht mit einem Handschuh an der Jacke. Niemand darf mich berühren. Das gestatte ich nicht.«

»Also gut.«

»Das ist schnell genug gekommen, um eine Lüge zu sein.«

»Aber es war keine. Berühre ich dich, ziehst du mir die Kapuze vom Kopf. Ergreifst du dagegen die Initiative und ziehst mir die Kapuze vom Kopf, berühre ich dich. Wir nehmen einander durch unsere Exzentrizitäten in Geiselhaft.« Ich lächelte erneut, ein unsichtbares Lächeln. »Wir sind füreinander geschaffen.«

13

Im Alter von acht Jahren, ohne bestimmtes Ziel unterwegs, kam ich an einem Sonntagabend in der City an: auf einem Sattelschlepper mit Tieflader, der irgendwelche riesigen Maschinen transportierte, deren Zweck ich nicht kannte. Die Maschinen waren auf der Ladefläche mit Spanngurten fixiert und mit Planen abgedeckt. Unter den Planen gab es zahlreiche Hohlräume, in denen ein Junge in meiner Größe sich gut verstecken konnte. Das hatte ich in der Abenddämmerung getan, als der Trucker im Coffeeshop einer Raststätte beim Essen saß.

Zwei Tage zuvor war mein Proviant zu Ende gegangen. Meine Mutter hatte mir einen Rucksack voll Essen mitgegeben, das ich unterwegs durch Äpfel aus einer unbewachten Obstplantage ergänzt hatte. Weil ich in meiner Kindheit weitgehend auf mich allein gestellt gewesen war – und obwohl ich mehr in der Wildnis als in unserem Häuschen aufgewachsen war –, hatte ich keine Ahnung, welche für Menschen geeigneten Nahrungsmittel Wälder und Felder zu bieten hatten.

Nach einem Hungertag stapfte ich an einem Sonntagmorgen durch einen Kiefernwald mit torfigem Boden. Das Land war hier zu flach und das Unterholz zu spärlich, als dass ich mich hätte sicher fühlen können. Verstecken konnte man sich eigentlich nur hinter Baumstämmen, die jedoch im unteren Drittel keine Zweige aufwiesen und nicht allzu dick waren. Sah ich mich um, schien ich mich im Traum in einem riesigen Kloster zu befinden, in dem Tausende von Säulen scheinbar planlos verteilt waren. Weil die Bäume versetzt standen, konnte ich geradeaus nicht sehr weit sehen. Aber beim Hindurchgehen – eine waagrechte Bewegung inmitten dieser statischen senkrechten Architektur – musste mich jeder entdecken, der zufällig in der Nähe war.

Stimmen erhoben sich zu einem Lied, vor dem ich schleunigst an einen sicheren stillen Ort hätte flüchten sollen, aber stattdessen fühlte ich mich zu ihnen hingezogen. Ich rannte geduckt weiter, bis der Wald lichter wurde, und legte die letzten Meter bis zum Waldrand kriechend zurück. 200 Meter links voraus parkten Autos und Pick-ups auf einem mit Kies bestreuten Parkplatz. Halb so weit entfernt rechts schlängelte sich ein träge fließender kleiner Fluss, der im Frühmorgenlicht wie geschmolzenes Silber glänzte, durch grüne Wiesen.

Am Flussufer standen ungefähr 40 Leute, die ein Kirchenlied sangen, und der Geistliche stand mit einer Frau Mitte 20 im Fluss, um sie durch vollständiges Untertauchen zu taufen. Etwas abseits des Chors standen ein Mann und zwei Kinder, die darauf zu warten schienen, dass sie an die Reihe kamen, gerettet zu werden.

Direkt vor mir, jenseits einer weiten Wiesenfläche, jenseits all dieser Leute stand eine bescheidene Holzkirche, weiß mit hellblauen Tür- und Fensterrahmen. Neben dem Gebäude standen im Schatten einer weit ausladenden mächtigen Eiche Stühle an Picknicktischen, die mit so vielen Speisen überladen waren, dass an diesem Familientag die ganze Baptistengemeinde Frühstück, Lunch und Abendessen bekommen konnte.

Die Gemeindemitglieder kehrten mir den Rücken zu, waren auf ihre Lieder und das freudige Ereignis im Fluss konzentriert. Falls der Geistliche in meine Richtung sah, würde seine Gemeinde mich abschirmen. Ich würde mich beeilen müssen, aber hoffentlich doch genug Zeit haben.

Ich streifte meinen Rucksack ab, zog die Reißverschlüsse aller großen Fächer auf und spurtete zu den Picknicktischen hinüber. In ihrer Nähe lagen Baseballschläger und -handschuhe sowie ein Federballnetz, das noch aufgestellt werden musste, Schläger und Federbälle. Weil ich solche Spiele nie gespielt oder auch nur von ihnen gehört hatte, konnte ich diese Gegenstände erst Jahre später aus der Erinnerung identifizieren.

Als ich die Alufolie von einer Platte riss, fand ich darunter dicke Schinkenscheiben. Ich wickelte mehrere in die Folie und steckte sie in meinen Rucksack. Einige Schüsseln enthielten Kartoffel- oder Nudelsalate, die mit Frischhaltefolie abgedeckt waren, oder Aufläufe, die alle nicht leicht einzupacken waren. Aber ich fand auch kleine Körbe mit selbst gebackenen Brötchen unter Servietten, Orangen, Bananen, purpurrote, in Rote-Bete-Saft eingelegte harte Eier und Plätzchen aller Art.

Aus einer Tasche meiner Jeans holte ich das Bündel Geldscheine, das meine Mutter mir mitgegeben hatte, zog ein paar Scheine ab und ließ sie auf den Tisch fallen. Wahrscheinlich zahlte ich absurd viel für das Entwendete.

Aber als ich damals vor Hunger zitterte, erschien mir kein Preis zu hoch, um meinen knurrenden Magen zu befriedigen.

Auf zerstoßenem Eis lagen in Plastikwannen mit Kondenswasser benetzte Dosen: Limonade, Tee und Säfte. Nachdem ich meinen Rucksack wieder auf den Rücken genommen hatte, schnappte ich mir eine kalte Coca-Cola.

In diesem Augenblick sagte eine Stimme hinter mir: »Kind, es ist Zeit für den Herrn, aber noch nicht fürs Frühstück.«

Ich warf mich erschrocken herum, hob den Kopf und sah aus einer Seitentür der Kirche einen Mann kommen, der ein großes Backblech mit gegrillten Hühnerbeinen trug.

Unter schütterem Haar und einer hohen Stirn war sein Gesicht sanft und freundlich – bis er mein Gesicht sah, das von der Kapuze meiner Jacke umrahmt, aber nicht völlig verdeckt wurde. Die Augen hinter seiner Nickelbrille weiteten sich entsetzt, als wäre das Dunkel Armageddons auf die Welt herabgesunken, als bemühte er sich, den Teufel zu erkennen, der anscheinend gekommen war, um eine letzte Schlacht zu liefern. Das Backblech mit Hühnerbeinen fiel ihm aus den Händen und er stolperte auf plötzlich kraftlosen Beinen zwei Schritte rückwärts. Nachdem er mich im Ganzen wahrgenommen hatte, konzentrierte er sich auf meine Augen und ließ einen erstickten Schreckenslaut hören.

»Tut mir leid«, sagte ich. »Tut mir so leid, tut mir echt leid.«

Meine Bitte um Entschuldigung bedeutete ihm so wenig wie das Geld auf dem Tisch, auf das ich ihn hinwies. Er hob einen Louisville Slugger aus dem Gras auf, rückte damit gegen mich vor und schwang ihn mit solcher Kraft, dass er einen Ball aus dem Stadion geschlagen hätte, wenn ein Baseballspiel im Gange gewesen wäre.

Ich wich nach links aus, er schwang den Schläger, ich duckte mich nach rechts weg, er schwang ihn wieder und hätte mich diesmal fast getroffen. Aber dann schien er von seinem jähen wilden Angriff auf ein Kind schockiert, sogar entsetzt zu sein und ließ den Baseballschläger fallen. Sein Gesicht war jetzt von Reue, vielleicht sogar von Schmerz verzerrt, Tränen liefen ihm übers Gesicht, und er schlug sich eine Hand vor den Mund, als wollte er die Schmerzenslaute unterdrücken, die sich ihm entrangen.

Am Fluss wurde jetzt lauter gesungen als zuvor. Bisher hatte niemand die Begegnung bei den Picknicktischen gesehen.

»Ich gehe schon«, sagte ich. »Sorry, bin schon weg.«

Als ich losspurtete, glaubte ich zu sehen, dass er sich trotz seiner Tränen und seines herzzerreißenden Schluchzens wieder nach dem Schläger bückte. Ich rannte an der Rückseite der Kirche vorbei, über den gemähten Rasen auf die Wiese hinaus, ließ den Fluss mit der Gemeinde hinter mir und hielt verzweifelt Ausschau nach dem nächsten Kiefernwald, der hoffentlich dichteres Unterholz und bessere Verstecke aufweisen würde.

Ich sah mich auf der Flucht nicht um. Ich weiß nicht, ob der Kirchenmann mich 100 Meter oder eine Viertelmeile weit oder überhaupt nicht verfolgte. Als das torfige Gelände nach ungefähr einer halben Stunde wieder in solidere Hügel überging, rastete ich am Waldrand. Ein Blick zurück über die Ebene zeigte mir, dass mich niemand verfolgte.

Weil meine Angst stärker als mein Hunger war, marschierte ich weitere zwei Stunden lang, bis ich ein Versteck fand, das abgelegen genug schien, um sicher zu sein. Ich saß auf einem von Farnen umgebenen Felsblock, um einen Teil dessen zu essen, was ich eingesackt hatte. Mein Tisch war der breite flache Stein, die Tischmusik kam von Vögeln in den Kiefern ringsum.

Während ich aß, dachte ich über das Durcheinander aus Emotionen nach, in das allein mein Anblick den Kirchenmann mit dem sanften, freundlichen Gesicht gestürzt hatte. Widerwillen und Abscheu gleichermaßen. Aber seine Reaktion war komplexer gewesen als die des Sterbenden, der mich hatte erstechen wollen, nuancierter als der mordgierige Hass der Hebamme, von der Mutter mir erzählt hatte. Trotz ihrer Kürze war die Reaktion des Kirchenmannes fast so kompliziert gewesen wie das doch viel längere Verhältnis zwischen meiner Mutter und mir. Mutter und ich hatten nie darüber gesprochen, was ich sein könnte, als wäre es Last genug zu wissen, dass ich eine Missgeburt war, deren Anblick selbst sie, die mich geboren hatte, nie lange ertragen konnte. Mein Körper, meine Hände, mein Gesicht, meine Augen, meine Wirkung auf jeden, der mich sah: Jeder Versuch, über diese Dinge zu reden, sie zu analysieren und über mein Wesen zu spekulieren, bestärkte sie nur in ihrer Aversion mir gegenüber und widerte sie an, bis Depressionen in Verzweiflung umschlugen.

Irgendein kleiner Vogel, zierlich mit blauer Brust, traute sich, am Rand des flachen Steins zu landen, der mir als Tisch diente. Ich streute ihm Biskuitkrümel hin, und der Vogel kam näher herangehüpft, während er fraß. Er hatte keine Angst vor mir, fürchtete nicht, ich könnte ihn mit einer Hand fangen und zerdrücken, sondern wusste, das er bei mir sicher war.

Ich überlegte, ob ich mein Leben vielleicht tief in den Wäldern verbringen sollte, wo ich akzeptiert sein würde. In bewohnte Gebiete würde ich mich nur nachts wagen, um mir zu holen, was ich an Nahrung finden konnte, bis ich gelernt hatte, von dem zu leben, was die Wälder boten.

Aber schon damals, jung und ohne mein wahres Wesen zu kennen, wollte ich mehr als Ruhe und Überleben. Ich hatte das Gefühl, einen Lebenszweck zu haben, der sich nur anderswo erfüllen ließ – unter den Menschen, die mich verabscheuten. Ich hatte das Gefühl, eine Bestimmung zu haben, obwohl ich nicht wusste, dass sie mich in der Großstadt erwartete, in der ich mich wenig später niederlassen würde.

Später an diesem Sonntag, als die purpurroten Schatten in der Abenddämmerung länger wurden, fand ich einige Meilen von dem Felsen entfernt, auf dem ich zu Mittag gegessen hatte, die Raststätte und den Tieflader mit riesigen Maschinen unter Planen. Darunter versteckt gelangte ich in die City, die ich nach Mitternacht erreichte.

In den dunklen ersten Stunden dieses Montags sah ich in der Auslage eines Geschäfts für altes Spielzeug erstmals die beunruhigende Marionette. Sie lehnte sitzend an einem originellen handgeschnitzten Schaukelpferd, ihr Smoking verknittert, die Beine unbequem abgeknickt, die Arme schlaff herabhängend. Ihre schwarzen Augen mit roten Rillen schienen mich zu fixieren, als ich an dem Schaufenster vorbeiging.

14

Als ich Gwyneth folgte, wohin sie mich im Licht einer Stablampe führte – durch die Flure eines weniger öffentlichen Bereichs der Bibliothek –, fragte ich: »Woher bist du? Ich meine, wo hast du vor der City gelebt?«

»Ich bin hier geboren.«

Sie nannte ein Jahr und einen Tag Anfang Oktober. Ich blieb überrascht stehen.

»Du bist 18.«

»Das habe ich dir schon gesagt.«

»Ja, aber du siehst so viel jünger aus, dass ich nicht dachte …«

Sie verdeckte den Lichtaustritt der Lampe mit einer Hand, damit nur wenig Licht durch ihre Finger drang, als sie sich nach mir umdrehte.

»Du hast … was nicht gedacht?«

»Ich bin 26, du bist 18 – und wir sind beide seit 18 Jahren hier.«

»Was ist daran so bemerkenswert?«

Ich sagte: »Der Tag, an dem du geboren wurdest – das war der Tag, an dem ich in der ersten Morgenstunde auf einem Tieflader in die Stadt gekommen bin.«

»Das betonst du, als wäre es mehr als nur Zufall.«

»Das denke ich allerdings«, bestätigte ich.

»Was soll's sonst sein?«

»Das weiß ich nicht. Aber bestimmt irgendwas.«

»Erzähl mir nichts von Kismet. Uns verbindet nichts dergleichen.«

»Kismet hat keine romantischen Anklänge«, sagte ich leicht defensiv.

»Mach einfach keine Andeutungen dieser Art.«

»Ich mache mir keine romantischen Illusionen. *Die Schöne und das Biest* ist ein nettes Märchen, aber Märchen gehören in Bücher.«

»Du bist kein Ungeheuer, ich bin keine Schönheit.«

»Was mich betrifft«, sagte ich, »war meine eigene Mutter offenbar der Meinung, Ungeheuer sei ein zu schwaches Wort für mich. Und was dich angeht … Auge des Betrachters.«

Nach kurzem nachdenklichen Schweigen sagte sie: »Ist ein Mann ein Ungeheuer, ist er's auch im Herzen, aber das trifft nicht auf deines zu.«

Ihre Worte berührten mich, machten mich sprachlos.

»Komm jetzt, Addison Goodheart. Wir müssen einiges recherchieren.«

J. Ryan Telford, Kurator der Kunstsammlung der großen Bibliothek, hatte seinen Namen auf einer Messingplakette neben der Tür seines Büros.

Im schmalen Lichtstrahl von Gwyneth' Lampe durchquerten wir das Vorzimmer mit dem Schreibtisch seiner Sekretärin. Das riesige Büro des Kurators, zu dem ein komplett ausgestattetes privates Bad gehörte, war mit eleganten Art-déco-Möbeln eingerichtet. Das Mädchen, das sich mit Möbeln auskannte, zeigte mir den Schreibtisch aus Makassar-Ebenholz von Pierre-Paul Montagnac, das Sideboard aus brasilianischem Rosenholz mit der Platte aus Portoro-Marmor von Maurice Rinck, das schöne Sofa und die dazu passenden Sessel aus geschwärztem Zitronenholz von Patout und Paton, die Lampen von Tiffany und Gallé sowie die Elfenbein- und vergoldeten Bronzestatuen von Chiparus, dem vielleicht größten Bildhauer seiner Epoche. Bei unserem Rundgang achtete sie sorgfältig darauf, das Licht von mir fernzuhalten, sodass nicht der geringste Widerschein mein Gesicht erhellte.

Und was Gwyneth betraf, bemühte ich mich, genug Abstand von ihr zu halten, um sicherzustellen, dass ich sie nicht unabsichtlich anstieß oder berührte.

Bis sie davon sprach, war mir nicht klar gewesen, dass das große Kunstmuseum jenseits der breiten Avenue ein Jahrzehnte später erbauter Ableger der Bibliothek war. Beide Einrichtungen gehörten mit zu den reichsten ihrer Art im ganzen Land.

Sie sagte: »Ihre riesigen und ungeheuer kostbaren Sammlungen sind beide J. Ryan Telford anvertraut, der ein Dieb ist.«

»Du hast Vergewaltiger gesagt.«

»Möchtegernkindervergewaltiger und erfolgreicher Dieb«, sagte sie. »Ich war 13, als er sich erstmals an mich rangemacht hat.«

Ich wollte nicht hören, was er ihr beinahe angetan hatte, deshalb fragte ich: »Wen bestiehlt er?«

»Die Bibliothek und das Museum, denke ich.«

»Das denkst du?«

»Die Sammlungen sind riesig, kaum zu überblicken. Vielleicht fälscht er Unterlagen, macht gemeinsame Sache mit dem Magazinverwalter und verkauft ab und zu ein wertvolles Stück über einen skrupellosen Händler.«

»Du ›denkst‹ … ›vielleicht‹. Du kommst mir nicht wie jemand vor, der falsches Zeugnis ablegen möchte.«

Sie setzte sich an den Schreibtisch, drehte den Stuhl um 90 Grad, sodass sie Telfords Computer auf seinem eigenen Tischchen vor sich hatte, und sagte: »Ich weiß, dass er ein Dieb ist. Er hat meinen Vater bestohlen. In seiner jetzigen

Position konnte er der Versuchung erst recht nicht widerstehen.«

»Was hat er deinem Vater gestohlen?«

»Millionen«, sagte sie, als sie den Computer einschaltete. Dieses Wort hallte von den Art-déco-Möbeln wider wie noch keines zuvor.

15

Telfords Büro wirkte selbst bei schwacher Beleuchtung sehr luxuriös. Es erinnerte mich an bestimmte Fotos von Edward Steichen: samtene Schatten, die in melancholisches Dunkel übergingen, hier und da die Andeutung einer Form durch Lichtreflexe auf poliertem Holz oder das geheimnisvolle Leuchten von Tiffany-Glas im Schirm einer nicht brennenden Lampe, der Raum mehr angedeutet als gezeigt, aber trotzdem so klar erkennbar, als läge er in vollem Sonnenlicht statt nur im schwachen Widerschein des Nachthimmels über der großen Stadt.

Der Duft des Rasierwassers mit Gewürznoten, das der Kurator bevorzugte, hing noch im Raum.

Im bläulichen Licht des Bildschirms nahm Gwyneth' Gesicht einen asiatischen Aspekt an, was vor allem daran lag, dass ihr blasser Teint und ihr dramatisches Make-up mich an einen japanischen Kabuki-Schauspieler erinnerten.

Sie erweckte nicht den Eindruck, ein reiches Mädchen zu sein. Natürlich hatte ich nie ein reiches Mädchen gekannt und konnte nicht beurteilen, ob sie einem bestimmten reichen Typ entsprach. Aber das glaubte ich eher nicht.

»Dein Vater hat Millionen?«

»Mein Vater ist tot.«

»War er der Einzige, der dir jemals helfen konnte?«

»Ja.« Sie scrollte durch ein Inhaltsverzeichnis auf dem Monitor. »Mein Vater hat mich verstanden. Und mich beschützt. Aber ich konnte ihn nicht beschützen.«

»Wie ist er gestorben?«

»Im Autopsiebericht hat gestanden: ›Unfalltod durch Honig.‹«

»Honig wie Bienen?«

»Mein Großvater, Daddys Vater, hatte Tausende von Völkern. Er hat sie an Farmer ausgeliehen und ihren Honig selbst vermarktet.«

»Stammt das Familienvermögen daher?«

Sie lachte leise auf. Obwohl sie sich über meine Unwissenheit amüsierte, war dieses Geräusch Musik in meinen Ohren. Ich konnte mir nichts Schöneres vorstellen, als dabei zu sein, wenn sie einen Comic las, einfach dazusitzen und sie lachen zu hören.

»Mein Vater hat erst spät geheiratet, und ich habe meinen Großvater nie gekannt. Aber in meiner Familie war die Imkerei eine Leidenschaft, kein Goldesel.«

Ich sagte: »Nun, ich verstehe nicht viel von Geld. Ich brauche selbst sehr wenig.«

Aus der Innentasche ihrer Lederjacke holte Gwyneth einen USB-Stick, steckte ihn in einen Port des Computers und begann, Dokumente herunterzuladen.

»Mein Vater war der Mann, der auf dem Immobiliensektor reich geworden ist, aber er ist mit der Imkerei aufgewachsen und hat sein Leben lang Honig geliebt. Auf seiner Farm außerhalb der Stadt standen viele Bienenstöcke. Er hat mit Imkern in anderen Teilen des Landes

Honig getauscht, weil der überall anders schmeckt, wenn Bienen andere Pflanzen besuchen. Daddy hat alle Arten Honigsorten geliebt – Orangenblüten aus Texas und Florida, Avocadohonig aus Kalifornien, Heidelbeerhonig aus Michigan, Buchweizen und Tulpenbaum und Weidenröschen … Er hat Unmengen von Gläsern für seine Freunde und sich abgefüllt. Das war sein Hobby.«

»Wie kann Honig einen tödlichen Unfall verursachen?«

»Mein Vater ist ermordet worden.«

»Du hast gesagt …«

»Im Autopsiebericht steht Unfalltod. Ich sage Mord. Daddy hat einen besonderen Honig gegessen, Scones dick damit bestrichen. Er war mit giftigen Glykosiden, Oleandrin und Neriosid versetzt, weil die Bienen den für Menschen giftigen Nektar von Oleanderbüschen geerntet hatten. Wegen der Dosis, die er zu sich genommen hat, muss er wenige Minuten nach dem Verzehr der Scones in Schweiß ausgebrochen sein und sich heftig übergeben haben, bevor er das Bewusstsein verloren hat und an Atemlähmung gestorben ist.«

Während sie ein weiteres Dokument fand, das sie auf dem USB-Stick speichern wollte, sagte ich: »Aber das klingt nach einem Unfall, nicht wahr? Jedenfalls für mich.«

»Mein Vater war ein erfahrener Imker. Das waren auch die Leute, mit denen er Honig getauscht hat. Unfall kann es keiner gewesen sein. Nicht bei so viel Erfahrung. Der tödliche Honig war das einzige kontaminierte Glas in seiner Speisekammer, das einzige mit giftigem Inhalt. Den ursprünglich gesunden Honig hat jemand später mit giftigem Oleander-Nektar versetzt.«

»Wer würde so was tun?«

»Ein Scheißkerl namens J. Ryan Telford.«

»Woher weißt du das?«

»Er hat's mir selbst gesagt.«

Im weichen Dämmerlicht bewahrte das Büro des Mörders sich seine Atmosphäre von Eleganz, von Privilegien, die genossen werden wollten, von Autorität, die darauf wartete, ausgeübt zu werden. Aber nun suggerierten die sinnlichen Linien der lackierten Möbel, die vor allem aus blassen Lichtreflexen entlang der glatten Konturen aus exotischen Hölzern bestanden, einen Raum, der so unheimlich wie elegant war.

Über 18 Jahre nachdem ich sie in einem Schaufenster gesehen hatte, erinnerte ich mich wieder an die Marionette im Smoking. Eine höchst seltsame und beunruhigende Überzeugung erfasste mich: Würde ich jetzt Licht machen, würde ich die Gliederpuppe auf dem Sofa sitzend entdecken, wie sie mich beobachtete, während ich meinerseits Gwyneth am Computer des Mörders beobachtete.

16

In jener einsamen Oktobernacht in den ersten Wochen meines neunten Lebensjahrs, als Mutter durch eigene Hand aus dem Leben geschieden und vielleicht noch nicht aufgefunden worden war, kam ich unter einer Plane versteckt in einem Industriegebiet an. Der Trucker stellte seinen Sattelzug auf einem umzäunten Gelände ab, und nachdem ich eine halbe Stunde lang gehorcht und beobachtet hatte, um sicherzugehen, dass ich allein war, kroch ich unter der Plane hervor, kletterte über den Maschendrahtzaun und betrat erstmals in meinem Leben eine Großstadt.

Die schiere Menge von Zeugnissen menschlicher Leistungen um mich herum, die ich bisher nur aus Zeitschriften und einigen Büchern kannte, erweckte in mir solche Ehrfurcht, dass ich mit gesenktem Kopf und jagendem Herzen durch diese Straßen gelaufen wäre, selbst wenn ich mein Gesicht nicht hätte verbergen müssen, um mich zu schützen. Ich hatte nicht gewusst, wohin der Tieflader mich bringen würde. Ich war nicht auf einen derart intensiven Zivilisationsschock vorbereitet, wie er mich in dieser City erwartete.

Die Fabrikgebäude und Lagerhäuser waren riesig und wirkten größtenteils alt, schmutzig und abgenutzt. Dunkle Fenster, andere mit Brettern verschalt, ließen darauf schließen, dass manche dieser Gebäude verlassen waren. Manche Straßenlampen brannten gar nicht, und die anderen waren so schmutzig, dass sie nur wenig Licht gaben. In den Rinnsteinen hatte sich Müll angesammelt, und aus einem Gully stiegen übel riechende Dämpfe auf, aber den imposanten Gesamteindruck konnten solche Details kaum beeinträchtigen.

Ich war ängstlich und aufgeregt zugleich, an einem Ort allein, der mir so fremd war, wie es ein anderer Planet gewesen wäre, aber trotzdem wie elektrisiert von dem Gefühl, hier gäbe es Möglichkeiten, die sich selbst in einem von allen Seiten bedrohten Leben wie meinem ins Positive wenden könnten. Ein Teil meines Ichs dachte, es wäre ein Wunder, wenn ich hier länger als einen Tag überleben würde, aber ein anderer hegte die Hoffnung, in den unzähligen Tausenden von Gebäuden und Seitenstraßen müsste es mehr als genug vergessene Ecken und Winkel geben, in denen ich Zuflucht finden und vielleicht sogar gedeihen konnte.

Zu dieser Stunde jenes Jahres arbeiteten in den Fabriken kaum Nachtschichten, und die Nacht war still. Ab und zu fuhr ein Lastwagen vorbei, aber im Allgemeinen war ich auf meinem Weg durch das Industriegebiet allein. Die fast menschenleeren, schwach beleuchteten Straßen boten mir mehr Deckung als erwartet, obwohl ich wusste, dass ich bald belebtere – und potenziell gefährlichere – Viertel erreichen würde.

Nach einiger Zeit überquerte ich eine Eisenbrücke, die auch von Autos benutzt wurde. Auf dem breiten schwarzen Fluss tief unter mir bildeten die Positionsleuchten von Schleppzügen und Booten ein faszinierendes Muster. Auch wenn ich wusste, was sie waren, sahen sie nicht wie Schiffe, sondern wie leuchtende Wassertiere aus, die auf Reisen, die noch mysteriöser waren als meine, nicht auf dem Wasser, sondern etwas unter seiner Oberfläche dahinglitten.

Unterwegs blieb mein Blick vor allem auf den Fluss gerichtet, denn vor mir ragten die beleuchteten Türme der City auf: eine funkelnde Phantasmagorie, die verlockend und zugleich so beängstigend war, dass ich sie nur mit kurzen Seitenblicken ertragen konnte. Weiter und weiter ragten sie in geordneten Reihen auf, Stein und Stahl und Glas in solchen Massen, dass man fürchten konnte, das Land würde unter ihnen versinken oder ihr kumulatives Gewicht müsste den Winkel der Erdachse verändern.

Als ich dann keinen Fluss mehr unter mir hatte, der mich ablenkte, konnte ich das glänzende Bild vor mir nicht länger ignorieren. Wo die Hochbrücke zum Kai hin abfiel, sah ich kühn auf und blieb unwillkürlich stehen, so beeindruckend waren der Glanz und der Reichtum vor mir. Ich war ein Ausgestoßener ohne viel Bildung, ein Kind, das noch keine eigenen Leistungen vorzuweisen hatte, und schien hier vor den Toren einer Stadt mächtiger und magischer Wesen zu stehen, zu der nur die Schönen und Talentierten Zutritt hatten, während jemand wie ich nicht geduldet wurde.

Ich wäre beinahe umgekehrt, um wie eine Ratte unter den Ratten in einem der leeren Fabrikgebäude jenseits des Flusses zu leben. Irgendetwas zwang mich jedoch zum Weitergehen. Ich habe keine Erinnerung daran, wie ich den abfallenden Fußweg hinunterging – mit dem Geländer links neben mir und einer eineinviertel Meter hohen Betonwand zwischen mir und gelegentlich vorbeifahrenden Autos. Ich erinnere mich auch nicht daran, am Fuß der Brücke nach Norden abgebogen zu sein, um auf dem Kai ein gutes Stück stromaufwärts zu gehen.

Wie aus einer Trance erwachend fand ich mich in einer kleinen Einkaufsmeile wieder, die mit Klinkersteinen in Fischgrätmuster gepflastert war, durch gusseiserne Kandelaber beleuchtet wurde und mit Sitzbänken unter Bäumen in Pflanzkübeln möbliert war. Die Geschäfte und Restaurants auf beiden Seiten waren um Viertel nach drei Uhr morgens natürlich geschlossen.

Die meisten Schaufenster waren dunkel, andere jedoch waren auch nachts beleuchtet, um die besten Stücke zu präsentieren. Ich war noch nie in einem Geschäft gewesen, hatte sie nur in Zeitschriften bewundert. Eine ganze Ladenzeile für mich allein war nicht weniger magisch, als der Anblick der City von der Brücke aus es gewesen war. Ich ging von einem Schaufenster zum anderen und staunte über die aufregende Vielfalt der ausgestellten Waren.

Die Auslage des Geschäfts für altes Spielzeug war kunstvoll dekoriert; die wichtigsten Artikel wurden angestrahlt, während für weniger wichtige nur der sanfte Widerschein der Spots blieb. Puppen aus verschiedenen Perioden, alte Sparbüchsen, gusseiserne Modellautos und Lastwagen. Eine Popeye-Ukulele, ein originelles handgeschnitztes Schaukelpferd und weitere Artikel fesselten mich.

Die Marionette im Smoking saß im schwächeren Licht. Ihr Gesicht war weiß bis auf die schwarzen Lippen, eine blutrote Glasperle in der Unterlippe und die großen schwarzen Rauten, in deren Mitte ihre Augen lagen. Am rechten Nasenflügel baumelte ein silberner Ring, der eine Schlange darstellte, die ihren eigenen Schwanz fraß. Ihr Kopf war etwas nach vorn geneigt, ihr Mund leicht geöffnet, als wäre sie im Begriff, ein großes Geheimnis preiszugeben.

Ursprünglich fand ich die Marionette weniger interessant als die übrigen ausgestellten Artikel. Aber das Schaufenster war so lang und sein Inhalt so sehenswert, dass ich am Ende angelangt noch einmal zurückging. Als ich zu der Marionette zurückkam, war ihre Haltung unverändert, aber der Spot beleuchtete ihr Gesicht, nicht mehr das Schaukelpferd hinter ihr.

Ich wusste, dass ich mich nicht täuschte. Vorhin war das Schaukelpferd angestrahlt gewesen. Die Augen in der Mitte der Rauten, die im Halbschatten nur schwarz gewesen waren, wiesen jetzt fadendünne rote Rillen auf, die von der Pupille aus strahlenförmig durch die Iriden führten. Sie starrten geradeaus: fremdartig und doch mit der Intensität, der Klarheit und einer Andeutung von Kummer wie echte Augen.

Je länger ich diesen Blick erwiderte, desto mehr beunruhigte er mich. Ich schlenderte noch mal die Auslage entlang nach rechts und stellte mir vor, wie schön es wäre, mit vielen dieser Spielsachen spielen zu dürfen. Ungefähr auf halbem Weg sah ich mich um und stellte fest, dass die Augen der Marionette sich in ihrem wie zuvor beleuchteten Gesicht nach links gedreht hatten, um mir zu folgen.

Die Puppe im Smoking hing nicht an Schnüren, also konnte kein Puppenspieler sie manipuliert haben.

Statt nach rechts weiterzugehen, kehrte ich zu der Marionette zurück. Ihr Blick blieb auf die Stelle gerichtet, an der ich eben noch gestanden hatte.

Aus dem Augenwinkel heraus glaubte ich zu sehen, dass sich die linke Hand der Puppe bewegte. Ich wusste ziemlich sicher, dass die Handfläche nach unten gezeigt hatte, aber jetzt war sie nach oben gekehrt. Ich beobachtete sie lange, aber sie blieb unbeweglich liegen, bleich und ohne Fingernägel, die weißen Finger mit zwei statt drei Gelenken, als wäre dies ein später als unzulänglich verworfener Prototyp eines Menschen.

Als ich wieder hinsah, starrten die schwarzen Augen mit den jetzt fast neonhell leuchtenden roten Rillen mir direkt ins Gesicht.

Während Tausendfüßler über mein Genick hinaufzukrabbeln schienen, trat ich von dem Schaufenster weg.

Damals kannte ich keine Großstädte oder Ladenzeilen oder Geschäfte für altes Spielzeug und konnte daher nicht beurteilen, ob Ausstellungsstücke wie dieses sich ferngesteuert bewegen ließen, um potenzielle Kunden anzulocken. Aber weil sich von allen Spielsachen in der Auslage nur die Marionette bewegte und ihr Anblick mich schon vor der ersten Bewegung beunruhigt hatte, gelangte ich zu dem Schluss, dies sei mehr als ein harmloser Verkaufstrick und jede weitere Beschäftigung mit der Marionette vermutlich gefährlich.

Als ich davonging, glaubte ich zu hören, wie innen an die Scheibe geklopft wurde, aber ich redete mir ein, dieses Geräusch falsch gedeutet oder mir eingebildet zu haben.

Die kühle Nacht schien kälter zu werden. Der schmutzig gelbe Mond hing tief und würde bald untergehen. Vom Fluss herüber waren drei Signaltöne eines Bootshorns zu hören, die so melancholisch klangen, als gälten sie dem Gedächtnis der Menschen, die in diesen Gewässern den Tod gefunden hatten.

Ich wollte mich vor Tagesanbruch nach einem Unterschlupf umsehen, aber stattdessen geriet ich im nächsten Augenblick an zwei Männer, die ein lebendes Wesen anzünden wollten und mich für einen geeigneten Ersatz hielten, nachdem ihr ursprüngliches Opfer ihnen entkommen war.

17

Auf dem breiten Fensterbrett des großen Eckfensters im Büro des Kurators lag eine zusammengefaltete Zeitung. Während ich darauf wartete, dass das Mädchen seine Durchsuchung des Computers beendete, griff ich nach der Tageszeitung und überflog im Widerschein der Stadthelligkeit die Schlagzeilen: Seuche in China, Krieg im Nahen Osten, Revolution in Lateinamerika, Korruption in höchsten Kreisen der US-Regierung. Mit solchen Nachrichten konnte ich nichts anfangen, deshalb legte ich die Zeitung wieder weg.

Gwyneth, die gefunden hatte, was sie suchte, steckte den USB-Stick ein und schaltete den Computer aus. Sie blieb auf dem Stuhl des Mörders sitzen und dachte anscheinend so intensiv über etwas nach, dass ich zögerte, ihren Gedankengang zu unterbrechen.

Von dem Eckfenster aus konnte ich mehrere Blocks weit die Querstraße entlangsehen, die über die breite Avenue führte, an der die Bibliothek lag.

Mit eingeschalteten Blinkleuchten, aber ohne Sirene glitt ein Streifenwagen die Avenue entlang und bog nach links auf die Querstraße ab. Ich hörte kein Motorengeräusch, kein Reifenquietschen, als wäre die bleigefasste Scheibe ein Fenster in einem stummen Traum. Bei meiner Ankunft vor 18 Jahren hatte die City heller gestrahlt. Aber in der heutigen Zeit mit Blackouts und hohen Energiepreisen waren die Gebäude nicht mehr so hell beleuchtet wie früher. Als der Streifenwagen in dem Canyon zwischen Hochhäusern unterwegs war, beschwor die Trübheit dieser Nacht die Illusion einer Unterwassermetropole herauf, in der das Fahrzeug ein blinkender Bathyskaph war, der einen geheimnisvollen Meeresgraben erforschte.

Obwohl die Illusion nur einen Augenblick lang anhielt, beunruhigte sie mich so sehr, dass ein leichter Schauder zu einem heftigen Zittern wurde und meine Hände plötzlich so feucht waren, dass ich sie an meinen Jeans abwischen musste. Ich bin kein Hellseher. Ich besitze nicht die Fähigkeit, ein Omen zu erkennen oder gar zu deuten. Aber die gespenstische Vorstellung einer kalten, ertrunkenen City machte mich so betroffen, dass ich es nicht leichthin als bedeutungslos abtun konnte, auch wenn ich mich nicht näher damit befassen wollte.

Nachdem ich mir selbst versichert hatte, ich sei nur über den Streifenwagen erschrocken, wandte ich mich vom

Fenster ab und sprach ins Dunkel, in dem das Mädchen saß. »Wir sollten lieber abhauen. Wenn du etwas gestohlen hast …«

»Ich habe nichts gestohlen. Nur Beweise kopiert.«

»Wofür?«

»Für die Anzeige gegen den mörderischen Dieb, die ich vorbereite.«

»Du warst schon früher hier an seinem Computer?«

»Mehrmals, aber davon weiß er nichts.«

»Aber er hat dich gejagt.«

»Ich bin eine Stunde vor Schließung der Bibliothek reingekommen und habe mich in der Kammer hinter dem Gemälde versteckt. Dann bin ich eingeschlafen und erst nach Mitternacht aufgewacht. Als ich die Südtreppe hinaufgegangen bin, hat sich die Tür über mir geöffnet, dann wurde Licht gemacht, und plötzlich hat er vor mir gestanden – ebenso schockiert wie ich. Erstmals seit fünf Jahren. Sonst arbeitet er nie so spät. Außerdem sollte er dienstlich noch zwei Tage in Japan sein. Er muss früher zurückgekommen sein.«

»Seit fünf Jahren. Damals warst du 13.«

»In der Nacht, in der er versucht hat, mich zu vergewaltigen. Die schlimmste Nacht meines Lebens, aber nicht nur aus diesem Grund.«

Ich wartete auf eine Erklärung dieses seltsamen Kommentars, aber als keine kam, sagte ich: »Er ist über dir auf der Treppe, du rennst und schaffst es, ihm zu suggerieren, dass du die Bibliothek verlassen hast.«

»Nicht ganz so leicht. Er verfolgt mich die Treppe hinunter. Er ist schnell. Auf dem Korridor bekommt er mich am Arm zu fassen, reißt mich herum, wirft mich zu

Boden. Er sinkt auf ein Knie nieder, macht eine Faust und will mir ins Gesicht boxen.«

»Aber du bist hier.«

»Ich bin hier, weil ich einen Taser habe.«

»Du hast ihm einen Stromstoß verpasst.«

»Ein Taser wirkt weniger, wenn ein Kerl echt wütend ist, wenn er heiß vor Zorn, mit Adrenalin geflutet und völlig wild ist. Ich hätte ihm noch einen oder zwei verpassen sollen, als er umgekippt ist, aber ich wollte nur von ihm weg, also bin ich gerannt.«

»Wenn er so schnell war, muss er dich echt hassen.«

»Er hatte fünf Jahre Zeit, seinen Hass zu nähren. Jetzt ist er übermächtig.«

Sie stand aus dem Sessel auf, eine dunkle Gestalt in einem dunkleren Raum.

Als ich meinen Platz am Fenster verließ, fragte ich: »Wieso hasst er dich?«

»Das ist eine lange Story. Wir sollten uns verstecken, bis sie morgens öffnen. Er ist nicht so clever, wie man bei einem wichtigen Kurator vermuten würde. Aber wenn ihm dämmert, dass ich vielleicht schon mehrmals nachts hier war und das Gebäude vielleicht nicht wirklich verlassen habe, kommt er bald zurück.«

Im weichen Licht ihrer jetzt eingeschalteten Stablampe war das geschminkte Gesicht des Mädchens schön und unheimlich zugleich, als wäre sie eine Figur aus einer leicht gruseligen Graphic Novel im Manga-Stil.

Als ich ihr ins Vorzimmer hinaus folgte, staunte ich über die ungezwungene Leichtigkeit unseres Umgangs miteinander und fragte mich, ob daraus Freundschaft entstehen könnte. Aber weil sogar meine eigene Mutter meinen Anblick irgendwann nicht länger ertragen hatte, würde ein freundschaftliches Verhältnis zwischen Gwyneth und mir vermutlich nicht länger dauern als bis zu dem Augenblick, in dem sie zufällig mein Gesicht zu sehen bekam. Aber ich hätte gern einen Freund gehabt. Ich hätte es geliebt, eine Freundin zu haben.

Ich sagte: »Wir brauchen uns nicht hier in der Bibliothek zu verstecken.«

»Er hat die Alarmanlage scharf gestellt, und wenn wir sie auslösen, weiß er, dass ich noch hier war, als er gegangen ist. Ich will nicht, dass er das schon erfährt.«

»Aber ich kenne einen Ausgang, der nicht alarmgesichert ist.«

Während wir als Phantome der Bibliothek in den Keller hinunterstiegen, erläuterte ich knapp, wie ich mich ungesehen und ohne Verdacht zu erregen durch die City bewegte.

Auf der untersten Ebene stand der Deckel des Regenwasserkanals weiterhin so offen, wie ich ihn zurückgelassen hatte. Gwyneth fragte: »Du bist nie auf Straßen und Gassen unterwegs?«

»Manchmal, aber nicht sehr oft. Nur wenn's unbedingt nötig ist. Mach dir keine Sorgen wegen der Kanäle. Die Idee ist viel beängstigender als die Realität.«

»Ich habe keine Angst«, sagte sie.

»Das habe ich auch nicht angenommen.«

Sie stieg als Erste die Eisenleiter hinunter. Ich folgte ihr, zog den Kanaldeckel wieder zu und verriegelte ihn mit dem Steckschlüssel.

Die Enge des Seitenkanals schien sie nicht zu stören, aber ich versicherte ihr trotzdem, dass wir bald einen viel größeren Tunnel erreichen würden. Mit hochgezogenen Schultern und gesenktem Kopf führte ich sie durch die sanft abfallende Röhre und war glücklich, weil ich ihr helfen konnte. Es fühlte sich gut an, gebraucht zu werden, auch wenn ich ihr nur einen bescheidenen Dienst erweisen konnte.

Die enge Röhre mündete auf Höhe des Wartungsstegs einen Meter über der Sohle des größeren Kanals. Mit meiner Stablampe zeigte ich ihr den Rand des Stegs, den Boden unter uns, das hohe Gewölbe über uns.

Einen Augenblick lang standen wir als dunkle Gestalten da, das Lampenlicht von meinen Fingern verdeckt, beide so formlos, dass wir bloße Schatten hätten sein können, die nichts mit den Menschen, die uns verfolgten, zu tun hatten.

Gwyneth atmete tief durch und sagte: »Es riecht nicht, wie ich gedacht hatte.«

»Was hast du erwartet?«

»Schlechte Gerüche. Alle Arten.«

»Die gibt es manchmal, aber nicht sehr oft. Jeder Starkregen reißt eine Menge Abfälle mit, die natürlich stinken. Sogar gegen Ende eines Sturms, wenn die City frisch gewaschen ist, würde man in diesen Fluten nicht baden wollen, aber sie sind fast geruchlos. Ist der Kanal wie jetzt trocken, riecht er praktisch nicht. Werden die Rückhaltebecken nicht oft genug gereinigt, breitet sich fauliger Gestank aus, aber der ist kein großes Problem.« In meinem Eifer, ihr meine unterirdische Welt zu erklären, brabbelte ich fast. Ich beherrschte meinen Drang, weiter über Kanäle zu dozieren, und fragte: »Was nun?«

»Ich möchte nach Hause.«

»Wo liegt dein Zuhause?«

»Heute Nacht sollte es vielleicht an der Upper East Side liegen, denke ich. Mit Blick auf den Fluss. Es ist schön, zu sehen, wie die Morgensonne manchmal Goldmünzen aufs Wasser streut.«

»Vielleicht, denkst du?«, fragte ich.

»Ich habe die Wahl zwischen mehreren Wohnungen.«

Sie gab mir eine Adresse, und ich sagte nach kurzem Nachdenken: »Okay, ich bringe dich hin.«

Wir stiegen zur Kanalsohle hinunter, damit wir nebeneinandergehen konnten, jeder mit seiner Lampe in der Hand. Die Dunkelheit war nicht nur Dunkelheit, sondern ein fast körperliches reduziertes Dunkel, das sich um die doppelten Lichtstrahlen herum anzusammeln und sie noch schmaler zusammenzudrücken schien.

Auf unserem Weg durch den kaum merklich ansteigenden Tunnel sah ich manchmal zu Gwyneth hinüber, aber sie hielt ihr Versprechen und sah mich nicht an.

»Wo lebst du, Addison?«

Ich zeigte mit meinem Lichtstrahl hinter uns. »Dort hinten. Weiter. Tiefer. In Räumen, die niemand mehr kennt, in denen mich keiner finden kann. Eigentlich wie ein Troll, wenn du so willst.«

»Du bist kein Troll, das darfst du nie sagen. Niemals. Aber du lebst nachts?«

»Ich lebe jeden Tag von der Morgen- bis zur Abenddämmerung, aber wenn überhaupt, bin ich nur nachts unterwegs.«

Sie sagte: »In der City gibt's tagsüber nicht nur Gefahren. Sondern auch Schönheit und Magie und Geheimnisvolles.«

»Das bietet die Nacht auch. Ich habe viele Dinge gesehen, die ich nicht verstanden habe, die mich aber entzückt haben.«

18

Dinge, die ich nicht verstehe, die mich aber trotzdem entzücken …

Zwei Wochen nach meiner Ankunft in der City, nachdem Vater mich davor gerettet hatte, verbrannt zu werden, und mich unter seine Fittiche genommen hatte, waren wir zu der Stunde, in der die meisten Leute am tiefsten schlafen, mit einem bestimmten Ziel unterwegs, als ich erstmals einen Sims-Läufer sah.

Vater lehrte mich die Methoden, auf die unsere Art in einer Großstadt angewiesen ist. Er erklärte mir das unterirdische Labyrinth, die verschiedenen Tarntechniken, die uns gestatten, uns fast unsichtbar zu bewegen, und wie man mit der Eleganz von Gespenstern, die durch Wände gehen können, in wichtige Gebäude hinein- und wieder herauskommt.

Durch Mittel, die ich später erklären werde, hatte er sich einen Schlüssel zur Tafel der katholischen Kirche St. Sebastian verschafft. Weil die Kirche gespendete Lebensmittel an Bedürftige verteilte und Vater den Schlüssel freiwillig bekommen hatte, stahlen wir nicht, als wir nachts dorthin gingen, um unsere Vorräte aufzustocken.

Als wir in der Nacht, über die ich schreibe, das Gebäude verließen, entdeckten wir in der Gasse dahinter einen Wagen der Stadtwerke, der ausgerechnet auf dem Kanaldeckel parkte, der der nächste Zugang zu unseren Räumen war. Zwei Techniker arbeiteten offenbar an dem

Umspannkasten hinter dem Truck, denn wir sahen Licht und hörten Stimmen.

Bevor sie uns sahen, hasteten wir zur Fortsetzung der Gasse im nächsten Block, wo wir einen weiteren Zugang zum Kanalsystem zu finden hofften. Dazu mussten wir einen breiten sechsspurigen Boulevard überqueren, was uns widerstrebte, obwohl die weitaus meisten unserer Mitbürger im Bett lagen und träumten.

Vater erkundete die Lage, sah keinen Verkehr und gab mir ein Zeichen, ihm zu folgen. Kurz vor der Verkehrsinsel, die drei Spuren und Gegenspuren voneinander trennte, sah ich eine Bewegung vier Stockwerke über der Straße, wo ein Mann auf dem umlaufenden Sims eines Gebäudes unterwegs war. Bei diesem Anblick blieb ich stehen, weil ich fürchtete, der Mann würde springen.

Trotz des kühlen Wetters schien er blaue Krankenhauskleidung zu tragen. Der Sims war nicht breit, aber der Mann bewegte sich so lässig, als wäre ihm sein Schicksal egal. Er blickte auf die Straße hinunter – ob er uns fixierte, war nicht zu erkennen –, legte aber auch den Kopf in den Nacken, um die höheren Stockwerke der Gebäude auf der anderen Straßenseite zu betrachten, als suchte er etwas.

Als Vater merkte, dass ich auf der Verkehrsinsel stand, blieb auch er stehen, sah sich um und signalisierte mir, dass ich mich beeilen sollte.

Stattdessen deutete ich auf den Sims-Läufer. »Sieh doch, sieh!«

Inzwischen dachte ich, der Mann war nicht tollkühn, wie ich anfangs vermutet hatte, sondern selbstbewusst, als wäre er in Zirkussen in aller Welt auf dem Hochseil aufgetreten. Vielleicht stellte der schmale Sims im Vergleich zu seinen waghalsigen Vorführungen vor begeisterten Massen keine ernstliche Herausforderung dar.

Einen Block entfernt bog ein Taxi um die Ecke, dessen Fahrer die freie Fahrt auf dem nächtlichen Boulevard genoss. Das blendend helle Scheinwerferlicht erinnerte mich an unsere gefährliche Lage. Wäre das ein Streifenwagen gewesen, wären ein Mann und ein Junge, beide in Hoodies und unter schweren Rucksäcken gebeugt, die um diese Zeit in eine Gasse flüchteten, unbedingt verfolgt worden.

Für den Taxifahrer, der bestimmt nach einem Hör-und-sieh-nichts-Böses-Code lebte, waren wir nicht weiter von Interesse. Der Wagen raste vorbei, ohne langsamer zu werden, als wir in die Gasse flitzten.

Dort zögerte ich erneut und sah nach oben, als der Wandler eben um die Gebäudeecke bog. Von der Nordfassade wechselte er so nonchalant zur Westfassade, als fürchtete er keinen falschen Schritt, weil er auch auf Luft gehen konnte.

Als er so agil von der Straßenseite auf die dunklere Gassenseite wechselte, wurde mir klar, dass er kein Springer, sondern einer der Klaren war. Über der hellen Straße war sein Leuchten nicht zu sehen gewesen, aber im Schatten leuchtete er dort oben auf dem Sims.

Ich hatte Klare schon an ungewöhnlichen Orten und bei eigenartigen Beschäftigungen gesehen, aber ein Klarer als Sims-Läufer war neu für mich. Allerdings war ich damals noch nicht lange in der City.

Wie soll ich denen, die ihn nicht sehen können, einen Klaren beschreiben? Das Leuchten, von dem ich spreche, ist kein helles Licht, sondern ein sanftes Glühen, das von keinem bestimmten Ort ausgeht, sondern die Klaren gleichmäßig von Kopf bis Fuß einhüllt. Ich habe es einmal als *inneres* Leuchten bezeichnet, aber das würde voraussetzen, dass sie durchsichtig sind, was sie nicht sind, weil ihre Körperlichkeit außer Frage steht. Außerdem leuchtet ihre Kleidung so sanft wie ihre Haut und ihr Haar, als stammten sie aus einem Science-Fiction-Film, in dem sie durch eine Atomexplosion verstrahlt wurden. Ich nenne sie nicht Klare, weil sie durchsichtig sind, sondern weil die ersten unerklärlichen Wesen, die ich als Kind gesehen habe, die Nebel waren, und als ich zwei dieser leuchtenden Gestalten zusammen auf einer mondhellen Wiese sah, ist mir der Name Klare eingefallen, weil sie die Antithese zu den Nebeln zu sein schienen.

Sie sind keine Gespenster. Wären sie etwas so Einfaches wie die Geister von Toten, hätte Vater sie so genannt. Auch er konnte sie sehen, aber er mochte es nicht, über sie zu reden, und ließ sich auf keine Unterhaltung ein, die irgendwie mit Klaren und Nebeln zu tun hatte. Der Mann auf dem Sims und andere wie er hatten kein Interesse daran, irgendwo zu spuken oder Leute zu erschrecken. Sie rasselten nicht mit Ketten, ließen die Luft durch ihre Gegenwart erkalten oder warfen Möbel durcheinander, wie es Poltergeister angeblich tun. Sie wirkten weder traurig noch zornig, wie Geistern oft nachgesagt wird. Unabhängig davon, ob sie lächelten oder ernst waren, wirkten sie stets heiter. Obwohl sie für die meisten Leute unsichtbar waren, hielt ich sie für so lebendig wie mich, auch wenn ich ihre Absichten und Ziele nicht kannte, vielleicht nie kennen würde.

Vater führte ein Werkzeug, das er selbst erfunden hatte, in einen Kanaldeckel ein und hob ihn hoch. Er rief mir zu, mein Zögern gefährde unser Leben, und ich wandte mich widerstrebend von dem Schauspiel über mir ab. Aber als ich vor ihm die Eisenleiter hinunterstieg, sah ich noch einmal nach oben, um einen letzten Blick auf den leuchtenden Klaren zu erhaschen, der so furchtlos über hohe Simse lief, während ich dazu verdammt war, im Kanallabyrinth unter der City zu hausen.

19

Die Adresse, die das Mädchen mir gegeben hatte, lag am Rand des Parks Riverside Commons. Sie wohnte in einem Viertel mit hübschen allein dastehenden Häusern – teils aus Ziegeln, teils aus Kalkstein –, das an den Park grenzte. Etwa die Hälfte wurde noch von einzelnen Familien bewohnt. Sie wohnte im dritten Stock eines dreistöckigen Hauses, das in Apartments aufgeteilt worden war.

Unter dem Park lag das Kraftwerk 6, das früher deutlich zu sehen gewesen war. Um das Viertel zu verschönern, war das Kraftwerk vor Jahrzehnten eingehaust worden und unter dem Park verschwunden. Das Werkstor, die Lüftungsgitter und die Schornsteine lagen alle am Flusskai. Wie der Keller der Bibliothek war auch das Kraftwerk 6 durch einen Seitenkanal zugänglich, der für den Fall vorgesehen war, dass die mit Erdgas beheizten Kessel für die Dampfturbinen einmal undicht wurden.

Als wir aus dem Mannloch kletterten, mussten wir uns vor dem Personal des Kraftwerks in Acht nehmen, auch wenn während der Nachtschicht bei gedrosseltem Betrieb der Anlage weniger Leute da waren. Der Ausstieg lag am Westrand einer Maschinenhalle hinter Reihen von Kesseln, Turbinen und Transformatoren. Arbeiter hatten nur selten Grund, sich in diesen schwach beleuchteten Bereich zu wagen. Drei Meter vom Ausstieg entfernt lag hinter einer Tür die stählerne Wendeltreppe eines Notausgangs.

Ich hatte Gwyneth angewiesen, direkt zur Tür zu gehen, während ich den Kanaldeckel wieder hinlegte. Schnelligkeit war wichtig, wenn man ungesehen bleiben wollte. Ich brauchte nicht leise zu sein, weil das Arbeitsgeräusch der Turbinen, das Heulen der Generatoren und die laufenden Pumpen meine Arbeit tarnten.

Im Treppenhaus, bei geschlossener schalldämmender Tür, sank der Lärm auf ein Viertel seiner vorigen Stärke. Je weiter wir die Wendeltreppe hinaufstiegen, desto schwächer wurde er.

Mit ihrer natürlichen Eleganz schwebte Gwyneth die beleuchtete Treppe hinauf, als wäre sie fast gewichtslos und würde von einem leichten Luftzug angesaugt, den ich nicht spüren konnte.

Das Licht war hell genug, um mich unter meiner Kapuze sehen zu können, und ich hielt den Kopf für den Fall gesenkt, dass sie sich umsah. Ich wollte dieses unerwartete Abenteuer noch eine Zeit lang genießen, wollte diese einzigartige Nacht möglichst lange mit ihr teilen können.

Die Tür oben an der Treppe öffnete sich in ein dunkles Gebäude, das als Garage für Aufsitzrasenmäher und andere Geräte zur Parkpflege diente. Mit unseren Lampen fanden wir mühelos den Ausgang.

Ich folgte Gwyneth ins Freie, blieb jedoch mit einem Fuß in der Tür stehen. Von innen ließ dieser Notausgang des Kraftwerks 6 sich jederzeit öffnen, aber von außen war er unzugänglich, sobald diese Tür ins Schloss fiel. Einen Schlüssel für sie hatte ich nicht. Im Park lebten einige

Obdachlose, und obwohl die meisten scheu waren und in ihren Verstecken im Gebüsch hausten, war ab und zu einer von ihnen durch Geisteskrankheit oder Drogen oder beides angestachelt untypisch aggressiv.

In dieser Dezembernacht stellte sich uns niemand in den Weg. Der Park lag so still wie irgendein Ort in der City vor uns, und wir brauchten keinen Umweg zu machen.

Wir folgten einem Fußweg über Rasenflächen, vorbei an dem Teich, aus dem in wärmeren Monaten und bei Vollmond halb schlafende Kois auftauchten. Sie waren von dem Brot, das Besucher tagsüber ins Wasser warfen, so gemästet, dass sie zu faul waren, nach Nachtinsekten zu schnappen.

Als hätte es meine Gedanken gelesen, sagte das Mädchen: »Um diese Zeit haben sie die Kois schon längst zum Überwintern eingefangen.«

Daheim in meiner Hängematte sah ich diese Fische manchmal im Traum: blass und gefleckt, ihre Flossen von sanften Strömungen bewegt, schemenhafte Erscheinungen. Auf dem Wasserspiegel sah ich mein Gesicht dunkel reflektiert. Die darunter schimmernden Kois hatten in dieser Welt einen Platz, an den sie gehörten. Aus solchen Träumen erwachend war ich immer voller Sehnsucht, sehnte mich nach einem Heim im Licht, nach einem Garten mit Obst und Blumen, wie es sich gehörte.

Als wir jetzt unter einer riesigen Kiefer in der Nähe des Parkausgangs Kellog Parkway standen, zeigte Gwyneth auf das Gebäude gegenüber. »Das ist eines der Häuser, in denen ich wohne. Komm auf einen Kaffee mit.«

Ohne Freunde hatte ich keine Erfahrung mit solchen Einladungen und stand einen Augenblick sprachlos da, bevor ich sagen konnte: »Lieber nicht. Die Nacht ist fast vorbei.«

Sie sagte: »Dunkel ist's noch eineinhalb Stunden lang.«

»Ich muss zur Tafel, Vorräte holen, bevor sie aufmacht.«

»Zu welcher Tafel?«

»Sankt Sebastian.«

»Komm mit rauf zum Frühstück. Zur Tafel kannst du morgen Nacht gehen.«

»Aber ich kann in deiner Begleitung gesehen werden. Zu gefährlich.«

Sie sagte: »Kein Türsteher. Um diese Zeit ist im Haus niemand unterwegs. Nur rasch die Treppe hinauf.«

Ich schüttelte den Kopf. »Ich sollte nicht. Ich kann nicht.«

Sie zeigte auf den schmalen Durchgang zwischen ihrem Haus und dem Nachbarhaus. »Durch den kommst du auf die Rückseite. Dort gibt's eine Feuertreppe.«

»Nein, ich kann wirklich nicht.«

»Natürlich kannst du. Komm jetzt!« Sie lief hinter einer schwarzen Limousine mit ebenso getönten Scheiben auf die Straße.

Ich spurtete hinter ihr her, bevor ein weiteres Auto kam. Während sie die wenigen Stufen zur Haustür hinauf nahm, lief ich zur Rückseite des Hauses weiter.

Die mit mehreren Absätzen nach oben führende Feuertreppe sah aus, als würde sie unter meinen Füßen wie ein wild gespieltes Xylofon erklingen, aber zu meiner Überraschung fand mein Aufstieg leiser als pianissimo statt. Hinter einem Fenster im ersten Stock brannte Licht und der Vorhang war nur halb zugezogen. Soweit ich sehen konnte, war dieses Zimmer leer. Ich stieg auf den Eisenstufen weiter.

Im dritten Stock hatte Gwyneth mir das Fenster geöffnet, aber sie erwartete mich nicht dort. Am anderen Ende des dunklen Raums, jenseits einer offenen Tür, erhellte eine Kristallglasleuchte eine Wand der Diele mit prismatischen Mustern.

Als ich meine Stablampe einschaltete, sah ich auf der weißen Fensterbank Wörter in schwarzer Druckschrift. Bevor ich sie lesen konnte, erschien Gwyneth an der offenen Tür und sagte: »Addison, komm in die Küche.«

Bis ich durch das Schiebefenster geklettert war und es hinter mir heruntergezogen hatte, war das Mädchen fort. Ich stand in einem großzügig dimensionierten Zimmer, das spartanisch wie eine Klosterzelle möbliert war: schmales Bett, kleiner Nachttisch, Lampe, Digitaluhr. Der Raum roch wie frisch geputzt, und der Minimalismus war mir sympathisch.

Jenseits des Flurs lag ein ebenso großer Raum, der nur einen Schreibtisch, einen Computer und zwei Drucker enthielt.

Eine herabgedimmte Lampe erhellte ein Wohnzimmer, das bestimmt doppelt so groß wie meine drei unterirdischen Räume war. Wegen der Bücher fühlte ich mich hier jedoch sofort heimisch. Aber es gab nur einen Lesesessel, als hätte ihr Vater nie hier gelebt.

Ein Durchgang führte in den Essbereich mit Tisch und Stühlen, der in eine große Küche überging, in der sie bei Kerzenlicht arbeitete. Selbst diese diskreten Flammen in Rubinglasleuchtern waren hell genug, um mich in Gefahr bringen zu können, enthüllt zu werden.

Obwohl wir viel gemeinsam zu haben schienen, wurde ich auf einmal misstrauisch und hatte das Gefühl, unauffällig gehen zu sollen.

Ohne sich nach mir umzusehen, sagte sie: »Da bist du ja. Rührei und getoastete Brioche mit Rosinenbutter geht am schnellsten. Okay?

»Ich sollte gehen.«

»Das tust du nicht. Du bist nie unhöflich. Nimm dir einen Stuhl und setz dich hin.«

Trotz des einen schmalen Bettes, trotz des einzelnen Lesesessels im Wohnzimmer fragte ich: »Du wohnst hier nicht allein, stimmt's?«

Während ihr von zitternden Kerzenflammen an die Wand geworfener Schatten imitierte, wie sie ein Ei in eine Schüssel schlug, sagte sie: »Es gibt jemanden, der unregelmäßig kommt und geht, aber darüber will ich nicht reden. Von dieser Seite droht dir keine Gefahr.«

Ich stand neben dem Tisch und wusste nicht recht, was ich tun sollte.

Obwohl sie mir weiter den Rücken zukehrte, schien sie zu wissen, dass ich mir keinen Stuhl genommen hatte. Sie hielt ein weiteres Ei in der Hand, zögerte aber noch, es zu zerschlagen.

»Alles basiert jetzt auf gegenseitigem Vertrauen, Addison Goodheart. Setz dich oder geh. Es gibt keinen dritten Weg.«

20

18 Jahre früher, während meiner zweiten Woche in der City, in der Nacht, in der ich einen Klaren in blauer Krankenhauskleidung über einen hohen Sims gehen sah …

Später, zu Hause in unserem tiefen Bunker, nachdem die Lebensmittel eingeräumt waren, goss Vater eine Kanne Kräutertee mit Orangenaroma auf, und ich schnitt einen

Früchtekuchen mit Kokosguss auf, und wir setzten uns an den kleinen Tisch, Es und der Sohn von Es sprachen über dieses und jenes, bis er mit seinem Kuchen fertig war und die Gabel weglegte, worauf er ein Thema anschnitt, das er für wichtiger hielt als bloße Konversation: Nebel und Klare.

Nur nannte er sie nie so. Er hatte keine Namen für sie, und falls er eine Theorie über ihr Wesen hatte, wollte er nicht über sie sprechen. Aber er hatte eine Meinung dazu, was wir tun sollten, wenn wir ihnen begegneten.

Sein Instinkt sagte ihm wie meiner, dass von den Nebeln nur Schlimmes zu erwarten war, auch wenn er sich nicht im Detail dazu äußern wollte. Selbst das Wort *böse*, sagte er, reiche nicht aus, um sie zu beschreiben. Am besten mied man die Nebel. Man wollte sich ihnen auf keinen Fall annähern, aber vielleicht war es auch klug, nicht vor ihnen wegzulaufen, wie man den Angriff eines wütenden Hundes durch Weglaufen provozieren konnte. Gespielte Gleichgültigkeit Nebeln gegenüber hatte sich bei Vater und davor bei seinem Vater bewährt, und er riet mir nachdrücklich, nie anders als er auf sie zu reagieren.

Über den Tisch gebeugt senkte er die Stimme, als fürchtete er, sogar tief unter der City und unter Bergen von Beton begraben, ihn könnte jemand belauschen, als er sagte: »Nun zu den anderen, die du Klare nennst. Sie sind nicht böse wie die Nebel, aber auf ihre eigene Weise noch schrecklicher. Tritt auch ihnen scheinbar gleichgültig gegenüber. Weiche ihrem Blick möglichst aus und sieh sofort weg, falls du mal Kontakt mit ihnen hast.«

Über seine Warnung perplex sagte ich: »Aber mir erscheinen sie nicht schrecklich.«

»Weil du noch so jung bist.«

»Mir erscheinen sie wundervoll.«

»Glaubst du, dass ich versuchen würde, dich zu täuschen?«

»Nein, Vater, das tätest du nie.«

»Dies alles verstehst du, wenn du älter bist.«

Mehr wollte er im Augenblick nicht sagen. Er nahm sich noch ein Stück Kuchen.

21

Im Licht einer einzelnen Kerze, die neben Gwyneth' Teller und weit von meinem entfernt stand, verzehrten wir ein einfaches, aber köstliches Frühstück vor Tagesanbruch aus Rührei und Brioche mit Rosinenbutter. So guten Kaffee wie ihren hatte ich noch nie getrunken.

Nach sechs Jahren Einsamkeit war es ein Vergnügen, miteinander zu essen und sich mit jemandem zu unterhalten. Mehr als nur das, denn darüber hinaus wirkten ihre Gastfreundschaft und Geselligkeit überraschend stark auf mich, sodass ich zeitweilig von so intensiven Gefühlen überwältigt wurde, dass ich nicht hätte sprechen können, ohne mir anmerken zu lassen, wie tief gerührt ich war.

Von mir ermuntert bestritt Gwyneth den größten Teil unserer Unterhaltung. In nur einer halben Stunde verzauberten die Eigenschaften ihrer Stimme – klar, gleichmäßig, trotz ihrer demonstrativ zur Schau gestellten Härte sanft – mich nicht weniger als ihre graziösen Bewegungen und die Entschlossenheit, mit der sie an jede Aufgabe heranzugehen schien, die sie sich vornahm.

Sie habe, sagte sie, schon sehr früh ein Einsiedlerleben geführt, aber sie leide nicht an Agoraphobie, der Angst vor freien Plätzen, und fürchte die Welt außerhalb ihrer eigenen vier Wände nicht. Sie liebte die Welt und liebte es, sie zu erforschen, auch wenn sie das größtenteils nur unter Einschränkungen tun konnte. Waren zu später Stunde weniger Leute unterwegs, wagte sie sich aus dem Haus. War das Wetter einmal so schlecht, dass niemand sich auch nur eine Minute länger als unbedingt notwendig im Freien aufhielt, streifte sie enthusiastisch durch die Straßen. Als letztes Jahr ein Sturm von historischer Stärke die City mit solch elementarer Wucht getroffen hatte, dass ihre breitesten Boulevards zwei Tage lang praktisch menschenleer gewesen waren, war sie im Orkan stundenlang unterwegs gewesen, als wäre sie die Göttin von Blitz und Donner, Regen und Wind, die dem Wüten der Natur trotzte, es sogar spannend fand, bis auf die Haut durchnässt, fast von den Füßen geweht, ganz *lebendig*.

Menschen waren, was sie abstieß. Psychologen nannten das eine Sozialphobie. Sie konnte es nur kurz unter Leuten aushalten, Menschenmassen gar nicht ertragen. Sie berührte niemanden und wollte auf keinen Fall berührt werden. Sie hatte ein Handy, nahm aber selten Anrufe entgegen. Einkäufe erledigte sie fast ausschließlich online. Lebensmittel wurden vor ihrer Tür abgestellt, damit sie sie hereinholen konnte, wenn der Zusteller weg war. Sie liebe Menschen, sagte sie, vor allem die in Büchern, die sie bevorzugt kannte, aber sie weigerte sich, mit denen zu verkehren, die nicht fiktiv waren.

An dieser Stelle warf ich ein: »Manchmal glaube ich, dass in Romanen vielleicht mehr Wahrheit liegt als im realen Leben. Oder wenigstens so kondensierte Wahrheit, dass sie leichter zu verstehen ist. Aber was weiß ich mit meiner seltsamen Lebensweise schon von realen Menschen?«

Sie sagte: »Vielleicht hast du schon immer alles Wichtige gewusst, aber wirst dein Leben lang brauchen, um zu entdecken, was du weißt.«

Das hätte ich mir gern näher erklären lassen, aber noch stärker war mein Wunsch, mehr über ihre Vergangenheit zu erfahren, bevor die heraufziehende Morgendämmerung mich wieder in den Untergrund zwang. Ich drängte sie, mehr von sich zu erzählen.

Ihr reicher verwitweter Vater, voller Mitgefühl für ihre Phobie und ihr Misstrauen gegenüber Psychologen, entschied sich dafür, ihre Eigenart zu tolerieren, statt sie zu zwingen, eine Therapie zu machen. In jungen Jahren war Gwyneth ein Wunderkind gewesen: gebildet und emotional reifer, als es ihrem Alter entsprochen hätte. Sie wohnte allein im obersten Stock der Villa ihres Vaters in Midtown, hinter einer abgesperrten Tür, für die nur er einen Schlüssel haben durfte. Essen und andere Notwendigkeiten wurden vor ihrer Tür abgestellt, und wenn ihre Wohnung geputzt wurde, zog sie sich in ein Zimmer zurück, das sie selbst putzte, um dort zu warten, bis das Personal gegangen war. Sie wusch ihre Wäsche, machte ihr Bett selbst, außer Menschen auf der Straße, die sie aus dem dritten Stock beobachtete, sah sie lange Zeit nur ihren Vater.

Kurz vor ihrem 13. Geburtstag stieß sie in einem Magazin zufällig auf einen Artikel über die Goth-Mode, und die Fotos faszinierten sie. Sie studierte sie tagelang. Im Internet suchte und fand sie weitere Beispiele für Goth Girls in all ihrer ausgeflippten Majestät. Zuletzt begann sie zu denken, wenn sie eine andere Gwyneth als bisher würde, eine Gwyneth, die der Welt keine Macht über sich ließ und sie allein durch ihre Erscheinung herausforderte, würde sie sich vielleicht mit gewisser Freiheit unter Leuten bewegen können. Weil sie nie an die Sonne kam, war ihr Teint schon weiß wie Lilienblätter. Eine gegelte Punkerfrisur, viel schwarze Wimperntusche, schweres Make-up, Piercings im Gesicht, Sonnenbrille und Fake-Tattoos auf den Handrücken waren mehr als nur ein Kostüm; sie verliehen ihr auch Mut. Sie merkte bald, dass ein allzu extremer Goth Look unerwünschte Aufmerksamkeit erweckte, fand aber bald einen zufriedenstellenden Mittelweg. Ab diesem Zeitpunkt konnte sie außerhalb ihres Refugiums im dritten Stock leben, auch wenn sie nicht oft ausging, Menschenansammlungen mied, ruhige Straßen bevorzugte und am liebsten nachts oder bei scheußlichstem Wetter unterwegs war.

Ihr Vater, ebenso vorausschauend wie nachsichtig, hatte für die Zukunft seiner Tochter vorgesorgt, damit sie auch nach seinem Tod ihr gewohntes Leben würde weiterführen können – ein kluger Schritt, wenn man bedachte, dass er vor ihrem 14. Geburtstag starb. Weil er annahm, Gwyneth würde auch mit 80 noch so einsiedlerisch leben wie als Heranwachsende, und vermutete, dass das Selbstbewusstsein und die Freiheit, die ihre Goth-Kostümierung oder irgendein späterer Look ihr geben konnte, stets beschränkt bleiben würden, errichtete er mehrere Treuhandfonds, die ihren Lebensunterhalt garantieren sollten. Diese Fonds waren so gestaltet, dass sie von ihnen Geld abheben und auf vielfältige Weise profitieren konnte, ohne zu mehr als einem Minimum an Interaktion mit den Treuhändern gezwungen zu sein. Tatsächlichen Kontakt hatte sie nur zu *einem* Mann:

Teague Hanlon, dem besten Freund und einzigen Vertrauten ihres Vaters. Nach der Ermordung ihres Vaters war Hanlon bis zu ihrem 18. Lebensjahr ihr Vormund gewesen; er würde die Treuhandfonds bis zu seinem oder ihrem Tod beaufsichtigen, je nachdem, welcher früher eintrat.

Zu den Dingen, die sie den Fonds verdankte, gehörten acht behagliche, aber nicht extravagante Apartments in guten Lagen der City, darunter das eine, in dem sie jetzt beim Frühstück saßen. Diese verschiedenen Wohnungen gewährten unterschiedliche Ausblicke, ein nicht zu unterschätzender Vorteil, wenn ihre Menschenscheu dazu führte, dass sie Tag für Tag dasselbe Bild vor ihrem Fenster sah. Außerdem befürchtete ihr Vater, ihre natürliche Eleganz und elfenhafte Erscheinung – die sie beide zu besitzen leugnete – könnten die unerwünschte Aufmerksamkeit eines gefährlichen Mannes auf sie lenken. In diesem Fall war es gut, ein Apartment leicht aufgeben zu können, weil anderswo ein ähnlicher Zufluchtsort bereitstand. Ebenso würde ein Brand oder eine andere Katastrophe sie keine Stunde lang obdachlos machen, was wichtig sein konnte, falls ihre Sozialphobie sich im Lauf der Jahre so verstärkte, dass sie noch mehr zu einer menschenscheuen Einsiedlerin wurde. Außerdem wechselte sie häufig das Apartment, um zu verhindern, dass wohlmeinende Nachbarn nachbarlich zu sein versuchten.

Sie stand vom Tisch auf, um die Glaskanne der Kaffeemaschine zu holen.

Die Nacht wich aus der City zurück; in weniger als einer halben Stunde würde die Morgendämmerung ihre Straßen in Besitz nehmen.

Ich lehnte eine weitere Tasse ab.

Trotzdem schenkte sie mir nach.

Als sie wieder saß, sagte sie: »Bevor du gehst, müssen wir ein paar Fragen klären.«

»Fragen?«

»Sehen wir uns wieder?«

»Willst du das?«

»Sehr sogar«, sagte sie.

Diese beiden Wörter waren mehr als nur Musik, sie waren ein ganzer Song.

»Dann sehen wir uns wieder«, sagte ich. »Aber was ist mit deiner … Sozialphobie?«

»Bisher hast du sie noch nicht ausgelöst.«

»Woher kommt das?«

Sie trank einen kleinen Schluck Kaffee. Der silberne Schlangenring, so zierlich wie die Nase, die er schmückte, glänzte im flackernden Licht der Kerzenflamme und schien sich auf dem gepiercten Nasenflügel zu drehen.

»Weiß ich nicht«, sagte sie. »Nächstes Mal laufe ich vielleicht vor dir weg und verstecke mich und will für immer allein sein.«

Sie starrte mich direkt an, aber ich saß zu weit von der Kerze entfernt, als dass sie mehr hätte sehen können als eine Gestalt mit hochgeschlagener Kapuze und behandschuhten Händen, von der unter der Kapuze nicht mehr zu erkennen war, als wenn ich der Sensenmann persönlich gewesen wäre.

Sie sagte: »Komm heute Abend um sieben vorbei. Wir essen zusammen, und du kannst mir mehr über dich erzählen,«

»Ich gehe nie vor Mitternacht aus. Zu gefährlich.«

Nach kurzem Schweigen fragte Gwyneth: »Hast du Hoffnung?«

»Hätte ich keine, hätte ich längst Schluss gemacht.«

»Glauben und Vertrauen, miteinander verzwirnt, können jede Gefahr bestehen. Fürchtest du den Tod, Addison?«

»Nicht meinen eigenen. Nicht wie Leute in Büchern ihren Tod fürchten. Ich war manchmal in Sorge, mein Vater könnte sterben. Und als er gestorben ist, war's schlimmer, als ich es mir ausgemalt hatte. Der Schmerz.«

Sie sagte: »Ich möchte beim Abendessen alles über deinen Vater und dein Leben hören.«

Mein Herz schien größer geworden zu sein, nicht von Kummer wie damals, als Vater gestorben war, sondern von komplexen Gefühlen vergrößert, aber nicht schwer, beschwingt. Ich erinnerte mich daran, wie oft unser Herz uns täuscht, aber ich fühlte mich jetzt nicht getäuscht.

Ich schob meinen Stuhl zurück und stand auf. »Lass das Fenster offen. Um diese Zeit muss ich schnell aus dem Kanal kommen und die Feuertreppe raufflitzen.«

Ebenfalls aufstehend sagte sie: »Aber die Regeln bleiben gleich.«

»Ganz gleich«, bestätigte ich. »Du schaust nicht, und ich fasse nichts an.«

Sie zitierte mich lächelnd: »›Wir nehmen einander durch unsere Exzentrizitäten in Geiselhaft.‹«

Nachdem sie mir durchs Apartment zu dem dunklen Schlafzimmer gefolgt war, blieb sie an der offenen Tür zu der nur schwach erhellten Diele stehen, als ich meine Stablampe einschaltete, das Glas mit den Fingern abdeckte und ans Fenster trat.

Ich drehte mich nach ihr um und zitierte etwas, das sie zuvor gesagt hatte: »›Es gibt jemanden, der unregelmäßig kommt und geht.‹« Als Gwyneth nichts sagte, fragte ich: »Reden wir beim Abendessen auch davon?«

»Vielleicht. Aber wie ich schon gesagt habe, bist du dadurch nicht in Gefahr. Auf keine Weise.«

Als ich das Fenster hochschob, erinnerte der Lichtstrahl meiner Lampe mich an die mit schwarzem Filzschreiber aufs Fensterbrett geschriebenen Wörter, die mir beim Hereinkommen aufgefallen waren. Waren sie Wörter, nicht nur Symbole, waren sie in einer Fremdsprache geschrieben; tatsächlich erinnerten sie etwas an die griechischen Wörter in den Namen von Studentenverbindungen.

»Was steht hier?«, fragte ich.

»Denk an die Sonne! Geh jetzt, Addison. Geh, solange du noch die Nacht hast.«

Ich schaltete meine Lampe aus und kletterte auf die Feuertreppe hinaus, wo die Luft kühl war und die City um mich herum aus ihren Träumen aufzutauchen schien, als die Millionen ihrer Bewohner nacheinander erwachten.

Auf meinem Weg die Eisenstufen hinab hörte ich, wie hinter mir das Fenster geschlossen und verriegelt wurde.

Plötzlich war ich mir sicher, dass ich sie nie wiedersehen würde, und dieser Gedanke war so durchdringend, durch Intuition so nadelspitz, dass ich sekundenlang auf der Feuertreppe erstarrte.

22

Im nächsten Augenblick schöpfte ich wieder Hoffnung und setzte meinen Abstieg fort. Hinter dem Fenster im ersten Stock brannte weiter Licht, und der Vorhang war noch immer halb geöffnet. Aber diesmal wurde ich im Vorbeischleichen auf eine Bewegung in dem Zimmer aufmerksam.

Hätte ich nur den Mann gesehen, hätte ich nicht haltgemacht und wäre nicht näher ans Fenster getreten. Aber im Zimmer bei ihm war einer der Nebel.

Der Mann schien Anfang 30 zu sein, völlig durchschnittlich, mit angenehmen Zügen und vom Duschen feuchtem Haar. Er trug einen saphirblauen Bademantel, stand barfuß vor seinem Hi-Fi-System und suchte einen kleinen Stapel DVDs durch.

Der Nebel war in diesem Wohnzimmer unterwegs, schwamm von Wand zu Wand durch die Luft, von der Decke zum Fußboden und wieder nach oben wie ein Aal, der träge ein Aquarium erkundet, in dem er sich längst langweilt. Durchgehend weiß, ohne Maul und Augen, ohne irgendwelche Züge hätte er nicht bedrohlicher wirken sollen als ein blinder Wurm. Aber er rief solche Abscheu hervor, dass mir ein saurer Brei aus Kaffee und Brioche hochkam, und obwohl ich schwer an diesem Kloß zu schlucken hatte, konnte ich den Blick nicht von dem Nebel wenden, weil ich mich fragte, welche Absichten er in dieser ungewohnt intimen Umgebung hegen mochte.

Auf dem Couchtisch vor dem Sofa standen in einem Eiskübel ein Karton Orangensaft und eine geöffnete Flasche Champagner. Ein einzelnes leeres Glas ließ vermuten, dass der Mann als Frühstück Mimosas trinken wollte.

Er wählte eine DVD aus dem kleinen Stapel und schob sie in den Player. Ohne den vorbeischwimmenden Nebel wahrzunehmen, trat er an den Couchtisch und füllte das hohe Glas halb mit Champagner, halb mit Orangensaft, kostete einen Schluck, nahm noch einen und stellte es auf einem der Beistelltische des Sofas auf einen Untersetzer.

Der Nebel griff an, als der Mann sich hinsetzte. Ich hatte noch nie einen Angriff beobachtet, meines Wissens auch Vater und sein Vater nicht. Waren solche Angriffe häufig, achteten die Nebel darauf, nur dort anzugreifen, wo es keine Zeugen gab, wo ihre Opfer allein und verwundbar waren. Obwohl nur Vater, sein Vater und ich diese Wesen sehen konnten, hätte die Reaktion der Opfer jeden Anwesenden darauf aufmerksam machen müssen, dass hier etwas Ungewöhnliches passierte. Als die weiße Schlange sich plötzlich auf den Mann stürzte, sich eng um ihn wand, reagierte er wie auf einen Stromstoß, während sein ganzer Körper steif wurde. Er wollte die Arme bewegen, aber das ging nicht, er versuchte, vom Sofa aufzustehen, was ihm nicht gelang, und öffnete den Mund, um zu schreien, ohne den geringsten Laut herauszubringen. Sein rot angelaufenes Gesicht wirkte abwechselnd von Schmerz verzerrt und ekstatisch, die verdrehten Augen quollen angstvoll hervor, aber sein Kinn hing schlaff herab, als gäbe er auf, und seine Halssehnen traten wie Stahlseile hervor.

Obwohl der Angreifer kein Maul hatte, dachte ich, er würde den Mann irgendwie verschlingen, aber stattdessen verschlang *der* ihn gegen seinen Willen. Der Nebel nutzte seinen stummen Aufschrei, um in seinen Mund einzudringen. Das Wesen wirkte nicht mehr wie ein kaum zusammenhängender Nebel, sondern muskulös, sehnig und stark wie ein Python, und es drang unaufhaltsam in ihn ein. Erst blähten sich seine Backen, dann wurde sein Hals grotesk geweitet, als der Nebel die Speiseröhre hinunterkroch. Als er sein Opfer umschlungen hatte, löste die Umschlingung sich jetzt, während der Mann mehr und mehr von ihm verschluckte, aber auch als seine

Arme wieder frei waren, benutzte er die Hände nicht zur Abwehr, sondern ballte sie nur zu Fäusten, die hilflos aufs Sofa und seine Oberschenkel trommelten.

Ich dachte, ich müsste das Fenster einschlagen und dem Opfer zu Hilfe kommen, aber eine Intuition hielt mich davon ab. Ich hatte keine Angst um mein Leben, aber ich wusste irgendwie, dass der Nebel so wenig zu fassen war, wie ich eine Rauchwolke hätte niederringen können. Dies war mehr als ein Zusammentreffen von Raubtier und Beute, mehr und anders. Obwohl nichts darauf hindeutete, dass der Mann den Angriff provoziert oder auch nur geahnt hatte, in welcher Gefahr er schwebte, war jeder Augenblick dieses Kampfs nicht nur durch Angst und Schrecken, sondern auch durch körperliches Einvernehmen gekennzeichnet, als empfinge er den Nebel mit fast so viel Freude wie Entsetzen.

Der Schwanz des Wesens verschwand hinter den Lippen des Mannes, sein Hals schwoll noch einmal grotesk an, dann sank er grau im Gesicht und völlig erschöpft aufs Sofa zurück. Nach weniger als einer Minute bekam sein Gesicht wieder Farbe. Seine Atmung wurde wieder normal. Er setzte sich auf und sah sich leicht verwirrt um, als wüsste er nicht recht, was sich – falls überhaupt etwas – gerade ereignet hatte.

Obwohl ich den gesamten Ablauf verfolgt hatte, konnte ich nicht mit Bestimmtheit sagen, was er bedeutete. Ich war mir jedoch sicher, dass der Nebel weiterhin lebte, dass er jetzt wie ein Parasit in dem Mann lebte und dass sein Wirt im Bademantel, der irgendwie dazu gebracht worden war, diese grausige Penetration zu vergessen, nicht ahnte, was sich in ihm eingenistet hatte.

Der Mann griff nach dem Mimosa auf dem Beistelltisch, trank noch ein Drittel davon und stellte ihn auf den Untersetzer zurück. Er nahm die Fernbedienung vom Couchtisch, schaltete den Großbildfernseher ein und startete die DVD.

Obwohl der Fernseher schräg zum Fenster stand, konnte ich die Personen auf dem Bildschirm gut genug sehen: ein hübsches Mädchen von zehn oder elf Jahren und ein erwachsener Mann. Als er sie auszuziehen begann, wurde mir klar, dass der Horror des Angriffs, den ich beobachtet hatte, nichts im Vergleich zu den Scheußlichkeiten war, die auf dem Großbildfernseher erscheinen würden.

Der Mann auf dem Sofa beugte sich nach vorn. Die Kollektion von Porno-DVDs hatte ihm gehört, bevor der Nebel sich in ihm eingenistet hatte, und es war er, nur er, der jetzt grinste und sich die Lippen leckte, während er die Gräuel auf dem Bildschirm genoss wie bestimmt schon oft zuvor.

Mit der Heimlichkeit, die für mich immer lebenswichtig war, flüchtete ich vor Widerwillen zitternd und mit heißen Tränen in den Augen auf die Gasse hinunter.

Unten blieb ich stehen und sah nach oben – nicht zu dem Fenster im ersten Stock, sondern zu dem im dritten. War Gwyneth hinter abgesperrten Türen und verriegelten Fenstern vor diesem Kerl zwei Stockwerke unter ihr sicher? Ich überlegte, ob ich zurückgehen und sie warnen sollte, aber durch die bisher stille Metropole hallten jetzt die Geräusche ihrer zuerst aufgestandenen Einwohner. Mir wurde klar, dass Gwyneth mehr über ihre Mitbürger wusste, als ich jemals wissen würde, und mindestens so gut wie ich verstand, wie viel Korruption und herzlose

Grausamkeit unter den Masken versteckt sein konnte, die manche Leute trugen.

Ein schmaler Farbstreifen am östlichen Horizont verdrängte die Nacht und würde sich bald über den ganzen Himmel ausbreiten. Als ich mir mit beiden Handschuhen über die Augen fuhr, wurde meine verschwommene Umgebung wieder klar.

Ich wünschte mir Licht und frische Luft und endlose Weiten, in die ich rennen konnte, bis ich zusammenbrach, es war mein Schicksal, das Objekt solchen Hasses zu sein, dass ich das Licht meiden, bei Tagesanbruch ins Dunkel abtauchen und den helllichten Tag weit von denen entfernt verbringen musste, die ich allein durch meine Existenz beleidigen würde. Ich hastete die Gasse entlang und suchte einen Eingang zur Unterwelt.

23

Die Nacht, in der ich in der City ankam … die Ladenzeile am Fluss, in der die verschlagene Marionette hinter Glas Passanten beobachtete … Die Glaskugeln der gusseisernen Kandelaber leuchteten wie illuminierte Perlen, und in den Klinkersteinen unter meinen Füßen blitzten Glimmerpartikel, als ich von dem Geschäft für altes Spielzeug weg nach Norden weiterging, wo in weiteren Schaufenstern Dinge ausgestellt waren, die zuverlässig unbelebt blieben.

Bevor ich den Mann sah, hörte ich ihn. Ein Schrei, noch einer, ein zittriges erschrockenes Kreischen und dann seine stampfenden Schritte.

Ich werde nie wissen, wer er war, aber ich vermute, dass er ein Stadtstreicher war, ein Obdachloser, der auf der Straße schlief und irgendwo in der Ladenzeile einen geschützten Winkel gefunden hatte. Er tauchte aus einer Lücke zwischen zwei Gebäuden auf, von denen eines ein Restaurant war, und rannte unbeholfen in Winterstiefeln mit Schnallen, deren Sohlen auf den Klinkersteinen quietschten. Er trug eine geflickte Kakihose, einen hellgrauen Pullover über einem Flanellhemd, eine löchrige Cordjacke und einen breitkrempigen Hut, wie ich nie wieder einen gesehen habe.

Von der Krone seines Hutes wehten Flammen nach hinten, aber er schien nicht zu bemerken, dass diese Gefahr dringender war als die beiden Männer, vor denen er flüchtete. Als er näher kam, deutete ich auf seinen Kopf und rief: »Feuer, Feuer!«

Vermutlich war er einer dieser von Alkohol oder Drogen zerrütteten Männer, die nicht so alt sind, wie sie aussehen, denn er schien 80 zu sein, bewegte sich aber wie ein weit jüngerer Mann. Wässrige Augen, eingefallenes Gesicht, blasse Haut mit Runzeln und Pockennarben, groß und hager, mit langfingrigen riesigen Händen hätte er eine Vogelscheuche sein können, die auf einem Maisfeld zum Leben erwacht und jetzt in einer Großstadt unterwegs war, die keine Verwendung für sie hatte.

Als meine Warnung oder ein plötzliches Hitzegefühl ihn auf die Gefahr aufmerksam machte, riss er sich mit Daumen und Zeigefinger blitzschnell den breitkrempigen Hut vom Kopf und schleuderte ihn fort, wie jemand in einem Park eine Frisbee-Scheibe werfen würde. Während die Flammen sich weiter zur Krempe hin ausbreiteten, segelte der brennende Hut nur eine Handbreit von meinem Gesicht entfernt an mir vorbei. Als der Stadtstreicher an mir vorüberrannte, sah ich aus seinem wild wuchernden Vollbart einige Rauchfäden aufsteigen, als wäre dieser erst angezündet – und durch einen glücklichen Zufall rasch gelöscht – worden, bevor jemand seinen Hut in Brand gesteckt hatte.

Hinter ihm erschienen zwei junge Männer: aufgeregt und lachend, ihre Augen glänzend wie die von Wölfen im Mondlicht. Beide hatten einen kleinen Propanbrenner, wie Küchenchefs sie benutzen, um die Oberfläche von Crème brulée zu karamellisieren. Vielleicht waren sie Köche aus dem benachbarten Restaurant, das vor ungefähr einer Stunde geschlossen hatte, aber sie konnten auch von ganz woanders gekommen sein, nur zwei Kriminelle, die mit der Absicht durch die Nacht streiften, Obdachlose lebendig zu verbrennen.

Als sie mich entdeckten, stand ich zufällig im Lampenlicht – in meinem Hoodie mit hochgeschlagener Kapuze, aber mit erhobenem Kopf, sodass mein Gesicht teilweise sichtbar war. Obwohl ich nur ein Junge von acht Jahren und sie erwachsene Männer waren, sagte der Erste: »O Scheiße, verbrenn ihn, *verbrenn ihn!*« Gleichzeitig fragte der Zweite: »Was ist er, was zum Teufel ist er?«

Mit ihren längeren Beinen waren sie schneller als ich. Mir blieb nichts anderes übrig, als zwischen den Bänken, Pflanzkübeln und Kandelabern in der Mitte der Ladenzeile Haken zu schlagen, um zu versuchen, diese Hindernisse zwischen ihnen und mir zu behalten, während ich darauf hoffte, dass ein Wachmann oder ein paar Streifenpolizisten vorbeikommen würden. Daraufhin würden meine Angreifer in eine Richtung und ich in eine andere flüchten, damit ich nicht zuletzt das Opfer meiner Retter wurde.

Die beiden Männer verfolgten mich rasch und geschickt, trieben mich bald hinter einer Bank und zwischen zwei Pflanzkübeln in die Enge. *Klick-klick, klick-klick.* Die dadurch entsicherten Schalter zündeten zwei fauchende blaue Flammenzungen mit gelber Spitze. Die Männer spuckten vor mir aus, fluchten zornig, stießen wie Schwertkämpfer mit ihren Brennern zu und versuchten, mich auf Armeslänge in Brand zu setzen, als fürchteten sie sich fast so sehr, wie sie mich verabscheuten. Die blauen Flammen spiegelten sich in ihren Augen, sodass der Eindruck entstand, sie seien von dem Feuer angefüllt, das die Düsen ihrer Waffen ausstießen.

Etwas weiter entlang der Promenade zersplitterte Glas und ergoss sich als Kaskade auf die Klinkersteine, während eine Alarmanlage losschrillte. Meine Angreifer sahen sich aufgeschreckt nach dem Lärm um. Ein weiteres Schaufenster zerfiel in glitzernde Glassplitter, die wie Eis klirrend aufs Pflaster fielen; dann folgte eine dritte Scheibe, sodass jetzt drei Alarmanlagen ohrenbetäubend laut schrillten.

Meine Angreifer rannten nach Süden, ich rannte nach Norden. Sie entkamen in die Nacht, aber ich entkam nicht.

24

Aus Gwyneth' Apartment kehrte ich in meine drei fensterlosen Räume heim, ohne schlafen zu können. Ich hätte schlafen sollen. Dies war meine gewöhnliche Schlafenszeit. Aber ich konnte mich nicht hinlegen und liegen bleiben. Das fühlte sich einfach nicht richtig an. Schloss ich in meiner Hängematte liegend die Augen, fürchtete ich, der Schlaf würde eine Art Verbrennung sein. Ich war zu lebendig, um zu schlafen; lebendiger, als ich mich seit meiner Zeit als kleiner Junge gefühlt hatte, als ich Tage – und manchmal auch Nächte – in der Wildnis verbrachte, weil ich entschlossen war, meine mit Problemen belastete Mutter in dem Häuschen auf dem Berg in Ruhe zu lassen.

Im Sessel meines Vaters sitzend versuchte ich, mich durch Lesen abzulenken, aber auch das funktionierte nicht. Drei verschiedenen Romanen gelang es nicht, mich durch ihre Handlung zu fesseln. Ich konnte mich nicht auf die Bedeutung der Sätze konzentrieren, und manche Wörter erschienen mir so fremdartig, als wären sie mit den Symbolen auf Gwyneth' Fensterbank geschrieben.

Ich glaube nicht, dass Liebe mich so ruhelos machte, obwohl ich sie auf gewisse Weise schon liebte. Ich wusste, wie Liebe sich anfühlt, denn ich hatte Vater und weniger stark meine Mutter geliebt. Liebe ist packend, ähnlich wie Zuneigung, aber stärker, voller Wertschätzung für – und Entzücken über – die andere Person, sodass man ständig den Wunsch hat, sie zu erfreuen, sie zu umsorgen, ihr den Weg durch den rauen Alltag zu ebnen und alles Menschenmögliche zu tun, damit sie sich aufrichtig wertgeschätzt fühlt. Alles das hatte ich schon früher erlebt, aber jetzt kam etwas Neues dazu: eine tiefe Sehnsucht meiner Seele nach etwas, das dieses Mädchen verkörperte, nicht nur körperliche Schönheit, tatsächlich gar keine körperliche Schönheit, sondern etwas weit Kostbareres, dessen Inbegriff es war, obgleich ich es nicht hätte benennen können.

Ich dachte auch an den Mann, in dem der Nebel sich eingenistet hatte, und wusste, dass es meine Pflicht gewesen wäre, ihn anzuzeigen. Vielleicht hatte er die Verbrechen, die er sich mit solch perversem Vergnügen ansah, nie selbst begangen, aber indem er solche DVDs kaufte und sich ansah, ermutigte er Leute, die solche und vielleicht noch schlimmere Verbrechen begingen. Was er sich ansah, hätte er am liebsten selbst getan, und wenn er so weitermachte, würde er sich vielleicht eines Tages seinen Wunsch erfüllen und das Leben eines Kindes ruinieren.

Irgendwann überwältigte mich Erschöpfung, und obwohl ich mich nicht hinlegen wollte, verfiel ich in meinem Sessel in Schlaf und Träume. Ich weiß nicht, welche anderen vielleicht dem Albtraum vorangingen, aber irgendwann fand ich mich in der Ladenzeile wieder, in die ich in meiner ersten Nacht in der City geraten war.

In dieser neuerlichen Konfrontation schien ich kein Junge mehr, sondern 26 zu sein, während der Stadtstreicher genau wie damals aussah, als er seinen brennenden Hut wegschleuderte und in die Nacht flüchtete. Verfolgt wurde er nicht von zwei jungen Kriminellen, sondern von einem Marionettenpaar in Menschengröße: der Marionette aus dem Spielzeuggeschäft und einer weiteren, die wie Ryan Telford, Kurator in der Bibliothek und Mörder von Gwyneth' Vater, aussah. Ihre Gelenke waren übermäßig locker, und obwohl sie nicht an den Schnüren eines Puppenspielers hingen, gingen sie nicht, sondern führten einen grotesken Tanz auf. Trotzdem waren sie so schnell, dass man ihnen nicht leicht entkam, und beide hatten einen Gasbrenner. Als sie mich in die Enge getrieben hatten, sprachen sie mit hölzern klappernden Unterkiefern. Ryan Telford berichtete, was ich zuvor in der Zeitung gelesen hatte: »Seuche in China«, und die namenlose Marionette mit dem geschminkten Gesicht und den rot gerillten Augen sagte mit leiser, bösartig klingender Stimme: »Krieg im Nahen Osten.« Statt mit ihren Flammenschwertern anzugreifen, stießen sie mich in wortlosem Zorn kreischend zu Boden und klapperten an mir vorbei, um jemand anderen zu verfolgen. Als ich mich aufrappelte und mich nach dem Objekt ihres Hasses umdrehte, erkannte ich Gwyneth. Sie war bereits in Flammen gehüllt, und als ich verzweifelt zu ihr lief, um sie zu retten und die sengenden Flammen auf mich zu ziehen, erwachte ich in Schweiß gebadet und stand aus dem Sessel auf.

Ich hatte den ganzen Vormittag bis übers Mittagessen hinaus geschlafen. Meine Armbanduhr zeigte 14:55 Uhr an.

Eigentlich sollte ich Gwyneth erst in etwas über vier Stunden wiedersehen, aber in den ersten Minuten nach meinem Erwachen hatte ich das Gefühl, der Albtraum sei ein Vorzeichen, eine Warnung davor, dass sie jetzt in Gefahr sei.

Ich hatte kein Telefon, um sie anzurufen. Bisher hatte ich nie eines gebraucht. Außerdem hatte ich keine Nummer, unter der sie zu erreichen war.

Ruhelos auf und ab gehend, während ich versuchte, das von dem Albtraum zurückgebliebene Zittern zu unterdrücken, war mir bewusst, wie ungeheuer riskant es gewesen wäre, jetzt zu ihr zu gehen. Bis Sonnenuntergang waren es noch etwa zwei Stunden. Ich war noch nie auf den bei Tageslicht von Menschen wimmelnden Straßen unterwegs gewesen.

In den zwölf Jahren, in denen ich Vaters Gesellschaft hatte genießen dürfen, hatte er mich ständig und gut in Fragen von Geheimhaltung und Überleben unterwiesen. Wir Verborgenen sind so verhasst, dass wir uns keinen einzigen Fehler leisten dürfen, und die meisten potenziell tödlichen Fehler werden gemacht, wenn man glaubt, neue Umstände erforderten eine Lockerung der Verhaltensregeln, denen man sein bisheriges Überleben verdankte.

Vielleicht hätte ich Gwyneth in einem kritischen Augenblick ein wenig helfen können, aber wenn ich tot war, konnte ich ihr gar nicht mehr nützen.

Allmählich triumphierten Vaters Ausbildung und Weisheit über die durch den Traum ausgelöste Panik.

Nachdem ich einen vollen Becher Tee mit Pfirsicharoma in die Mikrowelle gestellt hatte, nahm ich in der Wanne mit den Löwentatzen ein heißes Bad und trank dabei den Tee. Ich riet mir selbst zu Geduld. Ich versicherte mir, trotz seiner Sozialphobie sei das Mädchen gewiefter, als ich es jemals sein würde. Sie verstand es, sich selbst zu schützen. Außerdem würden die von ihrem Vater für sie eingerichteten Treuhandfonds sie von vielem isolieren, was auf dieser Welt im Argen lag.

Bis ich mich abgetrocknet hatte und wieder angezogen war, bedauerte ich, das Mittagessen versäumt zu haben. Ich machte mir ein Sandwich und noch einen Becher Tee.

Ich hatte schon fast aufgegessen, als mir etwas klar wurde, das auf den ersten Blick seltsam gewesen war und mir nun immer merkwürdiger erschien, je länger ich darüber nachdachte. Gwyneth' große Rauten aus schwarzem Make-up und ihre höchst ungewöhnlichen Augen in der Mitte dieser dramatischen Formen hatten eine unheimliche Ähnlichkeit mit denen der Marionette aus dem Spielzeuggeschäft. Trotzdem hatte ich sie ihr gegenüber nicht erwähnt und mir auch nicht gestattet, allzu viel über diese eigenartigen Ähnlichkeiten nachzudenken.

Als ich wenige Minuten später Teller und Becher an meinem einzigen Waschbecken im Bad abwusch und dabei weiter an die Marionette dachte, wurde ich an etwas erinnert, das sich in jener weit zurückliegenden Oktobernacht ereignet hatte, nachdem die Schaufensterscheiben zersplittert und die beiden jungen Verbrecher mit ihren Gasbrennern geflüchtet waren.

25

Meine erste Nacht in der City, und überall Glas unter meinen Füßen … Weil meine Angreifer nach Süden flüchteten, wollte ich nach Norden rennen, kam aber nur wenige Meter weit, bevor ich mit dem Mann zusammenprallte, der sich mir in den Weg stellte. Aus einem Versteck heraus hatte er meine Begegnung mit dem Stadtstreicher und seinen Verfolgern beobachtet. Er hatte die Ziegelsteine geworfen, um die Scheiben zersplittern zu lassen und die Alarmanlagen auszulösen, weil er mich retten wollte, auch wenn ich das nicht gleich begriff.

Er war groß und stark, und ich war klein, aber obwohl Widerstand vermutlich zwecklos war, kämpfte ich darum, mich aus seinem Griff zu befreien. Er trug einen langen schwarzen Regenmantel, der eher ein Umhang war. Während er mich mit der Rechten festhielt, benutzte er die linke Hand dazu, seine Kapuze zurückzuschlagen, sodass sein Gesicht sichtbar wurde. Als ich sah, dass er wie ich war, hörte ich auf, mich zu wehren, stand keuchend und nach Atem ringend da und blickte verwundert zu ihm auf.

Bis zu diesem Augenblick hatte ich angenommen, ich müsste der Einzige meiner Art sein: die Missgeburt, wie die Hebamme und ihre Tochter mich genannt hatten, für die Welt ein Ungeheuer, zur Einsamkeit verdammt, bis irgendjemand mich umbrachte. Jetzt sah ich, dass wir zu zweit waren, und wo es zwei gab, konnte es auch mehr geben. Ich hatte nicht erwartet, meine Kindheit zu überleben, aber hier stand er wie ich: etwa Mitte 20 und im Besitz aller seiner Gliedmaßen.

»Bist du allein?«, fragte er.

In meinem Schock brachte ich kein Wort heraus.

Er sprach lauter, um das Schrillen der Alarme zu übertönen. »Bist du allein, Sohn?«

»Ja. Ja, Sir.«

»Wo versteckst du dich?«

»Im Wald.«

»In der City gibt's keinen Wald.«

»Dort konnte ich nicht bleiben.«

»Wie hast du's hierher geschafft?«

»Unter einer Plane. Auf einem Truck.«

»Wozu wolltest du in die City?«

»Ich hab's nicht gewusst.«

»Was hast du nicht gewusst?«

»Wohin der Truck mich bringen würde.«

»Er hat dich zu mir gebracht, damit du überlebst. Los jetzt, wir müssen uns beeilen.«

Mit hochgeschlagenen Kapuzen hasteten wir über das unter unseren Füßen knirschende und klirrende Glas an den rauchenden Überresten des verbrannten Hutes vorbei die Promenade entlang. Als wir an dem Spielzeuggeschäft vorbeikamen, war das Schaufenster zersplittert; in der Auslage schien sich jedoch nichts verändert zu haben – außer dass die Marionette verschwunden war. Ich machte beinahe halt, um mich zu vergewissern, dass sie tatsächlich nicht mehr da war. Aber mein Herz wusste manchmal Dinge, die mein Verstand nicht erklären konnte, und in diesem Augenblick bestand es darauf, ich solle in Bewegung bleiben, mich nicht umsehen und niemals fragen, wohin die Marionette verschwunden war, weil die Gefahr bestand, dass meine Frage beantwortet würde.

Als wir die Sirenen hörten, waren wir zwei Blocks von der Ladenzeile entfernt auf einer gepflasterten Seitenstraße, die dunkel wie ein Wildwechsel im Wald bei Halbmond war. Plötzlich aufkommender Wind wischte die Stille der Nacht weg, während der Mann, den ich später Vater nennen würde, einen gusseisernen Kanaldeckel anhob und zur Seite schob. Der über das Loch pfeifende Wind klang wie eine Oboe, als ich die schmale Eisenleiter in eine Welt hinabstieg, die ich mir niemals hätte vorstellen können, in der ich ein besseres Leben für mich erschaffen würde.

Drei Jahre würden vergehen, bevor ich in der Nacht, in der Vater mich vor der Spieldose warnte, die bestimmt mehr war, als sie zu sein schien, Vater gegenüber die Marionette erwähnte.

26

Mit einiger Mühe legte ich mir Vernunftgründe dafür zurecht, dass ich erst zur vereinbarten Zeit in Gwyneth' Apartment zurückkehren würde. Schließlich kannte ich sie erst weniger als einen halben Tag lang. Kreuzte ich unangemeldet in der Abenddämmerung auf, zwei Stunden früher als erwartet, würde ich unabhängig von meiner Begründung und obwohl unsere Beziehung sich mit wundersamer Leichtigkeit entwickelt hatte, den Eindruck erwecken, ihre Wünsche zu missachten. Und noch schlimmer: Ein Mädchen, das an so starker Sozialphobie litt, dass es keine Berührung ertragen konnte, musste meinen Übereifer abstoßend finden.

Ich verstand – oder glaubte zu verstehen –, weshalb sie sich in meiner Gesellschaft wohlgefühlt hatte, obwohl sie vor den meisten, vielleicht sogar allen anderen Menschen zurückschreckte. Die extreme Abscheu, mit der Leute auf meinen Anblick reagierten, und die Tatsache, dass ich für sie eine Scheußlichkeit war, gaben Gwyneth die Möglichkeit, mich für einen Outsider zu halten, auf den ihre Phobie nicht anwendbar war. Und weil ich in Einsamkeit und sie streng abgeschottet lebte, musste unser Gefühlsleben bis zu einem gewissen Grad ähnlich sein, und diese gemeinsame Erfahrung gehörte mit zur Basis ihrer Affinität zu mir.

Ich hoffte, sie würde mir gegenüber irgendwann so zarte Gefühle empfinden, wie sie sie einst vielleicht ihrem Vater gegenüber empfunden hatte. Mehr erwartete ich nicht; mehr war zwischen einem, der nicht gesehen werden durfte, und einer, die nicht berührt werden durfte, nicht möglich. Nach sechs Jahren Einsamkeit war eine Freundin das ausgefallenste Geschenk, das ich bekommen konnte – und das größte Geschenk, auf das ich hoffen durfte.

Um das Risiko zu vermindern, dass das Mädchen versehentlich dem schockierenden Anblick meines Gesichts ausgesetzt wurde, damit wir bei unseren Zusammenkünften etwas mehr Licht haben konnten und als Vorsichtsmaßnahme dagegen, auf abends belebten Straßen als das erkannt zu werden, was ich war, trug ich unter meiner Kapuze eine Sturmhaube. Die gestrickte Haube hatte nur zwei Augenlöcher und einen schmalen Schlitz vor dem Mund. Ich konnte leicht durch die Maschen atmen und war zuversichtlich, dass dieser kalte Dezemberabend selbst in den Augen des misstrauischsten Betrachters eine Sturmhaube rechtfertigen würde.

Als ich unter der City unterwegs war, um zu ihrem Gebäude an den Riverside Commons zu gelangen, überlegte ich mir, dass es wegen Gwyneth' Phobie unklug wäre, die Dinge zu erwähnen, die nur wir Verborgenen sehen können. Auch sie hatte ihre Geheimnisse, die sie eingestand, aber für sich behielt. Um nicht so exotisch zu wirken, dass sie mich gänzlich fremdartig fand, würde ich meine Geheimnisse so langsam preisgeben wie sie ihre.

Diesmal mied ich das Kraftwerk 6 unter dem Park, weil dort tagsüber mehr Leute arbeiteten als in der Nachtschicht. Um überflutete U-Bahn-Tunnel leichter auspumpen zu können, gibt es an zweckmäßig ausgewählten Punkten Arbeitsschächte, die sie mit der Regenwasserkanalisation verbinden. Nicht weit von den Commons entfernt stieg ich in einen dieser Schächte – eine zehn Meter lange Röhre mit eineinhalb Meter Durchmesser – hinunter. Im letzten Drittel rasselte ein Expresszug unter mir vorbei, was bedeutete, dass mir mindestens drei Minuten blieben, bevor die nächste U-Bahn vorbeiratterte. Ich brauchte nur ungefähr 100 Meter weit durch den Tunnel zu gehen, wobei ich darauf achten musste, die stromführende dritte Schiene nicht zu berühren, bevor ich einen Notausgang erreichte, hinter dessen Tür eine breite Treppe mit Absätzen zur Oberfläche hinaufführte.

Manche dieser Notausgänge endeten an öffentlichen Orten, häufig in U-Bahn-Stationen, und waren deshalb für mich wertlos. Dieser hier hatte jedoch früher ins Erdgeschoss des Arsenals in der 57th Street geführt, das vor neun Jahren bei einer der regelmäßig ausbrechenden Neubaukampagnen der City abgerissen worden war. Während die Planung des ambitionierten Projekts für bezahlbares Wohnen, das hier entstehen sollte, sich endlos verzögerte, war über dem Notausgang ein provisorischer Holzschuppen errichtet worden. Die permanent klamme City schaffte es nicht, eine Finanzierung auf die Beine zu stellen, und der Schuppen stand noch immer – stets mit von innen leicht zu öffnender Tür.

Ich musste eine Seitenstraße überqueren, ein kurzes Stück durch eine Gasse huschen, eine belebte Avenue überqueren und einen schmalen Durchgang zwischen zwei großen alten Häusern nehmen, um hinter Gwyneth' Apartmentgebäude zu gelangen. Bereits der Spurt über die Avenue ließ mein Herz jagen, denn hier gab es Straßenlampen und die Scheinwerfer entgegenkommender Autos. Aber unter Maske, Kapuze, Jacke und Handschuhen verborgen provozierte ich nur ein einziges Hupen eines wütenden Autofahrers.

Auf der Rückseite ihres Gebäudes brannte warmes Licht in Wohnungen im Erdgeschoss und im zweiten Stock. Auf meinem Weg die Feuertreppe hinauf stellte ich erleichtert fest, dass die Vorhänge des Fensters, durch das ich gesehen hatte, wie der Nebel sich in dem Mann mit dem blauen Bademantel eingenistet hatte, zugezogen waren.

Im dritten Stock war die untere Hälfte des Schiebefensters wie versprochen geöffnet, und das Schlafzimmer dahinter war dunkel. Die Tür in der Rückwand des Raums stand zur Diele hin einen Spaltbreit offen, und die dortige Deckenlampe aus Kristallglas warf Pfeile und Speere aus Licht auf die Wand, wobei an einzelnen Stellen leuchtende Farbsplitter aus dem Spektrum herausbrachen – blau, grün und rot.

Als ich übers Fensterbrett stieg und ins Zimmer trat, wusste ich gleich, dass hier irgendwas nicht in Ordnung war.

27

Drei Jahre mit Vater, elf Jahre alt, täglich die Erfahrung machend, dass die City einem Wald glich, durch den Wesen wie wir sich so heimlich bewegen konnten wie Füchse durch Wälder mit hohen Farnen …

Um zwei Uhr morgens sperrte Vater uns mit dem Schlüssel, den ein Mann ihm gegeben hatte, der ihn fürchtete, aber trotzdem nicht hasste – von ihm später mehr –, das kleine Gebäude der von der Kirche St. Sebastian betriebenen Tafel auf. War die Ausgabe geschlossen, waren vor den Fenstern einbruchssichere Jalousien aus einander überlappenden Stahlplatten herabgelassen. So konnten wir Licht machen, um uns das Auswählen zu erleichtern, ohne befürchten zu müssen, bei einer zufällig vorbeikommenden Polizeistreife Verdacht zu erregen.

Das Gebäude erfüllte zwei Funktionen, Tafel und Secondhand-Laden, wobei ein interner Durchgang die beiden Bereiche miteinander verband. Vater hatte die Erlaubnis bekommen, sich – und nun auch mich – mit Gebrauchtkleidung aus dem Laden einzudecken. Bevor wir Konserven und abgepackte Lebensmittel zusammensuchten, wollten wir Hosen und Pullover für mich finden, denn ich wuchs damals rasch.

Der Secondhand-Laden verkaufte mehr als nur Kleidung: ein paar gebrauchte Möbel, Regale mit oft gelesenen Büchern, weitere Regale mit CDs und DVDs, Spielzeug und Modeschmuck. Dazu Geschirr, Bilder und allerlei Trödel.

In dieser Nacht entdeckte ich eine Spieldose, die mich verzauberte. Sie bestand aus Holz, das kunstvoll bemalt und lackiert war, aber was mich vor allem begeisterte, waren die vier kleinen Tänzer auf ihrer Oberseite. Zu den vier Finger hohen, wundervoll geschnitzten und exquisit bemalten Figuren gehörten eine Prinzessin in langer Robe und mit Diadem sowie ein Prinz in Abendkleidung und mit Krone. Trotz der schönen Handarbeit war das Ganze komisch, denn Prinz und Prinzessin umarmten sich nicht, sondern wählten stattdessen zwei seltsame Gestalten als Tanzpartner. Der Prinz hatte den linken Arm um einen Frosch mit Glupschaugen gelegt und umfasste mit der Rechten die mit Schwimmhäuten versehene linke Hand des grinsenden Amphibiums, als wollte er gleich loswalzen. Die hübsche Prinzessin stand in ähnlicher Pose da, aber sie wurde von einem Wesen umarmt, das Kopf, Brust und Arme eines Mannes, aber Beine, Hufe, Ohren und Hörner eines Ziegenbocks hatte und etwas albern wirkte, weil es einen grünen Blätterkranz schief auf dem Kopf trug.

Nachdem ich das Uhrwerk mit dem Schlüssel aufgezogen und den Schalter umgelegt hatte, begannen die beiden ungleichen Paare zur Musik zu tanzen, wobei sie sich drehten, während sie liegende Achten beschrieben. Ich lachte, aber Vater beobachtete sie, ohne auch nur zu lächeln, was ganz ungewöhnlich war.

»Sie tanzt mit dem griechischen Gott Pan«, sagte er, »und der Prinz mit etwas noch Schlimmerem.«

»Ich finde sie lustig.«

»Ich nicht.«

»Wieso nicht?«

»Das ist kein Walzer«, sagte Vater.

»Nein?«

»Sie haben einen Walzer daraus gemacht.«

»Was war's vorher?«

Die Tänzer drehten und drehten sich.

»Sie haben's abgeändert, um es zu verspotten«, stellte Vater fest.

In dem Kasten rissen die Stahlstifte der sich drehenden Tonwalze die Zungen des Spielkamms aus Federstahl an. Obwohl die Musik mechanisch erzeugt wurde, war sie mir anfangs munter und schäumend vorgekommen. Jetzt nahm sie einen entschieden verstörenden Klang an, weil die Stahlzähne die Musik abbissen, als wäre Musik eine gewalttätige, hassenswerte Kunst. Mit zunehmendem Tempo drehten die Royals und ihre Partner sich immer schneller, bis sie nicht mehr zu tanzen, sondern in einem verrückten Taumel herumzuwirbeln schienen.

Vater schaltete die Spieldose und damit die vier Tänzer ab. Er zog den kleinen Schlüssel des Uhrwerks heraus und steckte ihn in seine Hosentasche.

Ich fragte: »Nimmst du ihn mit? Warum?«

»Damit niemand sie aufziehen kann.«

»Aber dann ist sie unverkäuflich.«

»Umso besser.«

»Aber ist das nicht so, als ob wir sie stehlen würden?«

»Ich gebe den Schlüssel unserem Freund.«

»Welchem Freund?«

»Dem, der uns hierherkommen lässt.«

»Ist er unser Freund?«

»Nein. Aber er ist nicht unser Feind.«

»Wieso gibst du ihm den Schlüssel?«

»Damit er eine Entscheidung wegen der Spieldose treffen kann.«

»Was soll er entscheiden?«

»Was damit geschehen soll.«

»Der Shop braucht Geld. Wird er sich nicht dafür entscheiden, sie zu verkaufen?«

»Hoffentlich nicht«, sagte Vater.

»Was sollte er mit der Spieldose tun, wenn's nach dir ginge?«

»Sie zertrümmern. Komm jetzt, wir wollen Hosen und Pullover suchen.«

Wir wählten eine dunkle Kakihose, Jeans und mehrere Pullover aus. Vater rollte sie zusammen und steckte sie in einen Jutesack, den er für diesen Zweck mitgebracht hatte.

Nachdem er im Lagerraum der Tafel meinen Rucksack mit leichten Nudel- und Cracker-Packungen gefüllt und ich seinen mit Konserven und Käseblöcken vollgepackt hatte, sagte er: »Du willst wissen, was es mit der Spieldose auf sich hat.«

»Ich frage mich nur, warum sie zertrümmert werden soll.«

»Du kennst diese Wesen, die wir beide sehen, während sie für die anderen unsichtbar sind.«

»Du meinst die Nebel und die Klaren.«

»Nenn sie, wie du willst. Ich habe dir gesagt, dass du sie nicht direkt ansehen sollst, wenn du spürst, dass sie dich ansehen.«

»Ja, ich weiß.«

»Und ich habe dir gesagt, dass es unklug ist, allzu lange über sie nachzudenken.«

»Aber du hast nicht gesagt, wieso das unklug ist.«

»Das musst du im Lauf der Zeit selbst herausfinden. Im Augenblick brauchst du nur zu wissen, dass die Nebel, wie du sie nennst, sich manchmal in Dingen wie dieser Spieldose verstecken.«

»Sie verstecken sich in Spieldosen?«

»Nicht nur in denen«, sagte Vater. »In allen möglichen von Menschen hergestellten Dingen, wo immer sie wollen.«

»Nur in von Menschen hergestellten Dingen?«

»Ich denke, schon. Vielleicht liegt's daran, wer den Gegenstand hergestellt hat, am Charakter dieses Menschen. Stammt er von jemandem, der voller Zorn, Neid, Begierde oder sonst was war, fühlen Nebel sich davon angezogen, fühlen sich *darin* wohl.«

»Wozu verstecken sie sich in solchen Dingen?«, fragte ich weiter.

»Nun, ich weiß nicht, ob *verstecken* das richtige Wort ist. Vielleicht nisten sie sich in solchen Dingen ein, um zu träumen. Um gewissermaßen zu überwintern. Das weiß ich nicht. So träumen sie Wochen, Monate, Jahre, jahrzehntelang, aber weil ihnen die Zeit nichts bedeutet, spielt die Dauer keine Rolle.«

»Einer von ihnen träumt in dieser Spieldose?«

»Träumt und lauert. Ja, das spüre ich. Irgendwann lernst du auch, es zu spüren.«

»Worauf wartet er?«

»Dass jemand die Spieldose sieht und nach Hause mitnimmt, den Nebel mit heimnimmt.«

»Was passiert, wenn jemand ihn nach Hause mitnimmt?«

»Ruin«, sagte Vater. »Nun haben wir schon zu viel über ihn geredet. Zu viel Gerede über ihn kann ihn aus seinem Traum wecken.«

Wir traten wieder in die Nacht hinaus, wo die von Menschen erbaute City geschäftig war und schlief, lachte und weinte, tanzte und träumte und wartete.

Als wir wieder sicher unter der Straße waren und dem Weg unzähliger vergangener und zukünftiger Fluten folgten, dessen runder Querschnitt die leisen Echos unserer Stimmen verzerrte, erzählte ich Vater von der Marionette, die damals vor drei Jahren aus einem Schaufenster verschwunden war. Er sagte, genau das habe er gemeint, als er mir von der Spieldose erzählt habe, und ich wandte ein, niemand habe die Marionette mit heimgenommen, und er sagte, vielleicht habe einer der Kriminellen mit den Gasbrennern sie im Vorbeilaufen aufgesammelt oder vielleicht sei sie, weil sie Beine hatte, selbst irgendwohin marschiert. Er sagte, wir sollten nicht mehr über sie reden, denn wenn sie seit drei Jahren in der City versteckt schlief, wollten wir sie unter keinen Umständen wecken.

28

Was in dem dunklen Schlafzimmer nicht in Ordnung war, war zum einen dessen Geruch, der zuvor frisch und sauber gewesen war. Jetzt hing der schwache Duft eines Rasierwassers mit Gewürznoten in der Luft. Das Goth Girl benutzte oder brauchte keine Düfte, und dies war genau der Geruch, den ich in der Nacht zuvor in der Bibliothek wahrgenommen hatte.

Etwas, das ebenfalls nicht stimmte, war die Intensität der Stille: kein Klirren oder Klappern aus der Küche, keine Schritte, kein Wort zur Begrüßung, obwohl ich exakt pünktlich gekommen war. Selbst die City war eigenartig stumm: Durchs offene Fenster drangen kein Verkehrslärm, keine ferne Musik oder Stimmen an mein Ohr.

Ich stand unbeweglich da, ließ das Dunkel mich mit seiner Stille umwickeln, bis ich mir wie eine in Leinenstreifen gewickelte Mumie vorkam, und wartete auf einen Laut von ihr oder dem Mann, der in ihre Wohnung eingedrungen war. Ich fühlte mich allein. Als Experte für Einsamkeit konnte ich mich auf meine Wahrnehmung verlassen.

Weil ich fürchtete, meine Stablampe könnte mir ihren Körper aufgeschlitzt und verstümmelt zeigen, zögerte ich, sie einzuschalten, tat es schließlich aber doch. Die Matratze war vom Bett gerissen worden, als hätte jemand vermutet, unter ihr könnte etwas versteckt sein. Die Nachttischtür stand ebenso offen wie die Schiebetür des begehbaren Kleiderschranks. Auch der Schrank war durchsucht worden. Schuhe und Kleidung bildeten einen wüsten Haufen.

War ich ihr nur begegnet, um sie zu verlieren, war dies womöglich das Pendant zu dem Tod durch Feuer, den ich lange erwartet hatte. Verlust kann ein weißglühender Schrecken sein, der wie Feuer verzehrt.

Ich hastete über die Diele in ihr Arbeitszimmer. Die Schubladen ihres Schreibtischs waren herausgerissen, ihr Inhalt verstreut. Ihr Computer war eingeschaltet, und ich stellte mir vor, dass er vielleicht versucht hatte, ihren zu durchsuchen, wie sie seinen durchsucht hatte.

Im Wohnzimmer waren Bücher aus den Regalen gewischt und wie zu einer Bücherverbrennung aufgehäuft worden.

Glassplitter und zertrümmertes Geschirr bedeckten den Küchenboden. Ich schrak zusammen, als das Wandtelefon klingelte, und hörte die Splitter unter meinen Füßen knirschen, als ich mich beeilte, das Telefon zu erreichen und den Hörer abzunehmen.

Weil ich in meinen 26 Jahren noch nie ein Telefongespräch angenommen hatte, kam ich nicht darauf, »Hallo« zu sagen.

Gwyneth fragte: »Addison?«

»Ja. Ich bin's. Freut mich, dass du anrufst, dass du okay bist.«

»Ich wusste, dass du da sein würdest. Du würdest mich nie versetzen.«

»Er hat deine Wohnung verwüstet.«

»Um fünf Uhr nachmittags habe ich am Fenster gestanden und auf den Sturm gewartet. Ich mag es, die Anfänge zu beobachten.«

»Auf welchen Sturm?«

»Schnee. Um fünf Uhr sollte es schneien, aber das tut es noch nicht. Ich habe gesehen, wie er geparkt hat und ausgestiegen ist. Er hat weder diese Adresse noch eine der übrigen sieben gekannt. Jemand muss mich verraten haben.«

Ich dachte an den Vertrauten ihres Vaters, der ihn zu ihrem Vormund gemacht hatte, und fragte: »Teague Hanlon?«

»War er's, bin ich früher oder später erledigt. Aber er war's nicht. Es gibt noch eine andere Möglichkeit. Als ich Telford aussteigen gesehen habe, wusste ich, dass er auch einen Schlüssel hat, wenn er die Adresse kennt. Also bin ich aus dem Schlafzimmer über die Feuertreppe abgehauen. Addison, hilfst du mir?«

»Ja, natürlich. Was kann ich für dich tun? Sag mir, was du brauchst.«

»Wir müssen vorsichtig sein«, sagte sie. »Für den Fall, dass uns jemand belauscht. Ich stelle dir jetzt ein paar Fragen. Du antwortest nur mit Ja oder Nein, verstanden?«

»Ja.«

»Erinnerst du dich an die Fische?«

»Nein.«

»Letzte Nacht. Die Fische, die nicht da waren.«

»Nein. Ja! All right«, sagte ich, weil mir der Teich in den Riverside Commons einfiel, aus dem die Kois für den Winter abgefischt worden waren.

»Kannst du mich dort in einer Stunde treffen?«

»Ja. Oder früher.«

»In einer Stunde. Achte auf einen Land Rover.«

»Was ist ein Land Rover?«

»Eine Art Truck. Ein SUV.«

»Du kannst Auto fahren?«

»Schieben werde ich ihn nicht. Du sollst dich nur nicht von ihm abschrecken lassen.«

»Du darfst auch nicht erschrecken. Ich trage jetzt eine Sturmhaube.« Um nachträglich zu erklären, weshalb ich mich vorhin am Telefon nicht gemeldet hatte, fügte ich hinzu: »Dies ist das erste Telefongespräch meines Lebens.«

»Unmöglich!«

»Doch, das stimmt. Ich kenne niemanden, den ich hätte anrufen können.«

»Wie gefällt's dir?«

»Das Telefon? Es ist okay. Aber ich wäre lieber mit dir zusammen.«

»In 58 Minuten.«

»Ich bin da«, versprach ich.

Sie legte auf, und nach etwa einer halben Minute tat ich das Gleiche.

29

Als ich 14 war, bekam ich meine Armbanduhr von einem Toten. Vater versicherte mir, das sei kein Diebstahl, aber daran hatte ich ohnehin nie gedacht. Als der Mann im Sterben lag, hatte er die Rolex Vater schenken wollen, und unter diesen Umständen wäre es sehr unfreundlich gewesen, sie nicht anzunehmen.

In einer Novembernacht waren wir auf der Straße unterwegs, ohne befürchten zu müssen, demaskiert und gelyncht zu werden, weil prasselnder kalter Regen eine neue Sintflut anzukündigen schien. Die Einwohner der City waren stolz auf ihre Zähigkeit. Von sich selbst sagten sie, sie seien harte Verhandler, brutale Konkurrenten, handwerklich geschickt, durch die Realität auf den Straßen von allen Illusionen befreit und deshalb nicht durch Sentimentalitäten zu erweichen, nie auf der Suche nach Streit, aber immer auf einen vorbereitet. Ich kann nicht sagen, ob ein bedeutender Prozentsatz der Einwohnerschaft alle diese Eigenschaften oder wenigstens einige von ihnen besaß. Ich weiß jedoch, dass die City eine Komfortmaschine war, die Annehmlichkeiten und Verbrauchsgüter zu produzieren hatte, und unabhängig davon, wie hart und abweisend sie Fremden gegenüber und sogar untereinander waren, wichen sic sofort vor der Natur zurück, wenn sie wütete. Sie flüchteten sich in warme behagliche Räume mit so vielen Unterhaltungsmöglichkeiten, dass sie die nasse und stürmische Welt vor ihren Fenstern für wenigstens ein paar Stunden vergessen konnten.

In dieser Nacht trommelte der Regen in solchen Strömen herab, dass die City einem Schlagzeug glich, in dem jede Oberfläche ihren eigenen Rhythmus hatte: Gehsteige und Fenster und Markisen, Straßenschilder und parkende Autos. Abfallbehälter dröhnten wie Tomtoms, in stürmischen Regenschauern klappernde Mülltonnendeckel imitierten einen Schlagzeuger, der mit dem Besen über eine Snare Drum fährt.

Vater und ich trugen Gummistiefel, Handschuhe und schwarze Regenmäntel mit Innenfutter, deren Kapuzen unter dem Kinn mit Klettband gesichert waren. Wir verbargen uns auch unter Sturmhauben, obwohl Fußgänger selten waren und die wenigen, die uns begegneten, in den Wind gebeugt vorbeihasteten und unter Schirmen Schutz suchten, die sie dicht über ihren Köpfen halten mussten, um zu verhindern, dass der Wind sie umstülpte.

Der Sturm, der sich als der schwerste des Jahrzehnts erweisen würde, hatte auch den größten Teil des Verkehrs von den Straßen geschwemmt. Um diese Zeit nach Mitternacht waren auf den verlassenen Avenuen keine Taxis mehr auf der Suche nach Fahrgästen unterwegs. Die Fahrer der wenigen Taxis, die Anrufer abholten, hatten mit vollgelaufenen Unterführungen und Wassermassen zu kämpfen, gegen die ihre Scheibenwischer kaum noch ankamen, sodass ihnen keine Zeit blieb, unseretwegen neugierig zu sein. Auch

Streifenwagen fuhren seltener, was daran liegen mochte, dass – wie Statistiken zeigen – Verbrechen bei schlechtem Wetter dramatisch zurückgehen, weil Kriminelle warme, behagliche Räume ebenso bevorzugen wie gesetzestreue Bürger.

Allerdings lagen nicht alle Kriminellen in ihren warmen Betten oder spielten Videospiele, denn auf unserer Erkundungstour begegneten wir vier von ihnen.

Wir hatten nichts Wichtiges zu erledigen, waren nicht auf der Suche nach etwas, das wir brauchten. In dieser Nacht waren wir nur zum Sightseeing unterwegs.

Bei gutem Wetter mussten wir nachts hell beleuchtete Orte meiden und durch die Schatten huschen wie zwei Kakerlaken, die das schwere Aufstampfen eines Stiefels fürchten. In den meisten Nächten wurde unsere Zeit an der Oberfläche notwendigerweise effizient gemanagt und für wichtige Erledigungen verwendet.

Wenn der Sturm durch die Wolkenkratzerschluchten heulte, wenn eine Sintflut diese Monolithen verschwimmen ließ, als legte sie es darauf an, eine Zivilisation, die sonst wohl Jahrtausende überdauert hätte, in einer einzigen Nacht vom Erdboden zu tilgen, waren Vater und ich in der City so frei, wie wir's jemals sein konnten. Wir konnten gehen, wohin wir wollten, und furchtlos vor den beleuchteten Auslagen der besten Geschäfte und Galerien in den elegantesten Straßen verweilen. Als Schaufensterbummler konnten wir große Kunst und das Glitzern von Luxusartikeln genießen, die wir uns nie würden leisten können, die wir, selbst wenn uns ein Vermögen in den Schoß gefallen wäre, nicht hätten kaufen können, ohne einem Verkäufer gegenüberzutreten, der uns allein wegen unserer Augen als Ungeheuer einschätzen würde.

In solchen Sturmnächten war die Freiheit, sonst gemiedene Orte aufsuchen zu können, nicht befriedigender als das Wetter selbst, das wir genossen. Im Untergrund gab es außer den Fluten nach Regenfällen kein Wetter. Wir sehnten uns nach frischer Luft und Sonnenwärme auf unserer Haut und böigem Wind, wie wir uns nach Tageslicht sehnten. Wir waren entzückt von Wetter, das so wild war, dass andere davor flüchteten, weil es das einzige Wetter war, das wir jemals in Ruhe und ohne Angst genießen konnten.

Wir waren noch viele Blocks von den elegantesten Geschäften entfernt in einem ganz anderen Viertel, als die Schießerei begann.

Das Heulen des Sturms und das Prasseln des Regens klangen wie ein Schwarm aus einer Million Vögeln, der ständig um uns herum aufflog, sodass uns Schwingen zu streifen schienen, als wir eine Straße entlanggingen und uns von dem Art-déco-Charme niedrigerer Geschäftshäuser aus den ersten Jahren des vorigen Jahrhunderts verzaubern ließen. Manche dieser Bauten waren renoviert worden, aber andere verfielen allmählich, und in einem von ihnen brannte Licht.

Als wir uns diesem Haus näherten, zerrissen Schüsse das Hintergrundrauschen des Regens und die Scheibe eines der Fenster im Erdgeschoss zersplitterte. Die Haustür flog auf, und ein Mann lief in den Sturm hinaus, aber sein Haar war noch nicht einmal nass geworden, bevor er von einem Schuss in den Rücken getroffen wurde und auf dem Gehsteig zusammenbrach, als hätte sein Körper nicht mehr Substanz als der Anzug, den er trug.

Im Inneren des Gebäudes dauerte ein heftiger Schusswechsel aus mindestens zwei Waffen weit weniger als eine halbe Minute, und nach dem letzten Schuss klang die Stille dort drinnen so endgültig wie die in einem Sarg unter eineinhalb Metern frisch ausgehobener Erde. Die Haustür stand weiter offen, aber niemand trat ins Freie, um dem in den Rücken geschossenen Mann, der auf der Seite liegend weinte, zu helfen oder ihn zu erledigen.

Auf der Straße herrschte weiter kein Verkehr. Hinter den Fenstern der Nachbarhäuser flammte nicht plötzlich Licht auf. Nichts bewegte sich außer silbernen Regenschleiern und dem Wind, der sie zerstieben ließ.

Wir trugen Kapuzen und Masken, konnten jedoch allein an unseren Augen erkannt werden. Obwohl unsere aufrichtige Sorge bestimmt Angst und Abscheu auslösen würde, konnten wir nicht anders, als uns um den weinenden Schwerverletzten zu kümmern.

Vater ging zunächst zu der offenen Tür, riskierte einen Blick ins Haus, verschwand nach drinnen und tauchte dann rasch wieder auf. Als er mit mir neben dem Verletzten niederkniete, sagte er: »Drei Männer sind dort drinnen, alle tot.«

Wir waren in dem etwas dunkleren Bereich zwischen zwei Straßenlampen, aber selbst wenn es heller gewesen wäre, hätte der Mann uns nicht an unseren Augen erkannt, vielleicht nicht einmal, wenn wir unsere Gesichter enthüllt hätten. In seinem Delirium sah er nicht, was er vor sich hatte, sondern was er sehen wollte. Er gestattete Vater, seine linke Hand zu ergreifen, damit er seinen Puls fühlen konnte, aber ihm war nicht bewusst, dass wir Fremde waren.

Zu Vater sagte er: »Papa Gino, wo kommst du her? Hab dich lange nicht mehr gesehen.« Schwäche und Verwirrung ließen ihn undeutlich sprechen. Der Tod würde ihn bald dahinraffen. Um ein Gebet für ihn sprechen zu können, fragte Vater ihn nach seinem Namen. »Erkennst du mich nicht, Papa Gino? Ich bin's, dein Sohn Jimmy. Ganz erwachsen und echt reich geworden.« Als Jimmy hustete, erschien etwas Blut, im Halbdunkel schwarz, auf seinen Lippen. Vielleicht weil Vater seine linke Hand hielt, sagte der Sterbende: »Siehst du meine Uhr, Papa? 'ne Scheiß-Rolex, ganz aus Gold. Nimm sie dir. Ich hab dir nie was geschenkt. Aber jetzt kann ich's nachholen. Nimm sie, Papa.« Als Vater die Uhr nicht gleich nahm, begann Jimmy erbärmlich zu schluchzen und um Verzeihung für etwas zu bitten, das wir nicht wissen konnten, und sein Kummer schien größer zu sein als der körperliche Schmerz. Er spuckte zweimal Blut, als er sagte: »Bitte nimm sie, Papa Gino, ich möchte irgendwas tun, auch wenn's bloß eine Kleinigkeit ist.« Vater streifte ihm die Rolex vom Handgelenk und gab sie mir, weil meine Timex aus dem Secondhand-Laden letzte Woche den Geist aufgegeben hatte. Er dankte Jimmy für die Uhr und nannte ihn Sohn und sagte, er werde dieses Andenken immer in Ehren halten. Er hielt Jimmys Hand mit beiden Händen und sprach ein Gebet für ihn. Das tat auch ich, aber im Stillen.

Im Leben war Jimmys Gesicht hart und kantig gewesen, aber als er nicht mehr lebte, veränderte es sich und wurde weicher, fast gütig. Seine zuletzt starren Augen waren dunkel und leer, und der Regen wusch die Tränen aus ihnen weg.

Es war schrecklich, als der Tod erstmals auf die Welt kam, und selbst heute, wo er ein Teil der Natur ist, bleibt er unsagbar schrecklich. Ob er zu jemands Mutter kommt, die durch eigene Hand stirbt, oder zu einem Fremden, der zu seiner Verteidigung nicht viel mehr zu sagen hat, als dass seine Uhr ganz aus Gold ist – jeder Tod, dessen Zeuge man wird, lässt einen verzweifelt zurück.

Wir ließen die Toten für andere liegen, die sie finden und bestatten würden, und gingen in den Sturm hinein weiter, während der Wind Regenschauer vor sich herjagte und der Nachthimmel wie ein Meer war, in dem die ganze Welt zu ertrinken drohte. Wir gingen von dort aus heim, kehrten in unsere drei fensterlosen Zimmer zurück und sprachen nicht wieder von dem toten Jimmy, ganz als wäre die goldene Uhr an mein Handgelenk gelangt, indem ich eine Zauberlampe gerieben hatte.

In dieser Nacht tat ich kein Auge zu, obwohl Vater schlief oder sich wenigstens schlafend stellte. Ich fürchtete, er könnte sterben, und fragte mich, wie ich ohne ihn zurechtkommen sollte. Ich hoffte, ich würde vor ihm sterben, aber diese vielleicht egoistische Hoffnung ging bekanntlich nicht in Erfüllung.

30

Der Teich in den Riverside Commons war nur wenige Minuten von Gwyneth' Apartment entfernt, aber sie brauchte offenbar eine Stunde, um ihn zu erreichen, sodass mir Zeit blieb, irgendwas Nützliches zu tun. Nachdem ich Licht gemacht und das Fenster im Schlafzimmer geschlossen hatte, begann ich, im Wohnzimmer zu arbeiten, indem ich die Bücher aufsammelte, die Ryan Telford auf den Boden geworfen hatte. Ich strich zerknitterte Schutzumschläge glatt und stellte die Bücher alphabetisch nach Autorennamen geordnet in die Regale zurück.

Als ich damit fertig war, wollte ich eigentlich die Scherben auf dem Küchenboden zusammenkehren. Aber stattdessen trat ich an das Fenster, an dem Gwyneth gestanden haben musste, als sie beobachtet hatte, wie Telford aus seinem geparkten Wagen stieg.

Noch hatte es nicht zu schneien begonnen. Von hier aus erschienen die Riverside Commons auf der anderen Straßenseite dunkler als beim Hindurchgehen, weil die niedrigen Leuchten an den Wegen durch Bäume verdeckt wurden. Dies war nicht der größte Park der City, nicht einmal der zweitgrößte, aber in diesem Augenblick sah er wie eine Wildnis aus, in der man sich leicht verlaufen und in Gebiete gelangen konnte, die noch kein Parkbesucher gesehen hatte, in der die Bäume Mutanten waren und das Gras grau wie Greisenhaar.

An einem Sommermorgen vor zweieinhalb Jahren war dort eine Frau aufgefunden worden, die nackt und tot im Teich trieb, bleich und mit dem Gesicht nach unten zwischen den Kois, ihre Kleidung achtlos am Ufer verstreut, als hätte sie sich einem heidnischen Instinkt folgend dort ausgezogen, um ein Bad zu nehmen. Sie erwies sich als eine Krankenschwester, verheiratet, Mutter zweier Kinder, die in einem Krankenhaus in der Nähe arbeitete, von dem aus sie am frühen Abend durch den Park hatte heimgehen können. Es dauerte nicht lange, bis die Polizei die drei jungen Männer fasste – Orcott, Clerkman und Sabbateau –, die sie als Spielzeug benutzt, zerbrochen und rasch weggeworfen hatten, indem sie unbeholfen versuchten, einen Tod durch Ertrinken vorzutäuschen. Orcott hatte einen gutmütigen Onkel, Benton Orcott, dem drei Blumenlädchen gehörten und von dem sie sich einen

Lieferwagen geliehen hatten. Sie legten eine alte Matratze in den Laderaum und nannten den Van ihren Pussy Waggon. Die Verbrechen verübten sie auf Fahrten kreuz und quer durch die Stadt, wobei immer zwei Männer vorn saßen, während ihr Freund sich hinten vergnügte. Bentons Frau Verbina verabscheute ihren Neffen, den sie für einen wertlosen, verkommenen Kiffer hielt. Weil sie fürchtete, der Van könnte beschädigt sein, inspizierte sie ihn am nächsten Morgen. Verbina fand keine Beule, keinen Kratzer, aber unter dem Beifahrersitz ein Schwesternhäubchen und darin einen Slip, den einer der Vergewaltiger als Souvenir behalten, aber mitzunehmen vergessen hatte. Sie rief die Polizei. Zwei Tage später wurde die für weitere Verwendung eingelagerte Matratze in einem leer stehenden Haus gegenüber dem Apartment des Neffen gefunden. Die drei Verdächtigen waren High-School-Absolventen, die in wirtschaftlich schwierigen Zeiten keinen Job gefunden hatten. Ihr Verteidiger beklagte, die Gesellschaft habe sie im Stich gelassen. Die Krankenschwester hieß Claire. Der Name leitet sich von dem lateinischen Wort *clarus* ab, das »rein, hell, leuchtend« bedeutet. In seinem Geständnis sagte Sabbateau, sie hätten sie ausgewählt, weil sie »so hübsch war, dass sie zu leuchten schien«.

Ich war nicht ans Fenster getreten, um auf den Schnee zu warten oder mich mit deprimierenden Episoden aus der Geschichte des Parks zu befassen. Ich löste die Verriegelung, schob die untere Fensterhälfte hoch und entdeckte auf dem Fensterbrett dieselben anscheinend griechischen Buchstaben wie im Schlafzimmer – auch sie mit schwarzem Filzschreiber hingekritzelt. Zweifellos standen sie auf allen Fensterbänken ihres Apartments. Als mich ein kalter

Windstoß frösteln ließ, zog ich das halbe Fenster herunter und versperrte es wieder.

In der kleinen Diele sah ich durch den Spion, um mich zu vergewissern, dass niemand auf dem Treppenabsatz im dritten Stock lauerte. Als ich die Wohnungstür öffnete, stand der geheimnisvolle Text auch auf der Schwelle. Ich schloss die Tür hinter mir, sperrte ab und blieb einen Augenblick lang nachdenklich stehen.

Diese Symbole – oder vermutlich Wörter – schienen den Zweck zu haben, irgendeinen Feind abzuwehren. Sie hatten Ryan Telford nicht abgehalten, und sie hätten auch die drei Kerle nicht aufgehalten, die Schwester Claire ermordet hatten. Was Gwyneth am meisten fürchtete, war offenbar nicht von Menschen geboren.

31

Vater hatte gesagt, wir müssten die Nebel und die Klaren gleichermaßen fürchten, Letztere seien auf ihre eigene Art ebenso schrecklich wie Erstere, und wir sollten ihnen mit wachsamer Gleichgültigkeit begegnen. Obwohl ich Vater stets gehorchte, obwohl ich niemals den Blick eines Klaren erwiderte oder seine Aufmerksamkeit zu wecken versuchte, fürchtete ich sie nicht. Stattdessen machte ihr Anblick mich weiterhin glücklich.

In gewissem Ausmaß bin ich mein Leben lang meistens glücklich gewesen, was teilweise daran liegt, dass die Welt dem, der sie sehen will, unendliche Reize bietet. Außerdem faszinieren mich die vielen Mysterien der Welt und inspirieren mich mit so profunder Hoffnung, dass ich annehme, eine aufrichtige und ausführliche Erörterung in einem wissenschaftlicheren Manuskript würde jedem normalen Menschen, der sich frei im Tageslicht bewegen kann, als das Werk eines unverbesserlichen Optimisten erscheinen, das man nur lächerlich finden kann.

Natürlich kenne ich auch traurige Perioden, denn in dem Mörtel und den Steinen, aus denen die Welt erbaut ist, steckt viel Kummer. Die meisten dieser trübseligen Episoden erlebte ich im ersten Jahr nach Vaters Tod, als es mir schwerfiel, nach langer Zeit zu zweit allein leben zu müssen.

Als ich mich in jener Nacht, etwas mehr als fünf Jahre vor meiner Begegnung mit Gwyneth, nach oben wagte, erwartete mich ein Schauspiel, das so fesselnd war, dass meine Melancholie dahinschmolz. Ich bezeichnete es für mich als die Versammlung. Dieses Wort kam mir richtig vor, auch wenn ich das damals nicht hätte begründen können.

In einer ungewöhnlich kühlen Augustnacht kam ich nach ein Uhr morgens an die Oberfläche und entdeckte Klare, wohin ich auch sah. Sie waren gekleidet wie immer: weiße Schuhe mit weichen Sohlen, weit geschnittene Hosen mit Gummizug an der Taille und Hemden mit Dreiviertelarm, die teils weiß, teils hellblau und teils blassgrün waren, als wären sie dafür gekleidet, in Notaufnahmen und Operationssälen verschiedener Krankenhäuser Dienst zu tun. Ich sah Männer und Frauen aller möglichen Hautfarben, aber alle schienen ungefähr gleich alt zu sein: Anfang bis Mitte 30. Sie wandelten auf Simsen, acht oder zehn oder mehr pro Gebäude, leuchteten auf Dachfirsten, schlenderten über Gehsteige, waren kühn auf Fahrbahnen unterwegs, standen auf Kreuzungen. In

Türmen aus Stahl und Glas, die keine Simse hatten, standen Klare leuchtend an den Fenstern und sahen hinaus. Sie flanierten durch Parks und ich sah einige auf der Treppe, die zu einer U-Bahn-Station hinunterführte.

Noch nie zuvor hatte ich mehr als drei oder vier Klare auf einmal gesehen. Diese Vielzahl entzückte mich.

Sie sprachen nicht miteinander, schienen auch zu keinen koordinierten Aktivitäten unterwegs zu sein. Jeder schien gelassen seinen eigenen Geschäften nachzugehen, woraus immer diese bestehen mochten, und manche waren ernst, während andere lächelten. Ich hatte den Eindruck, sie alle horchten auf etwas, das ich nicht hören konnte, was bedeuten konnte, dass sie als Telepathen untereinander auf eine Weise verbunden waren, die mir unbekannt bleiben musste.

Die wenigen Autofahrer, die um diese Zeit noch unterwegs waren, nahmen die leuchtende Menge gar nicht wahr. Sie fuhren durch einige der Klaren hindurch, was so leicht ging, als wären die Autos und die Klaren nur Trugbilder, die einander so wenig beeinflussten, als stammten sie aus unterschiedlichen Dimensionen und wären nur durch meine speziell begabten Augen zu dieser einzigen Szene vereinigt.

Als ich staunend ein paar Blocks weiterging, sahen einige wenige Klare mich an, und ich wich ihrem Blick jedes Mal sofort aus. Aber in dem Bruchteil einer Sekunde, in dem unsere Blicke sich begegneten, hatte ich das Gefühl, jemand würde mir mit einem Würfel Trockeneis das Rückgrat hinunterfahren. Der Kälteschock war so intensiv, dass ich nicht überrascht gewesen wäre feststellen zu müssen, dass meine Haut vom obersten Halswirbel bis zum Steißbein hinunter mit Bläschen übersät war.

Damals erschreckten sie mich, aber nur für kurze Zeit, und ich blieb von ihrem Anblick entzückt. In jener Nacht sah ich Hunderte von Klaren und habe seither nie wieder ein ähnliches Schauspiel genossen.

Noch Tage danach hatte ich das Gefühl, etwas Neues müsste sich ereignen, irgendein Event, das die City noch nie erlebt hatte, das niemand sich hätte vorstellen können, bevor es sich tatsächlich ereignete. Aber die Zeit verging, ohne dass sich mehr ereignete, als die Einwohner der City tagtäglich befiel. Ich war gelinde enttäuscht, bis ich auf den Gedanken kam, die von mir erwartete unvorstellbare Episode sei vielleicht etwas gewesen, das die Versammlung der Klaren nicht hatte fördern, sondern verhindern sollen.

Und als ich zu dieser Erkenntnis gelangte, fühlte ich wieder Trockeneis mein Rückgrat hinuntergleiten, obwohl kein einziger Klarer in der Nähe war.

32

In den Riverside Commons, auf dem Weg am Goldfischteich, wartete ich in der Kälte, die ständig intensiver wurde, sodass ich glaubte beobachten zu können, wie sich auf dem schwarzen Wasser in Ufernähe die ersten Eiskristalle bildeten.

Gwyneth verspätete sich nicht. Ich war einige Minuten zu früh gekommen. Obwohl ich mit dem Aufsammeln der Glas- und Porzellanscherben in ihrer Küche noch nicht ganz fertig war, hatte ich plötzlich den heftigen Drang verspürt, von dort zu verschwinden. Weshalb, wusste ich nicht. Mich überwältigte das Gefühl, ich hätte vergessen, das Schlafzimmerfenster zu verriegeln und in diesem Augenblick wäre jemand – oder etwas – auf der

Feuertreppe nach oben unterwegs und würde bald in böser Absicht in die Wohnung eindringen.

Diese Intuition war so stark, dass ich alle Vorsicht vergaß, das Apartment durch die Wohnungstür verließ, die Treppe hinunterhastete, wobei ich riskierte, einem Nachbarn zu begegnen, und in den Abend hinausstürmte, als wäre ich durch eine Explosion aus dem Haus geblasen worden. Auf der Straße herrschte Verkehr, aber mit Kapuze, Sturmhaube und Handschuhen getarnt zickzackte ich wie in einem von Gershwin instrumentierten Jazztanz aus Autohupen und Reifenkreischen über die Fahrbahnen.

Gleich hinter dem Parktor kam ich an der Riesenkiefer vorbei, unter der Gwyneth und ich in der Nacht zuvor gestanden hatten, und sah mich nach ihrem Haus um, weil ich erwartete, am Fenster ihres Wohnzimmers jemanden stehen zu sehen, aber es war nur ein unverstelltes beleuchtetes Rechteck. In der Hoffnung, nicht auf der Flucht beobachtet worden zu sein, ging ich zu dem Teich weiter, an dem ich jetzt stand und auf die Entstehung der ersten Eiskristalle wartete.

Weil ich mich zuvor an die im Wasser aufgefundene ermordete Krankenschwester erinnert hatte und jetzt in der Nähe der Stelle stand, an der sie von der Polizei an Land gezogen worden war, stieg Mitleid in mir auf, nicht nur für die Tote und ihre Angehörigen, sondern auch für die City, auch wenn die leicht auf mein Mitleid verzichten konnte. So zärtlich war diese Empfindung, dass ich wusste, ich lief Gefahr, die kalte Selbstbeherrschung zu verlieren, die ich in jeder Minute an der Oberfläche brauchte.

Als ich mich bemühte, nicht mehr an die Krankenschwester zu denken, gingen meine Gedanken ohne mein

Zutun ausgerechnet zu der Marionette. So irrational das klingen mag, fragte ich mich, ob die Marionette in Teilen jener grausigen Nacht hier am Teich gesessen und beobachtet hatte, wie Claires bleicher Körper im Wasser trieb und die Kois ihn anstupsten, weil sie ihn irrtümlich für ein riesiges Brot hielten, das Bewunderer ihnen zugeworfen hatten. Scheinbar irrational, ja, aber vor meinem inneren Auge stand dieses Bild, und ich spürte in meinen Knochen, dass es zutraf, und wünschte mir, ich wäre nicht unnötig früh in den Park gekommen.

Genau dann wirbelte der erste Schnee vom Himmel: Flocken so groß wie Rosenblätter, die durchs eisige Dunkel tanzten und im Licht der niedrigen Lampen an den Wegen leuchteten. Im schwarzen Wasser verschwanden sie, aber in dem steifen braunen Gras und auf dem Weg blieben sie liegen. Auf die großen Flocken folgten rasch kleinere in solcher Menge, dass ich gleich wusste, an diesen Schneesturm würde die City sich lange erinnern. Zugleich frischte die nächtliche Brise genügend auf, um als Wind bezeichnet werden zu können.

Als ich auf die Uhr des Ermordeten an meinem Handgelenk sah, war der Augenblick für unser Treffen gekommen. Pünktlich erschien ein Land Rover auf der asphaltierten einspurigen Zufahrt für Pflegetätigkeiten, aber dann bog er von ihr ab und rollte über die Picknickwiese zum Teich, wobei er auf den letzten Metern nur noch mit Standlicht fuhr.

Das Fahrzeug wirkte riesig, vielleicht weil Gwyneth so zierlich war und ich kaum glauben konnte, dass ein 50 Kilo leichtes Mädchen diesen Koloss beherrschen könnte. Ich war auch etwas verschreckt, weil ich nie mit einem Auto gefahren war, bloß einmal unter einer Plane auf einem Tieflader und auch das nie wieder.

Manchmal rollt das Leben mit einem davon wie ein großer Stein, der bergab schneller wird, wie an dem Tag, an dem meine Mutter mich allein in die Welt hinausschickte, und dann ist nichts mehr, wie es früher war. Als Gwyneth mit dem Land Rover neben mir hielt, konnte ich spüren, wie meine lange Zeit stabile Welt wieder in Bewegung geriet, und obwohl das eine gute Sache sein kann, wenn man in einem besseren Leben zur Ruhe kommt, gibt es keine Garantien.

Hätte ich in jener Nacht tausend Möglichkeiten aufgeschrieben, wie mein zukünftiges Leben sich von dem unterscheiden könnte, das ich in den vergangenen 18 Jahren geführt hatte, was ich verlieren und gewinnen könnte, hätte ich mich in allen Punkten als wenig hellseherisch erwiesen und Verluste und Gewinne gleichermaßen gewaltig unterschätzt.

TEIL ZWEI

Die Flamme entzückt den Falter,
bevor die Flügel brennen

33

Ich wusste, was ein Sicherheitsgurt war, und wusste, dass ich gesetzlich dazu verpflichtet war, ihn zu benutzen. Aber ich hatte mein Leben noch nie einem anvertraut, und obwohl es ganz einfach klang, wenn ich in einem Roman las, jemand schnalle sich an, brauchte ich dafür so lange, dass Gwyneth sagte, sie wünschte sich, sie könnte mir helfen. Das sagte sie milde nachsichtig, nicht ungeduldig oder zornig. Hätte sie jedoch versucht, mir zu helfen, hätte sie mich bestimmt berührt, was sie nicht ertragen konnte.

Schließlich schaffte ich es, mich anzuschnallen, obwohl ich mich mit Gurt nicht sicherer fühlte als ohne. Stattdessen fühlte ich mich gefährlich eingeengt. Ich fragte mich, welches Risiko größer war – durch die Frontscheibe geschleudert zu werden, weil man keinen Gurt trug, oder in einem brennenden Wagen gefangen zu sein, weil das Gurtschloss sich nicht öffnen ließ.

Ich fragte: »Hat er auch Airbags?«

»Ja, natürlich.«

»Was muss ich über die wissen?«

»Nichts«, sagte sie. »Airbags funktionieren automatisch.«

»Das ist nett, denke ich.«

»Nun, es macht alles einfacher. Außerdem habe ich nicht vor, einen Unfall zu bauen.«

»Hattest du schon mal einen?«

»Nein. Aber ich fahre nicht oft, eigentlich fast nie.«

Sie schaltete die Scheinwerfer wieder ein, löste die Handbremse und lenkte den monströsen SUV so leicht über die Picknickwiese auf die asphaltierte Zufahrt zurück, als wäre er ein auf Schienen laufender Wagen in einem Freizeitpark und das Lenkrad nur zur Dekoration da.

Glaubt mir, das war eine tolle Erfahrung: leicht erhöht in einer warmen Kapsel zu thronen und sich mühelos durch die kalte Nacht zu bewegen, über die Wiese und auf den Asphalt, ringsum viele Fenster, damit man alles, was man sehen wollte, genau betrachten konnte. Viele Bücher enthalten spannende Szenen in Personenautos oder Lastwagen, aber keine davon hatte mich auf die reine Freude dieser Bewegung wie mit einer Art fliegendem Teppich vorbereitet.

Als Gwyneth aus dem Park auf die Avenue abbog, fragte ich sie: »Wie hast du trotz deiner Sozialphobie Auto fahren gelernt?«

»Daddy hat's mir beigebracht. Als ich 13 geworden war, sind wir mehrmals weit aufs Land rausgefahren, nur er und ich. Er war in Sorge, dass nach seinem Tod etwas passieren könnte, das mich dazu zwingt, aus der City zu flüchten.«

»Was zum Beispiel?«

»Zum Beispiel so ziemlich alles. Passieren kann alles Mögliche.«

»Aber wohin würdest du gehen, wenn du die City verlassen müsstest?«

»Es gibt einen Ort. Aber von dem will ich jetzt nicht reden.«

Der Verkehr war dicht, und wir waren auf allen Seiten von Fahrzeugen umgeben. Limousinen. Kastenwagen.

Busse. Auf den Gehsteigen hasteten gut eingepackte Leute durch die winterliche Nacht.

Ich sagte: »Als du deinen Führerschein bekommen hast, musst du in der Zulassungsstelle oder sonst wo mit vielen Leuten zu tun gehabt haben.«

»Ich habe keinen Führerschein.«

Ich will nicht sagen, dass ich schockiert war, aber ich war betroffen. »Ohne Führerschein zu fahren ist verboten.«

»Es ist illegal«, sagte sie, »aber nicht amoralisch.«

»Was ist, wenn du einen Unfall hast, bei dem jemand verletzt wird?«

»Unfälle können mit und ohne Führerschein passieren. Die Ursache wäre nicht der fehlende Führerschein. Unfallursache wäre Unaufmerksamkeit oder rücksichtsloses oder betrunkenes Fahren.«

»Du fährst nicht betrunken, stimmt's?«

»Nein. Und auch nicht unaufmerksam oder rücksichtslos.«

Über das alles dachte ich eine Minute nach, und sie fragte sich vermutlich, was mein Schweigen bedeutete.

Sie sagte: »Nun?«

»Na ja, dann ist's wohl okay.«

»Es ist okay«, versicherte sie mir.

»*All right.* Gut. Siehst du, was der Schnee macht?«

»Schneien.«

»Nein, ich meine die Art und Weise, wie er über die Motorhaube und nach oben übers Dach fließt, ohne das Glas zu berühren.«

»Wenn wir in Bewegung sind, gleitet ein Luftstrom über uns hinweg und reißt den Schnee mit.« Als sie an einer roten Ampel hielt, setzte der Schnee sich sofort fest und schmolz auf dem warmen Glas. »Siehst du?«

»Nett«, sagte ich.

Ein Klarer in blauer Krankenhausuniform, dem das scheußliche Wetter nichts auszumachen schien, tauchte aus dem Schneetreiben auf und trat auf die Fahrbahn. Er blieb mitten auf einer Kreuzung stehen und drehte den Kopf von einer Seite zur anderen, wie sie's immer taten, vielleicht auf der Suche nach irgendwas, aber allem Anschein nach eher lauschend als beobachtend.

Die Ampel sprang um, und Gwyneth überfuhr den Klaren. Ich sah ihn zwischen unseren Sitzen durch den SUV gleiten, drehte mich aber nicht um, um ihn durch die Hecktür verschwinden zu sehen.

Zu ihr sagte ich nichts über ihn. Was hätte ich auch sagen sollen? Sie tolerierte meine Kapuze, meine Maske und meine Handschuhe, meine Unerfahrenheit und meine Überzeugung – die sie für zutiefst paranoid halten musste –, die meisten, vielleicht sogar alle Menschen würden auf meinen Anblick mit Abscheu und Gewalt reagieren. Erzählte ich ihr von Klaren und Nebeln, konnte sie zu dem Schluss gelangen, ich sei doch zu verrückt für sie, bei nächster Gelegenheit rechts ranfahren und mich auffordern auszusteigen.

Unsere Beziehung war empfindlich, vielleicht nicht weniger als die kristalline Komplexheit der ersten riesigen Schneeflocken, die auf die Riverside Commons herabgesegelt waren. Ich bewunderte ihre tapferen Bemühungen, mit ihrer Phobie zu leben, und sie bewunderte vielleicht die Art, wie ich meine Paranoia – die sie für irrational hielt – bewältigt hatte. Wir waren Ausgestoßene, sie aus eigenem

Entschluss, ich von Geburt an, aber das garantierte noch keine Freundschaft. Sie wollte die Welt nicht, und die Welt wollte mich nicht, und wenn man darüber nachdachte, wurde einem rasch klar, dass wir weniger ähnlich waren, als wir zu sein schienen, dass sehr leicht Spannungen entstehen konnten, die zu einer endgültigen Trennung führen konnten.

Ich liebte sie bereits. Ich wäre damit zufrieden gewesen, sie mein Leben lang zu lieben, ohne sie jemals zu berühren, aber ich sah kein Anzeichen dafür, dass sie mich auf gleiche Weise oder überhaupt liebte. Bedachte man ihre Sozialphobie, konnte sie abgeschreckt werden, sich zurückziehen und mich verbannen, sobald sie ahnte, wie tief meine Gefühle für sie waren. Sie war vielleicht nicht imstande, mich zu lieben, wie ich sie liebte, von der noch innigeren Liebe, die ich im Lauf der Zeit bestimmt für sie empfinden würde, ganz zu schweigen. Hoffnungsvoll stimmte mich die Tatsache, dass sie schon ihren Vater geliebt hatte, und ich brauchte diese Hoffnung, weil mich dieser neuerliche Verlust nach einem Leben mit einem Verlust nach dem anderen womöglich endgültig gebrochen hätte.

Ich hatte zu fragen vergessen, aber jetzt holte ich's nach: »Wohin fahren wir?«

»Jemanden besuchen.«

»Wen?«

Bis zu diesem Augenblick hatte das Goth-Make-up des Mädchens exotisch und fantastisch ausgesehen, ohne sie im Geringsten gefährlich wirken zu lassen. Jetzt verhärtete sich ihr Gesicht, ihr Mund wurde ein schmaler Schlitz in einem Stein, sie biss die Zähne zusammen, als hätte sie etwas abgebissen und wollte es zermalmen, und die scharlachrote Glasperle auf ihrer Unterlippe glänzte und schien wie ein echter Blutstropfen zu zittern.

Als Antwort auf meine Frage sagte sie: »Ihren Namen kennt niemand. Angeblich ist sie tot, aber ich weigere mich, das zu akzeptieren. Ich weigere mich.«

34

Die Straße lag in einem guten Wohnviertel, auf beiden Seiten von Ahornen gesäumt, deren kahle Äste ein reizvolles Bild ergaben, noch eleganter, wenn sie grün belaubt und im Herbst feuerrot waren. Das Haus aus gelben Klinkersteinen stand in einem schmalen Vorgarten und hatte eine erhöhte Veranda, die weihnachtlich beleuchtet war. An der Haustür hing ein Kranz mit roter Schleife.

Als Gwyneth am Randstein parkte, rechnete ich damit, im Wagen bleiben zu dürfen, aber sie sagte: »Ich möchte, dass du mitkommst. Es ist ungefährlich.«

»Das einzige Haus in der City, in dem ich jemals gewesen bin, ist deins. Das einzige. Jedes Haus ist eine Falle, ein unbekannter Ort mit zu wenigen Fluchtwegen.«

»Nicht dieses Haus.«

»Ich kann nicht.«

»Du kannst, Addison.«

Ich verkroch mich tiefer in meinen Sitz.

Sie sagte: »Sie tun dir nichts.«

»Wer sind sie?«

»Sie kümmern sich um sie.«

»Um das Mädchen ohne Namen?«

»Ja. Komm jetzt. Ich möchte, dass du sie siehst.«

»Warum?«

Sie öffnete den Mund, um zu antworten – und fand keine Worte. Einen Augenblick lang starrte sie die schwarzen Ahornstämme an, deren Rinde der Wind allmählich mit einem weißen Spitzenmuster bedeckte. Dann sagte sie: »Das weiß ich nicht. Ich weiß nicht, weshalb ich möchte, dass du sie siehst. Aber ich weiß, dass du musst. Dass du das tust, ist wichtig. Ich weiß, dass es wichtig ist.«

Ich holte tief Luft und atmete langsam aus, als könnte ich damit meine Zweifel loswerden.

Sie sagte: »Ich habe sie vorher angerufen. Sie wissen, dass wir kommen. Ich habe ihnen gesagt, dass du … Probleme hast. Ernstliche Probleme. Sie verstehen mich, wie ich bin. Sie werden respektvoll sein, Addison.«

»Wenn du keine Angst vor ihnen hast, brauche ich wohl auch keine zu haben.«

Trotzdem fürchtete ich mich davor, ins Haus zu gehen, aber ich stieg aus, schloss die Beifahrertür und wartete darauf, dass sie vorn um den Land Rover herumkam.

Schneeflocken setzten sich sofort in ihrem rabenschwarzen Haar fest, und ihre silbernen Schuhe wirbelten den Schnee auf dem Gehsteig auf.

In diesem Augenblick fiel mir außer den schwarzen Make-up-Rauten und den Augen eine weitere Ähnlichkeit zwischen der Marionette und ihr auf. Die Marionette trug einen schwarzen Smoking mit schwarzem Hemd und weißer Schleife, und Gwyneth war bis auf ihre Schuhe ganz in Schwarz gekleidet.

Ich hätte mich fast von dem Haus abgewandt, aber ich liebte sie, deshalb folgte ich ihr durch die Tür in dem schmiedeeisernen Zaun mit Speerspitzen.

»Er heißt Walter«, sagte Gwyneth. »Er ist ein Witwer mit zwei kleinen Kindern. Er war Sanitäter in der Army und arbeitet jetzt als Sprechstundenhelfer.«

Sie schritt mehr, als sie ging, schien mehr zu gleiten als zu schreiten, und ich dachte, dieses Mädchen würde niemals auf Eis oder unebenem Boden ausrutschen, so außergewöhnlich war ihre Haltung.

Als wir auf der Veranda standen, sagte sie: »Seine Schwester Janet wohnt ebenfalls hier. Und Cora, eine ältere Frau. Janet und Cora sind Krankenschwestern. Die Patientin ist nie länger als ein paar Minuten allein.«

»Sind das nicht zu viele Leute für dich?«, fragte ich.

»Sie verstehen mein Problem. Sie kommen mir nicht zu nahe. Sie achten darauf, dass nie mehr als zwei von ihnen im selben Zimmer wie ich sind. Du kannst beruhigt sein.«

»Ich weiß nicht recht …«

»Aber ich«, sagte sie. »Du kannst beruhigt sein.«

Als sie klingelte, ertönte ein Gong, den wir draußen auf der weihnachtlich beleuchteten Terrasse durch die Tür mit dem Kranz hören konnten.

Die Tür ging fast sofort auf, und ein Mann sagte: »Gwyn, wir haben deine Besuche so vermisst.«

Ich konnte ihn nicht sehen, denn ich hielt den Kopf gesenkt, weil ich fürchtete, die Sturmhaube würde mich nicht genug tarnen, sodass er mich an den Augen erkennen würde.

Sie sagte: »Ich bin nicht anders als sonst, Walter, deshalb gibt's nicht viele Tage, an denen ich irgendwohin gehe. Aber der heutige Abend ist … besonders.«

Mit beträchtlicher Sorge folgte ich ihr in eine geräumige Diele mit Holzfußboden und einem runden Teppich mit floralem Muster. Aus einem Fernseher in einem angrenzenden Zimmer kam eine feierliche Stimme.

Als Walter sagte: »Das muss Addison sein«, sagte ich: »Entschuldigung, dass meine Schuhe nass sind«, und Walter sagte: »Macht nichts, nur ein bisschen Schnee.«

Seine Stimme gefiel mir. Sie klang freundlich. Ich fragte mich, wie er aussah, hob aber nicht den Kopf, um ihn anzusehen.

Gwyneth sagte: »Denk an Addisons Regeln, wie ich sie dir gesagt habe«, und Walter sagte, er werde daran denken, und sie fragte: »Wo sind die Kinder?«

»In der Küche. Sie wissen, dass sie dortbleiben müssen.«

»Ich würde sie gern sehen, wirklich gern, aber für Addison ist dies schwierig.«

Ich fragte mich, für wie neurotisch Walter mich halten mochte. Vermutlich dachte er, ich sei nicht mehr nur neurotisch, sondern schon verrückt.

Er sagte: »Janet ist in der Küche. Sie war dabei, Abendessen zu machen, als du angerufen hast, aber sie hat es aufgeschoben.«

»Tut mir leid, dass ich euch so überfalle.«

»Du gehörst zur Familie, Gwyn. Du kannst jederzeit ohne Voranmeldung kommen. Ich gehe mal nachsehen, ob sie Hilfe mit den Kids oder sonst was braucht.«

Als wir nur noch zu zweit in der Diele waren, fragte Gwyneth: »Alles okay mit dir?«

»Yeah. Alles okay. Wie geht's dir?«

Sie sagte: »Mir ist's schon besser gegangen.«

Ich hob leicht den Kopf und sah mich in der Diele um. Rechts führte ein Durchgang ins Wohnzimmer. Alles war sauber und ordentlich und hell und hübsch, ein Ort der

Harmonie, bar jeglicher Konflikte. Ich stellte mir vor, dass die hier Lebenden sich sicher fühlen mussten, und freute mich für sie, mehr als nur das, war glücklich darüber, dass solch ein Leben für sie und so viele Menschen möglich war.

Die Fernsehstimme sagte, die Seuche in China sei ursprünglich jenseits der Grenze in Nordkorea ausgebrochen.

Als eine Frau aus der Küche in die Diele kam, senkte ich wieder den Kopf. Sie begrüßte Gwyneth, nannte ihren Namen – sie war Janet – und sagte, sie freue sich, mich kennenzulernen, obwohl ich nichts anderes ansah als den runden Teppich mit floralem Muster.

Janet führte uns in den ersten Stock hinauf. Während wir oben an der Treppe warteten, ging sie zum letzten Zimmer auf dem Flur, in dem Cora, die ältere Krankenschwester, sich um das namenlose Mädchen kümmerte.

Weil ich das Gefühl hatte, hinter uns wäre jemand lautlos die Treppe heraufgekommen und würde meinen Fluchtweg blockieren, sah ich mich um, aber dort war niemand.

Janet und Cora kamen aus dem Krankenzimmer, verschwanden im Zimmer schräg gegenüber und schlossen die Tür.

»Dies ist wichtig«, sagte Gwyneth.

»Das muss es wohl sein.«

»Ich weiß, warum ich dich mitgenommen habe.«

»Warum?«

Statt meine Frage zu beantworten, ging sie den Flur entlang zu der offenen Tür, und ich kam mit. Auf der Schwelle zögerte sie kurz. Sie hob die Hände, als wollte sie ihr Gesicht bedecken, aber dann ballte sie sie zu Fäusten, und auf dem mir zugekehrten Handrücken wand sich das Fake-Tattoo einer blauen Echse, als wäre diese lebendig geworden und würde in die Luft springen wollen. Mit gerunzelter Stirn, fest zusammengekniffenen Augen, zusammengebissenen Zähnen und deutlich klopfendem Puls an den Schläfen schien sie Schmerzen zu leiden oder darum zu kämpfen, gewaltigen Zorn zu unterdrücken. Aber dann dachte ich – weshalb, weiß ich nicht –, dies sei die Haltung, in der sie betete, falls sie überhaupt betete.

Gwyneth öffnete die Augen, ließ ihre Hände sinken und betrat das Zimmer. Mit Rücksicht auf mich schaltete sie die Deckenbeleuchtung aus und dimmte eine Leselampe so weit herunter, dass meine Augen unter der Kapuze im Halbdunkel nicht ohne Weiteres zu sehen waren.

Ich sah zu der geschlossenen Tür hinüber, hinter die Janet und Cora sich zurückgezogen hatten. Und ich kontrollierte nochmals den oberen Treppenabsatz.

Als ich über die Schwelle trat, sah ich darauf die kryptischen Symbole, die ich an allen Zugängen von Gwyneth' Wohnung gefunden hatte.

In dem großen Zimmer standen zwei Sessel, Beistelltische, eine Kommode, Nachttische. Außerdem zwei Betten, von denen das hintere ordentlich gemacht und mit Zierkissen bedeckt war, während das vordere ein Krankenhausbett war.

Auf dem leicht erhöhten Kopfteil der elektrisch verstellbaren Matratze lag ein Mädchen von ungefähr sechs Jahren in einem Zustand, der tiefer als bloßer Schlaf war. Wäre sie ein Avatar gewesen, die Inkarnation keiner Göttin, sondern eines Prinzips, wäre ihr Gesicht für den

Avatar von Frieden, Güte oder Hoffnung passend gewesen, und hätte sie einen Gesichtsausdruck zeigen können, hätte ihr Lächeln vielleicht Wunder bewirkt.

Neben dem Kind stehend, auf das sie hinabsah, sagte Gwyneth zu mir: »Ermordet Ryan Telford mich, ermordet mich irgendwer, musst du dich um sie kümmern. Sie beschützen. Um jeden Preis. Um jeden.«

35

Der Obdachlose hatte in jener Nacht den Boden seiner Flasche erreicht und war deshalb wiederholt aus Entzugsträumen aufgeschreckt, in denen alle, die er in seinem Leben enttäuscht hatte, zurückkehrten, um jeden seiner Versuche zu unterbinden, sich auch nur eine einzige Flasche Bourbon zu verschaffen. Deshalb war er ganz gegen seine Gewohnheit schon bei Tagesanbruch unterwegs, um die Mülltonnen und -container seines Reviers nach Pfanddosen und anderen bescheidenen Schätzen abzusuchen, von denen er seit Langem lebte.

So kam es, dass er in einem Müllcontainer ein misshandeltes, nacktes Mädchen von etwa drei Jahren fand, das er zunächst für tot hielt, bis es den jämmerlichsten dünnen Klagelaut hören ließ – wie das von einem Auto angefahrene Kätzchen, das er einmal gefunden hatte, als es noch ein, zwei Minuten zu leben hatte. In seinem Leben hatte er Verantwortung fast immer gescheut, aber tief in seinem Inneren steckte noch der Kern des Mannes, der er einst zu werden gehofft hatte, und der erbärmliche Schrei des Kindes berührte ihn. Er entdeckte, dass er noch Mitleid empfinden konnte.

In seinen fadenscheinigen, geflickten, schmutzigen Klamotten, das verfilzte Haar unter einem fleckigen, außer Form geratenen weichen Filzhut, der seit einem Jahrzehnt keinem Banker mehr gehörte, die Augen blutunterlaufen blau, die Nase mit sichtbaren Äderchen überzogen, stieß er die Tür eines beliebten Donut Shops einen Block von dem Müllcontainer entfernt auf. Mit dem misshandelten Kind, das bitterlich weinte, in seinen knochigen Armen rief er: »Krankenwagen, Krankenwagen!«, als er sich an der Bestelltheke zwischen die Kunden drängte, von denen zwei Polizisten waren.

Ursprünglich, aber nicht lange wurde er verdächtigt, der Täter zu sein, der das Kind so zugerichtet hatte. Aber seine Entdeckung der im Müll liegenden Kleinen hatte in seiner fragilen Psyche etwas aus dem Gleichgewicht gebracht, und als ihm das Mädchen abgenommen wurde, konnte er nicht mehr stehen oder seine zitternden Hände ruhig halten, die Gesicht und Oberkörper betatschten, als klammerte sich etwas Widerwärtiges an ihn, von dem er sich befreien wollte. So endete der Morgen für ihn nicht in einer Haftzelle, sondern als Patient in dem Krankenhaus, in das das Mädchen eilig eingeliefert worden war.

Die Ärzte stellten fest, sie sei nicht nur geschlagen, sondern auch gefoltert worden – nicht nur einmal, sondern oft, vielleicht in über der Hälfte ihrer schätzungsweise drei Jahre währenden Lebenszeit. Die Behörden waren nicht imstande, ihre Eltern ausfindig zu machen. Ein weithin verbreitetes gezeichnetes Porträt brachte keine nützlichen Hinweise; auch ein nach dem Abklingen ihrer Schwellungen gemachtes Foto führte zu keiner Spur. So drängte sich der Schluss auf, sie sei den größten Teil ihres kurzen Lebens eingesperrt und versteckt gewesen, und von seltenen Ausnahmen abgesehen waren in solchen Fällen die Eltern oder zumindest ein Elternteil für die Misshandlungen verantwortlich.

Während die Kleine sich erholte, wurde sie ein Mündel des Familiengerichts. Nach einem Monat waren ihre Verletzungen geheilt, aber sie wachte nicht auf. 60 Tage nach ihrer Einlieferung war die Prognose für ein Erwachen aus dem Koma weiterhin düster. Ein Beratungsgremium aus Ärzten erklärte einstimmig, auch wenn das Mädchen technisch nicht hirntot sei, werde es auf Dauer in einem vegetativen Stadium verharren. Nach neuesten wissenschaftlichen Erkenntnissen konnte ein Patient in diesem Zustand weder unter Hunger noch Durst leiden. Daraufhin ordnete das Gericht an, ihre Magensonde zu entfernen und alle lebenserhaltenden Maßnahmen zu beenden. Allerdings gewährte es einen Aufschub von 15 Tagen, damit irgendeine Gruppe von Patientenschützern Zeit hatte, den Beschluss anzufechten.

All das erzählte Gwyneth mir, als wir in dem gelben Klinkerhaus auf beiden Seiten des Bettes mit dem namenlosen Mädchen standen, während draußen Schnee und eisiger Wind die City lähmten: eine stille Erinnerung für ihre Einwohner, dass die Natur imstande war, ihre gewaltigsten Bauten zu zerstören, auch wenn nur wenige das so sahen. Sie überraschte mich, als sie mitten in ihrer Erzählung eine Hand des Kindes in ihre Hände nahm. Außer ihrem Vater, als er noch gelebt hatte, war dies der einzige Mensch, dessen Berührung sie nicht fürchtete.

Walter arbeitete in dem Krankenhaus, in dem das Mädchen lag. Er hatte Gwyneth angerufen, um ihr zu sagen, die Ärzte des Beratergremiums seien sich sicher, dass der Richter, der wie sie gegen übergroßen Aufwand für Komatöse war, jeden noch so gut begründeten Einspruch ablehnen und sich dafür so viel Zeit lassen würde, dass das Kind durch Dehydrierung schwer geschädigt oder tot sein würde, bevor Patientenschützer in der nächsthöheren Instanz einen mitfühlenden Richter finden konnten, der einen Aufschub anordnete.

»Woher kennst du Walter?«, fragte ich.

»Mein Vater war wegen eines Magengeschwürs einige Wochen im Krankenhaus. Walters Frau war seine Pflegerin. Sie war sehr nett zu ihm. Nach seiner Entlassung bin ich mit ihr in Verbindung geblieben. Als sie sehr jung, nur zwei Jahre nach Daddy, gestorben ist, habe ich bei meinem Vormund durchgesetzt, dass ein Teil meines Erbes in einen Treuhandfonds für die Ausbildung ihrer Kinder geflossen ist.«

»Und Walter hat gehofft, du würdest für die Pflegekosten des Mädchens aufkommen?«

Sie schüttelte den Kopf. »Er wusste selbst nicht recht, was er wollte, als er mich angerufen hat. Er hat nur gesagt, seiner Überzeugung nach sei sie nicht vegetativ.«

»Er ist kein Arzt.«

»Nein, nur Krankenpfleger. Aber er hat auch gesagt, das Mädchen habe etwas Besonderes an sich, das sich nicht definieren lasse, aber spürbar sei. Er hat mich gebeten, sie mir anzusehen. Er hat mich nach Mitternacht in ihr Zimmer gebracht, als so wenige Leute unterwegs waren, dass ich nicht durchdrehen würde.«

»Du drehst nicht durch.«

»Doch, das kommt vor«, versicherte sie mir.

Ich zeigte auf die schlaffe Kinderhand in ihren Händen und fragte: »Hast du sie an jenem Abend auch berührt?«

»Ja. Ich weiß nicht, woher ich den Mut hatte, aber ich hab's getan.«

»Und du hältst sie für etwas Besonderes?«

»Ja.«

»Warum?«

Sie beugte sich hinunter, um die Hand des Mädchens zu küssen. »Ich weiß nicht, was ich in Bezug auf sie glaube. Aber ich bin sicher, dass wir sie beschützen sollten, bis sie erwacht und uns ihren Namen sagt.«

»Du bist dir also sicher, dass sie wieder aufwacht.«

»Ich bin mir sicher, ja. Sogar trotz dieser …« Sie strich das flachsblonde Haar der Kleinen sanft von ihrer linken Schläfe weg, sodass am Jochbein eine Vertiefung sichtbar wurde: die Spur irgendeiner Bestie, die mit einem stumpfen, harten Gegenstand zugeschlagen hatte.

»Wie ist sie hergekommen?«

»Das erzähle ich dir beim Abendessen. Ich will Walter und seine Familie nicht länger stören. Warte auf der Veranda auf mich, während ich kurz mit Janet und Cora spreche.«

Ich ging nach unten in die Diele. Jemand hatte den Fernseher ausgeschaltet. Ich stand in der warmen Stille allein unter dem Durchgang zum Wohnzimmer, weiter nervös wegen meines Hierseins, aber trotzdem willens, den Charme dieser Häuslichkeit einen Augenblick länger zu genießen.

Links neben dem Durchgang brannte auf einer Konsole eine Kerze in einem Zylinder aus Klarglas, dessen Deckel mit Schlitzen einen Brand verhindern sollte, falls die Lampe versehentlich umgeworfen wurde. Sie beleuchtete einen kleinen Schrein, in dem eine Madonna aus Porzellan stand.

Als ich ins Wohnzimmer trat, um mir die gerahmten Fotos auf beiden Seiten der Marienstatue näher anzusehen, sah ich zwei Porträts einer Frau. Die Kamera hatte nicht nur ihre Schönheit, sondern auch eine Andeutung von Güte und Intelligenz eingefangen. Reflexionen der ihr zu Ehren brennenden Kerze spiegelten sich auf den handgearbeiteten Silberrahmen, die der Silberschmied mit Rosengirlanden geschmückt hatte.

Dann stand ich auf der Veranda oben an der Treppe und beobachtete, wie die Schneegespenster, die der Wind vor sich hertrieb, im Wechselspiel von Licht und Schatten ständig ihre Gestalt veränderten. Die sturmgepeitschten schwarzen Zweige der Ahorne schüttelten sich in einem irren Rhythmus und knarrten wie Holztreppen in einem alten Haus.

Eine Minute später kam Gwyneth auf die Veranda, schloss die Tür und gesellte sich zu mir. »Siehst du, du hast's überlebt. Es war nicht so schlimm, stimmt's?«

»Es war schlimm, schlimmer als erwartet, aber nicht so schlimm, wie ich gedacht hatte.«

»Komm jetzt. Ich warte auf ein paar Anrufe, aber bis dahin können wir zu Abend essen.«

Als wir in dem Rover saßen und sie den Motor anließ, sagte ich: »Walters Frau, sie war gütig zu deinem Vater.«

»Soviel ich gehört habe, war sie zu jedermann gütig.«

Ich fragte: »Sie ist nicht einfach gestorben, sondern ermordet worden, nicht wahr?«

»Ja.«

»Hat sie Claire geheißen?«

»Du kennst den Fall also.«

»Die Kerle waren zu dritt. Sie haben sie in den Commons in den Teich geworfen. Sie haben sie wie Müll entsorgt.«

Während warme Luft aus den Heizungsschlitzen strömte und die Kälte vertrieb, saßen wir schweigend nebeneinander. Ohne uns anzusehen. Ohne uns zu berühren. Aber nahe.

Dann sagte sie: »Ryan Telford besitzt Ansehen, Ehrbarkeit, hohe Bildung, eine prestigeträchtige Position, aber unter alledem ist er wie diese drei. Ihm ist alles zuzutrauen. Letztlich geht es ihnen allen nur um eines: Macht. Macht über andere zu haben, einem zu befehlen, was man zu tun hat, einen nach Belieben zu benutzen, einen herabzusetzen, zu brechen und zum Gehorsam zu zwingen und einem zuletzt den Glauben an die Wahrheit zu rauben, bis man verzweifelt, weil es keine Hoffnung gibt und niemals gegeben hat. Seit letzter Nacht weiß er, dass ich eine Gefahr für ihn bin. Das darf er nicht zulassen. Er ist auf dem Kriegspfad. Er macht unaufhaltsam weiter.«

»Kann er sich Informationen über dieses Haus verschaffen?«

»Nein, das glaube ich nicht. Auch nicht über die Wohnung, in der ich heute übernachte. Aber bei seinen Verbindungen ist alles möglich. Ich hätte dich nicht bitten sollen, das Mädchen zu beschützen. Bei deinen Einschränkungen ist das zu viel verlangt.«

»Du hast trotz deiner Einschränkungen unglaublich viel für sie getan. Käme es dazu, würde ich's irgendwie schaffen. Aber dazu kommt es nicht. Kannst du Telfords Diebstahl beweisen?«

»Der Nachweis war zeitraubend, aber ich habe ihn. Der Beweis war der leichte Teil. Zu wem ich damit gehen soll, ist ein Puzzle, von dem die Hälfte der Teile fehlt.«

»Zur Polizei«, sagte ich.

»Polizei, Staatsanwaltschaft, Gerichte – dort gibt es überall gute Leute, Addison. Aber leider auch verdeckte Korruption. Dies ist nicht mehr die City von früher. Alle reden von Gerechtigkeit, aber es kann keine Gerechtigkeit ohne Wahrheit geben, und heutzutage wird die Wahrheit selten erkannt und oft verachtet. Das Ganze ist ein Schweinepferch, im Schlamm steckt Geld, viel schmutziges Geld oder abenteuerlich vergeudete Steuergelder, und darin suhlen sich mehr Leute, als man glauben möchte. Lege ich das Beweismaterial in die falschen Hände, wird es verfälscht, bis es nichts mehr beweist, und ich habe plötzlich viel mehr Feinde als nur einen.«

Als sie jetzt anfuhr, fiel der Schnee wie Asche von einem unsichtbaren ausgebrannten Himmel über uns. Trotz ihrer Helligkeit wirkte die City um uns herum verschleiert, und ihre Millionen Räume boten keinen einzigen sicheren Hafen.

36

Vater starb in einer Nacht mit ungewöhnlich starkem Schneefall. Wegen eines Streiks des Personals der Stadtreinigung, mit dem der eingeschüchterte Oberbürgermeister sich nicht anlegen wollte, waren die Straßen praktisch unpassierbar. Keine Schneepflüge räumten die weißen Massen von den Fahrbahnen, keine Muldenkipper standen bereit, um beladen zu werden. Weil der Wind sehr schwach war, bildeten sich auf allen waagrechten Oberflächen völlig gleichmäßige Schneeschichten, die glatt wie Buttercreme waren. Die Abdeckungen von Verkehrsampeln trugen weiße Hauben, unter denen Zyklopenaugen rot, gelb oder grün leuchteten, wenn sie überhaupt brannten. Die einzigen Fahrzeuge, die unterwegs waren – einige schwarz-weiße SUVs mit dem Polizeiwappen auf den Vordertüren als Streifenwagen und ein ähnlich winterfester Krankenwagen –, ignorierten diese Lichtsignale und fuhren über Kreuzungen, ohne anzuhalten.

Bei einem unserer nächtlichen Besuche in der Bibliothek hatten wir in der Zeitung von der heraufziehenden Schneekatastrophe gelesen und uns auf eine Sightseeing-Nacht vorbereitet, die durch den magischen Anblick einer tief verschneiten City aufgewertet sein würde. In unseren warm gefütterten Regenmänteln, mit Stiefeln, Handschuhen und Sturmhauben, unsere Kapuzen hochgeschlagen und mit Klettverschlüssen gesichert, kamen wir gut gelaunt an die Oberfläche.

In der ersten Stunde unserer Tour sahen wir viele wundervolle Dinge, von denen eines besonders denkwürdig war, als wir den Straßenblock mit der großen Kathedrale St. Saturnius von Toulouse erreichten. Auf dem breiten, flachen Cathedral Hill nahm die Kirche mit ihren Nebengebäuden einen ganzen Block ein. Stufen führten zu ihren drei Portalen mit zweiflügligen Bronzetüren unter Fünfblattrosetten hinauf, und die beiden gotischen Türme ragten so hoch in die Nacht, dass ihre Spitzen zeitweise in dem kaleidoskopischen Schneefall verschwanden.

Die Straße entlang kam ein Schlitten, der von einem Pferd gezogen wurde, das fast so groß wie ein Kaltblutpferd war. Seine vom Schnee gedämpften Hufschläge und das Bimmeln der Glöckchen an seinem Geschirr bewiesen seine Realität, die wir sonst vielleicht angezweifelt hätten, so fantastisch waren das Pferd und der viersitzige Schlitten, den es zog. Auf den beiden Sitzbänken saßen zwei Paare, die wie in einem Roman von Charles Dickens gekleidet waren: die Damen in Hauben und weiten Kleidern, über denen sie Umhänge trugen, die Hände in wärmenden Pelzmuffs; die Herren in Paletots und mit Zylinder, bunte Wollschals um den Hals. Wir stellten uns vor, sie müssten diese Ausfahrt schon lange als Jux geplant haben, und fanden die Vorstellung amüsant, dass Leute sich für eine frivole Idee so viel Mühe gegeben hatten. Wir winkten ihnen zu, und sie erwiderten unser Winken, bevor sie nach Westen abbogen, um über den Cathedral Hill weiterzufahren.

Von diesem Anblick inspiriert, veranstalteten Vater und ich einen halben Block hinter der Kathedrale eine Schneeballschlacht mitten auf der Straße. Als wir richtig in Schwung waren und unser Lachen federleicht in die eisige Luft aufstieg, kam ein Polizei-SUV um die Ecke und hielt direkt auf uns zu.

Vielleicht wollten uns die beiden Streifenpolizisten nur ermahnen, unser Spiel nicht mitten auf der Straße fortzusetzen, obwohl der Verkehr fast so schwach war wie in der Nacht nach dem Jüngsten Tag. Oder vielleicht waren sie besorgt, wir könnten eines der am Randstein geparkten Autos beschädigen, indem wir versehentlich einen Asphaltbrocken aus einem Schlagloch erwischten, mit dem einer unserer Schneebälle eine Frontscheibe zersplittern lassen konnte.

Wir winkten ihnen zu, um zu zeigen, dass wir ihre Besorgnis verstanden, traten zwischen zwei geparkten Autos auf den Gehsteig und setzten unseren Weg nach Norden fort. Aber ein Winken und die heitere Anerkennung ihrer Autorität genügten ihnen nicht. Sie wendeten mit ihrem SUV, um uns zu folgen, und holten uns mit ihrem Suchscheinwerfer mitten auf die nächtliche Bühne.

Über einen Lautsprecher sagte einer von ihnen: *»Bitte bleiben Sie sofort stehen!«*

Als meine Mutter mich verstoßen hatte, war mein Leben den langen Hügel des Wandels hinuntergerollt, aber ich hatte in den zwölf Jahren, seit Vater mich davor gerettet hatte, verbrannt zu werden, ein besseres und stabileres Leben genossen. Was in den folgenden Minuten geschah, erschien mir jedoch nicht wie der Hügel des Wandels, sondern wie eine Felsklippe, von der ich in tiefe Dunkelheit gestoßen wurde. Über diese Ereignisse werde ich nie ohne Schmerzen berichten können.

37

In dem Land Rover, von der City umgeben, begann ich den fallenden Schnee allmählich als bedrohlich zu empfinden, als wäre dies derselbe Schneesturm, in dem Vater gestorben war, wonach der Wind in diesen sechs Jahren die Erde ungezählte Male umrundet hatte, um jetzt mich zu holen.

Auf der Fahrt zu dem sicheren Ort, an den Gwyneth sich aus ihrem Apartment gegenüber den Riverside Commons geflüchtet hatte, sagte sie: »Der Verlust Claires hat Walter verändert. Die Brutalität des Mordes und der anschließende Skandal mit den Freisprüchen haben ihn radikalisiert.«

Von den drei Vergewaltigern – Orcott, Sabbateau und Clerkman – war Letzterer der Sohn des langjährigen Vorsitzenden der Gewerkschaft der städtischen Polizisten und Feuerwehrleute. Die Medien und alle zuständigen amtlichen Stellen waren sich darüber einig, Clerkmans Herkunft werde sich in keiner Weise darauf auswirken, wie die Staatsanwaltschaft ermittelte und ihn später anklagte.

Vor Gericht zeigte das Polizeiprotokoll über sichergestellte Beweismittel, dass Häubchen und Slip der Krankenschwester bei ihren übrigen Kleidungsstücken am Teich aufgefunden worden waren. Der Beamte, der diese Gegenstände etikettiert und in Asservatenbeutel gesteckt hatte, war inzwischen pensioniert und lebte in einem anderen Bundesstaat; er war zu krank, um vorgeladen werden zu können. Aus nie genau erklärten Gründen war die Staatsanwaltschaft sicher, dass das Protokoll nicht nachträglich abgeändert worden war und das Häubchen und der Slip aus dem Van einer anderen Krankenschwester gehört hatten. Daraus schloss der Anklagevertreter, Orcotts Tante Verbina, die diese Sachen gefunden haben wollte, habe sie törichterweise in dem Lieferwagen des Blumengeschäfts versteckt, um ihren Neffen zu belasten, den sie hasste und für schwer drogenabhängig hielt. Traf es nicht zu, dass sie fand, ihr Mann sei naiv und ihrem Neffen gegenüber finanziell viel zu großzügig? Traf es nicht zu, dass es wegen seiner Großzügigkeit oft Streit gegeben hatte? Traf es nicht zu, dass ihr Mann die Scheidung eingereicht hatte, nachdem sie mit ihren angeblichen Beweisen zur Polizei gegangen war? Vor Gericht sagte Verbina unter Eid aus, das ihr vorgelegte Häubchen und der Slip seien nicht die Sachen, die sie unter dem Beifahrersitz entdeckt habe, aber in einem erbarmungslosen Kreuzverhör verwickelte sie sich in Widersprüche, die ihre Aussage entwerteten.

Obwohl der Sprecher des Polizeidepartments anfangs von DNA-Spuren gesprochen hatte, die dem Opfer und den Verdächtigen zugeordnet werden könnten, konnte der Staatsanwalt bei Prozessbeginn keine Übereinstimmung zwischen Orcott und dem Opfer feststellen, während der DNA-Nachweis in Bezug auf Clerkman und Sabbateau nicht eindeutig war. Weil die Tote stundenlang im Teich getrieben hatte, war in alle Körperöffnungen Wasser eingedrungen. Der stellvertretende Gerichtsmediziner sagte aus, er habe keine DNA-Spuren feststellen können. Aus ungeklärten Gründen wurde darauf verzichtet, den Chief Coroner zu befragen.

Bei angeblich so dünner Beweislage wäre vielleicht nie Anklage erhoben worden, wenn Sabbateau nicht ein Geständnis abgelegt hätte. Vor Gericht behauptete der Angeklagte, er habe ein falsches Geständnis abgelegt, weil die beiden vernehmenden Kriminalbeamten ihn so bedroht und eingeschüchtert hätten, dass er um sein Leben gefürchtet habe. Und sie hätten ihm nicht erlaubt, einen Anwalt anzurufen. Zwei Psychologen sagten aus, Sabbateau habe einen unterdurchschnittlichen IQ, sei wegen seines Minderwertigkeitskomplexes leicht einzuschüchtern und neige dazu, selbst in gewöhnlichen Situationen ängstlich zu sein. Sie behaupteten nicht gerade, Orcott und Clerkman hätten sich nur aus Herzensgüte mit dem erbärmlichen Sabbateau abgegeben, aber sie deuteten dieses edle Motiv zumindest an.

Die beiden beschuldigten Kriminalbeamten Hines und Corzo, seit Langem beste Freunde, machten im

Zeugenstand keine glückliche Figur. Nachdem die Geschworenen für Freispruch wegen Mangels an Beweisen plädiert hatten, wurden die Beamten ein Jahr ohne Bezüge vom Dienst freigestellt. Obwohl Hines und Corzo kein Einkommen mehr hatten, sank ihr Lebensstandard nicht erkennbar; stattdessen bezogen sie eine Junggesellenwohnung in Las Vegas und genossen ein Jahr lang alles, was die Stadt zu bieten hatte, bevor sie reuevoll und geläutert in den Dienst zurückkehrten.

Während Gwyneth den Land Rover durch den immer dichteren Schneefall lenkte, sagte sie: »Als dem im Müll aufgefundenen kleinen Mädchen der Schutz des Gerichts versagt blieb, als Richter Gallagher das Verfahren einleitete, um die Magensonde entfernen zu lassen, hatte Walter das Gefühl, das System lasse es im Stich, wie es Claire im Stich gelassen hatte. Ohne dass mein Name erwähnt wurde, ließ Gallagher sich dazu überreden, der Errichtung eines Treuhandfonds zuzustimmen, der für den Unterhalt der Kleinen sorgen würde. Das Sorgerecht erhielten Walter und seine Schwester Janet zugesprochen, um sie in dem Haus, das ich durch den Fonds bereitgestellt hatte, pflegen zu können.«

In Anbetracht ihrer Sozialphobie und der damit verbundenen Einschränkungen staunte ich darüber, dass Gwyneth so viel geschafft hatte. Ich nahm an, ihr Vater, von dem sie so lobend sprach, hatte sie genauso Kompetenz und Mut gelehrt wie mein Vater mich.

»Aber wie konnte der Richter dazu überredet werden, das alles anzuordnen, ohne zu wissen, von wem das Geld für diesen Fonds stammte?«

»Richter Gallaghers Mutter Rose hat großen Einfluss auf ihn, weil sie ihm ein riesiges Vermögen hinterlassen wird. Aber Rose' engster Vertrauter ist nicht ihr Sohn, der oft gegen sie aufbegehrt, sondern Teague Hanlon.«

»Dein Vormund.«

»Er hat ihr auseinandergesetzt, was für das Kind getan werden könnte, wenn der Richter es zuließe. Rose war empört darüber, dass jemand das Mädchen verhungern lassen könnte. Ohne ihren Informanten zu erwähnen, hat sie ihrem Sohn erklärt, wenn Walter und Janet nicht das Sorgerecht erhielten, würde sie ihr Testament so abändern, dass er nur noch ein Viertel des Nachlasses erhielte. Daraufhin hat das Gericht erkannt, dass es klüger sei, in diesem Fall Mitleid walten zu lassen. Dann haben die Mühlen der Justiz ausnahmsweise sehr schnell gemahlen.«

Ich sagte: »So viel Geld und Einsatz für ein dir unbekanntes Mädchen.«

»Wofür ist Geld gut, wenn nicht für solche Dinge? Außerdem hast du sie selbst gesehen. Sie ist etwas Besonderes.«

Ich erinnerte mich an das Gesicht, das mich zu Gedanken an Frieden, Wohltätigkeit und Hoffnung inspiriert hatte. »Etwas Besonderes, gewiss. Aber in welcher Beziehung?«

»Das muss die Zeit uns lehren. Vielleicht schon bald.«

Der heulende Wind trieb den Schnee nun fast waagrecht über die Straße, sodass wir langsamer vorankamen, bis wir einen langen Block aus Restaurants und Theatern erreichten. Im dichten Schneegestöber hatte ich Mühe, die Titel der Bühnenstücke und die Namen der Schauspieler auf den Markisen zu lesen.

Ich fragte mich, wie es sein musste, in solch einem Theater zu sitzen – das Publikum in stillem Halbdunkel und die ganze weite Welt für gewisse Zeit auf eine wundervoll ausgeleuchtete Bühne konzentriert –, ohne Angst unter Hunderten von Menschen zu sitzen und sich eine Geschichte vorspielen zu lassen, mit ihnen zu lachen, wie sie Beifall zu klatschen, die Spannung zu genießen und in der rührendsten Szene des Stücks mit ihnen zu weinen.

Ich dachte wieder an das komatöse Mädchen, das in seinem Bett lag wie eine Prinzessin im Märchen: eine verhexte Prinzessin, die noch viele Jahre schlafen und wachsen musste, bevor sie alt genug war, um durch den Kuss eines Prinzen geweckt zu werden und ihn zu heiraten. Und wie in einem Märchen würde dieser Kuss auch das zertrümmerte Jochbein heilen, sodass dort keine Vertiefung mehr zu sehen sein würde, wenn das flachsblonde Haar zurückgestrichen wurde.

Vielleicht war es unvermeidlich, dass dieser Gedanke mir ein anderes Bild ins Gedächtnis rief: Vaters misshandeltes Gesicht mit dem Nimbus aus Blutstropfen, der sein Märtyrerhaupt im Schnee umgab.

»Was hast du?«, fragte sie.

»Nichts.«

»Irgendwas stimmt nicht.«

»Nein, mir fehlt nichts.«

Vermutlich glaubte sie noch immer, mein Gesicht wäre nur von Brandwunden entstellt. Ich zögerte, ihr zu erzählen, dass es andere wie mich gegeben hatte – Vater und seinen Vater –, dass es von uns Verborgenen auf der Welt noch mehr geben konnte. Sie glaubte bestimmt, mein Vater wäre wie ihrer gewesen: ein normal aussehender Mann, der tagsüber so selbstverständlich unterwegs gewesen war wie nachts und sich nach Belieben hatte frei bewegen können. Ich hoffte, dass sie das zumindest noch einige Zeit glauben würde. Die Stunden zarter Freundschaft konnten sehr rasch enden, wenn sie irgendwann verstand, dass die Sache an uns, die Menschen erschreckte, nicht etwas so Mundanes wie von Brandnarben entstelltes Fleisch oder irgendein anderer Gesichtsdefekt war, der einen medizinischen Namen hatte, sondern dass wir so scheußlich waren, dass selbst sie mit all ihrer Toleranz und ihrem Mitgefühl ängstlich und angewidert zurückfahren würde.

»Mir fehlt nichts«, wiederholte ich und drehte den Kopf noch etwas mehr zur Seite. »Ich bin nur hungrig.«

»Wir sind fast da. Bald gibt's Abendessen.«

»Gut. Ich freue mich schon drauf.«

Ich wusste, dass ich etwas Schicksalsträchtiges getan hatte, als ich sie in ihrem Versteck in der Bibliothek aufgesucht hatte. Sollte ich im Schnee sterben, wie Vater in jener weißen Nacht vor sechs Jahren gestorben war, hatte ich diesen Sturm durch mein Verhalten heraufbeschworen, und mein Aufbegehren gegen die Einsamkeit hatte mir den Tod gebracht.

38

»Bitte bleiben Sie sofort stehen!«

Vom Scheinwerferlicht eingefangen standen Vater und ich auf einem Gehsteig, der zur Bühne geworden war: zwei von vier Schauspielern, während die beiden anderen bald von links auftreten würden. Die Straße war so überzeugend detailliert, der Schnee ein meisterhafter Effekt, der so gekonnt eingesetzt wurde, dass ich nicht leugnen konnte, dass diese Bühne in Wirklichkeit die Welt war. Trotzdem stand ich eine halbe Minute lang durch meine Ungläubigkeit gelähmt da, weil ich für mich darauf bestand, dies müsse ein Theater im Traum sein, aus dem ich jeden Augenblick aufwachen würde.

Wir hatten Notfallpläne für verschiedene Situationen, die sich ereignen konnten, wenn wir an der Oberfläche waren, und der schlimmste denkbare Fall war eine Begegnung mit der Polizei. Da wir niemals Straftaten verübten, hatte sie keinen Grund, uns festzunehmen, aber andererseits waren Polizisten legitime Vertreter der Staatsmacht, deren Anweisungen jedermann Folge zu leisten hatte. In unserem Fall konnte das richtige Verhalten unser Tod sein.

Unsere Taktik bei einer Konfrontation dieser Art war genau die von Menschen, die in früherer Zeit von einem Löwenrudel überrascht wurden: weglaufen. Aber wir hatten das Pech, auf dem Cathedral Hill angehalten zu werden, wo es nur wenige Fluchtrouten gab. Hinter uns ragte monolithisch das Naturgeschichtliche Museum auf, das den ganzen Block einnahm, keine Durchgänge hatte und um diese Zeit geschlossen und zugesperrt war. Auch das Rutherford-Zentrum für Darstellende Kunst, das auf der anderen Straßenseite zwei Blocks einnahm, war dunkel und versperrt. Wir konnten nur auf der Cathedral Avenue weiter nach Norden flüchten oder uns nach Süden zurückziehen.

In dieser Situation, in der wir uns noch nie befunden, aber die wir besprochen hatten, wollten wir warten, bis die Beamten ausgestiegen waren und zu Fuß auf uns zukamen, damit wir uns ein paar Sekunden Vorsprung verschaffen konnten, während sie zu dem Streifenwagen zurückliefen. Allerdings durften sie nicht so nahe herankommen, dass sie sich dazu entschlossen, uns zu Fuß zu verfolgen. Um sie zu verwirren, sah unser Plan vor, dass wir in entgegengesetzte Richtungen flüchten würden. Weil sie keinen Grund hatten, uns für Straftäter zu halten, würden sie ihrer Dienstvorschrift gemäß handeln, die Verfolgung erlaubte, ihnen aber nicht das Recht gab, uns in den Rücken zu schießen.

»Du nach Süden«, wies Vater mich an, als die Türen des Spezial-SUVs aufgestoßen wurden und die beiden Uniformierten ausstiegen.

Sie waren große, muskulöse Männer, die in ihren dick gefütterten dunkelblauen Winteruniformen noch bulliger wirkten. Ihre kurzen Steppjacken endeten mit elastischem Bund dicht über ihren Waffengürteln, an denen sie auf der rechten Hüfte schussbereite Pistolen in Schnellzieh-Holstern trugen.

Vater erklärte ihnen mit freundlichster Stimme: »Für Schneeballschlachten sind wir eigentlich zu alt, aber diese Nacht ist so aufregend.«

»Wohnen Sie irgendwo hier?«, fragte einer von ihnen.

»Ja, Sir, allerdings.«

In dieser Situation war das Wort *allerdings* unser Geheimcode, der *Lauf!* bedeutete.

Als ich nach Süden rannte, sah ich aus dem Augenwinkel heraus, wie Vater beim zweiten Schritt im Schnee ausrutschte, stolperte, das Gleichgewicht verlor und stürzte.

Wir Verborgenen mögen Mutanten sein, aber wir besitzen keine Superkräfte wie Mutanten in Filmen. Wir sind menschlicher, als wir wahrgenommen werden, den Naturgesetzen, der Schwerkraft und den Folgen unserer

Handlungen unterworfen. Die Frivolität einer Schneeballschlacht mitten auf der Straße hatte Aufmerksamkeit erregt, und Aufmerksamkeit zu erregen war für uns nichts anderes, als den Sicherungsstift einer Handgranate abzuziehen.

Der Schock über Vaters Sturz ließ mich alle Notfallpläne vergessen. Ich drehte mich nach ihm um, weil ich um sein Leben fürchtete, und dachte im Augenblick nicht an die Gefahr, in der ich mich selbst befand.

Aus Sicht der Polizeibeamten war ein Fluchtversuch ebenso verdächtig wie eine Flucht. Sie zogen ihre Pistolen, einer zielte auf mich, der andere auf Vater, und sagten, was in solchen Situationen gesagt wird, erteilten Befehle. Ich wagte keine Bewegung, als Vater wie geheißen mit gespreizten Armen aufstand, damit die Hände weit von allen Taschen entfernt waren, in denen eine Waffe stecken konnte.

Er besaß keine Schusswaffe, aber das spielte keine Rolle. Was folgte, war vorausbestimmt, ereignete sich so zwangsläufig, wie alle Flüsse ins Meer strömen.

Bevor sie ihm sagen konnten, was er als Nächstes tun sollte, bevor sie uns Handschellen anlegten und uns beide erschossen, sagte Vater ruhig: »Officer, Sie müssen sehen, wer ich bin. Lassen Sie mich Kapuze und Sturmhaube abnehmen.« Als er davor gewarnt wurde, plötzliche Bewegungen zu machen, sagte er: »Sir, dafür ist die Zeit abgelaufen.«

»Nein«, sagte ich, als er den Klettverschluss seiner Jacke löste. Mein Brustkorb war von grausiger Erwartung wie zugeschnürt, und ich bekam so wenig Luft, dass ich dieses kleine Wort nicht wiederholen, sondern es nur still beten konnte: *Nein, nein, nein, nein.*

Er schlug die Kapuze zurück und zog die Sturmhaube ab. Nach einem schockierten scharfen Luftholen waren die beiden Männer im ersten Moment von seinem Anblick gelähmt. Anfangs, aber nur anfangs, glichen ihre verzerrten Gesichter denen von hilflosen Kindern, die ein Monster aus ihren schlimmsten Albträumen in die Enge getrieben hat – ein Monster, das im Land des Schlafs nie deutlich erkennbare Züge hat, aber nun ein Gesicht besitzt, das schlimmer ist als ihre wüstesten Fantasien.

Vater sah mich an und sagte: »Halt durch.«

Wie als Reaktion auf diese als Katalysator wirkenden Worte verwandelte sich das kindliche Entsetzen in Abscheu, auch wenn ihre Angst sich weiter in Blicken und zitternden Unterkiefern manifestierte, aus denen dann blanker Hass wurde, während Abscheu und Entsetzen sich weiterhin zeigten, sodass ihre grotesk verzerrten Gesichter jammervolle Empfindungen widerspiegelten.

Der Uniformierte, den Vater angesprochen hatte, schoss zweimal auf ihn, und die Schussknalle wurden von der Schneenacht gedämpft und echoten kurz zwischen dem Museum und dem Konzertsaal hin und her, bevor sie auf dem Cathedral Hill verhallten. Sie klangen nicht wie Schüsse, sondern wie Faustschläge an eine Tür, die einen wecken, ohne sich jedoch zu wiederholen, sodass man im Zweifel ist, ob sie real oder Bestandteil eines Traums waren, aus dem man aufgeschreckt ist.

Vater fiel im Pulverschnee so auf den Rücken, dass aufgewirbelte weiße Kristalle seinen schwarzen Regenmantel sprenkelten. Er rang nach Atem, und seine zuckenden Hände, die an Vögel mit gebrochenen Schwingen erinnerten, griffen neben ihm in den Schnee.

In diesem Augenblick und noch etwas länger hörte ich für die beiden Polizeibeamten auf zu existieren. Ihr Universum waren Vaters Gesicht und die Augen des Sterbenden, und obwohl sie bestimmt sehen konnten, dass er tödlich verwundet war und keine Gefahr darstellte, fielen sie nicht mit Schusswaffen, sondern mit Schlagstöcken über ihn her und prügelten wild auf den wehrlos Daliegenden ein. So kraftvoll ist unsere Erscheinung, dass ihre Wut sich verdoppelt, wenn sie einen von uns getötet haben, als hätten sie das Gefühl, wir lebten im Tod weiter und müssten zweimal ermordet werden.

Ich war nicht mehr der kleine Junge, den Vater davor gerettet hatte, verbrannt zu werden. Ich war 20, ein erwachsener Mann, aber ich konnte ihm trotzdem nicht helfen. Ich konnte ihm nicht helfen.

Weil er wusste, dass der Anblick seines Gesichts und seiner Augen ihre Aufmerksamkeit fesseln würde, opferte er sein Leben für meines, und als er »Halt durch« sagte, meinte er damit viele Dinge, vor allem die Aufforderung *Lauf!*. Ich konnte ihm nicht helfen, aber ich konnte auch nicht weglaufen und ihn allein zurücklassen, ohne dass jemand Zeuge seines Leidensweges wurde.

Ich zog mich zu den am Randstein geparkten Fahrzeugen zurück, verschwand zwischen zwei Autos, warf mich zu Boden und kroch unter einen SUV. Ich robbte weiter, bis ich unter der vorderen Stoßstange hervor, aber weiter im Schatten, beobachten konnte, wie sie versuchten, ihre Schlagstöcke an seinen Knochen zu zerbrechen.

Ich weinte nicht, weil Weinen mich hätte verraten können und ich ihm mein Überleben schuldete, für das er den höchsten Preis gezahlt hatte. Aus meiner Perspektive dicht über dem Asphalt konnte ich ihre Gesichter nicht sehen – und war froh darüber. Die Bösartigkeit ihres Angriffs auf einen Mann, der jetzt tot war oder im Sterben lag, ihre erbitterten Flüche und die von Hass und Angst kündenden wortlosen Ausrufe waren so wild, dass der Anblick ihrer Gesichter mich vielleicht in Stein verwandelt hätte.

Als sie fertig waren, blieben sie noch einen Augenblick lang stehen – stumm bis auf ihre keuchenden Atemzüge. Dann begannen sie einander zu fragen: *Verdammt, was* war *das, heiliger Scheiß, was* ist *das?* Einer von ihnen musste sich übergeben. Der andere ließ einen Laut hören, als schluchzte er, und obwohl darin vielleicht auch Reue lag, sprach daraus anderes, schlimmeres Elend.

Unter dem SUV liegend konnte ich nur hoffen, dass sie meine Spuren im Schnee nicht entdecken und mich darunter hervorziehen würden.

Als sie mein Verschwinden bemerkten, war ihre Reaktion zweigeteilt, wie ihr aufgeregter Wortwechsel zeigte. Sie fürchteten, dass ich dem Getöteten ähnlich war, und wenn es zwei von uns gab, konnte es vielleicht ganze Horden geben, die sich schon jetzt hinter der nächsten Ecke versammelten. Und sie waren von der Erkenntnis überwältigt, dass sie die Kontrolle über sich selbst verloren hatten. Unabhängig davon, was wir waren, hatten sie sich nicht mal entfernt professionell verhalten, sodass sie jetzt von Schuldgefühlen und Angst vor Bestrafung geplagt wurden.

Weil Vater mir vom Tod seines Vaters erzählt hatte, war ich nicht überrascht, als sie ihrem ersten Impuls nachgaben und in ihren Polizei-SUV stiegen, um schleunigst abzuhauen. Als das Motorgeräusch und das Klirren der

Schneeketten verhallten, kroch ich ins Freie. Sobald die Angst und Verwirrung der Uniformierten abklang, wenn Zweifel einsetzten und die Schuldgefühle stärker wurden, würden sie zurückkommen. Bevor sie zurückkehrten oder andere Leute vorbeikamen, lag eine grausige Arbeit vor mir.

39

Kurz vor neun Uhr an einem gewöhnlichen Abend hätte die City sich im dritten Akt ihres Tages befunden: Auf den Straßen, in Restaurants und Vergnügungsvierteln hätte es von Millionen Menschen gewimmelt, die ihre Story auslebten. An diesem Abend bildete der Schneesturm ein mächtiges Gegengewicht zu allen kulinarischen, musikalischen, dramatischen und sonstigen Attraktionen, und die meisten Leute hatten sich wie an Schnüren von der Bühne gezogen nach Hause geflüchtet.

Gwyneth machte mich darauf aufmerksam, dass selbst auf Straßen, auf denen sonst Autos aufgereiht waren, deren Fahrer Drogen kauften, die Parkverbotsschilder beachtet wurden. Verschwunden waren auch die Straßenverkäufer, entbehrliche junge Männer, die hofften, lange genug in Freiheit zu bleiben, bis sie befördert und von der Straße genommen wurden. Manche von ihnen dealten auf Rollerblades, um schneller um die nächste Ecke verschwinden zu können, sobald sich ein Cop blicken ließ, oder wenigstens Zeit zu haben, ihren Stoff in einem Gully zu entsorgen, bevor sie eingeholt und verhaftet wurden.

Von ihren Standplätzen verschwunden waren auch die Prostituierten, die nicht erotisch genug aussehen konnten, um Freier anzulocken, wenn sie mit Goretex-Parkas und dicken Wollschals vermummt waren.

Schon in der zweiten Stunde seiner Herrschaft hatte der Blizzard ein zumindest vorübergehendes Verbot von öffentlich ausgelebten Lastern durchgesetzt.

Ich dachte an den Nebel, der sich in dem Mann in dem Apartment zwei Stockwerke unter Gwyneth' Wohnung eingenistet hatte, und fragte mich, wie viele Menschen diesen Wesen als Wirte dienen mochten. Aus der Tatsache, dass ich mehr Klare als Nebel sah, schloss ich, Letztere seien viel weniger als Erstere. Ich glaubte auch nicht, dass Klare sich in Menschen einnisten könnten. Die meisten Menschen ergaben sich Lastern oder klammerten sich an Tugenden als Reaktion auf Konflikte und Versuchungen, aber nicht etwa, weil irgendein fremdartiges Wesen in ihrem Inneren sie dazu zwang. Sank man auf eine bestimmte Ebene von Verderbtheit herab, konnten die Nebel einen meiner Vermutung nach wittern wie ein Spürhund, der die Fährte eines Mörders aufnimmt und den Verbrecher durch Wald, Feld und Moor verfolgt.

Nachdem ich gesehen hatte, wie hitzig Ryan Telford Gwyneth durch die Bibliothek gejagt hatte, und mich bemüht hatte, das von ihm in ihrem Apartment hinterlassene Chaos aufzuräumen, hatte ich den Verdacht, dass sich in ihm schon vor Jahren ein Nebel eingenistet hatte und sich in seinem Körper sehr wohlfühlte.

In dichtem Schneetreiben waren wir jetzt auf einer Querstraße unterwegs, an der vier- und fünfstöckige Gebäude standen, von denen nur noch wenige zu Wohnzwecken dienten. Die meisten Apartments waren in billigen Büroraum für neu gegründete oder im Niedergang begriffene Firmen umgewandelt worden, was mich an die Gebäude erinnerte, in denen in *Films noirs* Privatdetektive ihre Büros hatten, und in ihren Erdgeschossen gab es schäbige Bars, Tattoo-Salons und alle möglichen Shops für Spezialitäten wie Vinylplatten, Andenken an die psychedelische Ära oder ausgestopfte Tiere.

Vor einem schmalen vierstöckigen Klinkerbau, dessen Parterre in eine Garage umgebaut worden war, sagte Gwyneth: »Wir sind da.«

Mit einer Fernbedienung schaltete sie die Alarmanlage aus und fuhr das Sektionaltor hoch. Sobald der Land Rover ganz in der Garage war, fuhr sie das Tor wieder herunter und beobachtete es in den Seitenspiegeln, bis es geschlossen war, als fürchtete sie, jemand könnte sich hinter uns hereinschleichen.

Als ich ausstieg, rutschte Pulverschnee von meiner Tür auf den Beton. Die Garage war kalt, wurde durch eine Deckenlampe mit Bewegungsmelder nur trüb erhellt. Der einzige Geruch kam von leicht adstringierenden Auspuffschwaden.

Gwyneth zeigte mir eine Treppe hinter einer abgesperrten Stahltür, benutzte aber selbst einen Aufzug, der keinen Rufknopf hatte, sondern einen Schlüssel erforderte.

Auf dem Boden der kleinen Kabine, dicht hinter der Führungsschiene der Aufzugtür, standen wieder die Worte in einem unbekannten Alphabet, die ich von ihren Fensterbrettern kannte. Ich hatte schon einmal nach ihnen gefragt und eine ausweichende Antwort bekommen. Ich fragte nicht wieder nach ihnen.

Als der asthmatische Aufzug uns aus der Garage in die Höhe trug, hielt ich den Kopf gesenkt, damit mein Gesicht nicht im Neonlicht sichtbar wurde.

Sie sagte: »Nicht mal Teague Hanlon weiß von dieser Wohnung. Um sie zu kaufen, hat Daddy einen Fonds auf den Cayman Islands eingerichtet. Der Fonds zahlt die Steuern und Nebenkosten. Dies ist mein Versteck für Notfälle.«

»Für welche?«

»Für alle. Im Augenblick für den Fall Ryan Telford. Wenn er eines meiner acht Apartments gefunden hat, findet er alle, weil sie demselben Treuhandfonds gehören.«

»Dies alles hat dein Vater eingerichtet, als du erst 13 warst?«

»Ich glaube, dass er eine Vorahnung oder dergleichen hatte. Dass er nicht lange leben würde, meine ich. Aber er hat bestimmt nicht damit gerechnet, ermordet zu werden – durch Honig oder mit anderen Mitteln.«

Wir fuhren in den vierten, den obersten Stock hinauf.

Ich fragte: »Was befindet sich in den Stockwerken eins, zwei und drei?«

»Nichts. Dir ist's vielleicht nicht aufgefallen, aber die Fenster bis zum vierten Stock sind zugemauert. Das Gebäude dient offiziell als Lagerhaus, aber in den unteren Geschossen lagert nichts.«

Die Aufzugtür öffnete sich und gab den Blick in einen Vorraum frei. Die massive Stahltür des Apartments ließ sich nur entsperren, wenn Gwyneth vor der Überwachungskamera stehend auf einem Tastenfeld einen sechsstelligen Code eingab.

Ich sagte: »Toll gesichert.«

»Ich geniere mich, das zu erzählen, aber Daddy hat mich einen unbezahlbaren Schatz genannt. Dies ist mein Tresor.«

Im Wohnzimmer schaltete sie eine Lampe ein, dann stellten wir ein paar Kerzen auf, in deren Licht mir wohler war. Der Raum war so minimalistisch möbliert wie die Zimmer des Apartments, in dem ich Rührei und Brioche gegessen hatte, aber in diesem stand ein Konzertflügel.

Vom Fenster aus entdeckte ich auf den Dächern von Nachbarhäusern drei Klare: eine Frau und zwei Männer, die sanft leuchteten. Der fallende Schnee, der im Widerschein der City ohnehin vage leuchtete, war in ihrer Umgebung heller, schien aber durch sie hindurchzugehen und bedeckte ihr Haar nicht mit Mantillas. Einer der beiden Männer sah zum Himmel auf, während die beiden anderen die Straße beobachteten, auf der wir vorhin gefahren waren.

Der Himmel hatte nichts zu bieten als ein Meer aus Schnee. Auf der Straße, auf dem Gehsteig gegenüber, kämpfte ein Mann gegen den Sturmwind an, der die Enden seines langen Schals nach hinten wehen ließ, sodass er wie eine wandelnde Wetterfahne aussah. An seiner Leine trottete ein Hund hinter ihm her – anscheinend ein Schäferhund mit breiter Brust, geradem Rücken und abfallender Hinterhand.

Als sie aus dem Halbschatten in den Lichtkreis einer Straßenlampe kamen, hob der Schäferhund den Kopf und drehte ihn leicht zur Seite, als hätte er mich plötzlich an einem Fenster hoch über ihm wahrgenommen. Seine Augen schienen im Lampenlicht zu glühen. Ich trat nicht von der Scheibe zurück. Die Nebel nisteten sich anscheinend in Menschen ein und schliefen träumend in irgendwelchen Gegenständen, aber ich hatte Gründe, Hunden zu trauen.

Im Wohnzimmer hinter mir war Gwyneth damit fertig, Kerzen in Rubingläsern strategisch zu verteilen, und schaltete nun die Lampe aus.

Sie sagte: »Ich habe dir ein Glas Pinot Grigio auf den Flügel gestellt. Trinkst du Wein?«

Ich wandte mich vom Fenster ab. »Vater und ich haben gelegentlich ein Glas Wein getrunken, manchmal sogar zwei.«

»Ich möchte alles über deinen Vater hören.«

Weil ich noch nicht bereit war, diese Tür zu öffnen, sagte ich: »Und ich möchte alles über dich hören.«

»Da gibt's nicht allzu viel zu erzählen.«

Das Einzige, was ich im sanften Licht einzelner Votivkerzen von ihr sehen konnte, war ihre rechte Hand, als sie nach einem Weinglas griff, in dessen Kelch der Widerschein einer Kerzenflamme schimmerte.

»Für jedes kleine Ding, das ich über dich erfahren habe«, sagte ich, »gibt es bestimmt tausend Dinge, die weit wichtiger sind.«

»Du bist ein hoffnungsloser Romantiker.«

»Spielst du beispielsweise Klavier?«

»Ich spiele und komponiere auch.«

»Spielst du etwas für mich?«

»Nach dem Essen. Musik ist ein besserer Aperitif als ein Cognac.«

Ihr Smartphone klingelte, und sie angelte es aus ihrer Winterjacke.

Das Klingelzeichen bestand aus einigen Takten wunderschöner Musik, aber ich wusste irgendwie, dass der Anruf schlechte Nachrichten bedeutete.

40

Sechs Jahre zuvor, in einer anderen Nacht mit starkem Schneefall … Die Fenster des Zentrums für Darstellende Künste und des Museums waren dunkel, und im Süden ragten die Türme von St. Saturnius hoch in die Nacht auf, die so gotisch geworden waren wie ihre Kreuzblumen, Glockentürme, Kapitelle, Wasserspeier und Spitztürme.

Neben Vater kniend prägte ich mir sein ruiniertes Gesicht ein, um mich stets daran erinnern zu können, wie grausam sein Märtyrertum gewesen war und was er erduldet hatte, um mich zu retten. Eines seiner Augen verschwand unter einer Blutlache, die seine Höhle ausfüllte und bei dem schwachen Licht fast schwarz war.

Ich hatte fast erwartet, dass die Glocken der Kathedrale zum Gedenken über die City hinaus klingen würden: ein jubilierendes Glockenspiel, das *Jemand ist endlich frei* kundtat, während zugleich schwere Bronzeglocken, die nur für Helden und Staatsmänner läuteten, in melancholischer Monodie *Ein Vielgeliebter ist von uns gegangen* verkündeten. Aber die Nacht blieb ohne Glockengeläut. Für Wesen wie uns gab es keine Glocken, keine Beerdigungen, keine trauernde Menge an unseren Gräbern.

Die verstörten Polizeibeamten konnten jeden Augenblick zurückkommen. Selbst wenn sie teilweise von Bedauern motiviert wurden, würden sie mich vermutlich so gewalttätig behandeln wie zuvor Vater.

Nachdem ich seine Sturmhaube zusammengerollt und eingesteckt hatte, zog ich ihm den Schal vom Hals. Damit umwickelte ich seinen Kopf, um das Gesicht zu bedecken, und zog die Kapuze darüber, die ich unter dem

Kinn sicherte, wobei mir vor seinem herabhängenden, gebrochenen Unterkiefer gruselte.

In dieser windstillen Nacht fiel der Schnee jetzt so dicht, dass ich nicht bis zu den beiden nächsten Straßenecken sehen konnte. Der Streik des Personals der Stadtreinigung hatte zu verlassenen Avenuen geführt, die uns rein aus Spaß an die Oberfläche gelockt hatten, und nun garantierte dieser Streik praktisch, dass ich hier, auf einem der steilsten Hügel der City, Stunden nach Mitternacht, damit rechnen konnte, in den nächsten Minuten allein zu sein.

Der Cathedral Hill war der höchste Punkt der City, was bedeutete, dass die Regenwasserkanäle den geringsten Durchmesser hatten, weil keine anderen in sie einmündeten. Ich konnte Vater nicht gleich in unsere Welt unter der Straße schaffen, denn hier gab es keinen Zugang zu einem Tunnel, der für uns beide groß genug gewesen wäre.

Mir blieben zwei Möglichkeiten, aber die erste gefiel mir nicht. Ich konnte den Leichnam eine der langen, steilen Straßen, die von diesem Hochplateau hinunterführten, Block für Block tragen oder schleifen, bis ich eine weitgehend waagrechte Fläche erreichte, wo es Zugänge zu Regenwasserkanälen geben würde, in denen ich stehen konnte. Aber je länger ich bei im Schneesturm eingeschränkter Sicht an der Oberfläche blieb, desto wahrscheinlicher war es, dass ich von den zurückkommenden Cops oder anderen gesehen wurde. Außerdem konnte ich Vater nicht weit tragen, nicht bei über knöchelhohem Schnee, und ich wollte ihn nicht schleifen, wie ein Jäger ein erlegtes Stück Wild aus dem Wald schleift.

Meine zweite Option war die Kathedrale St. Saturnius. Zu dem Komplex, der einen ganzen Block einnahm, gehörten verschiedene Gebäude, nicht nur die Residenz des Erzbischofs und die Verwaltung der Diözese, sondern auch ein Kloster mit Zellentrakt, Refektorium, Kreuzgang und Garten. Den Hügel hinunter führte ein Geheimgang, aber um ihn zu erreichen, musste ich Vater in die Kathedrale schaffen.

Schon damals, tatsächlich schon seit Jahren, wurden Kirchen abends nach der Vesper oder irgendwelchen Laienaktivitäten fest verschlossen. Einst waren sie Tag und Nacht geöffnet gewesen, damit Seelen in Not jederzeit eintreten konnten, um zu knien oder zu sitzen. In der modernen Welt waren seit einigen Jahrzehnten nachts unversperrte Kirchentüren eine Einladung zu Vandalismus und Entweihung des Altars.

Die verschiedenen Eingänge des Kathedralkomplexes wurden frühmorgens aufgesperrt, und ich kannte einen Platz, an dem ich versteckt bleiben konnte, bis ich Zutritt hatte. Ich war 20 und sehr stark, aber sogar ich musste mich anstrengen, als ich den Toten über die Schulter nahm und zu St. Saturnius hinübertrug.

41

Die Votivkerze auf dem Steinway hatte einen hohen Fuß aus Klarglas, auf dem ein rubinroter Zylinder von der Größe einer Teetasse saß. Auf dem hochglänzenden Klavierlack umgab ein Halo aus rötlichem Licht, das dunkler als Blut war, das Glas und schimmerte auf der ebenholzschwarzen Fläche wie ein unter Wasser brennendes schwaches Feuer.

Meinem Gefühl, dieser Anruf könnte schlechte Nachrichten bedeuten, entsprach Gwyneth' Intuition, denn bevor sie »Hallo« sagte, schaltete sie den Lautsprecher ihres Smartphones ein, damit ich mithören konnte.

In der Nacht zuvor hatte ich Ryan Telford bei der nächtlichen Verfolgungsjagd durch die Bibliothek nur ein paar Worte rufen gehört. Obwohl ich seine Stimme nicht erkannte, wusste ich wegen des Gesagten, dass er der Anrufer war.

»Mir ist weisgemacht worden, du seist nach dem vorzeitigen Tod deines Vaters in einem Sanatorium, einer ultrateuren Privatklinik, in der du dich Daumen lutschend unter dem Bett versteckst, stumm und unheilbar.«

In dem fast dunklen Raum stand ich an der Tastatur und sie am Ende des Flügels, was eine sichere, aber nicht sehr große Entfernung war, aber der Widerschein des Displays reichte nicht aus, um mich ihren Gesichtsausdruck erkennen zu lassen.

Als sie nichts sagte, sprach Telford nach kurzer Pause weiter: »Du bist ein neurotisches Mäuschen. Hast Angst vor Leuten, verkleidest dich als Goth Girl, huschst von einem kleinen Mäusenest zum nächsten, aber auf deine Weise köstlich.«

»Mörder«, sagte sie ruhig.

»Was für eine verquere Fantasie du hast, Mäuschen. Vermutlich stellst du dir auch vor, dass mehr als eines deiner kümmerlichen kleinen Nester Besuch von einem Kammerjäger bekommen hat und die übrigen bald folgen werden.«

Gwyneth entschied sich erneut für Schweigen.

Telford sagte: »Mein jetziges Geschäftsmodell erfordert einen Partner. Wusstest du das? Er ist von den jüngsten Entwicklungen ebenso enttäuscht wie ich. Zu schade, dass du keinen Partner hast, Mäuschen. Mich jammert, dass du auf dieser grausamen Welt allein bist.«

»Ich bin nicht allein«, sagte sie.

»Ah, richtig, dein Vormund. Aber auf den ist kein Verlass mehr.«

»Er hat dir weder diese Nummer noch die Adressen gegeben.«

»Nein, das hat er nicht. Das täte er nie. Aber er liegt an der Leine, weißt du, sogar mehr, als er ahnt. Käme er jemals frei, würde ich mich mit ihm treffen und den Leinenzwang erklären müssen. Weil ich jetzt weiß, dass du in keinem Sanatorium bist oder warst, sollten wir ein Date vereinbaren. Du machst mich echt heiß, Mäuschen.«

»Ich bin nicht allein«, wiederholte sie, und ich glaubte im Halbdunkel zu erkennen, dass sie dabei zu mir herübersah, obwohl ich mir meiner Sache nicht ganz sicher war.

»Wie tapfer du bist. Eine Waise, hoffnungslos neurotisch, durch deine eigene Neurose isoliert, unerfahren. Und trotzdem so tapfer. Tapferes Mäuschen, träumst du manchmal davon, von zwei Männern gleichzeitig genommen zu werden? Von echten Männern, meine ich, nicht solchen wie dein kostbarer Vormund.«

Sie beendete das Gespräch ohne weiteren Kommentar.

Ich rechnete damit, dass das Handy erneut klingeln würde, aber das tat es nicht.

Ihr Weinglas schimmerte im Kerzenlicht, als sie es an die Lippen hob.

Ich fragte: »Was machen wir jetzt?«

»Wir essen zu Abend.«

»Aber wenn er diese Wohnung findet …«

»Das tut er nicht. Ich mache Abendessen, dann essen wir, und danach spiele ich für dich Klavier. Vielleicht trinke ich sogar ein zweites Glas Pinot Grigio.«

Die Küche war zu klein, um zwei Köchen Platz zu bieten, wenn einer von ihnen nicht berührt werden durfte und der andere sein Gesicht verstecken musste.

Ich trat wieder an die Fenster und sah auf die Straße hinunter. Der Schnee lag längst so hoch, dass Autoreifen keine schwarzen Spuren mehr auf dem Asphalt hinterließen. Der Mann mit dem Schäferhund war inzwischen vermutlich daheim.

Die drei Klaren auf den Dächern der Nachbarhäuser waren verschwunden. Ich fragte mich, ob sie auf dieses Gebäude übergewechselt waren. Ich überlegte sogar, ob ich ein Fenster hochschieben, mich hinauslehnen und Ausschau nach ihrem speziellen Leuchten halten sollte.

Wie es einem Turm anstand, der einen unbezahlbaren Schatz zu schützen hatte, ließen die Fenster sich nicht öffnen. Als ich mit den Fingerknöcheln an die Scheibe klopfte, klang das Glas ungewöhnlich dick. Ich fragte mich, ob es vielleicht schussfest war.

42

Vater erst seit wenigen Minuten tot, die gespenstische City in bleiche Schneekaskaden gehüllt und kein sicherer Weg, um eine Leiche einen Hügel hinab und durch die Stadt zu transportieren, außer vielleicht durch einen Geheimgang, der aber nur von der Kathedrale aus zugänglich war …

Die imposante gotische Fassade von St. Saturnius war der Cathedral Avenue zugekehrt, während die Nordseite parallel zur East Halberg Street verlief.

Wie ein Troll gebeugt und mit affenartigem Schritt, Schmerz und Verzweiflung durch die Notwendigkeit raschen Handelns überlagert, schleppte ich Vaters Leiche, die ich mir über eine Schulter gelegt hatte, links abbiegend die East Halberg Street entlang.

An die Kathedrale angrenzend sicherte eine hohe Mauer drei Seiten der einen Block großen Fläche. Zweckmäßig angeordnete Portale boten Zugang zu den verschiedenen Gebäuden, die in die Mauer integriert waren. Jeder dieser Zugänge bestand aus einem Torbogen, über dem in einer Nische eine einzelne Statue feierlich Wache hielt. Über dem speziellen Portal, zu dem ich Vater schleppte, stand Johannes der Täufer, dessen andächtiger Gesichtsausdruck der eines Mannes war, der Welten jenseits der East Halberg Street sah.

Die Umfassungsmauer war so breit, dass in ihrem oberen Teil ein Gang verlief, der alle an ihr liegenden Gebäude miteinander verband. Hier am Fuß der Mauer lag hinter dem Portal ein zwei Meter tiefer Vorraum, der von einer einzelnen Glühbirne beleuchtet wurde. In seine Rückwand war eine massive Teakholztür eingelassen, die bis Tagesanbruch abgesperrt bleiben würde.

Ich ließ Vater so behutsam wie möglich zu Boden gleiten und arrangierte ihn im Vorraum in sitzender Haltung: mit dem Rücken an der Wand lehnend, Handschuhe an den Händen, sein Gesicht unter dem Schal verborgen. Seine Kleidung hätte mit Lumpen ausgestopft sein können, als wäre er eine Stoffpuppe aus einem Kindermärchen, die durch einen Zauber zum Leben erwacht war und große Abenteuer erlebt hatte, bis sie aus dem Märchenreich in diese Welt geraten war, in der sie ihren Zauber verloren hatte.

Ins Futter seines Regenmantels eingenäht waren lange Taschen für den Gitterheber, mit dem wir in die Bibliothek und andere öffentliche Gebäude gelangen konnten, und den Kanaldeckelschlüssel, mit dem sich jeder Kanaldeckel mühelos von unten öffnen ließ. Diese beiden Dinge gehörten jetzt mir, und ich schätzte sie nicht nur, weil ich mich damit besser in der City bewegen konnte, sondern vor allem auch, weil sie Vater gehört hatten.

An der Deckenmitte des Vorraums schützte ein Drahtkäfig die nackte Glühbirne. Obwohl das Vandalismus war, obwohl ich den Sachschaden bedauerte, bog ich den Käfig mit meinem Werkzeug auf, bis ich hineinstoßen und die Glühbirne zertrümmern konnte. Das zersplitterte Glas blieb größtenteils in dem Drahtkäfig, aber einige winzige Splitter, dünner als Eierschalen, segelten in der plötzlichen Dunkelheit herab und knirschten unter meinen Füßen, als ich an den Rand des Portals trat, um die Straße zu beobachten.

So still hatte ich die City noch nie erlebt. Bei Windstille leerte der unsichtbare Himmel lautlos Isolierung über sie aus, als rieselten Billionen erkalteter Sterne, die im Tod jäh geschrumpft waren, auf die City herab und brächten die vollkommene Stille des interstellaren Raums mit sich. Diese unheimliche Lautlosigkeit erweckte in mir eine Angst, die ich nicht hätte benennen können. Die East Halberg Street lag so breit, weiß, zeitlos vor mir, dass ich fast glauben konnte, eine Zukunftsvision vor mir zu haben, in der die City stillstand, während ihre Straßen und Plätze und Parks mit den fein gemahlenen Knochen ihrer ehemaligen Einwohner bestäubt waren.

Falls die beiden Cops zu der Stelle auf der Cathedral Avenue zurückkehrten, an der Vater sich geopfert hatte, erreichten sie sie nicht über die East Halberg Street und benutzten auch ihre Sirene nicht.

Ich ging zu Vater zurück und setzte mich neben ihn. Die letzten Nachtstunden waren bitterkalt, aber die Kälte schmerzte nicht so sehr wie der Kummer, der mein Herz wie ein enges Geflecht aus Dornenranken umgab. Selbstbeherrschung war unerlässlich, und ich versuchte, an nichts zu denken, aber in dieses Nichts kamen die Marionette und die Spieldose und das Bild des kleinen Hauses in den Bergen, wie es ausgesehen hatte, als in seinem Inneren die Schrotflinte knallte, was nicht gut, überhaupt nicht gut war.

Kurz vor Tagesanbruch kamen allmorgendlich Mönche durch den Kreuzgang, in dem ein Park angelegt war, aus ihrem Kloster, um die Nord- und Südportale in der Mauer aufzusperren, während andere in der Kathedrale St. Saturnius Licht machten und die drei Portale zur Straße hin öffneten.

Ich fuhr zusammen, als ich das Klicken hörte, mit dem der Schlossriegel zurückgezogen wurde, und hielt mich bereit, einen bescheidenen Obdachlosen zu spielen, der mit gesenktem Kopf neben seinem schlafenden Kumpel saß. Zum Glück wurde die Tür aufgesperrt, aber in der Kälte verzichtete der Mönch mit dem Schlüssel darauf, nachzusehen, ob jemand im Vorraum kampierte, was vermutlich manchmal vorkam.

Selbst wir Verborgenen, die allen Grund – aber keine Neigung – haben, zynisch zu sein, neigen zu dem Glauben, wir wären bei unerwarteten Begegnungen mit Geistlichen ein wenig sicherer als bei Konfrontationen mit gewöhnlichen Menschen. Klugerweise erwarten wir von den Frommen jedoch keine universale Barmherzigkeit. Auch nach so vielen Jahren erinnerte ich mich deutlich an die blau abgesetzte weiße Holzkirche am Fluss, wo einer der Gläubigen, vielleicht ein Diakon, mich mit einem Baseballschläger gejagt hatte – und an den Geistlichen, der Vater die Finger gebrochen hatte.

Nach einigen Minuten, als ich annehmen konnte, die Patres seien alle in der Kirche, stieß ich vorsichtig die Tür auf. Unmittelbar vor mir hatte ich einen Teil des Kreuzgangs, durch dessen Säulen ich den parkartigen Garten sah. Im ersten blassen Licht erinnerten die dick verschneiten niedrigen Buchsbaumhecken an Möbel mit Schutzüberzügen in einem außerhalb der Saison geschlossenen Haus.

Durch die Tür hineingelehnt überzeugte ich mich davon, dass der Kreuzgang menschenleer war. Weil ich Vater in dem beengten Vorraum nicht über eine Schulter nehmen konnte, zog ich ihn über die Schwelle in den Kreuzgang, legte ihn mir wieder wie ein Feuerwehrmann über die Schulter und folgte dem Gang nach rechts.

Der einzige Zugang zur Kathedrale, den ich zu benutzen wagte, war der nördliche Vorbau mit seinen vier Türen ins Kircheninnere. Ich bückte mich noch tiefer, damit die schwere Last auf meiner Schulter blieb, während ich mit einer Hand die Tür links vor mir öffnete.

Von drinnen erklangen Stimmen süß wie Chorgesang. Die Mönche hielten die Matutin, das Nachtgebet im Stundenbuch der Liturgie.

In der Hoffnung, dass sie zu konzentriert beten würden, um mich zu bemerken, betrat ich das nördliche Querschiff. In der Nacht hatte ich den Schnee von meinen Stiefeln gekratzt, sodass ich jetzt nur nasse Spuren auf dem Marmorboden hinterließ.

Seit ich sie bei meinem ersten heimlichen Besuch gesehen hatte, hatte ich das Fächergewölbe des Querhauses 30 Meter über mir bewundert, aber mit meiner schweren Last – und weil ich fürchtete, ich könnte gesehen werden – versuchte ich heute nicht einmal, zu ihm aufzusehen.

Die Kathedrale war riesig, das Querschiff lang. Als ich mühsam den Kopf hob, sah ich niemanden an der Kreuzung zwischen den Querschiffen und dem viel längeren Hauptschiff. Ob die Mönche auf der Chorempore oder sonst wo versammelt waren, wusste ich nicht.

Der Tote auf meiner Schulter schien mit jeder Sekunde schwerer zu werden. Meine Wadenmuskeln begannen zu brennen.

Gleich links von mir, diesseits des Taufbeckens, lag hinter einem mit Säulen eingefassten Durchgang ein Raum, aus dem eine riesige Wendeltreppe mit gut zwei Meter breiten Stufen in die Tiefe führte. Zwischen zwei Bronzeständern hing ein dickes rotes Samtseil, das die Treppe absperrte, und als ich einen der Ständer zur Seite schob, scharrte er laut über den Steinboden.

Die Gebete hörten nicht auf, und ich schleppte wie ein mittelalterlicher Leichenräuber, der reumütig zurückbringt, was er gestohlen hat, meinen toten Vater die Treppe in die Krypta der Kathedrale hinunter, aus der ein Geheimgang vom Cathedral Hill in tiefere Bereiche der City führte. Am Fuß der Wendeltreppe, unter einem aus Stein gehauenen

Tympanon mit Christus dem Erlöser, blockierte eine reich verzierte Bronzetür den Weg, aber sie war nicht abgesperrt.

Im Augenblick wurde die Krypta nur durch mehrere Kandelaber mit Gasflammen erhellt, die Tag und Nacht brannten, um die Unsterblichkeit der Seelen der hier Beigesetzten zu bezeugen. Die Krypta war durch Säulenreihen unterteilt, die Kreuzgewölbe über den Abteilungen mit Deckengemälden geschmückt. Hier wurden die Bischöfe, die Kardinäle und vielleicht auch verdienstvolle Gemeindemitglieder zur letzten Ruhe gebettet.

Die Fußböden der miteinander in Verbindung stehenden einzelnen Kammern fielen kaum merklich ab, worauf Vater mich aufmerksam gemacht hatte, als wir vor Langem durch den Gang hereingekommen waren, den ich heute mit ihm nehmen würde. Auf meinem Weg durch den Säulenwald wurde ich von vermummten Gestalten in weiten schwarzen Kutten begleitet, die in Wirklichkeit nur von den flackernden Gasflammen geworfene Schatten waren, die meine Fantasie ausschmückte. Rasch erreichte ich die Ecke, zu der alles Wasser abfließen würde, falls die Krypta jemals überflutet wurde.

Nachdem ich Vater abgelegt hatte, benutzte ich den Gitterheber, um das große Abflussgitter zu entfernen. Ab und zu drangen Teile von Psalmen an mein Ohr, aber ich wusste, dass die Mönche mich nicht hören konnten.

Ein senkrechter Schacht mit eineinviertel Meter Durchmesser führte 30 Meter zu einem Abwasserkanal hinunter, der hoch genug war, um gebückt passiert werden zu können. Dieser aus Ziegeln gemauerte, noch gut erhaltene Kanal gehörte zu den ältesten Bauwerken der städtischen Kanalisation.

In die Schachtwand waren rechteckige Eisenklammern als Stufen für Wartungspersonal eingelassen, aber manche von ihnen waren locker, sodass beim Abstieg größte Vorsicht geboten war. Der Schacht war nicht so weit, dass ich in ihm mit dem Leichnam über der Schulter hätte absteigen können. Außerdem würde ich beide Hände brauchen, um mich festzuhalten.

Mir blieb nur eine einzige grausige Möglichkeit, und ich zögerte lediglich kurz, bevor ich Vater mit den Füßen voraus in den Schacht gleiten ließ. Ich wandte mich ab, hielt mir aber nicht die Ohren zu, weil ich das Gefühl hatte, jedes Detail der letzten Etappe seiner Reise zu seiner letzten Ruhestätte wenigstens hören zu müssen.

Das durch Reibung am Mauerwerk erzeugte Pfeifen des Regenmantelgewebes wurde höher, während er fiel. Er schlug in dem größeren Kanal tief unter mir auf, wurde zur Seite geworfen und blieb dort liegen, weil die Kanalsohle nur ganz leicht abfiel.

Ich blieb ungefähr eine Minute lang zitternd stehen, drängte meine Tränen zurück und machte mich dann für den Abstieg bereit.

Von der Treppe her hörte ich Schritte, dann echoten Stimmen unter den Kreuzgewölben durch die Säulenreihen.

43

Wie es unser seltsames Liebeswerben erforderte, wenn es ein Liebeswerben war, war der Essbereich spärlich beleuchtet: drei Kerzen in blauen Gläsern auf einem Sideboard, sechs weitere auf der Kochinsel, keine auf dem Tisch, an dem wir aßen. Ich hatte die Sturmmaske abgenommen, aber die Jacke anbehalten und aß mit hochgeschlagener Kapuze.

An einer Kette über uns hing ein schlichter Kronleuchter, aus Rücksicht auf mich nicht eingeschaltet, aber seine verchromten Arme wurden durch flackernde Reflexionen des blauen Kerzenlichts schwach erhellt, und die kleinen Glaskelche mit den Glühbirnen nahmen den blauen Schimmer auf, der ihre Ränder einfärbte. Unsere Weingläser und das Porzellan schimmerten ebenfalls, und über der Wand hinter dem Sideboard tanzten Schatten, weil die Kerzenflammen in den Gläsern flackerten.

Gwyneth hatte Krabbenpasteten gemacht, zu denen es winzige Ofenkartoffeln und Paprika-Kohl-Salat gab. Alles schmeckte köstlich, aber ich hätte nicht sagen können, was Tiefkühlkost und was frisch zubereitet war.

Ich fragte: »Wer könnte der Partner sein, von dem Telford gesprochen hat?«

»Keine Ahnung. Er lügt so leicht, wie er atmet, also gibt es vielleicht gar keinen Partner.«

»Ich glaube, dass er einen hat.«

Nach kurzem Schweigen sagte sie: »Das glaube ich auch.«

»Was hat er gemeint, als er gesagt hat, dein Vormund liege an einer Leine?«

»Mit ihm kommen wir später zusammen. Dann weißt du's.«

»Du hast gesagt, dass nicht mal er diese Wohnung kennt.«

»Das stimmt auch. Wir fahren wieder weg, um uns mit ihm zu treffen.«

»Ist das ungefährlich?«

»Nicht völlig, aber unbedingt notwendig.«

Ich genoss den Pinot Grigio, den ich noch nie getrunken hatte. Mir gefiel auch ihr Schatten am anderen Tischende, ihre Hände wie die graziösen Hände einer Meerjungfrau in einem blassblauen Traum.

»Er scheint durch und durch böse zu sein«, sagte ich.

Sie lachte halblaut. »Da sind wir uns einig.«

»Vor fünf Jahren, als er …«

Als ich zögerte, ergänzte sie die Frage für mich. »Als er versucht hat, mich zu vergewaltigen?«

»Damals warst du erst 13. Du hast noch im obersten Stock im Haus deines Vaters gelebt, nicht wahr?«

»Gibt es eine schlimmste Nacht in deinem Leben, Addison?«

Ich dachte an Vater, der erschossen und erschlagen auf dem Cathedral Hill lag. »Ja, die gibt es.«

»In meinem Leben auch. Ich war im dritten Stock allein, als Telford es auf mich abgesehen hatte. Zehn Minuten zuvor war Daddy in der Küche ermordet worden.«

Ich sagte: »Ich hatte keine Ahnung, dass beides in derselben Nacht passiert ist.«

Über uns war ein scharfes Klopfen zu hören, drei rasche, aber nicht allzu laute paarweise ertönende Klopfgeräusche, als schlüge der Schlagwerker eines Orchesters einen hohlen Holzklotz mit einem kleinen Holzhammer an.

Ich hatte die Klaren nie Geräusche machen gehört, aber jetzt fragte ich zur Decke aufsehend: »Jemand auf dem Dach?«

»Über uns liegt ein Dachboden. Aber das hat nichts zu bedeuten. Vermutlich nur eine Wasserleitung.«

Das Geräusch wiederholte sich; *klopf-klopf, klopf-klopf, klopf-klopf.* Gwyneth sagte: »Bestimmt nur Luft in der Leitung.«

Klopf-klopf, klopf-klopf, klopf-klopf.

»Immer sechs Schläge in Paaren. Wie kann das sein?«

»Das Geräusch ist nicht immer kurz. Manchmal nur einzelne Schläge, manchmal eine lange, stotternde Reihe. Kein Grund zur Sorge. Nur Luft in der Leitung. Wie findest du die Krabbenpasteten?«

Im Halbdunkel konnte ich ihr Gesicht nicht deutlicher sehen als sie meines.

»Köstlich. Du bist eine gute Köchin.«

»Ich bin eine gute Aufwärmerin.«

Ich griff nach meinem Weinglas und zögerte dann, weil ich auf weiteres Klopfen wartete, das jedoch ausblieb.

Nach einem Schluck Wein sagte ich: »Gwyneth?«

»Ja?«

»Ich bin glücklich, hier zu sein.«

»Ich bin auch glücklich«, sagte sie. »Mein Leben war immer so eingeschränkt. Aber im Augenblick fühlt es sich nicht eingeschränkt an.«

44

Sechs Jahre zuvor, in der Krypta der Kathedrale neben dem offenen Abwasserschacht in der vom Eingang entferntesten Ecke stehend, wagte ich nicht, mich zu bewegen, weil der geringste Laut von den Kreuzgewölben widerhallen und meine Anwesenheit mit einem Chor von Echos verraten würde.

Die vier offenen Kammern wurden nur durch Säulenreihen definiert. Obwohl Geräusche sich leicht fortpflanzen, würde es wegen der Säulen schwierig sein, weit zu sehen. Das erinnerte mich an den Kiefernwald, durch den ich als Junge unterwegs gewesen war, bevor ich die Kirche an dem Fluss erreicht hatte. Die kahlen Stämme, unter denen kein Unterholz wuchs, waren so zahlreich gewesen, dass ich nicht weit hatte sehen können. Das war auch hier der Fall, vor allem im flackernden Licht der Kandelaber, das tanzende Schatten erzeugte.

Ich hätte in den Schacht hinabsteigen können, aber wenn sie dem Geräusch nachgingen, würden sie das Abflussgitter neben der Öffnung liegen sehen. Sie würden wissen, dass jemand, der kein städtischer Arbeiter war, diesen Weg benutzte, und ich würde niemals hierher zurückkehren können, wo ich manchmal in tiefer Nacht gewissen Frieden fand.

Die Unbekannten waren zu zweit. Auch wenn ihr Tonfall nicht gerade konspirativ war, sprachen sie doch wie Männer mit Ansichten, die sie offenbar unter sich geheim hielten.

»Die Bekanntgabe erfolgt erst in fünf Tagen, aber das Edikt ist eingetroffen. Die Frage ist entschieden.«

»Bitte sag mir, dass es nicht Wallache wird.«

»Leider doch.«

»Sie müssen alle übergeschnappt sein!«

»Erzähl bloß nichts weiter, sonst bin ich erledigt. Diese Sache ist supergeheim.«

»Aber sie müssen doch … *er* muss doch Wallaches Biografie kennen?«

»Sie scheinen Wallache seine Version abzunehmen.«

»Er kann von Glück sagen, dass er nicht wie die anderen aufgeflogen ist.«

»Vielleicht war das nicht nur Glück.«

»Du weißt, was ich davon halte.«

»Und trotzdem ist's bekannt. Es ist bekannt.«

»Aber nicht allgemein.«

»Wir haben jetzt zwei Pflichten. Eine Wallache gegenüber, die wir mit einem Minimum an Aufwand erfüllen müssen, und eine dem gegenüber, was recht ist.«

»Es gibt noch andere, die unserer Überzeugung sind. Viele andere.

»Ja, aber das ist ein schwacher Trost, wenn solch eine Entscheidung getroffen wurde und man weiß, dass eine lange Periode der Dunkelheit beginnt.«

So plötzlich, wie die beiden Männer gekommen waren, gingen sie wieder.

Ich konnte mit dem, was ich gehört hatte, nicht viel anfangen und hatte damals kein Interesse daran, es mühsam zu enträtseln. Durch Vaters Tod war mein Leben an den Nähten aufgeplatzt, und ich glaubte nicht, sie wieder schließen zu können. Mein ganzes Leben war ein Geheimnis, und die kleinen Geheimnisse anderer schienen mich nichts anzugehen.

Als ich wieder allein war, stieg ich den Schacht hinunter, von der Krypta in noch größere Tiefen, als wäre ich einer der Toten, der jedoch den Auftrag hatte, sich selbst zu bestatten. Indem ich mich mit der Linken an einer Sprosse festhielt, sicherte meine Rechte mich mit der kurzen Sicherungsleine, die ich vor Langem an den Gürtel meines Regenmantels genäht hatte. Sie endete mit einem großen Karabiner, den ich oft genug kontrollierte, um ihm mein Leben anvertrauen zu können. Mit den Füßen auf einer Sprosse und in Taillenhöhe gesichert, hatte ich beide Hände frei, um das Abflussgitter wieder an seinen Platz zu ziehen, allerdings mit ziemlichem Lärm.

Nachdem ich die Leine ausgehakt hatte, stieg ich in so tiefes Dunkel ab, dass ich es mit der kühlen Luft einatmete. Dabei hatte ich das Gefühl, es würde nicht mehr mit der verbrauchten Luft ausgeatmet.

Ich wusste, wie viele Sprossen es bis zum Fuß des 30 Meter hohen Schachts waren, und zählte sie bis nach unten, wo Vater tot und zerschmettert lag. Als ich mich der Sohle näherte, zog ich meine Stablampe heraus und leuchtete den Boden unter mir ab. Hinter mir bildeten die letzten eineinviertel Meter des Schachts einen in den größeren Kanal führenden Bogen, durch den der aufprallende Körper mit den Füßen voraus gerutscht war. Nur der mit Schal und Kapuze vermummte Kopf des auf der Seite Liegenden befand sich noch in dem senkrechten Schacht.

Unten kniete ich nieder, schob ihn ganz in den größeren Tunnel und kroch hinter ihm her. Ich kämpfte damit, mich darauf zu konzentrieren, was getan werden musste, auf die körperliche Arbeit, während ich mich bemühte, nicht zu viel über den Inhalt dieses Pakets nachzudenken, das ich ein weites Stück durch das Kanalsystem der City transportieren musste.

Ich musste ihn zunächst dort liegen lassen und konnte nur hoffen, dass er nicht von Ratten gefunden wurde. In den Regenwasserkanälen gab es weniger Ratten, als man denken würde, weil es dort wenig Fressen gab und die braunen Sturzfluten jedes Unwetters die Ratten ertränkten und in den Fluss spülten.

Das einst glatte Mauerwerk des Nebenkanals – im Amerikanischen Verband mit jeweils fünf Läuferschichten auf einer Binderschicht –, durch den ich gebückt weiterging, war jetzt von Wasser erodiert und löchrig. Der nächste größere Tunnel war aus Feldsteinen gemauert und wirkte uralt, obwohl er jünger als der Ziegelabschnitt war.

Sobald ich einen modernen betonierten Kanal erreichte, in dem ich stehen konnte, rannte ich los. Im schwankenden Licht meiner Stablampe glänzte das milchige Rinnsal auf der Kanalsohle wie geschmolzenes Fett. Ich musste mehrmals die Tunnel wechseln, aber nach 25 Minuten stand ich vor der stählernen Jalousietür, hinter der ein Korridor zu unseren fensterlosen Räumen führte.

Dieses Labyrinth aus Gängen unter der City war keine Katakombe, in der wir Verborgenen in Wandnischen beigesetzt liegen konnten, bis wir skelettiert waren. Wir mussten dem Wasser übergeben werden, um danach im Flussbett zu nährendem Schlamm zu werden, der allen Lebewesen nützte, denen er als Heimat diente.

Nachdem ich als Achtjähriger angekommen war, hatte Vater die Notwendigkeit erkannt, eine Art Beerdigungs-Kit für den von uns zusammenzustellen, der den anderen überleben würde. Zum Glück war ich inzwischen stark genug für diese Aufgabe, die mir jetzt so schwierig wie dringend erschien.

Die Ausrüstung war in einer Ecke unseres Schlafraums aufgestapelt. Eine in einem Abfallcontainer gefundene Segeltuchplane war auf einer Seite mit einem Silikonspray behandelt worden, das der eine Freund, der Vater den Schlüssel zu den Räumen der Tafel der Kirche St. Sebastian überlassen hatte, ihm auf seine Bitte besorgt hatte. Vater nähte Ösen an die beiden Enden der Plane und fädelte Zugschnüre ein. Dann legte er sie so zusammen, dass die unbehandelte Seite und die Schnüre nach innen kamen. Außerdem gab es zwei Plastikeimer, die bis zum Rand mit Kleineisenteilen gefüllt waren, die wir im Lauf der Jahre auf unseren nächtlichen Wanderungen gesammelt hatten, um den Sack mit der Leiche beschweren zu können, damit er auf dem Boden des Flusses blieb.

Ich trug die Eimer aus unseren geheimen Räumen und stellte sie auf dem erhöhten Steg vor der Jalousietür ab. Mit der zusammengerollten Plane unter dem Arm trabte ich wieder zu dem Nebenkanal, in dem ich Vater zurückgelassen hatte.

Wir wissen nicht, was die Menschen über der Erde unseren Leichnamen antun würden. Wegen der Gewalttätigkeit, zu der die meisten sich allein durch unseren Anblick hinreißen lassen, müssen wir fürchten, sie könnten unvorstellbare Gräueltaten an ihnen verüben. In die Enge getrieben bleiben wir standhaft bis in den Tod, aber wir lassen uns nie – niemals! – im Sterben unserer Würde berauben.

Meine goldene Rolex zeigte, dass eine Stunde und zehn Minuten vergangen waren, seit ich Vater zurückgelassen hatte. Zum Glück hatten die Ratten ihn nicht entdeckt. Wie zuvor lag er in einer Stille da, die die obere Welt nie kennen würde, selbst an diesem windstillen Tag mit lautlosem Schneefall nicht.

Ich breitete die Plane mit der eingesprühten Seite nach außen auf der Kanalsohle aus. Als ich ihn auf die Plane wälzte, bewegte sein nicht nur durch Schüsse und Schläge, sondern auch den tiefen Sturz in den Schacht zerschmetterter Körper sich in seiner Kleidung wie eine amorphe Masse aus Fleisch und Knochen.

Weil Vater bei der Vorbereitung seines Leichentuchs gute Arbeit geleistet hatte, ließen die Enden sich leicht zusammenziehen und verschnüren. Eine Zugschnur war länger als die andere und endete mit einem Holzgriff für zwei Hände, den er selbst geschnitzt hatte.

Laut Garantie war das Silikonspray, das eine rutschige, aber offenbar trockene Schicht auf der Plane bildete, haltbar und nicht leicht abzureiben, auch wenn sein Hersteller nie an den Verwendungszweck gedacht hatte, für den ich es jetzt einsetzte. Mit den Armen auf dem Rücken, den Griff fest in den Händen, kroch ich vorwärts. Die behandelte Plane glitt leicht über Ziegel- und Feldsteine, aber noch leichter über Beton. Ich zog ihn zu seiner letzten Ruhestätte wie ein Vater seinen kleinen Sohn auf einem Schlitten, jedoch mit vertauschten Rollen, was mir durchaus nicht recht war.

Ich brauchte eine Dreiviertelstunde, um die beiden Eimer mit Eisenballast zu erreichen. Arme, Schulter und Rücken würden später schmerzen, als hätte ich einen Güterwagen gezogen, aber vorerst wirkten Pflichtbewusstsein und Schmerz wie Morphium. Ich knotete die Zugschnüre auf und zog die Plane gerade weit genug auseinander, um eineinhalb Eimer Kleineisenteile hineinkippen zu können. Vater und ich hatten das Gewicht berechnet, das nötig war, damit der Leichensack nicht sofort, sondern erst mehrere Meter vom Ufer entfernt versank. Nachdem ich beide Enden wieder verschnürt hatte, machte ich mich erneut damit auf den Weg, diesmal jedoch nur gut eine Viertelmeile weit.

Die sieben größten Tunnel, die Endstücke des Kanalsystems, endeten an verschiedenen Punkten entlang des Flusses. Die meisten entleerten ihre Fluten in große Rückhaltebecken, in denen das Wasser einen gewissen Stand erreichen musste, bevor es über den Rand in eine abgestufte Rinne strömte und so in den Fluss gelangte. Diese Verzögerung bewirkte, dass alle Abfälle, die schwerer als Papier oder Federn waren, auf den Boden des Rückhaltebeckens sanken, statt in den Fluss gespült zu werden.

Ich schaffte Vater zum offenen Ende eines dieser riesigen Kanäle. Das Betonbecken vor uns war mindestens 20 mal 20 Meter groß und zehn Meter tief. Da es seit dem letzten Regen gereinigt worden war, lag es jetzt bis auf den Schnee trocken.

Um Wartungsarbeiten zu erleichtern, führte eine breite Fußgängerbrücke aus stählernen Lochblechen in Längsrichtung über das Becken. Eine Schneedecke, in der sich jedes Loch einzeln abzeichnete, bedeckte die Brücke wie eine Zierdecke. Sie zu überqueren würde nicht einfach sein, aber zum Glück gab es Geländer. Außerdem blieb mir keine andere Wahl, als sie zu überqueren.

Anfangs zögerte ich noch, weil ich mich fragte, ob ich bis zum Einbruch der Dunkelheit warten sollte. Aber bis dahin würden noch lange Stunden vergehen. Außerdem streikte das für diese Becken zuständige Personal der Stadtreinigung gerade, sodass nicht zu erwarten war, dass jemand hier aufkreuzen würde – vor allem nicht bei diesem Wetter.

Der Schneefall war so heftig, wie er auf dem Cathedral Hill gewesen war, ging in so dichten Kristallschleiern nieder, dass ich das gegenüberliegende Ufer kaum sehen konnte, als ob der für kommende Jahrzehnte bestimmte Schnee heute freigesetzt wurde, weil bis zum Weltuntergang keine Jahrzehnte mehr vergehen würden. Wie immer im Frühwinter war der Fluss frei von Eis und wurde ausschließlich von kommerziellen Schiffen befahren, unter die sich kein einziges Vergnügungsboot mischte. Sie waren im Schneetreiben nur schemenhaft zu erkennen, und ich bezweifelte, dass ihre Besatzungen die Zeit haben oder neugierig genug sein würden, um sich für mich zu interessieren, falls sie mich überhaupt wahrnahmen.

Als ich den Leichensack über die Fußgängerbrücke schleifte, fiel ich zweimal hin: einmal gegen das Geländer, einmal schwer auf die Knie. Auf der anderen Seite des Beckens führte eine Reihe von 15 Zentimeter tiefen Stufen, jede so breit wie das Rückhaltebecken, steil zum Wasser hinunter.

Auch aus größerer Nähe war der Verkehr auf dem Fluss nicht viel deutlicher als aus der Ferne zu sehen, obwohl alle Schiffe wie bei Nacht oder Nebel mit eingeschalteten Positionsleuchten fuhren.

Weil ich fürchtete, Vaters sterbliche Überreste könnten würdelos ins Wasser klatschen, versuchte ich, den Leichensack unter Kontrolle zu behalten, während ich die Stufen des Abflusses bewältigte. Schon im oberen Drittel konnte ich ihn jedoch nicht mehr festhalten. Er entglitt mir, ratterte über die Stufen hinunter und verschwand mit kaum hörbarem Plumpsen im Fluss.

Meine Knie begannen zu zittern, als wollten sie nachgeben. Ich setzte mich auf die Stufen, verabschiedete mich von Vater und sprach meine Gebete mit einer Stimme, die nicht nur vor Kälte bebte.

Selbst an seinen begradigten Ufern war der Fluss fast zwei Meter tief, und sein Bett fiel dann rasch ab, sodass er für Schiffe mit großem Tiefgang befahrbar war. Die nur zugebundenen Enden der Plane waren nicht wasserdicht, aber sie würde hoffentlich weit genug hinausschwimmen, um nicht aufzufallen, nachdem sie gesunken war.

Der Leichensack trieb etwas weiter ab, als ich vorausgesehen hatte, bevor er unter den Wellen verschwand. Der Eisenballast sollte vor allem dazu dienen, ihn zu beschweren, wenn der verwesende Leichnam Gase produzierte und an die Oberfläche strebte.

An den kommenden Tagen würde der Fluss bei wildestem Sturm anschwellen und rascher fließen. Vaters sterbliche Überreste würden von der stärkeren Strömung mitgerissen und flussabwärts deponiert werden. Irgendwann würde der Schlick, der ständig in Bewegung war, ihn vielleicht mit einer Schicht nach der anderen bedecken, bis er unter dem Fluss begraben war, wie er im Leben unter der City gehaust hatte, die ihn immer wieder verzaubert hatte.

In der Stille fiel der Schnee nicht in Schleiern, sondern in unendlich vielschichtigen Arabesken, filigran in Bewegung, die die eisige Luft ausschmückten und deren Weiß im taubengrauen Morgenlicht besonders intensiv wirkte, während sie Federboas auf die Äste kahler Bäume und Hermelinkragen auf Mauerkronen legten und so eine Spur Sanftheit in eine harte Welt brachten. Man hätte glauben können, der Schnee würde endlos fallen, ewig alles verschönen, was er bedeckte – nur den Fluss nicht. Sobald die Schneeflocken die Wellen berührten, hörten sie auf zu existieren.

Alles und jeder, den wir auf dieser Welt geliebt haben, findet ein Ende. Ich liebte die Welt nicht um ihrer selbst willen, sondern weil sie ein kostbares Geschenk war, und meine einzige Hoffnung gegen zukünftige Verzweiflung bestand darin, etwas zu lieben, das größer als die Welt, sogar größer als das fast unendliche Universum voller Welten war.

Auf den Stufen des Überlaufs sitzend erinnerte ich mich an viele besondere Momente mit Vater, bis die Kälte schließlich doch durch meine Sturmhaube, die Handschuhe und meine mehrschichtige Kleidung kroch. Als ich aufstand, fiel ein Umhang aus Schnee von mir ab, als wäre ich eine plötzlich zum Leben erwachte Statue.

Von dort aus kehrte ich in meine fensterlosen Räume zurück, die jetzt mir und mir allein gehörten. Unter Einsamkeit leidend bewegte ich mich in den folgenden sechs Jahren heimlich durch die City, bis ich eines Nachts in der Zentralbibliothek einem Mädchen begegnete, das ganz in Schwarz gekleidet, aber nicht weniger graziös als Schnee in Bewegung war.

45

Nachdem der Tisch abgedeckt war, saßen Gwyneth und ich mit dem Rest unserer zweiten Gläser Wein beisammen, und obwohl sich das Klopfen auf dem Dachboden noch zweimal kurz wiederholte, sprach sie nicht mehr davon, als sie mir von der Nacht erzählte, in der ihr Vater gestorben war. Sie wusste, wie der Mord abgelaufen war, denn Ryan Telford hatte es genossen, ihr alle gruseligen Details zu schildern.

In Bezug auf Weihnachten hatte ihr Vater schon vor Langem eingeführt, dass das Hauspersonal vom 22. Dezember bis Neujahr bezahlten Urlaub erhielt. Vor fast einem Jahrzehnt hatte er sein Immobilienvermögen zu Geld gemacht und eine unwahrscheinliche, aber erfolgreiche zweite Karriere begonnen, in der er zu Hause arbeitete. Obwohl seine Freunde, deren Anwesenheit Gwyneth nie ertragen konnte, glaubten, seine neue Arbeit müsste mit reichlich Freizeit einhergehen, war er beschäftigter als je zuvor. Er zog es vor, über die Feiertage allein zu sein und nur mit Gwyneth eine friedvolle Auszeit zu nehmen, damit sie nicht im dritten Stock bleiben musste, sondern alle Räume der Luxusvilla für sich haben konnte, ohne befürchten zu müssen, sie könnte der Haushälterin, der Köchin oder dem Dienstmädchen begegnen.

Der einzige in der Weihnachtszeit erwartete Besucher war J. Ryan Telford, schon damals Kurator der berühmten Sammlungen der Stadtbibliothek und des Kunstmuseums gegenüber. Der Kurator stand seit Jahren bei Gwyneth' Vater unter Vertrag: Er sollte dessen Sammlung von Altmeistergemälden und seltenen Büchern in Erstausgaben katalogisieren und bewerten. Nur ein kleiner Teil davon befand sich in der Villa, der weitaus größte Teil lagerte sicher in einem klimatisierten Lagerhaus. Am Spätnachmittag des 22. Dezember sollte Telford seinen jährlichen Tätigkeitsbericht abliefern. Als er eintraf, brachte er eine Tüte Scones aus der besten Bäckerei der City und ein Glas Honig mit.

Gwyneth' Vater, der von Zeit zu Zeit davon gesprochen hatte, beträchtliche Teile seiner Sammlung bevorzugten Institutionen zu vermachen, hatte vor Kurzem angedeutet, es sei nun bald so weit. Telford hatte lange befürchtet, sein Diebstahl von Hauptwerken aus der Sammlung könnte entdeckt werden: Nun schien dieser schicksalhafte Augenblick mit großen Schritten näher zu rücken.

Um sich einzuschmeicheln, hatte Telford in den beiden Vorjahren so getan, als teilte er die Vorliebe des Älteren für exotische Honigsorten, und sich sogar Fachausdrücke aus der Imkerei angeeignet. Einige Tage bevor er in mörderischer Absicht aufkreuzte, hatte er in einem Telefongespräch einen seltenen Honig angepriesen, den er angeblich auf einer Italienreise gekauft hatte, ohne aber zu erwähnen, von welchen Pflanzen der Nektar stammte. An jenem Dezembernachmittag präsentierte er seinem Gastgeber diese Köstlichkeit in einem Glas ohne Etikett und forderte ihn zum Spaß auf, den einzigartigen Geschmack zu identifizieren.

Sie gingen gleich in die Küche, in der Gwyneth' Vater das Glas aufschraubte und an dem Honig roch, bevor er den Tisch deckte und sich daranmachte, Tee zu kochen. Während er abgelenkt war, riss Telford die Tüte mit Scones auf und legte sie so auf den Küchentisch, dass sie einem Füllhorn glich, das Biskuits verstreute. Schon vorher hatte er einen Scone aufgeschnitten, mit harmlosem Honig bestrichen und wieder zusammengedrückt. Diesen legte Telford auf seinen eigenen Teller, als hätte er ihn gerade aufgeschnitten. Er steckte sein Messer in das Glas, ohne den Honig jedoch zu verwenden, und als sein Gastgeber mit der Teekanne an den Tisch kam, saß der Kurator schon an seinem Platz.

Alle Teile des Oleanders, auch der Nektar, sind so giftig, dass erste Vergiftungssymptome schon wenige Minuten nach Verzehr einer minimalen Dosis des Toxins auftreten.

Gwyneth' Vater bestrich seinen Scone dick mit Honig, aß begeistert die erste Hälfte und versuchte, den exotischen Geschmack zu analysieren. Aber als er mit der zweiten Hälfte begann, brach ihm plötzlich der Schweiß aus. Er wurde leichenblass, seine Lippen wurden grau, er ließ den Scone fallen und legte eine Hand an die Brust. Mit einem Laut, den Telford mit einem Kleinkind verglich, das wegen pürierten Gemüses würgt, schnellte der Vergiftete von seinem Stuhl hoch. Weil Oleander ein Herzstimulans ist, hämmerte sein Herz mit bis zu 200 Schlägen in der Minute. Schon nach Luft ringend sank er auf die Knie und kippte dann seitlich auf den Küchenboden, auf dem er sich hilflos in Krämpfen wand.

Telford aß seinen eigenen Scone auf und wusch dann den Teller ab, trocknete ihn ab und stellte ihn in den Schrank zurück. Seinen Tee kippte er in den Ausguss, bevor er auch die Tasse abwusch, abtrocknete und an ihren Platz zurückstellte.

Auf dem Fußboden übergab sich der Vergiftete und starb. Hätte er sich gleich und vollständiger übergeben, hätte er vielleicht überlebt. Aber die viel gerühmte Palliativwirkung des Honigs und seine Süße trugen dazu bei, dass der vergiftete Scone in seinem Magen blieb.

Telford wischte seine Fingerabdrücke von dem Honiglöffel. Er fasste ihn mit einem Stück Küchenpapier an und legte ihn auf den Teller des Toten. Zwei Scones waren übrig. Er wickelte sie in die aufgerissene Tüte, um sie mitzunehmen, weil sie als Snack vor dem Zubettgehen schmecken würden – allerdings mit Zitronenmarmelade statt Honig, den er verabscheute.

Von Gwyneth' Vater, aber auch von der Haushälterin wusste Telford von der Tochter mit Sozialphobie, die zurückgezogen im dritten Stock der Villa lebte. Und bei einer Gelegenheit hatte er sie flüchtig gesehen, als er das Arbeitszimmer ihres Vaters im ersten Stock nach einer Besprechung verlassen hatte. Damals war sie elf Jahre alt und noch kein Goth Girl gewesen. Sie hielt den Kopf gesenkt und drückte etwas Undefinierbares an ihre Brust, als sie den Korridor entlang und eine Treppe hinaufflitzte, die offenbar in ihr oberes Reich führte.

Sie war flink und graziös. *Eine Elfe,* dachte er, *eine Sylphe, die ohne Flügel in der Luft lebt.* Sie erschien ihm wie das schönste und zarteste Mädchen, das er je gesehen hatte, und er begehrte sie so heftig, so leidenschaftlich, dass er sie eingefangen, zu Boden geworfen und ihr die Kleidung vom Leib gerissen hätte, wenn ihr Vater und das Hauspersonal nicht gewesen wären. Wären sie nur zu zweit gewesen, hätte er sie ohne Rücksicht auf die Konsequenzen genommen.

Obwohl Telford bestimmte Bondage-Spiele und kleine körperliche Grausamkeiten genoss, die er anderen zufügte, gab er sich ihnen nur mit diskreten Partnerinnen hin, die dabei Vergnügen empfanden. Er hatte sich noch nie einer Frau aufgedrängt, obwohl er oft Lust dazu gehabt und in Vergewaltigungsfantasien geschwelgt hatte. Er hatte sich auch noch nie zu Kindern hingezogen gefühlt, aber jetzt wollte er dringend beide Tabus brechen und das junge Mädchen mit Gewalt nehmen.

Durch die Intensität seines Begehrens alarmiert, beherrschte er sich und schaffte es, sich vom Vater des Mädchens aus dem ersten Stock zur Haustür hinunter begleiten zu lassen, ohne dass dieser seinen Gefühlsaufruhr und seine wilde Begierde bemerkte. In den fast zwei Jahren, die darauf folgten, dachte er oft an sie, und in seinen Träumen diente sie ihm als Sklavin.

Telford hatte bereits beschlossen, Gwyneth' Vater zu ermorden, damit seine Diebstähle nicht ans Tageslicht kamen, als er Gwyneth nur einen Monat vor der Tat erneut sah. Er wartete im Salon auf den Hausherrn, als das Mädchen, nun 13, an dem offenen Durchgang vorbeikam, kurz zögerte, ihn mit dem Blick eines scheuen Rehs betrachtete und dann wortlos weiterhastete.

Trotz oder vielleicht gerade wegen ihres Goth-Stils begehrte er sie heftiger als zuvor. Danach wusste er, dass er ihrem Vater den giftigen Honig in der Weihnachtszeit verabreichen würde, wenn nur der Alte und sie im Haus waren, und wenn Ersterer tot in der Küche lag, würde er eine höchst befriedigende Nacht im dritten Stock verbringen.

Die Kleine würde er natürlich auch ermorden müssen. Aber er hatte schon immer gewusst, dass er morden konnte, wenn der Gewinn nur hoch genug war. Er war ein sehr erfahrener, kultivierter Mann.

Weil Ermittler heutzutage Straftäter durch deren DNA identifizieren konnten, würde er ihre Leiche beseitigen, indem er sie an einem einsamen Ort mit Benzin übergoss und verbrannte. Zuvor würde er jedoch alle ihre Zähne herausbrechen müssen, um eine Identifizierung durch ihr Zahnschema unmöglich zu machen.

Zu der Villa, die tatsächlich ein Herrenhaus war, gehörte eine Garage, in der vier Autos standen. Die Leiche würde er im Kofferraum des Mercedes S 600 ihres Vaters verstaut aufs Land fahren. Um sie zu verbrennen.

Sobald sie in dem verlassenen Steinbruch, den er weit außerhalb der City entdeckt hatte, zu schwarzen Knochen und fettiger Asche geworden war, würde er den Mercedes wieder in die Garage stellen. Er würde ins Haus gehen, die Haustür öffnen und einen Gegenstand, der dem Mädchen gehörte, in die Tür klemmen, damit sie sich nicht wieder schloss. Dann würde er das Haus durch einen Nebenausgang verlassen. Die Polizei würde bei ihren Ermittlungen zu dem Schluss gelangen, die hochgradig neurotische und ängstliche Tochter sei aus dem Haus geflohen, nachdem sie ihren Vater tot aufgefunden hatte. Und wenn sie nie mehr gefunden wurde … Nun, dies war eine große und manchmal gefährliche Stadt, in der regelmäßig 13-jährige Mädchen verschwanden, die das Leben auf der Straße weit besser kannten als Gwyneth.

Sein lasterhaftes Begehren und seine Fähigkeit zu extremer Gewalt überraschten den Kurator nicht, aber er staunte darüber, wie rasch und elegant – und mit welchen raffinierten Details – er die Entsorgung der Leiche geplant hatte. Er hatte fast das Gefühl, einen weiteren und selbstbewussteren J. Ryan Telford in sich zu haben, der vielleicht schon ungeduldig darauf gewartet hatte, dass er ihr kombiniertes Potenzial erkannte.

Jetzt, in der Mordnacht, ging Telford aus der Küche ins Büro der Haushälterin. Dort fand er eine Schreibtischschublade mit Kästchen mit allen möglichen Schlüsseln: für die vier Autos, zur Haustür und für zahlreiche weitere Schlösser, jeder mit einem deutlich beschrifteten Anhänger.

Um Gwyneth nicht zu warnen, benutzte er nicht den Aufzug, sondern stieg zu Fuß in den dritten Stock hinauf. Auf dem oberen Treppenabsatz führte eine einzelne Tür in ihr Apartment. Er sperrte sie so leise wie möglich auf, betrat die Diele und schloss die Tür hinter sich.

Von der Diele aus gelangte Telford in ein mit Antiquitäten eingerichtetes großes Wohnzimmer, in dem mindestens 20 riesige rote Weihnachtssterne um die Wette leuchteten, um Festtagsstimmung zu verbreiten. Das Mädchen liebte Poinsettien, und ihr Vater las ihr jeden Wunsch von den Augen ab, um sie ein wenig für ihr Einsiedlerleben zu entschädigen.

Der Kurator fand sie auf dem Fenstersitz in ihrem Schlafzimmer, mit dem Rücken an der Wand der Nische, die Beine auf den gepolsterten Sitz hochgezogen, ganz als Goth Girl gekleidet, die Skyline der City als Hintergrund. Sie las ein Buch.

Sobald Gwyneth ihn sah, wusste sie, dass ihrem Vater etwas Entsetzliches zugestoßen war und ihr etwas nicht weniger Schreckliches bevorstand. Sie erkannte, dass Schreien sie nicht retten würde, dass ihre einzige Chance darin lag, ihn glauben zu lassen, sie wäre noch schwächer, noch schüchterner und ängstlicher, als er dachte.

Als er sich ihr näherte, sah sie weiter in ihr Buch, als wäre sie so weltfremd, dass sie nicht verstand, was sein Erscheinen bedeutete, und stellte sich lesend, allerdings auf eine Weise, die ihm zeigte, dass sie alles nur spielte und Angst vor ihm hatte. Er drückte auf einen Knopf neben der Tür und ließ die elektrische Jalousie neben ihr herunterfahren. Dann setzte er sich zu ihren Füßen auf den Fenstersitz, beobachtete, wie sie zu lesen vorgab, und genoss ihre Bemühungen, ihre Angst zu verbergen.

Nach einigen Minuten erzählte er ihr, dass ihr Vater tot war, und schilderte detailliert, was er getan hatte und wie eine ordentliche Dosis Oleandergift wirkte. Weil er es so darauf anlegte, ihren Schmerz zu sehen, war sie entschlossen, nicht zu weinen. So viel Selbstbeherrschung brachte sie jedoch nicht auf: Die Tränen kamen, aber sie schluchzte nicht, gab auch sonst keinen Laut von sich. Die Gier in Telfords Stimme zeigte Gwyneth, dass ihre Tränen ihn erregten. Sie versuchte nicht, sie wegzublinzeln, denn sie waren ein Werkzeug geworden, mit dem sie ihn täuschen und manipulieren konnte.

Er berührte sie noch nicht. Aus den Erzählungen ihres Vaters wusste er, wie schlimm die leichteste Berührung für sie war; deshalb genoss er die Angst, mit der sie an seine Hand auf ihrer Haut dachte.

Nachdem er ihr den Todeskampf ihres Vaters geschildert hatte, begann er, ihr auseinanderzusetzen, was er ihr alles antun, wie er sie liebkosen und wo er überall in sie eindringen würde. »Wenn ich mit dir fertig bin, Schätzchen, wirst du dich fragen, warum die eine einfache Berührung dir früher unerträglich erschienen ist, und dich so beschmutzt finden, dass du nicht hoffen kannst, dich jemals wieder sauber zu fühlen. Du wirst den Eindruck haben, nicht nur von einem Mann vergewaltigt worden zu sein, sondern als hätte die ganze Welt sich an dir gerieben und dich missbraucht.«

Sie brauchte ihr Zittern nicht zu spielen. Die Seiten des Buchs in ihren Händen raschelten, und sie legte es neben sich ab, ohne ihn jedoch anzusehen. Sie verschränkte ihre Arme vor der Brust.

Er sprach von einem bestimmten Vergnügen, das ein Mädchen einem Mann schenken konnte, und fragte sie, ob sie jemals davon geträumt habe, das zu tun. Er hatte eine ganze Liste obszöner Fragen, mit denen er ihr so zusetzte, dass sie sich fast fühlte, als berührte er sie.

Anfangs schwieg sie aus Scham, aber dann fiel ihr eine Taktik ein. Ihr Vater hatte ihm bestimmt nicht mehr erzählt, als dass sie an Sozialphobie litt, und das Hauspersonal würde ihm keine Auskunft gegeben haben. Bisher hatte sie noch kein Wort gesagt, und vielleicht wusste er so wenig über sie, dass sie den Eindruck erwecken konnte, als Folge ihrer Psychose stumm zu sein. Je neurotischer und gefühlsärmer sie seiner Ansicht nach war, desto überzeugter würde er von seiner absoluten Macht über sie sein und umso leichter zu Achtlosigkeit neigen.

Während Telford seinen obszönen Monolog fortsetzte, beobachtete er Gwyneth mit gierigem Blick eines hungrigen Wolfs, der ein Lamm umkreist. Sie reagierte darauf jetzt nicht nur, indem sie vor ihm zurückwich und sich noch kleiner machte, sondern auch mit wortlosen Lauten, die Elend und quälende Angst ausdrückten. Als er Antworten auf seine lasterhaften Fragen forderte, reihte sie halbe Worte und kurze Silbenbündel aneinander, die nichts bedeuteten, Seufzer und gestammelte Laute und dünne Verzweiflungsschreie, die bei einem anderen vielleicht Mitleid hervorgerufen hätten, aber Telford kannte kein Mitleid. Nach einigen Reaktionen dieser Art gelangte er zu dem Schluss, sie könne zwar lesen, sei aber stumm, was auf eine angeborene Behinderung oder eine erworbene Unfähigkeit zurückzuführen sein konnte.

Wörter sind der Ursprung der Welt, und die Sprache ist die mächtigste Waffe in dem alten, weiterhin ausgetragenen Kampf zwischen Lüge und Wahrheit. Telford war gut einen Kopf größer als Gwyneth, wog doppelt so viel wie sie, war kühn, wo sie ängstlich, grausam, wo sie sanft war. Als er erkannte, dass sie nicht sprechen konnte, um ihn anzuflehen, anzuklagen oder zu beschämen, reizte ihn ihre Hilflosigkeit noch mehr. In seinem Blick und auf seinem geröteten Gesicht lag nun ein so brutal gieriger Ausdruck, dass Gwyneth fürchtete, ihre Tortur würde nach allem, was er ihr anzutun drohte, damit enden, dass er seine Zähne in sie schlug.

Er nannte sie nicht mehr Gwyneth. Er nannte sie auch nicht mehr »Girl« oder auch nur »du«. Stattdessen hatte er mehrere Namen für sie, alle grob, viele von ihnen unanständig.

Schließlich wies er sie an, ihren Fensterplatz zu verlassen und ins Bad neben dem Schlafzimmer zu gehen. Er sagte: »Den Nasenring und die rote Perle in der Lippe will ich als Souvenir. Dann schrubben wir das blöde Goth-Zeug weg, damit ich das kleine Mädchen darunter sehen kann, das zarte Vögelchen, das so verzweifelt gern ein Habicht wäre.«

Unsicher staksend und dünne Klagelaute von sich gebend ging Gwyneth ins Bad voraus. Bei jedem Schritt überlegte sie angestrengt, wie sie ihn ablenken oder zu Fall bringen könnte, um eine Chance zur Flucht zu haben, aber er war stark, noch stärker durch seine Erregung und seine Gier, die Grausamkeiten und Grenzüberschreitungen zu begehen, von denen er bisher nur fantasiert hatte.

In dem geräumigen Bad wies er sie an, sich auszuziehen. Wenn sie nicht gleich gehorchte, würde er zuschlagen, fürchtete sie, und das konnte die Tür zu einem noch dunkleren Ort als dem öffnen, an dem sein Verstand jetzt verweilte, und zu einer jähen Beschleunigung von Vergewaltigung und Mord führen. Ihre Tränen, die ihr weiter übers Gesicht liefen, verschmierten ihr Goth-Make-up: Tränen um ihren Vater, nicht um sich selbst, und ihr Zittern war unkontrollierbar. Als sie ihre Bluse aufzuknöpfen begann, drehte sie sich mit gesenktem Blick nach dem Toilettentisch um, als wäre sie verzweifelt sittsam.

Gwyneth hörte, wie er den Hebel betätigte, der den Badewannenabfluss verschloss. Sie riskierte einen Blick in den Spiegel, um zu sehen, was hinter ihr passierte, und konnte beobachten, wie er sich über die Wanne beugte, um das heiße Wasser aufzudrehen. In dieser Haltung war er am verwundbarsten. Sie warf sich herum und rammte ihn mit voller Wucht. Er klatschte kopfüber in die Wanne und schrie vor Schmerzen auf, als das sprudelnde Wasser ihn verbrühte.

Der Aufzug wäre viel zu langsam gewesen, und wenn sie auf der Treppe stolperte und fiel, würde Telford sie mühelos einholen. Als sie aus dem Bad flitzte, konnte sie hören, wie er fluchend aus der Wanne stieg. Statt durchs Apartment zur Wohnungstür zu spurten, lief sie zu dem Nachttisch rechts neben ihrem Bett, riss die Schublade auf und griff sich die kleine Sprühdose mit Mace.

Sie wusste, dass er fast heran war. Sie warf sich herum, sah ihn drei Schritte entfernt und sprühte ihm das Pfefferspray in die Augen, wie ihr Vater sie gelehrt hatte. Telford schrie auf. Als wäre er gegen eine Wand gelaufen, torkelte er einige Schritte rückwärts. Sie nutzte ihren Vorteil, um auch Mund und Nase einzusprühen.

Mace hinterlässt keine bleibenden Verletzungen, ist jedoch höchst effektiv. Die Augen tränen heftig, die Sicht ist völlig verschwommen, und eine Art Blindheit bei blendender Helle hält minutenlang an. Wird auch nur etwas davon eingeatmet, ringt das Opfer nach Luft und glaubt ersticken zu müssen, obwohl keine reale Gefahr besteht.

Behindert, atemlos und außerstande, mehr als formlose Farbkleckse zu erkennen, schwang Telford wie wild die Arme, um einen Schlag anzubringen oder eine Handvoll Haar oder Kleidung zu fassen zu bekommen. Sie wich aus, duckte sich weg und flüchtete vor ihm aus dem Schlafzimmer, dann durchs Wohnzimmer, in dem die empfindlichen Poinsettien, die sie streifte, in ihrem Kielwasser abgerissene Blütenblätter zurückließen, genau wie das Versprechen der Weihnachtszeit jetzt irreparabel in Trümmern lag.

Sie nahm je zwei Stufen auf einmal, landete auf jedem Treppenabsatz mit beiden Füßen und ließ die sechste Halbtreppe hinter sich, ohne den Mut zu haben, sich umzusehen. Sie hastete in den frühen Abend hinaus, dessen Luft kalt und feucht wie in einem Eiskeller war, obwohl der alte Schmutz und die harten Kanten der City noch nicht unter dem ersten Schnee verschwanden.

Vier Türen weiter östlich stand die Villa Billingham, ebenso groß wie ihr Vaterhaus – und luxuriöser. Die zum Eingang hinaufführende Treppe flankierten zwei Mauern, auf denen wie Sphinxen massive Steinlöwen lagen: mit erhobenen Häuptern und ernsten Gesichtern, ihre blicklosen Augen auf die Straße gerichtet, als suchten sie nicht Beute, sondern hielten Wache gegen die ersten Furien von Armageddon.

Die Billinghams, die sie dem Namen nach kannte, aber noch nie gesehen hatte, waren auf einer langen Europareise, und auf der Straße herrschte dichter Verkehr. Deshalb versuchte Gwyneth gar nicht, die vier Fahrspuren zu überqueren, sondern rannte gleich zu den wachsamen Löwen. Die Steinmauern wurden nach oben hin niedriger, und sie hastete zu der weiter entfernten hinauf und streckte sich auf der polierten Granitplatte neben dem Löwen aus, der mindestens doppelt so groß war wie sie. Als sie den Kopf etwas vorstreckte, konnte sie an der Brust der Großkatze vorbei in Richtung ihres Vaterhauses nach Westen sehen.

Keine Sekunde lang dachte sie daran, um Hilfe zu rufen, denn wer darauf reagierte, würde sie beschützen oder trösten wollen und den natürlichen Drang verspüren, ihre Hand zu ergreifen, ihr auf die Schulter zu klopfen oder einen Arm um sie zu legen, obwohl sie's nicht ertragen konnte, berührt zu werden. Sie würden Fragen stellen, die sie beantworten musste. Sie wollte ihre Stimmen nicht hören, weil die Antworten bedingten, dass andere ihre hörten. Sie hasste es, Fremden gegenüber etwas von sich preiszugeben, nicht einmal ihre Stimme, was auch der Grund dafür war, dass sie nie mit dem Hauspersonal gesprochen hatte.

Weil sie auf dem Bauch lag, transportierte der kalte Granit ihre Körperwärme ab. Sie war nicht für einen Aufenthalt im Freien angezogen, und ihr ängstliches Zittern wurde zu heftigen Kälteschauern.

Nach einigen Minuten hinter dem Löwen, der ihr Deckung bot, sah Gwyneth, wie Telford das Haus ihres Vaters verließ und die Vordertreppe herunterkam. Er trug seinen Mantel und hielt etwas Weißes in der Hand, das die beiden Scones in der Tüte sein mussten, die ihn irgendwie hätten belasten können, wenn er sie zurückgelassen hätte. Zu ihrem Entsetzen wandte er sich in ihre Richtung.

Sie konnte erkennen, dass er zwar wieder besser, aber noch keineswegs normal sah, denn er bewegte sich wie ein Mann, der es nicht eilig hat, und schien mit leicht vorgerecktem Kopf im Zweifel zu sein, ob er sich auf dem richtigen Weg befand. Als er unter einem Laternenpfahl vorbeikam, drehte er den Kopf weg, als wäre das Licht zu grell für seine brennenden Augen mit ihren erweiterten Pupillen.

Als Telford jetzt näher kam, stieß er bei jedem Ausatmen eine Dampfwolke aus wie ein verwunschener Drache in Menschengestalt. Gwyneth wusste, dass er im Vorbeigehen instinktiv nach links oben sehen und sie trotz seiner eingeschränkten Sehfähigkeit und der nächtlichen Schatten, in denen sie lag, entdecken würde. Was sie zu wissen glaubte, erwies sich jedoch als haltlose Befürchtung, denn der Kurator stapfte vorbei, ohne sie wahrzunehmen, und fluchte dabei halblaut in einem Tonfall, aus dem Angst sprach.

Zwei Häuser weiter östlich stieg er in ein am Bordstein geparktes Auto. Wegen des Verkehrslärms konnte Gwyneth nicht hören, wie der Motor ansprang, aber dann stiegen geisterhafte Abgasschwaden aus dem Auspuff auf, schlängelten sich in die Höhe und lösten sich zwischen den kahlen Zweigen eines ausladenden Baums auf.

Telfords Cadillac parkte ihr zugewandt, aber trotz ihrer erhöhten Position verdeckten die Zweige eines weiteren Baums seine Frontscheibe fast ganz, sodass sie den Mann am Steuer nicht sehen konnte. Obwohl sie sich sicher war, ihm für diese Nacht entkommen zu sein, blieb sie bewegungslos im Schatten des Löwen ausgestreckt liegen.

Auch wenn er seine Augen bestimmt mit kaltem Wasser ausgespült hatte, um das Pfefferspray zu verdünnen, und obwohl er es eilig haben musste, von hier zu verschwinden, wartete er noch fünf Minuten, bis er wieder genug Vertrauen zu seiner Sehfähigkeit hatte, um sich in den

Verkehr einzuordnen. Er fuhr bis zum Ende des Blocks, dann bog er nach Süden auf die Avenue ab.

Gwyneth rannte nach Hause und sperrte die Haustür hinter sich ab. Sie wagte sich bis zur Küchentür, um sich zu vergewissern, dass ihr Vater tot war, aber nach einem flüchtigen Blick auf sein lebloses Gesicht musste sie sich abwenden, weil sie diesen Anblick nicht ertragen konnte. Sie hätte in einem schwarzen Trauermeer ertrinken können, aber eine solche Kapitulation hätte ihren Vater entehrt, der bei Niederlagen und Missgeschicken stets auf Beharrlichkeit gesetzt hatte. Sie flüchtete nach oben in den dritten Stock.

Telford würde erwarten, dass sie die 911 wählte, um den Mord zu melden, aber das würde sie nie tun. Uniformierte Cops, Kriminalbeamten, Spurensicherer, Reporter und alle möglichen anderen würden über sie herfallen, sie belagern, ihr wie ein Heuschreckenschwarm Privatsphäre und Hoffnung rauben. Ihre Blicke unbarmherzig analysierend, ihre Fragen tausend Antworten erfordernd, all diese Hände, die nach ihr griffen, um sie zu beruhigen, ihren Arm zu nehmen, wenn sie weiche Knie bekam, Ermittler, die in ihrem Apartment Beweise suchten, vielleicht eine Einlieferung ins Krankenhaus, wo sie auf Verletzungen untersucht und ihr emotionaler Zustand beurteilt werden sollte. Das würde sie vernichten.

Hatte Telford außerdem seine Spuren so sorgfältig verwischt, wie er behauptete, würde ihn nichts mit dem Tod ihres Vaters in Verbindung bringen. Oben bei ihr hätte er Fingerabdrücke an der Wohnungstür und an den Armaturen im Bad zurücklassen können. Aber selbst halb blind und panisch bemüht, aus dem Haus zu verschwinden, bevor die Polizei kam, würde er sich die Zeit genommen haben, diese Oberflächen abzuwischen. War er so methodisch vorgegangen, wie sie vermutete, würde er sich ein Alibi für die Stunden beschafft haben, die er in ihrem Haus hatte zubringen wollen. Und wem würde die Polizei eher glauben: einem angesehenen Kurator oder einem neurotischen 13-jährigen Goth Girl mit akuter Sozialphobie?

Gwyneth suchte das Notwendigste zusammen und packte damit eine Reisetasche ihres Vaters. Sie ließ die Haustür unversperrt, als sie die Villa verließ und sich auf den Weg zur nächsten der acht sicheren Wohnungen machte, die ihr Vater ihr in weiser Voraussicht für die Zeit nach seinem Tod eingerichtet hatte.

Als sie dort vorläufig sicher war, rief sie Teague Hanlon an und berichtete ihm, was sich ereignet hatte. Er wollte die Polizei anrufen, aber nachdem er sich ihre Argumente dagegen angehört hatte, sah er ein, dass das in solchen Fällen übliche Verfahren nicht zu Telfords Verurteilung wegen Mordes, sondern zu ihrer Vernichtung führen würde.

»Soll Telford jemals vor Gericht gestellt werden«, erklärte sie Hanlon, »muss ich die Beweise gegen ihn auf meine Art und in mir gemäßem Tempo zusammentragen. Ich habe so viel verloren. Den liebevollsten Vater der Welt. Ich gebe nie auf. Niemals.«

46

Obwohl unser Wein ausgetrunken war, bevor ihre Story endete, waren die Kerzen längst nicht heruntergebrannt, sondern tauchten den Essbereich weiter in bläuliches Licht.

Ich sagte: »Also sollte es ein Unfalltod gewesen sein.«

»Tod durch kontaminierten Honig, ja.«

»Aber hat die Polizei nicht nach dir gefahndet?«

»Nicht aktiv. Das Lokalfernsehen und die Zeitungen haben einen Aufruf gebracht, wer dieses kranke und verwirrte Mädchen gesehen habe, solle dessen Aufenthaltsort der Polizei melden. Aber das über ein Jahr alte Foto hat mich – noch nicht im Goth Look – mit meinem Vater gezeigt, es war das einzige Foto von mir seit meiner Kindheit, und ich habe diesem Mädchen natürlich nicht mehr sehr ähnlich gesehen.«

»Das einzige Foto von dir aus all diesen Jahren?«

»Lässt man sich fotografieren, weiß man nicht, wer die Aufnahme in einem Monat, in einem Jahr zu sehen bekommt. Fremde, die das Foto anstarren, einen anstarren, einen *studieren* … Das ist nicht ganz so schlimm wie mit Fremden zusammen zu sein, die einen berühren, mit einem reden und Antworten erwarten. Aber es ist schlimm genug. Allein den Gedanken daran kann ich kaum ertragen.«

Wir saßen einige Minuten in geselligem Schweigen beieinander.

Angesichts ihrer psychischen Probleme und der Einschränkungen, die sie mit sich brachten, angesichts der Tatsache, dass ich mich nur in den stillsten Nachtstunden maskiert mit Kapuze und ständig in Gefahr, beim ersten Anblick ermordet zu werden, aus meinem unterirdischen Versteck wagen durfte, erschienen mir unsere Begegnung und die Art und Weise, wie unsere Freundschaft sich weiterentwickelte, wie ein Wunder. Ich sehnte mich nach mehr als Freundschaft, verstand jedoch, dass Liebe, geschenkt und empfangen, unmöglich war. Selbst eine unvollkommene Prinzessin konnte nicht von jemandem wie mir, sondern nur durch den Kuss eines echten Prinzen zum Leben erweckt werden. Trotz meiner Sehnsüchte würde ich damit zufrieden sein müssen, mich mit dem Wunderbaren zu begnügen, statt nach dem Unmöglichen zu streben.

Meine größte Angst war, wir könnten verlieren, was wir gemeinsam gehabt hatten, und getrennten unserer Wege gehen. Oder durch den Tod geschieden werden.

Schließlich sagte ich: »Aber nach gewisser Zeit könnte ein Gericht dich für tot erklären, und was würde dann aus den Fonds, die deinen Lebensunterhalt garantieren?«

»Ich habe mich ein Vierteljahr lang eingesperrt, bin nie ausgegangen, habe um Daddy getrauert, hatte nur Kontakt zu Teague Hanlon. Nach dieser Trauerzeit hat er den Behörden mitgeteilt, ich hätte mich bei ihm gemeldet und er habe mich als mein Vormund mit meinem Einverständnis in einem Sanatorium auf dem Land untergebracht. Dort sollte ich mich erholen, psychologische Beratung erhalten und lernen, meine Sozialphobie zu überwinden oder wenigstens besser mit ihr umzugehen.«

»Am Telefon hat Telford gesagt, du seist in einem Sanatorium.«

»Richtig, das hat er all diese Jahre lang geglaubt. Bis gestern Nacht.«

»Und die Behörden haben Mr. Hanlon diese Story abgenommen?«

»Natürlich. Nicht nur weil er mein Vormund ist, sondern auch wegen seiner Position.«

»Welche hat er denn?«

Obwohl ich ihren Gesichtsausdruck in dem bläulichen Halbdunkel nicht erkennen konnte, hatte ich den Verdacht, dass sie nicht lächelte, als sie sagte: »Er ist mein

Vormund.« Damit brachte sie unmissverständlich zum Ausdruck, dass einige ihrer Geheimnisse weiterhin nur ihre blieben, auch wenn wir schon viel miteinander erlebt hatten.

Sie sagte: »Ich hatte keine nahen Verwandten, nur einen Freund, der zugleich mein Vormund war, also war das Risiko nicht allzu hoch, dass ein Anwalt auftreten und beantragen würde, das Gericht solle in meinem eigenen Interesse meinen gegenwärtigen Zustand und meine Behandlung kontrollieren. Außerdem ist die Bürokratie dieser Stadt so desinteressiert, dass das Jugendamt häufig Kinder bei Pflegeeltern unterbringt, von denen sie – was alle wissen – geschlagen, sexuell missbraucht oder wegen ADHS mit Drogen ruhiggestellt werden, bis die klaren, scharfen Kanten ihrer Seelen abgeschliffen sind. Niemand sollte glauben, dass eine Pflegefamilie in dieser Stadt automatisch besser ist als ein gut geführtes Heim.«

Nach kurzem Schweigen sagte ich: »Tut mir leid, dass du deinen Vater in seinem Zustand tot daliegen sehen musstest.«

»Ich dachte, ich hätte mich rasch genug abgewandt, bevor sich das Bild in mein Gedächtnis einbrennen konnte. Aber es ist noch immer da. Lebhaft und grausig. Ich werde es nie vergessen können.«

Vor meinem inneren Auge erschien wieder Vaters zerschlagenes Gesicht, in dem ein Auge unsichtbar war, weil die Augenhöhle voll Blut war.

Sie schob ihren Stuhl vom Tisch zurück und stand auf. »Ich habe dir versprochen, Klavier für dich zu spielen.«

Ich folgte ihr ins Wohnzimmer, in dem die Kerzen in roten Gläsern flackerten. Trotzdem wirkte das Ambiente nicht weniger melancholisch als bei den Kerzen in blauen Gläsern.

Als ich neben ihrer Klavierbank stehen blieb, sagte Gwyneth abwehrend: »Du darfst mich nicht einengen, Addison. Um gut spielen zu können, muss ich mir seit Daddys Tod vorstellen, nur für ihn und mich zu spielen. Setz dich also hin und lass mich machen.«

Eine weitere Kerze stand auf einem Beistelltisch neben einem Sessel, und ich ließ mich dort nieder, um zuzuhören.

Mit dem Rücken zu mir kündigte sie an: »›Sonata quasi una Fantasia‹ in cis-Moll.«

Sobald Gwyneth zu spielen begann, erkannte ich Beethovens Mondscheinsonate und sprang erschüttert auf, denn von allen Musikstücken, die Vater und ich uns auf CDs angehört hatten, war dies das Stück, das uns beide am tiefsten angerührt hatte, sodass wir nie genug davon bekommen konnten. Diese Musik spricht einen in tiefster Seele an, und man wird von dem Adagio höher, immer höher emporgehoben, meinem Gefühl nach sogar höher als in einer der beiden Messen, die Beethoven komponiert hat.

Ich trat an die Fensterwand und blickte in den Schnee hinaus, der nicht weniger dicht fiel als zuvor. Der Wind war etwas schwächer und – jedoch mit gelegentlichen Pausen – leicht böig geworden. Die Schneeflocken wurden nicht mehr schräg durch die Häuserschluchten getrieben. Stattdessen vereinigten sie sich zu halb ausgebildeten Formen, die sich im Augenblick nach ihrer Entstehung wieder auflösten, eine endlose Prozession von Geistern, die sich wie kristallisierte Musiknoten, die Musik aus höheren Sphären transportierten, sanft auf die Erde niederließen.

Die Bezeichnung »Mondscheinsonate« stammte nicht von Beethoven selbst, sondern von einem Freund, bei dem diese Musik Erinnerungen an eine romantische Bootsfahrt bei Mondschein auf dem Vierwaldstätter See geweckt hatte.

Aus der Nacht, durch den Schnee, kamen die drei Klaren, die ich zuvor schon auf den Dächern der Nachbargebäude gesehen hatte: zwei Männer und eine Frau, sie in weißer Schwesterntracht, die anderen in blauer Krankenhauskleidung. Wie Klare es manchmal taten, gingen sie nicht einfach, sondern glitten senkrecht stehend durch die Luft, als würden sie an Drähten hängend über eine Theaterbühne gezogen.

Die beiden Männer landeten auf der Straße, blieben dort stehen und sahen mal hierhin, mal dorthin, aber die Frau kam wie von der Musik angezogen zu den Fenstern heraufgeschwebt. Kein Glas zersplitterte, als sie kaum einen Meter rechts von mir durch die Doppelscheibe kam. Sie bewegte sich jetzt, als wäre sie der Schwerkraft unterworfen, was offensichtlich nicht stimmte, und als sie jetzt den Raum durchquerte, war sie eine leuchtende Erscheinung, vor der das Dunkel zurückwich, bevor es in ihrem Kielwasser zurückgekrochen kam. Sie verließ das Wohnzimmer und ging durch den Essbereich in die Küche, in der sie außer Sicht war. Sie musste auch in anderen Zimmern gewesen sein, denn als sie wieder erschien, kam sie durch keine Tür, sondern trat aus der massiven Wand, die sie so mühelos passierte, wie ich durch Nebelschwaden hätte spazieren können.

Die Klare trat an den Flügel und blickte auf die Pianistin hinab, ohne zu lächeln oder die Stirn zu runzeln, aber mit ruhigem Interesse. Gwyneth merkte nicht, dass sie beobachtet wurde, und konnte auch das sanfte Leuchten der Klaren nicht sehen, das auf sie und einen Teil der Tastatur fiel. Sie spielte weiter, als wären nur die Erinnerung an ihren Vater und ich anwesend.

Im nächsten Augenblick wandte die Besucherin sich von dem Flügel ab und kam auf mich zu. Ich erinnerte mich an Vaters Ermahnung, wich ihrem Blick aus und sah wieder aus dem Fenster. Ich stellte mir vor, ihr Blick könnte mich wie in der klassischen Mythologie verwandeln, wo der starre Blick der Medusa Fleisch zu Stein werden lassen konnte. Vater hatte mir nie erklärt, was mit mir geschehen würde, wenn ich darauf bestand, den Blick eines Klaren zu erwidern, aber er war auf allen Gebieten klug gewesen, und ich hatte keinen Grund, seinem Rat zu misstrauen.

Das Leuchten der Klaren fiel über mich und ließ die Fensterscheibe silbern glänzen. Ich sah das Spiegelbild ihres Gesichts im Glas, als sie mir über die rechte Schulter sah, wagte aber nicht, auch nur ihrem reflektierten Blick zu begegnen. Nach kurzem Zögern schwebte sie durch mich hindurch, durchs Fenster wieder in die Nacht hinaus, und ich stellte mir vor, sie würde vielleicht in einer anderen Dimension leben und könnte unsere Welt erforschen, auch wenn mir ihre verschlossen blieb.

Sie schwebte im Flockenwirbel nach unten und gesellte sich zu ihren beiden Gefährten. Sie gingen in dieselbe Richtung weiter wie zuvor der Mann mit dem Schäferhund.

Die Sonate ging zu Ende, aber Gwyneth schien keinen Beifall, kein Lob für ihr Spiel zu wollen. Nach ganz kurzer Pause, in dem Bann, der auf die letzte Note jedes die Seele anrührenden Stücks folgt, spielte sie auch schon weiter. So rasch, wie ich die Mondscheinsonate erkannt hatte, kannte ich auch dieses Stück, aber nicht seinen Titel. Dies war die schöne, aber traurige Melodie, die in bestimmten Nächten bis in meine fensterlosen Räume drang und mich im Traum verfolgte: Musik, deren Ursprung ich nie hatte identifizieren können, als käme sie aus einer anderen, einer unsichtbaren Welt.

Ich durchquerte den Raum und blieb schräg hinter Gwyneth stehen, wie zuvor in respektvoller Entfernung, damit sie sich weiter vorstellen konnte, dass sie nur für sich selbst und ihren ermordeten Vater spielte, aber nahe genug, damit ich die Musik nicht nur hören, sondern auch spüren konnte. Musik besteht aus Geräuschen, Geräusche bestehen aus Vibrationen der Luft, und diese besonderen Vibrationen versetzten das Mark meiner Knochen, das Gewebe meines Herzens in Schwingungen.

Nachdem die letzte Note verhallt war, saß Gwyneth mit gesenktem Kopf da und ließ die Hände auf der Vorsatzleiste ruhen. Im flackernden Kerzenschein war ihr Gesicht rosig angehaucht.

Sie sagte nichts. Obwohl ich wusste, dass ich hätte schweigen sollen, bis sie selbst sprach, fragte ich flüsternd: »Was war das für Musik?«

»Das erste Stück war Beethoven.«

»Ja, ich weiß. Mondscheinsonate. Aber das zweite?«

»Das ist eine eigene Komposition. Dieses Stück habe ich eine Woche nach dem Tod meines Vaters geschrieben.

Es drückt Schmerz aus … den Schmerz, ihn verloren zu haben.«

»Es ist wundervoll. Ich habe nicht geahnt, dass du so talentiert bist.«

»Kein Grund, in Ehrfurcht zu sterben. Das ist nur etwas, das ich kann. Eine Gabe. Für mich ist das keine Arbeit. Ich habe sie mir nicht verdienen müssen.«

»Gibt es eine Aufnahme von dem Stück, das du eben gespielt hast?«

Sie schüttelte den Kopf. »Nein. Diese Musik ist nur für ihn und für mich. Und zumindest diesmal auch für dich.«

»Aber ich hab's schon mal gehört.«

»Ausgeschlossen!«

Als sie das Stück erneut zu spielen begann, dieses Mal pianissimo, sagte ich: »Doch, ich hab's schon oft gehört. In meinen Räumen unter der Stadt. Aber ich hab's nie zu seinem Ursprung zurückverfolgen können.«

Ich stand schweigend da, bis sie zu Ende gespielt hatte. Der letzte Ton schwebte davon wie ein Vogel, der in einem aufsteigenden Luftstrom kreisend langsam Höhe gewinnt.

Nach kurzer Pause sagte ich: »Ich höre es wirklich manchmal nachts.«

»Ich glaube dir.«

»Aber wenn du das Stück nie aufgenommen hast und auch sonst niemand …«

»Trotzdem hast du's gehört. Wie, weiß ich nicht. Aber ich ahne, warum.«

Obwohl ich die Logik des Wie und Warum nicht begriff, fragte ich: »Warum also?«

Gwyneth antwortete nicht gleich, aber dann sagte sie: »Ich möchte's nicht sagen … und mich getäuscht haben. Ich möchte mich keiner falschen Hoffnung hingeben.«

Ihr Handy klingelte. Sie schaltete den Lautsprecher ein. »Hallo?«

Schlechter Whisky hatte alle weichen Töne aus der Stimme gewaschen, und die leisen Worte klangen rau wie von einem Mund voller Steine gesprochen. »Miss Gwyneth, ich bin's.«

»Ist was nicht in Ordnung, Simon?«

»Ein paar Kerle war'n hier, haben Sie gesucht.«

»Was für Kerle?«

»Nachbarn von zwei Ihrer Wohnungen haben angerufen und gesagt, dass diese Kerle rumgeschnüffelt und nach Ihnen gefragt haben. Den Nachbarn haben die Kerle nicht gefallen, also haben sie mich angerufen.«

»Meine Nachbarn bekommen mich kaum jemals zu Gesicht. Ich kenne sie nicht, Simon, woher kennst du sie also?«

»Nun, Miss Gwyneth, sie sind freundlich, und ich hab ihnen meine Nummer für den Fall gegeben, Sie wissen schon, dass es einen Wasserschaden oder so was gibt, wenn Sie gerade nicht dort wohnen.«

»Meine Nachbarn haben die Nummer der Hausverwaltung, mehr brauchen sie nicht. Simon, ich habe dir gesagt, dass du nie mit jemandem über mich reden darfst.«

Ihr enttäuschter Tonfall schien ihn schwer zu treffen. »Nein, nein, das hab ich nie gemacht. Ich hab nie über Sie geredet. Ich hab ihnen den anderen Namen gesagt, nicht den richtigen, und wir haben bloß über normales Zeug geredet, Sie wissen schon, über dieses und jenes, wie's Leute eben machen.«

Sie stand von der Klavierbank auf. »Aber du hast ihnen deine Telefonnummer gegeben, Simon, deshalb musst du jetzt schleunigst abhauen.«

»Abhauen? Aus meinem Haus? Wohin soll ich denn gehen?«

»Irgendwohin. Diese Kerle haben's auf dich abgesehen.«

»Aber Miss Gwyneth, die Nachbarn haben bloß meine Telefonnummer, nicht mal meine Adresse oder auch nur meinen Nachnamen.«

»Die Männer, die's auf dich abgesehen haben, haben Beziehungen, Freunde in höchsten Kreisen, Ressourcen. Irgendwann finden sie dich.«

»Aber wohin soll ich gehen? Ich weiß nicht, wo ich unterkommen soll.«

»Fahr zu meinem Vormund. Ich rufe ihn an und sage ihm, dass du kommst.«

»Sogar bei gutem Wetter ist das weit, Miss Gwyneth. In diesem Blizzard ist's unmöglich weit. Für einen Mann in meinem Alter, mein ich.«

»Du hast noch immer kein Auto?«

»Mit meiner Vorgeschichte krieg ich nie eine Fahrerlaubnis, Miss Gwyneth. Wer braucht in der City außerdem ein Auto? Ich hab mein Fahrrad und Taxis. Ich komm gut zurecht, aber im Tiefschnee kann man nicht radeln und bei diesem Schneesturm fahren keine Taxis.«

Sie zögerte, dann sagte sie: »Gut, ich hole dich ab, Simon. Ich fahre dich hin.«

»Wenn diese Kerle hier aufkreuzen, erzähl ich ihnen nicht das kleinste bisschen. Niemals. Sie wissen, dass ich's nicht tu, Miss Gwyneth. Lieber sterbe ich.«

»Ich weiß, Simon. Aber ich will nicht, dass du stirbst, was passieren könnte. In einer halben Stunde bin ich da.«

»Gott segne Sie, Miss Gwyneth. Tut mir leid, dass ich Ihnen so viel Mühe mache. Sie sind ein Engel, und ich wollt nie, dass die Sache so ausgeht.«

»Das weiß ich, Simon. In einer halben Stunde, okay?«

»Okay.«

Sie beendete das Gespräch. »Telford und Leute wie er gelten als Menschen, aber sie sind Tiere.«

»Sie sind keine Tiere«, sagte ich. »Tiere töten nur, wenn sie fressen müssen. Tiere leiden, aber sie machen niemanden für ihre Leiden verantwortlich und sind nie neidisch. Wer ist Simon?«

»Ein Mann, der seine Seele verloren und wiedergefunden hat. Komm jetzt.«

47

Als ich erstmals richtige Hunde sah, nicht nur Fotos von ihnen, war ich acht Jahre alt und vor Kurzem von meiner Mutter aus unserem Haus verbannt worden.

Zwischen der Kirche, bei der ich fast niedergeschlagen worden wäre, und der Raststätte, in der ich mich auf dem Tieflader versteckte, wanderte ich durch Wälder, in denen Nachtschwalben und Baumfrösche lebten, und überquerte Naturwiesen, von denen Schwärme von gelben Schmetterlingen aufflogen wie abgefallene Blütenblätter der Sonne, zu der sie zurückzukehren versuchten, bevor ich Weideland erreichte, das von einem halb eingefallenen Plankenzaun umgeben war: eine Viehweide, auf der keine Rinder grasten.

Gewaltige Wolkenberge mit niedriger Basis, zwischen denen das leuchtende Blau des Spätnachmittagshimmels sichtbar war, waren in ungleichmäßigen Abständen über den Himmel verteilt. Die im Westen stehende Sonne entflammte die oberen Stockwerke der Wolkentürme, die unten bleigrau waren, aber oben golden leuchteten. In einer Stunde der Ungewissheit, in der alles passieren konnte, schwebte der schwindende Tag zwischen Unwetter und Heiterkeit.

Ich setzte mit einer Flanke über den Zaun und marschierte über die Weide weiter. Als ich etwa ein Viertel der Strecke zurückgelegt hatte, kamen zwei Hunde von links durchs hohe Gras auf mich zugestürmt. Einer war ein Schäferhund, der andere ein Mischling, vielleicht eine Kreuzung aus Schäferhund und Collie.

Weil Hunde die domestizierteste Tierart auf Erden sind, nahm ich an, sie würden nicht so friedlich wie die wilden Tiere in den Wäldern meiner Kindheit sein. Wegen ihrer engen Bindung an Menschen teilten Hunde bestimmt auch deren Vorurteile. Ich erwartete, angegriffen zu werden und im Gras liegend zu verbluten, während sie mich hasserfüllt knurrend umkreisten.

Ich spurtete über die weite Fläche davon, allerdings nicht schnell genug, um die Hunde hinter mir zu lassen. Als sie mich einholten, fielen sie mich jedoch nicht an, sondern hielten töricht grinsend und schwanzwedelnd rechts und links Schritt mit mir.

Ich hörte zu rennen auf, ging aber weiter, weil ich fürchtete, sie könnten sonst meine Angst wittern. Sie liefen vor mir her, schnappten spielerisch nach dem anderen, überschlugen sich, sprangen sofort wieder auf. Obwohl ich weiter Angst vor ihnen hatte, machte es Spaß, sie so herumtollen zu sehen.

Als ich die Weide halb überquert hatte, kamen sie hechelnd und schwanzwedelnd zurück. Sie witterten den Schinken vom Kirchenpicknick in meinem Rucksack. Ich hatte zum Frühstück zwei Scheiben davon gegessen, aber eine steckte noch in Alufolie gewickelt in einer Außentasche.

Ich stellte mir vor, Hunde wären vielleicht doch so gutmütig wie die Tiere des Waldes. Die waren mehr meine Familie gewesen als meine mit Problemen belastete Mutter. Ohne den Rucksack abzunehmen, zog ich den Reißverschluss des Seitenfachs auf und angelte den Schinken heraus. Ich wickelte ihn aus, riss ihn in Stücke und verfütterte ihn an die Hunde.

Die beiden waren vorbildlich erzogen und warteten geduldig, bis sie wieder an der Reihe waren, während sie abwechselnd ein Stück bekamen, bis der Schinken aufgefressen war. Sie schnappten auch nicht nach den Bissen, sondern nahmen sie mit weichen Lefzen aus meinen Fingern. Als ich »So, das war's« sagte, bestanden sie nicht auf mehr.

Im nächsten Augenblick rief eine Stimme: »Keine Angst, sie beißen nicht. Sie sind gute alte Boys.«

50 oder 60 Meter entfernt kam ein Mann mit einer Jägerweste mit aufgesetzten Taschen und einer Schrotflinte in der linken Armbeuge auf mich zu. Trotz der Waffe wirkte er nicht bedrohlich, aber das würde sich rasch ändern, wenn er näher kam und mein Gesicht unter meiner Kapuze sah.

Ich zog meinen Schal bis zu den Augen hoch, spurtete los und rechnete jederzeit mit einem Warnschuss oder einem kurzen Befehl, der die Hunde auf mich hetzen würde. Beide blieben aus. Ich sprang über den eingefallenen Zaun und flüchtete in den angrenzenden Wald.

Die Hunde begleiteten mich abenteuerlustig. Ich wollte sie wegscheuchen, aber sie ließen sich nicht vertreiben. Aus ihrem Verhalten erriet ich, was sie wollten. Ich ließ mich auf ein Knie nieder, rieb sie mit meinen behandschuhten Händen hinter den Ohren und kraulte sie unter dem Kinn. Dabei erklärte ich ihnen, sie müssten sofort gehen, bevor ihr Herrchen glaubte, ich wollte sie entführen. Dann rief er sie auch schon aus gefährlicher Nähe. Als ich darauf bestand, machten die Hunde kehrt und trotteten auf die Weide zurück, jedoch mit eingezogenem Schwanz und wiederholten vorwurfsvollen Blicken in meine Richtung.

Viele Jahre später fragte ich mich nach einem weiteren Erlebnis mit Hunden, ob ihre Spezies eigens dafür geschaffen war, uns als vierbeinige Führer zu dienen, die in der Lage waren, die Menschheit zu unserer ursprünglichen – und verlorenen – Heimat zurückzubringen. Durch das Beispiel ihrer Fröhlichkeit und Bescheidenheit, indem sie nicht mehr wollen als Fressen, Spielen und Liebe, durch die tiefe Befriedigung, die sie aus diesen bescheidenen Dingen ziehen, strafen sie alles Streben nach Macht und Ruhm Lügen. Obwohl sie Zähne haben, mit denen sie zubeißen können, verschaffen sie sich, was sie wollen, am leichtesten durch Schwanzwedeln und sehnsüchtige Blicke.

Und wie es der Zufall wollte, leisteten Hunde in einem kritischen Augenblick alles, was ich mir vorgestellt hatte, und noch viel mehr.

48

Die City ergab sich allmählich dem Blizzard, aber Gwyneth tat das nicht. Die grobstolligen Reifen des Land Rovers wühlten sich durch den Pulverschnee, spuckten ihn in zusammengepressten Klumpen seitlich aus. Pro Stunde fielen fast fünf Zentimeter Schnee, und obwohl auf den Straßen schon 15 Zentimeter lagen, hielt sie dies für eine ideale Rallye-Nacht, gab immer mehr Gas, fuhr einen Slalom um Pannenfahrzeuge, zu denen noch kein Abschleppwagen gelangt war, und nahm Kurven in einem Tempo, als wäre die Gefahr, ins Schleudern zu geraten oder sich zu überschlagen, dadurch ausgeschaltet, dass sie eine einstweilige Verfügung gegen die Naturgesetze erwirkt hatte.

Trotz meines jugendlichen Alters erinnerte ich mich an eine Zeit, in der die Schneepflüge gleich ausgerückt waren und die Aufräumarbeiten begonnen hatten, noch bevor der Sturm seinen Höhepunkt erreichte. Heutzutage hätte man angesichts der verzögerten Reaktion glauben können, die City verließe sich wie in früheren Jahrhunderten auf Kolonnen von Schauflern, die Zeit brauchten, um sich gegen die Kälte warm einzupacken und sich mit einem Schluck Schnaps zu stärken, bevor sie sich zur Arbeit meldeten, um die Schneemassen mit Pferdeschlitten abzutransportieren.

Simon, zu dessen Rettung wir unterwegs waren, erwies sich als der Obdachlose, der auf der Suche nach Pfanddosen, um Geld für Whisky zu haben, das misshandelte, nackte kleine Mädchen in dem Müllcontainer gefunden hatte. Jahrzehnte vor dieser Entdeckung war er ein vielversprechender junger Künstler gewesen. Aber irgendetwas an der Vorstellung, sehr erfolgreich zu sein, machte ihm solche Angst, dass er mit Alkohol als Co-Pilot und der unglücklichen Gabe, Geschäftsbeziehungen in Rauch aufgehen zu lassen, als wären sie Pyropapier, wie es Magier verwenden, so spektakulär abstürzte, dass er binnen eines Jahres aus seinem luxuriösen Penthouse ausziehen und unter Brücken schlafen musste.

Nach seinem Zusammenbruch in dem Donut Shop, in den er das misshandelte Kind gebracht hatte, und nach seiner Entlassung aus dem Krankenhaus gab er das Trinken über Nacht auf – ganz ohne Medikamente, psychologische Beratung oder ein zwölfstufiges Entwöhnungsprogramm. Hob er ein Glas oder eine Flasche des alten Gifts an die Lippen, gruselte ihm allein vor dem Geruch, und wenn er einen Schluck zu trinken versuchte, musste er sich unweigerlich übergeben. Geruch und Geschmack von Whisky widerten ihn so an wie der Gestank eines Müllcontainers. Bei jedem Versuch, etwas zu trinken, wurde er mit der Einsicht konfrontiert, die er im Krankenhaus gewonnen hatte: dass es nicht nur Schwäche, sondern auch Sünde war, sein Leben wegzuwerfen, wenn so viele andere ihr Leben oder das Versprechen ihrer Zukunft durch grausame Menschen oder brutale Naturkräfte verloren.

Er lebte trocken und fleißig in einem exzentrischen Viertel in Flussnähe, einer Enklave mit malerischen Bungalows aus den 20er-Jahren an einer Schleife des John Ogilvie Way im Südosten der City.

In der ersten Hälfte des 19. Jahrhunderts hallte die Stadt von mehr Harmonien als Dissonanzen wider, sodass es überall Dinge gab, die das Auge erfreuten. Aber in Jahrzehnten, in denen die zuständigen Stellen auf Fachleute als Planer setzten, galt vieles aus der Vergangenheit als überholt, wenn nicht sogar abscheulich. Architektur, die Erinnerungen an frühere Zeiten weckte, war nun peinlich, weil vieles an der Geschichte unglücklich oder beschämend war. Für das Malerische, Bezaubernde oder Edle war kein Platz mehr. Was als Werk sentimentaler Primitiver gesehen werden konnte, wurde abgerissen und durch massive Gebäude, die anscheinend von sowjetischen Wohnblocks inspiriert waren, und einen Wald aus Bürotürmen aus Stahl und Glas ersetzt, die bei Tageslicht glänzten, als wären sie prächtiger als die Sonne, die ihnen erst Glanz verlieh.

Die Bungalows am John Ogilvie Way wurden bei Malern, Bildhauern und Töpfern beliebt, die sie auch als ihre privaten Galerien nutzten. Das Viertel überlebte lange genug, um eine Touristenattraktion zu werden, ein kulturelles Juwel, mit dem die City sich schmückte. Weil moderne Kunst von Zukunft und Fortschritt handeln soll, von Abstraktion und der Unmöglichkeit, die Wahrheit zu erkennen, spricht sie nicht nur echte Liebhaber, sondern auch Menschen an, die die Vergangenheit verachten. So überdauerte der John Ogilvie Way, von Bauten umgeben, die in ihrem kühnen Ausdruck von Macht und Befehlsgewalt aussahen, als stammten sie aus einer Parallelwelt, in der Hitler triumphiert hatte.

Aus Dankbarkeit dafür, dass Simon das namenlose kleine Mädchen gerettet hatte, hatte Gwyneth ein Haus in dieser Enklave gekauft, damit er dort mietfrei wohnen und wieder versuchen konnte, seine Begabung zu erforschen. Der Bungalow war großzügig geschnitten, hatte zur Straße hin eine geräumige Veranda und wies Elemente des Craftsman Style auf. Als wir ankamen, brannte hinter allen Fenstern Licht. Gwyneth fuhr einen halben Block weit an Simons Haus vorbei und parkte auf der anderen Straßenseite.

Wir stiegen aus dem Land Rover.

»Zur Haustür können wir nicht direkt gehen«, sagte sie.

»Warum nicht?«

»Wir müssen die Lage erkunden, falls sie ihn aufgespürt haben. Sollte Simon etwas zugestoßen sein, könnte ich mir das nie verzeihen. Ich habe versprochen, in einer halben Stunde zu kommen, und mein Versprechen nicht gehalten.«

Mit einem Blick auf meine Rolex sagte ich: »35 Minuten sind fast genau eine halbe Stunde. Fünf Minuten können keinen großen Unterschied machen.«

»In diesem Fall doch, das spüre ich.«

Selbst nach 23 Uhr brannte in fast allen Bungalows der näheren Umgebung noch Licht. Vielleicht waren Künstler, die sich nicht an normale Geschäftszeiten halten mussten, dann am kreativsten, wenn die Welt still zu werden begann, vielleicht brachte ihr Talent Biorhythmen mit sich, die sich von denen gewöhnlicher Menschen ohne ihre Begabung unterschieden.

Die Straße erinnerte mich an ein Winterbild von Thomas Kinkade: malerische Häuser, gepflasterte Gehwege und verschneite immergrüne Pflanzen, die prächtig wie in Hermelinpelzen aussahen, das Ganze in warmes Licht getaucht, das unerwartet, aber überzeugend wirkte. Die Szenerie erschien magisch, aber Magie hat zwei Seiten – Licht und Dunkel.

Aus einer Jackentasche zog Gwyneth eine kleine Sprühdose Mace, die sie mir gab. Aus einer anderen Tasche holte sie ihren Kontakt-Taser.

Wir überquerten die Straße und gelangten an der Seite des unbeleuchteten Nachbarbungalows vorbeistapfend in den Garten dahinter. Dort ragte ein stattlicher Nadelbaum 20 Meter hoch auf und bot uns im Dunkel unter seinen schneebedeckten Ästen einen geschützten Beobachtungspunkt.

In dichtem Schneetreiben lag Simons Bungalow still vor uns, von dem böigen Wind gezaust, aber nicht erschüttert, so fest gegründet, dass er die weißen Massen zu begrüßen schien, die ihn immer höher bedecken und noch mehr von der Welt isolieren würden. Hinter den beleuchteten Fenstern bewegten sich keine Schatten.

Das einzig Seltsame war ein blasser Lichtkegel, der wiederholt breiter wurde und danach konzentriert über die rückwärtige Veranda fiel: in unregelmäßigen Abständen und ohne irgendein Geräusch. Als wir unter dem Baum hervorkamen und auf die niedrige Gartenmauer zwischen den Grundstücken zugingen, sahen wir, dass das Licht aus dem Haus kam und durch eine offene Tür verändert wurde, sie sich zwischendurch fast ganz schloss, um dann von dem böigen Wind wieder aufgerissen zu werden.

»Nicht gut«, sagte Gwyneth.

Mit zunehmender Dringlichkeit überstiegen wir die Gartenmauer, durchquerten den Garten und hasteten die Stufen hinauf. Auf der Veranda hörten wir drinnen eine Stimme, aber sie gehörte einem Ansager, war mit Musik unterlegt und musste aus einem Fernseher kommen.

Gewohnt wagemutig trat Gwyneth über die Schwelle. Obwohl die einzigen Wohnungen, die ich in der City betreten hatte, beide ihr gehört hatten und der Bungalow sich wie eine Falle anfühlte, folgte ich ihr, ohne zu zögern.

»Mach die Tür zu«, flüsterte sie.

Ich fragte mich, ob das klug war, schloss sie jedoch lautlos.

Wir befanden uns in einer offenen Wohnlandschaft mit einer kleinen Küche links von uns und rechts einem größeren Bereich, der offenbar als Familienraum gedacht war. Simon schien vor allem diesen Teil des Bungalows genutzt zu haben, denn er war mit einem Bett, zwei Sesseln mit Beistelltischchen, einem alten Kleiderschrank und einem jetzt eingeschalteten Flachbildfernseher an der Wand eingerichtet. Obwohl diese Unterkunft so bescheiden war wie meine drei Räume, vermutete ich, dass sie einem Mann, der 30 Jahre lang auf der Straße gelebt und unter Brücken geschlafen hatte, palastartig erscheinen musste.

Im Fernsehen ankerte ein riesiges Kreuzfahrtschiff auf der Reede vor einer Hafeneinfahrt, und der Nachrichtensprecher verlas eine Meldung, die Hafenbehörde verweigere dem Kapitän das Einlaufen.

Tief unter der Stadt, unter unzähligen Tonnen von Stahl und Beton, gab es keinen Rundfunk- oder Fernsehempfang. Bei meinen Streifzügen an der Oberfläche war ich jedes Mal fasziniert, wenn ich einen laufenden Fernseher sah. Ich erinnerte mich jedoch immer daran, dass Vater gesagt hatte, wir seien ohne Fernsehen besser dran, weil es ein Werkzeug des Wandels sei, das uns zu Leuten machen würde, die wir nicht sein wollten.

Meine Mutter hatte in ihrem abgelegenen Haus in den Bergen keinen Fernseher gehabt – und war trotzdem weniger geworden, als sie sein wollte. Vielleicht hatte sie als Kind im Elternhaus und an sonstigen früheren Wohnorten zu viel ferngesehen. Es gab viel, was ich nicht wusste, vielleicht nie erfahren würde, und vieles, was ich an der Psychologie dieser Leute, die an der Oberfläche lebten, nicht verstand.

Jedenfalls war Simons Unterkunft im Prinzip ein Studioapartment, das er makellos sauber hielt. Kein Schmutz. Kein Staub. Deshalb waren die zertrümmerte Vase und die Blutspur auf dem hellen Holzboden gleichbedeutend mit einem Schrei.

49

Sie war ein Mädchen, das Türen öffnete, nicht weil es sie öffnen wollte, sondern weil es wusste, dass es sie öffnen musste.

Die schokoladenbraune Tür zwischen Simons Wohnbereich und den anderen Räumen des Bungalows erschien mir monolithisch: eine massive Steinplatte, hinter der etwas Beängstigendes wie vergangene oder zukünftige Gewalt lag. Hätte ich die Wahl gehabt, wäre ich vielleicht gleich gegangen, aber die Entscheidung lag bei Gwyneth.

Die Tür führte auf einen kurzen Flur hinaus. Links lagen das Bad und ein Hauswirtschaftsraum, beide mit offenen Türen und eingeschalteten Deckenleuchten. Rechts lag das Atelier, in dem Simon seine Bilder malte. In diesen Räumen erwartete uns niemand, weder tot noch lebendig.

Am Ende des Flurs betraten wir eine Galerie, die aus zwei zusammengelegten Räumen entstanden war. An den sichtbaren Deckenbalken montierte Spots beleuchteten Wände mit Ölgemälden, die erstaunten und bereicherten, weil sie gleichermaßen an Gefühl und Verstand appellierten. Seine Stärke waren figürliche Darstellungen von Ganzporträts einzelner Personen bis hin zu Personengruppen, die bei allen möglichen Aktivitäten an exquisit detailliert gemalten Orten wiedergegeben wurden.

Gwyneth sagte: »Sie haben ihn entführt.«

»Wohin?«

»Nicht in Telfords Apartment oder sonst wohin, wo er mit ihm gesehen werden könnte. Sie glauben, dass sie die Adresse meiner neunten Wohnung aus ihm rauskriegen können.«

»Du hast gesagt, dass er nicht weiß, wo sie liegt.«

»Ganz recht. Tatsächlich weiß er nicht mal, dass sie existiert.«

»Was kann er ihnen also erzählen?«

»Nichts. Aber selbst wenn er etwas wüsste, würde er ihnen nichts erzählen. Er hat ihnen auch nicht gesagt, dass ich kommen würde, um ihn an einen sicheren Ort zu bringen, sonst hätten sie uns hier aufgelauert.«

»Was passiert mit ihm?«

Sie vergaß sekundenlang die Regeln für unsere Beziehung und sah mich an, aber bevor unsere Blicke sich begegneten, senkte ich blitzschnell den Kopf, weil ich nicht darauf vertrauen wollte, dass die Sturmhaube ausreichen würde, um mich vor ihrer vehementen jähen Ablehnung zu schützen.

Sie schaltete die Spots aus, sodass die Galerie nur noch durch das vom Flur einfallende schwache Licht erhellt wurde, und trat dann ans Fenster, um in die Winternacht hinauszusehen.

Obwohl ich Simon nur aus Gwyneth' Erzählungen und den überwältigenden Gemälden an den Wänden seiner Galerie kannte, hatte ich das Gefühl, wir müssten etwas tun. Ich wiederholte meine Frage: »Was passiert mit ihm?«

»Sie werden ihn foltern, Addison. Und wenn er nichts verrät, müssen sie ihn umbringen.«

»Alles nur, um an dich ranzukommen?«

»Ich hab dir gesagt, dass Telford Millionen gestohlen hat. Und in den Kunstlagern der Bibliothek und des Museums gibt es weitere Millionen zu stehlen – Dinge, deren Verschwinden jahrelang nicht auffällt, zumal Telford die Inventarlisten verwaltet. Und allein er entscheidet, welche Gemälde, Statuen, seltenen Bücher und illuminierten Handschriften für Sonderausstellungen aus dem Lager geholt werden. Also kann er nicht so leicht erwischt werden, als wenn ein anderer diese Befugnis hätte.«

Ich wusste nicht, was ich sagen oder tun sollte. Ich war ein Wesen aus dem tiefsten Dunkel, ein Außenseiter, der in den vergangenen 18 Jahren nur einen Freund, Vater, gehabt hatte und seit seinem Tod ganz ohne Freund war. Ich hatte geglaubt, bei Gwyneth trotz ihrer Sozialphobie lernen zu können, wie Leute miteinander umgingen, wie sie agierten und reagierten und interagierten, was sie sagten und wie sie's sagten, was sie wollten, was sie hofften – mehr als ich allein aus Büchern lernen konnte. Ich dachte, durch sie könnte ich irgendwann entdecken, wie Leute dazu gelangten, falls sie's jemals taten, den Sinn ihres Lebens zu begreifen, denn die Sinnfrage lastete schwer auf mir und schien unlösbar zu sein. Aber wenn ich in den letzten 24 Stunden etwas gelernt hatte, war das kein Wissen, das ich schon anwenden konnte. Ich wusste nicht, was ich sagen oder tun sollte. Ich wusste es nicht. Ich wusste es einfach nicht.

Ich konnte sie nicht weinen hören. Sie stand so still da, wie draußen der Schnee im Licht der Straßenlampen fiel, aber ich war mir trotzdem sicher, dass sie weinte. Tränen hatten meines Wissens keinen Geruch, aber ich nahm sie auch nicht mit meinen fünf Sinnen wahr, auch nicht nur intuitiv, sondern durch eine tiefere Wahrnehmung, die ich nicht benennen konnte.

Hätte ich dieses süße Mädchen berühren dürfen, hätte ich es in die Arme genommen. In ihrer jetzigen verwundbaren Stimmung würde sie vor meiner Berührung vielleicht nicht nur zurückweichen, sondern entsetzt davor zurückzucken, als hätte sie einen elektrischen Schlag erhalten. Und dann hätte mein Regelverstoß bestimmt eine Kluft zwischen uns aufgerissen, die nicht mehr überbrückt werden konnte.

Sie wandte sich vom Fenster ab und durchquerte die Galerie. »Los, komm.«

»Was machen wir jetzt?«

»Weiß ich nicht.«

Ich hastete hinter ihr her durch den Flur. »Wohin fahren wir?«

»Weiß ich nicht.«

Wir ließen die anderen Lampen brennen, schalteten auch den Fernseher nicht aus und traten auf die rückwärtige Veranda hinaus, als der Nachrichtensprecher gerade sagte: »… zu unserem Reporter Jeffrey Stockwell in Mumbai, Indien.«

Falls das überhaupt möglich war, schien der Schneefall noch stärker geworden zu sein, als entleerte sich der Himmel, sodass wir nichts mehr über uns haben würden, wenn die letzten Wolken ihre Substanz verloren hatten, als völlige Schwärze ohne Mond oder Sterne, ohne Morgensonne. Vorerst gab es nur erratischen Wind und wirbelnde Flocken, ein wunderschönes Chaos.

Als wir uns dem Land Rover näherten, sagte Gwyneth: »Heute Nacht ist der Tod hier. Nicht nur bei Simon. Der Tod ist bei uns. Spürst du ihn?«

Ich gab keine Antwort, weil die Antwort sie nicht aufgemuntert hätte.

Nach sechs Jahren hatte ich wieder etwas zu verlieren, und meine Angst war groß.

50

Die dramatische Gewitternacht, der Himmel in Flammen, in der wir exponiert dastanden und überlebten …

In unserer gemeinsamen Zeit erkundeten Vater und ich die City bei vielen schweren Gewittern, nicht nur das eine Mal, als ein Sterbender mir eine goldene Uhr schenkte. In einer Julinacht, in meinem 16. Lebensjahr, öffnete der Himmel seine Schleusen, und wir brachen in unseren hohen Stiefeln, schwarzen Regenmänteln mit Kapuzen und Sturmhauben auf. Wir platschten durch Sturzbäche und überflutete Straßen wie über Bord gespülte Seeleute, die jedoch durch irgendeine Zauberei auf der Suche nach ihrem Schiff übers Wasser gehen konnten.

Wir standen in dem großen Park, den die City umschloss, und alles, was in der Sonne warm und grün gewesen wäre, war kalt und schwarz. Das Lampenlicht entlang der gewundenen Fußwege versilberte den Regen und den leichten niedrigen Nebel, der dadurch entstand, dass Tropfen auf dem Asphalt zerplatzten. Diese Pfade schlängelten sich um Büsche und Bäume davon, wurden milchig undeutlich, bevor sie außer Sicht gerieten. In dieser Nacht wirkten sie geheimnisvoll und versprachen zu einer Enthüllung zu führen. Aber wir kannten sie in voller Länge und wussten recht gut, dass sie nur zu anderen Punkten innerhalb des Parks führten. So nahe, dass der Donnerschlag gleichzeitig kam, spaltete ein gewaltiger Blitzstrahl den Himmel über der gemähten Wiese, auf der wir standen, bog nach Osten ab und schlug in die Spitze – die ein Blitzableiter war – auf dem Dach eines Hochhauses jenseits der am Park vorbeiführenden Straße ein. Die tausend Lampen in dem Gebäude flackerten, gingen aber nicht aus, und ich glaubte gesehen zu haben, dass die Spitze einen Augenblick lang rot geglüht hatte.

Ich fürchtete mich sehr und wollte irgendwo Schutz suchen, aber Vater versicherte mir, wir würden nicht durch Blitzschlag sterben, weil kein Gewitter uns etwas anhaben könne. Sollten wir vorzeitig sterben, würden die tödlichen Schläge von Waffen in den Händen unserer Mitbürger kommen. Obwohl ich nicht glauben konnte, dass wir gegen das Wüten der Natur immun sein sollten, unterdrückte ich meine Angst, so gut ich konnte, blieb neben ihm stehen und vertraute auf seine Weisheit.

Die schwarze Himmelskuppel wurde immer wieder gespalten, und einige der Blitzstrahlen zickzackten zu entfernteren Zielen, die wir nicht sehen konnten, während andere kreuz und quer über den Himmel zuckten, als führten dort oben Götter Krieg gegeneinander.

Zwischen Kanonaden von Donnerschlägen sprach Vater über die Macht der Natur: jeder Blitzstrahl so heiß wie die glühende Sonne, gewaltige Erdbeben, die ganze Städte einstürzen ließen, Tornados, Hurrikans, Tsunamis. »Die Natur ist eine exquisite Maschine, die nie gewaltsam ist, außer wenn Kräfte in ihrem Inneren neu ausbalanciert werden müssen. Und dann ist ihre Gewalttätigkeit fast immer kurzlebig, ein bis zwei Tage Sturm, zehn Minuten Tsunami, eine Minute Erdbeben, wenn tektonische Platten sich verschieben. Die Natur führt nicht jahrelang Krieg, und sie kennt keine Bösartigkeit.«

Die Menschheit dagegen … Nun, das war eine dunklere Story. Adam und Eva, sagte er, hätten nicht so sehr verbotenes Wissen, sondern Macht begehrt: die Macht, wie die Götter sein zu können. Große Macht konnte etwas Wundervolles sein, wenn die Männer und Frauen, die sie besaßen, dazu neigten, sie klug und gütig zu gebrauchen. Aber dazu neigten nur wenige. Benutzte ein Herrscher seine Macht über seine Untertanen, um offene Rechnungen zu begleichen, seine Selbstachtung aufzupeppen und die Gesellschaft seinen grandiosen Ideen entsprechend umzubauen, führte das unweigerlich zu Klassenkampf und Völkermord.

Ich wusste nicht, welchen Zweck er mit seiner Erzählung verfolgte, und als ich ihn nach seiner Absicht fragen wollte, spaltete einer der letzten Blitze des gewaltigen Spektakels eine riesige Eiche, die kaum 30 Meter von uns entfernt stand. Aus ihrem gespaltenen Stamm schlugen Flammen, als wäre sein Inneres stets rot glühend gewesen, aber von der Rinde zusammengehalten worden. Die halbe Eiche neigte sich mit aus der Erde gerissenen Wurzeln zur Seite und fiel, aber die andere Hälfte blieb trotzig stehen, und die Sintflut löschte die Flammen rasch.

Als die Pyrotechnik zu Ende war und der Himmel nur noch Regen produzierte, sagte Vater: »Beschließen mächtige Männer, dass Dinge um jeden Preis neu austariert werden müssen, ist die Gewalttätigkeit nie kurz und niemals nur gegen das Ungleichgewicht gerichtet, das sie angeblich ausgelöst hat. Die Herrschaft des Gesetzes wird zur Herrschaft der Gewalt. Rache wird zu einem Synonym für Gerechtigkeit. Vor solchem Horror ist niemand sicher, keine Nation, keine geschichtliche Periode. Halte dich bereit, diesen Augenblick zu erkennen. Sei allzeit bereit.«

Ich hatte viele Fragen an ihn, aber er wollte sie nicht beantworten. Dieses Thema, das ihn offensichtlich beunruhigte, war für ihn erledigt. In den gemeinsamen vier Jahren, die uns noch blieben, sprach er es nie wieder an.

Wenn ich an diese Nacht zurückdachte und mich an Vaters Ausführungen erinnerte, hatte ich manchmal das Gefühl, dass er etwas gewusst oder vermutet hatte, das er nicht einmal mit mir teilen wollte. Vielleicht hatte er im Traum oder in einem klaren Moment, der an Hellseherei grenzte, kommende Ereignisse heraufziehen sehen und war von ihrer ganzen Großartigkeit oder ihrer schrecklichen Macht so beeindruckt gewesen, dass er nicht über sie sprechen, sondern nur hoffen konnte, sie nicht allzu deutlich gesehen zu haben.

51

Gwyneth lenkte den Land Rover wie eine Walküre aus den Wikingersagen, deren Flügel gestutzt waren, als müsste sie den ihr zugewiesenen gefallenen Krieger unbedingt finden, bevor er starb, und in dem Augenblick, in dem seine Seele den Körper verließ, seinen Geist nach Walhall fahren. Ihre Fahrweise war mir schon zuvor riskant erschienen. Aber obwohl sie jetzt noch schneller fuhr, die Kurven noch enger nahm, wirkte sie nicht leichtsinnig oder unbesonnen, sondern schien wohlüberlegt zu handeln, als würde sie Ziel und Grund dieser Fahrt kennen, auch wenn ihre Route willkürlich wirkte, weil sie manchmal kurze Strecken zurückfuhr.

Bei unserer rasanten Fahrt durch die City zum John Ogilvie Way war sie durch Angst um Simons Leben motiviert gewesen, aber nun brannte in ihr eine Flamme des Zorns, nicht auf Telford und seine Komplizen, sondern auf sich selbst, weil sie's nicht geschafft hatte, den Bungalow des Künstlers rechtzeitig zu erreichen. Sie war zornig, nicht auf Simon, sondern wieder auf sich selbst, weil sie nicht erkannt hatte, dass er stolz darauf sein würde, sein Leben wiederaufgebaut und ihr Vertrauen gewonnen zu haben, und dass ihm gefallen würde, dass ihre Nachbarn ihn als jemanden kannten, dem sie ihre Schlüssel anvertraut hatte, wodurch sie ihn in Gefahr gebracht hatte. Gerechten Zorn gibt es tatsächlich, vor allem, aber nicht immer, wenn er gegen einen selbst gerichtet ist.

Mich beunruhigte jedoch, wie einseitig Gwyneth sich selbst Vorwürfe machte. Für mich würde sie immer und in allen Dingen schuldlos sein, weil ich die Reinheit ihres Herzens kannte.

Nichts, was ich hätte sagen können, hätte sie dazu bewogen, sich weniger erbittert anzuklagen, deshalb konnte ich im Augenblick nur ihr stummer Beifahrer bei dieser Höllenfahrt sein. Wir fuhren einen Slalom um mehr Pannenfahrzeuge als zuvor, pflügten durch Schneeverwehungen an den Seiten geparkter Wagen und benutzten an einer Kreuzung, auf der zwei SUVs zusammengestoßen waren, den Gehsteig. Als die Fahrer von Schneepflügen hupten, um sie zu ermahnen, langsamer zu fahren, hupte sie nur ebenfalls, gab noch etwas mehr Gas und raste über die tief verschneiten, fast verlassenen Avenuen weiter.

Obwohl ihre Route improvisiert zu sein schien, wusste ich, dass Absicht dahintersteckte, denn sie fuhr einige Male langsamer, hielt sogar an und begutachtete ein Wohn- oder Geschäftshaus, als könnte Simon dorthin verschleppt worden sein. Dann schüttelte sie den Kopf oder murmelte etwas Unverständliches vor sich hin, bevor wir weiterfuhren, wobei die Schneeketten sich leise rasselnd durch kompakten Schnee fraßen und nur selten lauter klangen, wenn sie den Asphalt der Straße berührten.

»Wieso sollte er einen Partner haben?«, fragte Gwyneth. »Er braucht niemanden, der ihm hilft, diese Dinge zu stehlen. Er hat jederzeit Zugang zu ihnen. Und jede Menge Möglichkeiten, die Diebstähle zu tarnen. Wieso sollte er mit einem Partner teilen?«

Ich hatte nicht den Eindruck, dass diese Frage an mich gerichtet war, denn sie schien nur laut nachzudenken. Außerdem besaß sie trotz ihres durch eine Sozialphobie erheblich eingeschränkten Lebens unendlich mehr Lebenserfahrung als ich. Vielleicht wusste sie genug über den Lauf der Welt, um die Beweggründe eines Kriminellen enträtseln zu können, aber mir war bewusst, dass ich dafür zu naiv war.

Bevor ich meine Nutzlosigkeit bedauern konnte, beantwortete sie ihre eigene Frage. »Natürlich! Er braucht einen Hehler! Wollte er diese Sachen selbst verkaufen, würden die Käufer wissen, dass er nicht reich genug ist, um solche Objekte in der eigenen Sammlung zu haben. Sie würden ihn verdächtigen, die Bibliothek und das Museum zu bestehlen. Er braucht einen Kunsthändler mit einigermaßen gutem

Ruf, der im Herzen ein Dieb ist.« Sie gab etwas weniger Gas und rief aus: »Ja, natürlich!« Dann wendete sie auf der Avenue und holperte dazu über den erhöhten Mittelstreifen, statt sich die Zeit zu nehmen, bis zur nächsten Kreuzung zu fahren. »Goddard. Edmund Goddard.«

»Wer ist Edmund Goddard?«

»Er handelt mit teuren Kunstwerken und Antiquitäten, hat eine eigene Galerie, veranstaltet Auktionen. Er hat einen erstklassigen Ruf, aber nicht bei mir.«

»Wieso nicht bei dir?«

»Daddy hat beim Aufbau seiner Sammlung mit vielen der besseren Galeristen zusammengearbeitet. Aber nach ersten Erfahrungen mit Goddard hat er nie wieder etwas von ihm gekauft. Er hat gesagt, sein Geschäftsgebaren segle so scharf an Betrug vorbei, dass es nur noch eine Frage der Zeit sei, wann er hinter Gitter komme.«

Auf einer Straße mit Luxusgeschäften hielt sie vor einer großen Galerie, über deren Eingang nur der Name Goddard in Leuchtschrift prangte. Jedes der vier Schaufenster war mit einem handbreiten Streifen aus abgeschrägtem Spiegelglas eingerahmt, das einen Schatzkisteneffekt erzielen sollte. Unter raffinierter Beleuchtung wurden auf schwarzem Samt nur vier Gemälde präsentiert, als wären sie unbezahlbar kostbare Diamanten.

Alle vier waren postmoderne abstrakte Bilder, die ich nicht nur hässlich, sondern auch deprimierend fand. Ich gebe zu, dass ich Kunst, die nicht das Geringste darstellt, nicht verstehe. Aber ich habe auch kein Bedürfnis, sie zu verstehen.

»Ich weiß, wo Goddard wohnt«, sagte Gwyneth. »Aber irgendwas zieht mich hierher.«

Sie fuhr wieder an, bog an der Ecke links ab und erreichte nochmals links abbiegend die hinter den Geschäften vorbeiführende Gasse. Der Hintereingang der Galerie stand offen, und ein Mann in einem langen Mantel schob einen großen Karton in den Laderaum eines Mercedes-SUVs.

Von seiner Last befreit drehte er sich nach uns um. Er war groß, stämmig und kahl wie eine Billardkugel. Sein Alter war schwer zu schätzen, aber ich vermutete, dass es irgendwo zwischen 40 und 60 lag. Viele Männer, sogar junge Männer, trugen heutzutage Glatze, und es war nicht einfach, natürliche Glatzen von Fakes zu unterscheiden.

Gwyneth bremste fünf Meter vor ihm, zog die Handbremse an, schaltete die Scheinwerfer aus und stellte den Motor ab. »Das ist er. Das ist Goddard.«

»Wie geht's jetzt weiter?«, fragte ich.

»Keine Ahnung.«

Als wir ausstiegen und uns Goddard näherten, sagte er zu Gwyneth: »Hier gibt's nichts für dich, Girl.«

»Ich suche Simon.«

Als wir noch näher herankamen, zog er aus einer Manteltasche eine Pistole, mit der er auf sie zielte. »Halt, das ist nahe genug.«

Ich bildete mir nicht ein, wir könnten mit Mace und einem Taser gegen eine Pistole gewinnen, und das war auch Gwyneth klar. Sie sagte: »Sie würden mich nicht erschießen und damit Ihr Luxusleben gefährden.«

»Lieferst du mir den geringsten Grund«, sagte er, »erschieße ich dich und deinen geheimnisvollen Freund und pisse auf eure Leichen.«

52

Erhellt wurde die Gasse nur durch einige Sicherheitslampen in Drahtkäfigen über den Hintereingängen mancher Geschäfte, aber die Lampe über dem Ausgang der Galerie war ausgeschaltet. Die weiße Schneedecke wirkte nicht aufhellend, weil auf beiden Seiten der Gasse aufragende sechs- bis achtstöckige Gebäude den Widerschein der City verdunkelten. Auf ganzer Länge der engen Gasse waren seltsam verzerrte Schatten zu sehen, aber ich vermutete, es waren nur Schatten, nicht die Dinge selbst.

Weit genug von Goddard entfernt, dass er meine Augen unter der Kapuze bestimmt nicht sehen konnte, starrte ich ihn direkt an, ohne sein Alter besser schätzen zu können. Fett glättete alle Falten, die sonst vielleicht sein Gesicht zerfurcht hätten.

Seine Stimme klang, als ernährte er sich ausschließlich von Butter und Mayonnaise, die er nie ganz hinuntergeschluckt hatte, und selbst in dem trüben Licht erweckte er den Eindruck beginnender Auflösung.

»Ich suche Simon«, wiederholte Gwyneth. »Wollen Sie so tun, als wüssten Sie nicht, wen ich meine?«

Goddard machte eine wegwerfende Bewegung mit der Pistole, zielte aber sofort wieder auf Gwyneth. »Ich spiele keinem mehr etwas vor. Wozu denn auch? Hier ist er nicht.«

»Wo wird er festgehalten?«, fragte sie.

»Wozu sollte ich mir die Mühe machen, dir das zu sagen? Es ist vorbei, das Spiel ist aus, selbst wenn Telford das nicht einsehen will.«

»Simon hat keine Ahnung, wo ich zu finden bin. Ihn zu misshandeln ist zwecklos.«

»Alles ist zwecklos geworden«, sagte Goddard, »aber dein Simon ist mir nicht wichtig genug, um dir Auskunft zu geben. Es sei denn …«

»Es sei denn was?«, fragte sie.

»Ich verlasse die City. Das solltest du auch tun, wenn du überleben willst.«

»Ich denke, ich bleibe vorerst noch.«

»Ich habe eine Privatinsel mit allem, was ich brauche.«

»Außer Integrität.«

Sein halblautes Lachen klang feucht. »Integrität ist nicht lebenswichtig, little Girl.«

»Sie haben ›es sei denn …‹ gesagt. Es sei denn was?«

»Du glaubst mir vielleicht nicht, aber ich kann sehr charmant sein«, sagte Goddard. »Ich bin ein kultivierter Mann mit gutem Geschmack und viel Erfahrung. Nicht mehr im Hamsterrad, ohne strampeln oder nach etwas streben zu müssen, würdest du mich sehr kompatibel finden. Vielleicht würdest du sogar feststellen, dass es dir doch nichts ausmacht, berührt zu werden.«

Ich hatte mich zu fragen begonnen, ob Gwyneth und er wirklich über dasselbe Thema sprachen. Seine Worte schienen Dinge anzudeuten, die keine rechte Beziehung zu Simon und Telford hatten. Und sein jetziger Vorschlag war so empörend, dass ich dachte, er müsse übergeschnappt sein.

Er sagte: »Verlass die City mit mir, dann rufe ich von unterwegs Telford an und erzähle ihm, dass wir aussteigen, du und ich, sodass er keinen Grund mehr hat, deinen Künstlerfreund Simon wegen Informationen über dich zu misshandeln. Das Spiel ist aus. Er vergeudet nur seine Zeit.«

Die Art, wie sie schwieg, ließ einen Augenblick lang vermuten, sie dächte über seinen Vorschlag nach, aber dann sagte sie: »Sic würden mich nur zu Telford bringen.«

»Little Girl, wenn du mit mir kämst, würde ich hundert Ryan Telfords verraten. Für dich würde ich hundert von seiner Sorte erschießen – und meine Mutter dazu, wenn sie noch am Leben wäre.«

Hier im Halbdunkel war der Schnee nicht so reinweiß wie anderswo, und im Schutz der Gebäude war der Wind nicht so böig wie zuvor, sodass die Nacht weniger chaotisch wirkte. Aber als ich ihrem Gespräch zuhörte, erschien mir trotzdem alles widersinnig, und ich wäre nicht sehr überrascht gewesen, wenn die Gebäude plötzlich gefährlich schief gestanden hätten oder das Pflaster unter meinen Füßen wie ein Schiffsdeck geschwankt hätte.

Gwyneth entschied sich wieder für Schweigen, und je länger es dauerte, desto mehr fragte ich mich, wieso sie ihn nicht empört zurechtwies. Dann sagte sie: »Allerdings müsste ich zuvor ein paar Dinge wissen. Auch wenn sie keine Rolle mehr spielen. Nur zu meiner eigenen Genugtuung.«

»Meine Insel ist viereinhalb Hektar groß mit …«

»Nicht das. Ihre Insel ist bestimmt wunderschön, Ihre Vorbereitungen gründlich.«

»Was sonst? Frag nur, Schätzchen. Was du willst.«

»Sie haben für Telford Kunstwerke verkauft.«

»Ziemlich viele, ein paar haben deinem Vater gehört.«

»Darunter waren viele berühmte Werke. Gestohlene Gemälde.«

»Ja, mehr oder weniger berühmt.«

»Stellen die Käufer sie jemals aus oder verkaufen sie, belasten sie sich selbst?«

»Ich habe nur einen einzelnen Käufer für alles, was Ryan mir bringt, ein Konsortium. Und das Konsortium denkt nicht daran, einmal gekaufte Kunstwerke wieder abzustoßen.«

»Wie kann es dann hoffen, Gewinne zu machen?«

»Gewinne sind nicht sein Motiv«, sagte Goddard. »Das Konsortium besteht aus einigen der reichsten Männer der Welt. Sie wollen bestimmte wichtige Werke aus dem kulturellen Erbe des Westens aufkaufen, um sie zu vernichten.«

Ich konnte nicht länger schweigen. »Vernichten? Große Kunst vernichten? Aber wozu?«

»Sie sind Dummköpfe«, sagte Goddard. »Weniger dumm als die meisten Leute, aber trotzdem Dummköpfe. Wie Voodoo-Anhänger glauben sie, dass jeder ikonische Gegenstand, den sie verbrennen, zertrümmern oder einschmelzen, die eigene Sache stärkt und ihre Feinde schwächt. Von ihrem Königreich im Nahen Osten aus wollen sie den gesamten Westen unterwerfen, sich aber zuvor die persönliche Befriedigung verschaffen, einige seiner kostbarsten und inspirierenden Kunstwerke Stück für Stück zu vernichten.«

Angewidert sagte ich: »Aber das ist verrückt!«

»Verrückt und böse«, sagte Gwyneth.

»Ziemlich verrückt«, stimmte Goddard zu. »Aber Verrücktheit regiert unsere Welt, wird überall gefeiert. Verrücktheit wird immer mehr die neue Normalität. Findest du nicht auch? Und was das Böse betrifft … Nun, wir wissen alle, dass das Böse relativ ist. Ist deine Neugier jetzt befriedigt, little Girl?«

»Nur noch eine Sache. Paladines Marionetten.«

Sichtlich überrascht fragte er: »Was ist mit denen?«

»Durch Strohleute habe ich vier von ihnen aufgespürt, gekauft und vernichtet.«

Ein weiteres feuchtes Lachen entrang sich ihm. Es klang kaum fröhlicher als das plötzliche Keuchen eines Schwindsüchtigen. »Du bist auch nicht besser als die Gentlemen des Konsortiums!«

»Der Unterschied ist größer, als Sie sich jemals vorstellen können«, widersprach sie. »Sie zerstören, was kostbar und inspirierend ist. Das tue ich nicht. Ich muss wissen, ob es wirklich nur sechs waren. Nur sechs sind angeboten worden, aber vielleicht haben Sie ein paar zurückgehalten, weil Sie auf Preissteigerungen hofften.«

»Was kümmern dich imaginäre Marionetten, wenn du noch immer zwei der Originale finden musst?«

»Ich muss es wissen. Das ist alles. Ich muss es wissen.«

»Es hat nur sechs gegeben. Sie sind Kitsch, keine Kunst. Ich rechne nicht damit, dass sie im Preis steigen. Gäbe es sieben oder acht, hätte ich sie verkauft, als die Nachfrage da war. Komm heute Nacht mit, dann spüre ich die beiden restlichen Marionetten für dich auf. Wir verbrennen sie gemeinsam, little Girl, ich weiß tausend Storys, die dich faszinieren werden, die Wahrheit der Zeitläufe, was sich hinter den Kulissen abspielt. Du wirst mich als geistreichen und charmanten Gesellschafter erleben.«

Ohne zu zögern, sagte sie: »Lieber würde ich mir selbst die Kehle durchschneiden.«

Goddard drückte einen Knopf an der offenen Heckklappe seines Mercedes und trat zur Seite, als sie sich automatisch schloss. »Ich könnte dich für deine Unverschämtheit erschießen, aber du leidest mehr, wenn ich dich einfach deinem Schicksal überlasse. Du wirst dir wünschen, ich hätte dich erschossen. Oder dass dir nichts Schlimmeres zugestoßen wäre, als gefoltert zu werden, wie diese Trottel jetzt deinen Simon foltern. Sag mir, little Girl, warum widert es dich an, berührt zu werden? Kommt's etwa daher, dass Daddy dich gebumst hat, als du noch viel kleiner warst?«

»Ah, da haben wir's«, sagte sie. »Der berühmte Geistesreichtum und Charme.«

Er umfasste den Pistolengriff mit beiden Händen, sodass ich einen Augenblick lang glaubte, er würde uns beide erschießen. Nach einer bedrohlichen Pause sagte er jedoch: »Ihr bleibt zusammen, geht auf der Fahrerseite an dem Land Rover vorbei und noch zehn Meter weiter.«

»Wir überfallen Sie nicht«, versicherte Gwyneth ihm. »Ich glaube Ihnen. Den armen Simon kann niemand mehr retten. Und Sie haben nichts, was wir wollen.«

»Geht trotzdem hinter den Rover.«

Wir taten wie geheißen und sahen zu, wie er im Flockenwirbel davonfuhr. Die Reifen des Mercedes wirbelten blasse Schneewolken auf, Auspuffschwaden verpesteten die Nacht, und die Bremsleuchten verwandelten Wolken und Gasschwaden in einen Blutnebel, bevor der SUV rechts auf die Querstraße abbog und außer Sicht kam.

Gwyneth wollte zu ihrem Land Rover gehen, aber ich sagte: »Warte!«, und als sie sich mir zuwandte, trat ich rasch einen Schritt zurück, um sicherzustellen, dass sie mein Gesicht nicht sah. »Vater hat mich ermahnt, nie den Falter zu vergessen.«

»Welchen Falter und was ist mit ihm?«

»Er hat gesagt: ›Die Flamme entzückt den Falter, bevor die Flügel brennen.‹«

Sie war für mich so undeutlich zu erkennen wie ich für sie, die Silhouette eines Mädchens vor nachtdunklem Hintergrund.

»Gibt's noch mehr zu erzählen?«

»Vor 18 Jahren, in meiner ersten Nacht in der City, in der Nacht, in der du geboren wurdest, habe ich in einer kleinen Ladenstraße am Fluss im Schaufenster eines Geschäfts für altes Spielzeug eine Marionette gesehen. Sie hatte etwas Seltsames an sich.«

»Wahrscheinlich eine von denen, die ich ausfindig gemacht und vernichtet habe.«

»Mit deinem Make-up siehst du wie sie aus.«

»Ungefähr wie sie«, bestätigte Gwyneth.

»Was ist mit Paladines Marionetten? Wieso gibt es sechs von ihnen?«

»Hier draußen ist's kalt. Das erkläre ich dir im Auto.«

»Erklär's mir jetzt. Warum schminkst du dich so, dass du diesem … diesem Ding ähnlich siehst?«

Ich konnte sehen, dass sie den Kopf in den Nacken legte, um zum Himmel aufzusehen, und als sie ihn wieder senkte, wiederholte sie etwas, das sie mir schon einmal erklärt hatte: »Alles basiert jetzt auf gegenseitigem Vertrauen, Addison Goodheart.«

»Ich muss es nur wissen«, sagte ich. »Ich misstraue dir nicht.«

»Dann setz dich mit mir in den Rover oder geh. Es gibt keinen dritten Weg.«

Die Nacht, der Schnee, das Mädchen, die Hoffnung auf eine Zukunft, die Angst vor endloser Einsamkeit …

In mein Schweigen hinein sagte sie: »Ich bin keine Flamme, du bist kein Falter.«

»Ich bin kein Falter«, sagte ich, »aber du leuchtest heller als jedes Licht, das ich kenne.«

»Dies ist eine Nacht der Veränderungen, Addison. Das sehe ich jetzt. Und wir haben wenig Zeit, um zu tun, was getan werden muss. Für dich gibt's keinen dritten Weg.«

Sie kehrte zu dem Land Rover zurück, setzte sich ans Steuer und schloss ihre Tür. Ich stieg vorn rechts ein.

TEIL DREI

Was hätte sein können
und was war

53

Um vergangene Zeiten verstehen zu können und zu wissen, wie sie waren, muss man wissen, dass meine Mutter mir gestand, sie habe oft an Kindesmord gedacht. In meinen ersten drei Lebensjahren war sie bei fünf Gelegenheiten kurz davor, mich zu ermorden.

Ich erinnere mich an eine Sommernacht – einige Wochen bevor meine Mutter mich verbannte –, als Whisky in einem dickwandigen Glas mit gelbem Rand, weißes Pulver, das durch ein Silberröhrchen geschnupft wurde, und zwei Tabletten irgendwelcher Art sie in ungewohnt sanfte mütterliche Stimmung versetzten. Sie bestand darauf, sie mit noch mehr Scotch on the rocks und ich mit meinem Glas Orangensaft sollten für »etwas wertvolle Zeit miteinander«, wie sie es nannte, in den beiden Schaukelstühlen aus Bugholz auf der vorderen Veranda sitzen.

Selten wollte sie länger mit mir reden, und noch seltener saßen wir nur aus Geselligkeit beisammen. Ich wusste, dass ihre Zärtlichkeit echt war, die wahrhaftigste ihrer Eigenschaften, und obwohl sie sie mit Pulver, Tabletten und Whisky an die Oberfläche ihres Herzens gespült hatte, war ich nicht weniger glücklich darüber, mit ihr zusammensitzen zu dürfen, als ich gewesen wäre, wenn dieser Ausdruck ihrer Zuneigung sich auf natürliche Weise eingestellt hätte, wie er's dann und wann tat.

Noch bevor wir uns jedoch hinsetzten, trugen wir die Schaukelstühle von der Veranda auf den Rasen hinaus, weil wir beide die mit Diamanten besetzte majestätische Kuppel des Sternenhimmels bewunderten. An dem schwarzen Himmel funkelten in dieser Nacht mehr Sterne, als ich jemals gesehen hatte, als hätte der Laternenanzünder der Galaxis über Nacht einen Rundgang durch sein Revier gemacht und all die Sonnen, die in den letzten Tausend Millennien ausgebrannt waren, wieder angezündet. Als wir mit zum Himmel erhobenen Gesichtern zurückgelehnt dasaßen, sah ich in den Sternen alle möglichen Dinge, alle Arten von Wundern außer den bekannten Konstellationen, und konnte mich später an keine glücklichere Zeit in den Bergen erinnern als an diese eine Stunde im Sternenschein.

Zum ersten und letzten Mal sprach Mutter über ihre Kindheit. Ihre Eltern waren Universitätsprofessoren gewesen, der eine für Literatur, die andere für Psychologie, und ich vermutete, dass sie ihre Liebe zu Büchern von den beiden geerbt hatte. Sie sagte, obwohl sie aufgewachsen sei, ohne jemals materielle Not zu leiden, habe sie trotzdem etwas verzweifelt entbehrt. Ich fragte, was ihr gefehlt habe, ob es vielleicht Liebe gewesen sei, und sie antwortete, sie hätte natürlich etwas Liebe brauchen können, aber das verzweifelt Entbehrte sei etwas anderes gewesen. Ich fragte erneut nach, aber sie gab keine Antwort. Beschloss meine Mutter, nicht zu antworten, gab es nur einen sicheren Weg: ihr Widerstreben akzeptieren.

Sie erinnerte sich an ein paar der glücklicheren Erlebnisse ihrer Jugend und erzählte kleine Storys, die anzuhören Spaß machten, obwohl sie noch amüsanter gewesen wären, wenn der Tonfall, in dem sie erzählt wurden, weniger melancholisch gewesen wäre. Trotz der glücklichen Augenblicke, an die sie sich erinnerte, schien Mutter sich zu wünschen, sie hätte nie eine Kindheit gehabt, vielleicht weil alles Vergnügen flüchtig war und das Versprechen eines Tages sich nicht einmal bis zum nächsten Tag erfüllte.

Als wir dort auf dem Berg saßen, schien die Fülle reinweißer Sterne unbeweglich fixiert zu sein, obwohl sie natürlich alle – und die Erde ebenso – mit erschreckenden Geschwindigkeiten einem Nichts entgegen auseinanderrasten. Nachträglich erkenne ich, dass auch Mutter und ich in unseren Bugholz-Schaukelstühlen im Augenblick scheinbar nirgendwohin unterwegs waren, obwohl wir in Wirklichkeit ebenfalls im Zug der Zeit davonrasten – jedoch mit unterschiedlichen Zielen, wie sich binnen Wochen zeigen würde.

Als sie von Geschichten aus ihrer Kindheit zu Schilderungen der fünf Krisen überging, in denen sie mich in meinen ersten drei Lebensjahren fast ermordet hätte, woran ich keinerlei Erinnerung hatte, war ihre Melancholie mit einem Anflug von Seelenqualen unterlegt. Ansonsten blieben unsere Haltung, unsere Einstellung und unser Benehmen im Umgang miteinander unverändert. Die Episode war nicht durch stark ausgedrückte Gefühle belastet und es gab weder Entschuldigungen noch Vorwürfe. In ihrem früheren Leben mit Raubüberfällen und anderen Verbrechen war sie nur erfolgreich gewesen, indem sie alle Moral – und die mit ihr verbundenen besseren Gefühle – über Bord geworfen hatte, und niemand konnte erwarten, dass sie Empfindungen, von denen sie sich so endgültig verabschiedet hatte, leichten Herzens wieder aufnahm. Und ich konnte keinen Zorn rechtfertigen, weil ich wusste, dass ich eine Last für sie war, weil sie mich tolerierte und sogar nach besten Kräften ernährte, obwohl ich sie anwiderte und ängstigte, und weil sie mich vor der Hebamme gerettet hatte.

Nachträglich verstehe ich, dass sie dort unter dem Sternenmeer, als sie über die fünf Krisen sprach, in denen sie mich beinahe ermordet hätte, nicht nur ihre Schuldgefühle durch ein Geständnis lindern wollte. Mehr noch, ich sollte als ihr Beichtvater fungieren, Zeuge ihrer Zerknirschung sein und ihr Absolution erteilen. Ich war ein halbes Jahr alt, als sie sich entschloss, mich in meinem Badewasser zu ertränken, aber obwohl sie's schaffte, mich unter Wasser zu drücken und die aus meiner Nase aufsteigenden Luftbläschen zu beobachten, konnte sie's nicht ertragen, mich lange genug festzuhalten, um mich zu töten. Exakt zehn Monate nach meiner Geburt war sie sich sicher, mich mit der Wolldecke ersticken zu können, die schon die Hebamme benutzt hätte, aber dann warf sie die Decke stattdessen in den offenen Kamin und verbrannte sie. Als ich 14 Monate alt war, verbrachte sie zwei Stunden damit, obsessiv das Küchenmesser zu schleifen, mit dem sie mir die Kehle durchschneiden wollte – wozu sie sich dann doch nicht durchringen konnte. Ein halbes Jahr später erschien ihr eine Überdosis der Drogen, die sie Medizin nannte, barmherzig genug, um sie ihren Plan verwirklichen zu lassen, und obwohl sie den tödlichen Cocktail mit Apfelsaft vermischte und mir in einer Trinkflasche gab, riss sie mir die Flasche weg, als ich zu trinken begann. Ich war fast drei, als sie mich tief in den Wald führte, weit genug von unserem Haus entfernt, dass ich nicht zurückfinden würde, um mich dort als Beute der verschiedenen Raubtiere zurückzulassen, die durch diese Täler und Bergwälder streiften. Sie wies mich an, mich auf eine kleine

Lichtung zu setzen und auf sie zu warten, obwohl sie nicht zurückkommen wollte, aber im nächsten Moment tauchten aus den Farnen der Umgebung zwei Wölfe mit in den grünen Schatten gelb leuchtenden Augen auf. Reumütig und erschrocken riss sie mich hoch und rannte mit mir ins Haus zurück, wo sie sich nach viel Whisky und etwas weißem Pulver mit der Tatsache abfand, dass sie nicht das Zeug zur Kindsmörderin hatte.

Sie äußerte kein Wort des Bedauerns, aber aus allem, was sie sagte, war unterschwelliger Kummer herauszuhören. Obwohl ich ihr Absolution erteilen sollte, war ich damals – wie auch heute – nicht als Priester dazu ermächtigt. Ich konnte nur sagen: »Ich liebe dich, Mama, und werd's immer tun.«

Wir saßen noch eine Zeit lang in unseren Schaukelstühlen draußen auf dem Rasen. Ich hätte nicht bestimmt sagen können, ob das zehn Minuten waren oder eine Stunde. Wir saßen schweigend da, und die Sterne, die die Nacht krönten, schienen um uns herabzusinken, bis das Haus und die Wälder und die Zufahrt, die uns mit der Außenwelt verband, wie hinter einem Schleier verschwanden und ein großer Schwarm leuchtend weißer Sterne über uns und auf allen Seiten glitzerte: eine abschirmende Sternenkuppel, unter der wir sicher waren.

54

Zuvor war Gwyneth scheinbar ziellos von einer Straße zur anderen gefahren, obwohl sie in Wirklichkeit einen bestimmten Zweck verfolgt hatte, aber jetzt wählte sie ihre Route tatsächlich nach Lust und Laune.

Die City erschien mir weniger real als zuvor: Sie verschwand nicht unter dem fallenden Schnee, als würden Leichentücher über sie ausgebreitet, sondern als zöge sie sich unter sie zurück. Die Hochhäuser um uns herum behaupteten wie immer ihre Stellung, aber andere, von denen ich wusste, dass sie einen Block entfernt standen, sahen aus, als hätten sie die Entfernung um einen zusätzlichen Block vergrößert. Alle etwas entfernteren Gebäude waren blasse Silhouetten, deren beleuchtete Fenster Positionslampen im Nebel glichen, als wären sie riesige Schiffe, die lange am Kai gelegen hatten, aber nun ablegten und rasch ausliefen.

Sie sagte: »Charles Paladine war ein prominenter Künstler. Er hat Bilder gemalt, die er als abstrakte Abstraktionen bezeichnet hat, und obwohl er solches und noch dümmeres Zeug geschwatzt hat, hat ihn niemand in der Kunstwelt ausgelacht. Stattdessen ist er mit Lobeshymnen überschüttet worden und hat mit 28 Jahren bei jeder seiner Ausstellungen hier, in New York oder London alle Werke verkauft, und Goddard Galleries hat ihn exklusiv vertreten. So hat sich ein Triumph an den anderen gereiht. Er sollte der nächste Jackson Pollock, der nächste Robert Rauschenberg, der nächste Andy Warhol sein – alle diese Künstler zu einem einzigen modernen Maler vereinigt. Aber dann hat Paladine etwas Seltsames gemacht, das seinen Ruf gefährdet hat. Er hat aufgehört, abstrakt zu malen, und sich wie besessen auf realistische Szenen mit Marionetten konzentriert.«

Ich sagte: »Schwarzer Smoking, schwarzes Hemd, weiße Schleife, Zylinder.«

»Ja, aber nicht nur die, sondern auch andere – Männer, Frauen und Kinder. Die Szenen waren exotisch, schwermütig und verstörend, manchmal mit mehreren Marionetten, oft nur mit zweien. Die Marionette, die du meinst, die aus dem Schaufenster des Spielzeugladens, war oft am prominentesten dargestellt, aber auf Gemälden mit anderen Marionetten im Fokus hat die im Smoking zumindest irgendwo im Hintergrund gelauert, halb durch Gegenstände verdeckt oder in tiefem Schatten, aber immer mit im Bild. Für die Kritiker, die Paladines abstrakte Gemälde gelobt hatten, war diese neue Entwicklung ein Rätsel. Sie hatten ihn so lange als Genie gepriesen, dass sie ihn nicht gleich scharf kritisieren konnten. Aber ihre ersten Besprechungen waren nicht mehr so bewundernd wie früher, und einige von ihnen bedauerten offen, dass er sich von der abstrakten Kunst abgewandt habe.«

»Ich habe abstrakte Kunst noch nie verstanden«, gestand ich ein.

»Manchmal glaube ich, dass niemand sie versteht, aber die Leute müssen vorgeben, sie zu verstehen, um nicht als uncool und ungebildet zu gelten. Mein Vater hat gern den Kritiker Paul Johnson zitiert, der Jackson Pollocks Werk einmal als ›inspiriertes Linoleum‹ bezeichnet hat. Daddy hat die Marionetten-Periode von Paladines Karriere verabscheut, aber gesagt, zumindest habe der Künstler statt der Farbkleckse und des nihilistischen Gekritzels, das ihn reich gemacht habe, etwas Erkennbares geschaffen.«

Sie überholte ein städtisches Räumfahrzeug, das ihr zu langsam war, und hatte plötzlich einen entgegenkommenden Schneepflug vor sich. Als sie blitzschnell auf die noch nicht geräumte mittlere Fahrspur wechselte, hupten beide Fahrer sie missbilligend an.

»Was machst du, wenn ein Polizeibeamter dich rechts ranfahren lässt?«, fragte ich.

»Das passiert nicht. Jedenfalls hat Paladine seine Marionettenbilder verkauft, allerdings für weniger Geld – bis er seine Frau und seine beiden Kinder, einen Jungen von zehn und ein Mädchen von zwölf Jahren, ermordet hat, hat er ihre Gesichter für seine Marionetten verwendet. Als sie tot waren, hat er sie enthauptet.«

»Ich mag solche Geschichten nicht.«

»Mir zaubern sie auch nicht gerade ein Lächeln ins Gesicht. Paladine hat seine Frau und die Kinder enthauptet und zerstückelt. Dann hat er ihre Köpfe und Gliedmaßen mit grobem schwarzen Zwirn wieder angenäht, allerdings nur locker. Er hat ihre Gesichter weiß geschminkt, schwarze Details hinzugefügt und grelles Rouge auf ihre Wangen aufgetragen.«

Mit weißen Capes und Roben und Umhängen, die auf allen Seiten wogten und sich blähten, sah die City aus, als wäre sie von mehr Gespenstern als Menschen bewohnt, und alle diese Geister schienen aufgeregt zu spuken.

Ich fragte: »Hat er sich jemals dazu erklärt? Vor Gericht, meine ich.«

»Für ihn hat es weder einen Prozess noch eine Irrenanstalt gegeben. Als Paladine mit seiner Familie fertig war, hat er sich wie die Marionette geschminkt, die du im Schaufenster gesehen hast. Dann ist er aufs Dach seines dreistöckigen Hauses in bester Wohnlage der City gestiegen und hat sich auf die Straße gestürzt.«

Mir schauderte. »Warum?«

»Das werden wir nie erfahren.«

»Welche Rolle spielen die realen Marionetten dabei?«

»Die Polizei hat die sechs Exemplare in Paladines Atelier in seinem Haus gefunden. Sie waren identisch, genau wie die eine, die du beschrieben hast. Er hat ihre Köpfe aus Eibenholz geschnitzt, ihre Gelenke konstruiert und die Figuren selbst bemalt. Du kennst Eiben, Addison?«

»Nein. Seit meinem achten Lebensjahr hatte ich nicht mehr viel mit Bäumen zu tun.«

»Die Eibe ist ein Friedhofsbaum, ein Symbol für Trauer und Tod.«

»Was ist aus den sechs Marionetten geworden?«

»Oh, die sind an Sammler verkauft worden. Nach den Morden und dem Selbstmord sind seine Marionettenbilder im Preis gestiegen – ich sage absichtlich nicht ›im Wert‹. Viele Sammler wollten sie nicht mehr haben, aber bestimmte … Enthusiasten haben gleich mehrere gekauft. Und jede der handgeschnitzten Marionetten hat einen sehr guten Preis erzielt, als Edmund Goddard sie versteigert hat.«

Ich sagte: »Alles das ist vor deiner Geburt passiert.«

»Ja. Bevor du in die City gekommen bist.«

»Und als du dann 13 wurdest, hast du dich von einer dieser Marionetten zu deinem Goth Look inspirieren lassen. Wieso?«

»In einer Zeitschrift habe ich zufällig Fotos davon gesehen.«

»Ja, aber warum schminkst du dich wie sie?«

Statt meine Frage zu beantworten, sagte sie: »Wie ich vorhin Goddard erzählt habe, ist's mir gelungen, durch Strohleute vier der sechs zu kaufen. Ihre Verbrennung habe ich persönlich beaufsichtigt.

»Hast du vor, auch die beiden anderen zu kaufen, um sie zu vernichten?«

»Ich weiß nicht, wo sie sind. Das hat mir große Sorgen gemacht.«

»Sorgen gemacht – weshalb?«

Wir erreichten den Verkehrskreisel am Washington Square, in dessen Mitte der erste Präsident und legendäre Krieger auf einem Sockel auf seinem Pferd saß. Seine Miene war ernst, als forderte er die City, wenn nicht gar die Welt heraus, sich seine Vision von Wahrheit und Freiheit und Ehre zu eigen zu machen. Drei Klare in Krankenhauskleidung umstanden die Statue, sahen sich nach etwas um, das sie suchten, und warteten auf etwas, das sie voraussahen.

Gwyneth fuhr einen Dreiviertelkreis, bevor sie sich für eine der von hier ausstrahlenden Avenuen entschied. Ein erster Schneepflug hatte den Schnee von der Fahrbahn auf geparkte Autos geschoben, die bis zum kommenden Morgen so eingeschneit sein würden, dass sie wie eine Reihe von Iglus am Randstein aussehen würden.

In unseren beiden gemeinsamen Nächten war ich in ständiger Sorge gewesen, wenn ich sie zu sehr unter Druck setzte, ihre Geheimnisse zu enthüllen, könnte das ihre Sozialphobie auslösen, sodass sie vor mir zurückweichen oder sogar unsere Freundschaft beenden würde. Aber nun wusste ich, dass ihr und mein Leben Schnittpunkte aufwiesen, die weit vor unserer ersten Begegnung, sogar vor der Nacht ihrer Geburt lagen. Im Licht dieser verwirrenden Entdeckung beschloss ich, sie etwas drängender zu befragen.

»Wieso bist du wegen der beiden letzten Marionetten besorgt?«

»Nicht mehr so sehr wie früher. Wir haben um ein Uhr einen Termin. Wir dürfen nicht zu spät hinkommen.«

»Termin bei wem?«

»Wart's ab.«

Ich kam auf das wichtigere Thema zurück. »Wieso bist du wegen der beiden letzten Marionetten besorgt?«

Sie zögerte, flüchtete sich aber nicht wieder in Schweigen. »Nachdem ich ihren Look teilweise kopiert hatte, ist mir irgendwann klar geworden, dass ich … sie auf mich aufmerksam gemacht hatte.«

»Auf dich aufmerksam?«

»Ja.«

»Alle sechs?«

»Ich weiß, was ich spüre, und ich weiß, dass es wahr ist. Aber du brauchst es nicht für vernünftig zu halten, das ist okay.«

Vielleicht wäre dies der richtige Augenblick gewesen, ihr von den Nebeln zu erzählen, von den Klaren, der Spieldose mit nicht zueinanderpassenden Tänzern und meiner Überzeugung, dass die Marionette im Schaufenster ebenso von meiner Anwesenheit gewusst hatte, aber stattdessen fragte ich: »Was gibt's von Spielsachen zu befürchten?«

»Spielsachen waren sie nie.«

»Wie du meinst. Aber was gibt es von Holzpuppen zu befürchten?«

»Das weiß ich nicht, und ich will's auch nicht wissen.«

Der Wind hatte seine vorige Stärke wiedergefunden und trieb den Schnee mit solcher Wucht vor sich her, dass die nun kleineren Flocken schwach tickend auf die Frontscheibe prallten, als könnten sie das Glas allein durch ihre Zahl und ihre Hartnäckigkeit schwächen und irgendwann auflösen, damit der Sturm in den Rover eindringen und sich unserer bemächtigen konnte, wie er sich bereits der Straßen der City bemächtigt hatte.

Dann fiel mir etwas ein, das ich sie unbedingt noch fragen musste. »Heute beim Abendessen. Das Klopfen auf dem Dachboden.«

»Luft in den Wasserleitungen.«

»Auf dem Dachboden gibt es Wasserleitungen?«

»Anscheinend schon.«

»Warst du mal oben, um nachzusehen?«

»Nein.«

»Gibt es eine Treppe aus deinem Apartment auf den Dachboden?«

»Eine Ausziehtreppe in einem Kleiderschrank. Aber sie ist mit zwei starken Riegeln gesichert, und dabei bleibt es auch.«

»Wenn du willst, gehe ich mal rauf und sehe nach.«

Ruhig, aber bestimmt sagte sie: »Nein. Ich gehe dort nicht rauf, du gehst dort nicht rauf, niemand geht heute Nacht, morgen Nacht oder jemals dort rauf.«

55

Mehr als einen Block lang horchte ich auf das metronomische Klacken der Scheibenwischer, das fast genau meinem Ruhepuls entsprach, und horchte auf den Sturm, der den Land Rover manchmal durchrüttelte, als wollte er unsere Aufmerksamkeit wecken und uns zwingen, endlich zu verstehen, was er mit seinem Wehklagen, Schnüffeln und streitsüchtigen Heulen kommunizieren wollte.

Obwohl ich mir selbst riet, sie antworten zu lassen, wenn sie so weit war, musste ich meine Frage, der sie vorhin ausgewichen war, noch mal stellen: »Wieso hast du als 13-Jährige die Marionette als Vorbild für deine Verwandlung in ein Goth Girl benutzt?«

»Ich war schüchtern, aber ich wollte taff aussehen. Ich wollte aggressiv wirken. Ich hatte Angst vor Leuten und dachte, ich könnte sie mir am besten vom Hals halten, wenn ich ein bisschen unheimlich erscheine.«

Obwohl das eine durchaus einleuchtende Erklärung zu sein schien, spürte ich, dass sie mir nur eine Teilantwort gegeben hatte.

Sie schien zu erraten, was ich dachte, und fügte noch etwas hinzu, obwohl auch die zusätzlichen Erklärungen ausweichend waren. »Als mir klar wurde, dass ich sie auf mich aufmerksam gemacht hatte, hätte ich mein Aussehen verändern, mir einen anderen Goth Look zulegen können. Aber da wusste ich schon, dass das nichts ändern würde. Sie waren auf mich aufmerksam geworden und würden mich nicht einfach vergessen, nur weil ich ihnen nicht mehr ähnlich sah. Ich hatte eine Tür geöffnet, die nie mehr geschlossen werden konnte. Und nun hältst du mich wahrscheinlich für irgendwie verrückt.«

»Nicht so sehr, wie du vielleicht glaubst.«

Ihr Smartphone klingelte. Sie angelte es aus einer Jackentasche, sah aufs Display und schaltete wortlos den Lautsprecher ein.

Einige Sekunden lang war nur Störungsrauschen zu hören, dann sagte Telford: »Ich weiß, dass du da bist, Mäuschen.«

»Lassen Sie mich mit Simon reden.«

Telford spielte den Verständnislosen. »Simon? Simon wer?«

»Holen Sie ihn ans Telefon.«

»Du willst, dass ich jemanden, der Simon heißt, ans Telefon hole?«

»Er weiß nichts.«

»Damit könntest du recht haben.«

»Ich habe vorhin mit Goddard gesprochen«, sagte sie.

»Der Kerl ist ein Loser.«

»Goddard weiß, dass das Spiel aus ist. Was Sie machen, ist zwecklos. *Game over.*«

»Seine Partner glauben nicht, dass es aus ist. Sie sind mir heute Nacht sehr behilflich gewesen, sind es noch.«

»Lassen Sie mich mit Simon reden.«

»Hier ist ein Mann, der vielleicht Simon heißt, vielleicht auch nicht, das kann ich nicht sagen. Du willst mit ihm reden?«

»Geben Sie ihm Ihr Handy.«

Erneut eine Pause mit leisen Störgeräuschen, während Gwyneth wartete.

Dann sagte Telford: »Er scheint nicht reden zu wollen. Er liegt einfach auf dem Fußboden, starrt mit offenem Mund ins Leere, hat sich vollgekotzt und versucht nicht mal, sich ein bisschen zu säubern. Falls er dein Simon ist, kann ich dir sagen, dass er keine Manieren, keinen gesunden Menschenverstand, keinen Überlebenstrieb hatte. Du solltest mit besseren Leuten abhängen.«

Sie machte eine kurze Pause, um ihre Tränen wegzublinzeln, und biss sich so stark auf die Unterlippe, dass ich fürchtete, um die blutrote Glasperle herum könnte echtes Blut austreten. Trotz ihres emotionalen Aufruhrs lenkte sie den Land Rover so sicher wie zuvor. Schließlich sagte sie: »Das Spiel ist aus, damit sollten Sie sich abfinden.«

»Oh, du gehst jetzt wohl zur Polizei?«

Sie gab keine Antwort.

»Drei Punkte, Mäuschen. Erstens glaube ich nicht, dass du's aushalten könntest, in irgendeinem Raum befragt zu werden, in dem du große stämmige Polizisten um dich hast, die dich berühren. Schon deine Aufmachung und dein Benehmen lassen dich nicht gerade glaubwürdig wirken. Du bist eine leckere kleine Bitch, aber eben auch ein Freak.«

»Sie haben drei Punkte gesagt. Das sind erst zwei.«

»Drittens: diese Partner, die Goddard mir ausgeliehen hat. Weil der Feigling sich abgesetzt hat, arbeiten sie jetzt für mich. Und weißt du was, Mäuschen? Beide waren früher bei der Polizei. Natürlich haben sie dort noch Freunde. Viele Freunde, Mäuschen.«

Ich bewunderte ihre Souveränität, als sie sagte: »Sie können sich noch selbst retten. Dafür ist immer Zeit, bis die Zeit abgelaufen ist.«

»Brillant, Mäuschen. Zu allem anderen bist du auch noch eine Philosophin. Es ist immer Zeit, bis die Zeit abgelaufen ist. Das schreibe ich mir auf, um es zu studieren. Wenn wir uns sehen, kannst du's mir vielleicht genauer erklären.«

»Sie bekommen mich nicht zu sehen.«

»Ich verfüge über beachtliche Ressourcen, Mäuschen. Ich bin sicher, dass ich dich finde.«

Sie beendete das Gespräch und steckte ihr Handy wieder in die Jackentasche.

Mit Simon hatte sie einen Freund verloren. Mir fiel nichts wirklich Tröstliches ein. Vielleicht hatte es einmal eine Zeit gegeben, in der es auf der Welt keinen Tod gegeben hatte, aber nun war er mit aller Kraft da und würde uns ebenso ereilen, wie er Simon geholt hatte, wenn nicht schon an diesem Tag, dann morgen, in einem Jahr oder in zehn Jahren. Sagen wir »mein herzliches Beileid«, meinen wir's vielleicht so, aber es gilt auch uns selbst.

Ich sagte: »Dieser Termin um ein Uhr – der ist in zehn Minuten.«

»Wir sind fast da.«

Anfangs war der Schnee schön gewesen, aber nun nicht mehr so sehr. Die Weichheit und das Glitzern bezauberten noch immer, aber die Schneewolken bedeckten den Himmel, verdeckten die Sterne. Im Augenblick hatte ich das Bedürfnis, ein Firmament aus Sternen zu sehen, am Mond vorbei durch Sternbilder zu blicken und zu sehen, was niemand sehen kann – die Unendlichkeit.

56

Das Art-déco-Filmtheater – The Egyptian – aus den 30er-Jahren war in seiner besten Zeit ein Architekturwunder gewesen. Auch all diese Jahre später, leer stehend dem Verfall preisgegeben, besaß es noch etwas von seiner ursprünglichen Magie. Trotz seiner schäbig gewordenen Fassade strahlte es noch einen Hauch von Glamour aus, auch trotz der entstellenden Graffiti, die sich wie Kletterrosen in Leuchtfarben an ihr emporrankten. Der Vandalismus leuchtete in grünen, orangeroten, gelben und blauen Neonfarben: die Initialen der Sprayer, Abkürzungen, die mir nichts bedeuteten, primitiv gezeichnete Schlangen und Fische und Zombiegesichter, Symbole, die ich nicht deuten konnte, aber auch ein Hakenkreuz und ein Halbmond, die einen Davidstern zwischen sich hatten. Wie ich von Gwyneth erfuhr, hatte das Egyptian in den letzten Jahren vor seiner Schließung

Softpornos gezeigt. Auf seiner Markise, die einst mit Filmtiteln gelockt hatte, die später amerikanische Klassiker geworden waren, hatten Titel gestanden, die plump zweideutig oder so direkt wie SEX CRAZY waren. Dieses Geschäftsmodell war kurzlebig gewesen, hatte sich nur gehalten, bis Pornofilme gestreamt werden konnten, und heutzutage war das Egyptian nur noch ein Message Board für Barbaren. Auf der Markise stand jetzt ein einziges Wort: GESCHLOSSEN. Für mich waren diese großen schwarzen Lettern ein schlimmes Omen. Ich stellte mir vor, dass ein Tag kommen würde, an dem diese knappe Aussage über allen Einfallstraßen dieser einst leuchtenden City, die nun in Trümmern lag, hängen würde.

Als Gwyneth gegenüber dem Filmtheater parkte, sagte sie: »Sie wollten es abreißen und hier ein Hospiz bauen. Aber neue Förderrichtlinien – die sind ein Sumpf, und jeder Bürokrat ist ein Alligator.«

»Kommt mir wie ein seltsamer Ort für ein Treffen vor.«

»Vielleicht überwachen sie sein Haus, daher wollte ich nicht riskieren, ihn dort zu treffen.«

»Wenn sie ihn beobachten, haben sie ihn vielleicht hierher verfolgt.«

»Als junger Mann hat er im Marine Corps gedient. Er war Nachrichtenoffizier. Hätten sie versucht, ihn zu beschatten, würde er's wissen. Er hätte mich angerufen, um einen anderen Treffpunkt zu vereinbaren.

Wir hasteten durch den Schnee zu der vierten der acht Türen, die für diesen Treff unversperrt sein würde, wie Gwyneth wusste. Das Foyer roch nach Schimmel, abgestandenem Urin und ranzigem Popcorn-Öl, das so uralt war, dass selbst Kakerlaken es verschmähen würden.

Im Licht von Gwyneth' Stablampe war der mit ägyptischen Hieroglyphen aus schwarzem Granit eingelegte goldfarbene Marmorboden rissig und schmutzig. Wir hätten Archäologen sein können, die sich zu einem lange unter dem Wüstensand verborgenen Grab vorgearbeitet hatten, in dem die Mumie eines Pharaos gut mit Tannin konserviert und in Leinen gehüllt darauf wartete, dass Anubis seine Seele vom Totengericht zurückbrachte.

Abfälle knirschten unter unseren Füßen, als wir das riesige dunkle Foyer durchquerten, um zu der halb offenen Tür in einer Ecke zu gelangen, aus der milchig weißes Licht fiel. Damals, als es noch Wochenschauen, Zeichentrickfilme und Double Features gegeben hatte, mochte dies das Büro des Geschäftsführers gewesen sein, aber jetzt war es unmöbliert und leer bis auf Teague Hanlon.

Meine Handschuhe, die Kapuze und meine Sturmhaube schützten mich, als ich das Zimmer betrat. Ich hielt den Kopf gesenkt, wollte ihn gesenkt lassen, aber Gwyneth' Vormund hatte eine andere Idee.

Mr. Hanlons Stimme – sanft, aber bestimmt, klar und auffällig melodisch, aber nicht unseriös – erinnerte mich in gewisser Weise an Vaters Stimme, was mich gleich für ihn einnahm. »Addison, ich weiß, dass du Probleme hast, dass ich dich unter keinen Umständen ansehen darf, und das respektiere ich. Ich bin seit Langem an Gwynies Regeln gewöhnt, und sie hat dir sicher erzählt, dass ich mich an sie halte. Ich werde dich nicht ansehen, nicht mal aus dem Augenwinkel heraus. *All right?*«

»Ja. *All right.*«

»Gwynie hat mir erklärt, was ich dir sagen darf und was ich lieber nicht ansprechen soll, und ich werde mich an ihre Wünsche halten. Aber ich finde, du solltest wissen, wie ich aussehe, damit du zumindest so viel von mir weißt. Dass du mir in den kommenden Stunden voll und ganz vertraust, ist unerlässlich. Ich denke, dass du das leichter kannst, wenn du auf meinem Gesicht keine Unehrlichkeit, keinen Täuschungsversuch siehst. Ab sofort konzentriere ich meine Aufmerksamkeit ganz auf die liebe Gwynie.«

Ich ließ meinen Blick zögernd von seinen Stiefeln mit Reißverschluss nach oben zu der schwarzen Hose und seinem bis oben zugeknöpften langen Mantel wandern, unter dem ein verknoteter weißer Wollschal sichtbar war. In einer behandschuhten Hand hielt er eine marineblaue Strickmütze.

Gwyneth sagte: »Telford wollte's am Telefon nicht direkt sagen, nur indirekt, aber Simon … sie haben ihn umgebracht.«

»Gott erbarme sich seiner«, sagte Mr. Hanlon. »Er hatte kein leichtes Leben und nun einen schweren Tod.«

Sein Kopf mit der etwas zu breiten Stirn und dem etwas zu schmalen Kinn und Unterkiefer erinnerte an eine auf dem Kopf stehende Birne. Trotz dieser etwas seltsamen Proportionen nahm sein freundliches Gesicht mich sofort für ihn ein. Schütteres weißes Haar, das zerzaust war, weil er die Mütze abgezogen hatte, stand in dünnen Strähnen vom Kopf ab wie die Federn eines eben geschlüpften Kükens. Für einen Mann seines Alters war seine Stirn bemerkenswert faltenlos, und die Runzeln in den Augenwinkeln schienen nicht davon zu kommen, dass er die Augen oft missbilligend zusammenkniff, sondern eher Lachfältchen zu sein.

Zu Gwyneth sagte ihr Vormund: »Ihn auf Distanz zu halten wird von Tag zu Tag schwieriger. Er will den größten Teil des Kapitals des Primärfonds für seine Lieblingsprojekte und glaubt, es müsste eine Möglichkeit geben, die Fondsregeln zu umgehen. Ich erkläre ihm, dass das Kapital bis an dein Lebensende allein dir zusteht, aber er brütet alle möglichen Pläne aus und setzt mir damit zu. Er kennt die zu deinem Schutz getroffenen Bestimmungen, aber er respektiert sie nicht. Er sagt immer wieder, dein Vater habe dich zu großzügig bedacht, und deutet sogar an, das Vermögen sei nicht ehrlich verdient, was eine glatte Verleumdung ist, wie jeder, der deinen Dad gekannt hat, bezeugen kann.«

»Das spielt keine Rolle«, sagte Gwyneth. »Ich würde ihm morgen alles geben, wenn das … etwas ändern könnte. Du weißt, dass das keine Rolle mehr spielt.«

Mr. Hanlons gütiges Gesicht war nicht dafür gemacht, Zorn auszudrücken, aber aus seiner Miene sprach jetzt eine fast feierliche Traurigkeit, die mich ängstigte. Aus Gwyneth' Erwiderung und dem ernsten Gesichtsausdruck ihres Vormunds schloss ich, dass sie nicht nur an einer Sozialphobie, sondern an etwas Schlimmerem leiden musste: einer unheilbaren Krankheit ohne sichtbare Symptome.

Er sagte: »Gwyneth, weißt du bestimmt, dass dies der richtige Zeitpunkt ist?«

»Du etwa nicht?«, fragte sie.

Nach kurzem Zögern nickte er. »Ja. Ich denke, du hast recht, fürchte ich.«

»Die Tatsache, dass du mich heute mit dieser Information angerufen hast, dass ich sie endlich bekommen habe – das ist Beweis genug.«

Aus einer Manteltasche zog Mr. Hanlon einen Schlüssel an einem kurzen Spiralkabel aus grünem Kunststoff und gab ihn Gwyneth. »Zwei seiner engsten Mitarbeiter wissen genau, was er ist. Einer der beiden ist sein Sekretär. Er hat im Erdgeschoss zwei Zimmer nach hinten hinaus, aber er will nicht mitmachen.«

»Nicht nötig. Er hat schon genug getan.«

Ich fragte mich, worüber die beiden sprachen, fühlte mich aber nicht befugt, mich danach zu erkundigen. Musste ich's erfahren, würde sie mich rechtzeitig informieren.

Mr. Hanlon sagte: »Die Alarmanlage ist eingeschaltet. Die Audiofunktion ist stillgelegt, damit keine Sirene ertönt und das Tastenfeld keine Töne von sich gibt, wenn du den Code eingibst.«

Gwyneth ließ sich einen Zettel mit vier Ziffern und einem Symbol geben.

»Obwohl im Gebäude keine Sirene ertönt, wird automatisch die Notrufzentrale des Wachdiensts alarmiert. Du hast nur eine Minute Zeit, um den Code einzugeben und die Sternchentaste zu drücken, bevor bewaffnete Sicherheitsleute losgeschickt werden.«

Obwohl ich's gewöhnt war, in abgesperrte Gebäude einzudringen, ohne um Erlaubnis zu fragen, hatte ich das nie getan, um eine Straftat zu verüben. Als ich jetzt Mr. Hanlon reden hörte, wurde mir unbehaglich zumute, obwohl ich annahm, dass auch Gwyneth keine kriminellen Absichten hatte. Ich liebte sie so innig, dass ich nicht anders konnte, als ihr blind zu vertrauen. Binnen weniger Stunden hatte Vertrauen aufgehört eine bloße Option zu sein und war gemeinsam mit Liebe zur Grundlage aller meiner Hoffnungen für die Zukunft geworden.

Mr. Hanlon sagte: »Seine Privatgemächer nehmen den ganzen zweiten Stock ein. Was du brauchst, findest du im Wohnzimmer. Im Allgemeinen schluckt er vor dem Zubettgehen eine Tablette Lunesta. Er müsste in seinem Schlafzimmer am Ende des Korridors tief schlafen. Seid ihr einigermaßen leise, merkt er gar nichts von eurer Anwesenheit.«

Weil ich spürte, dass unser Treffen zu Ende ging, sah ich gelegentlich zu Boden, weil ich fürchtete, Mr. Hanlon könnte sein Versprechen vergessen, sich zum Abschiednehmen nach mir umdrehen und mir ganz natürlich in die Augen sehen.

Vielleicht war meine Besorgnis überflüssig. Er sagte: »Addison, pass gut auf dieses Mädchen auf.«

»Ich werde mein Bestes tun, Sir. Aber ich habe den Verdacht, dass letztlich sie auf mich aufpassen wird.«

Ich konnte ein Lächeln in seiner Stimme hören. »Wahrscheinlich hast du recht. Unsere Gwynie ist eine Naturgewalt.« Er fragte sie: »Sehen wir uns anschließend?«

»Das ist der Plan.«

»Du bist wirklich davon überzeugt, es tun zu müssen?«

»Unbedingt.«

»Gott sei mit dir, Kind.«

»Und mit dir.«

Mr. Hanlon begleitete uns durch das Foyer, wobei wir auf die Hieroglyphen traten, zu denen auch die Silhouetten und Symbole einiger ägyptischer Gottheiten gehörten: Osiris, Horus, Amun, Isis, Bastet, Anubis … Er ließ uns ins Freie treten, und als wir zu dem Land Rover hasteten, schloss er die Tür des Filmtheaters ab.

Bis Gwyneth den Motor angelassen und die Scheinwerfer eingeschaltet hatte, näherte ihr Vormund, der mit hochgezogenen Schultern und gesenktem Kopf gegen den Wind ankämpfte, sich bereits dem Ende des Blocks.

Ich fragte: »Sollten wir ihn nicht mitnehmen?«

»Er hat's nicht weit. Und falls seine Wohnung überwacht wird, wollen wir unter keinen Umständen in ihrer Nähe gesehen werden.«

Sie fuhr vom Randstein weg in die verschneite Stadt hinein, die weiß wie eine Hochzeitstorte war. Dieses Bild rief ein weiteres hervor, und ich sah die kleine Figur eines Bräutigams auf der Torte stehen: die Marionette im Smoking. Unsere Fantasie ist eine wundervolle, aber manchmal auch beunruhigende Gabe. In meiner Vorstellung stand neben dem Bräutigam keine Braut, aber er lächelte, als rechnete er jeden Augenblick mit ihrem Eintreffen.

Ich fragte: »Wieso hast du ihn aufgefordert, mir manche Dinge nicht zu sagen? Was waren das für Dinge?«

»Das erfährst du früh genug.«

»Hast du irgendeine … Krankheit?«

»Krankheit? Wie kommst du darauf?«

»Du hast gesagt, du würdest dein ganzes Geld verschenken, wenn sich dadurch etwas ändern ließe. Und du hast gesagt, das spiele keine Rolle mehr.«

»Du machst dir zu viele Sorgen, Addison. Ich bin nicht krank. Ehrlich nicht. Und du weißt, dass ich nie lüge.«

»Ich lüge auch nie. Aber manchmal antworte ich ausweichend. Das tust du auch.«

Nach kurzem Schweigen sagte sie: »Du bist ein interessanter Typ.«

»Bin ich das?«

»Ja, und hoffentlich bleibst du's.«
»Was soll ich bleiben?«
»Interessant.«
»Das verstehe ich nicht.«
»Unwichtig. Hauptsache, ich weiß, worauf es ankommt. Jetzt sei bitte ruhig. Ich muss nachdenken.«

Die Straßen waren leer bis auf uns und die Räumfahrzeuge. Die gelben Blinkleuchten auf den Dächern dieser Wagen verwandelten den Schnee in Alchemistenmanier zu Gold, und auf den Fassaden benachbarter Gebäude machten Wellen von schwefelgelben Lichtimpulsen wie Wölfe Jagd auf die von den Blinkleuchten geworfenen Schatten.

57

In einer warmen Juninacht, als ich 14 war, sahen wir in dem großen Park Glühwürmchen: Hunderte von ihnen, die lautlos durchs Dunkel glitten und mir aus meiner Kindheit in den Bergen vertraut waren, aber hier in der Metropole geheimnisvoll wirkten. Ich stellte sie mir als winzige Luftschiffe vor, mit denen noch winzigere Passagiere von ihrer Welt zu einer anderen unterwegs waren, die ebenfalls von solchen Liliputanern besiedelt war, wobei sie durch unsere kamen und diese fremdartige Umgebung bestaunten. Dies war das erste und einzige Mal, das wir in der City Glühwürmchen sahen, als verdankten sie ihre Existenz nicht dem Walten der Natur, sondern hätten sich stattdessen nach dem Willen irgendeiner anderen Macht materialisiert, weil ihre pulsierenden Laternen uns von etwas Wichtigem fernhalten – oder zu ihm führen – sollten.

Als wir in dieser Nacht an der Einmündung einer Gasse vorbeikamen, hörten wir einen Mann, der uns mit schwacher, zitternder Stimme zurief: »Hilfe! Ich bin blind. Sie haben mich geblendet.«

Wir entdeckten ihn neben einem Müllcontainer liegend, und weil wir ihm seine Blindheit glaubten, trauten wir uns, zu ihm zu gehen und ihn im Licht unserer Stablampen zu untersuchen. Er war ungefähr 50 und trug einen teuren, aber zerknitterten Anzug, der jetzt durch Blutflecken ruiniert war. Sein Kopf war übel zugerichtet. Sein geschwollenes, großflächig verfärbtes Gesicht ließ mich um sein Leben fürchten. Aus seinen aufgeplatzten Lippen und dem Zahnfleisch um zwei ausgeschlagene Zähne sickerte Blut. Seine Augen folgten weder Licht noch Bewegungen, sondern unseren Stimmen, als er zu sehen versuchte, was er hörte. Er war kräftig genug, um stehen zu können, als wir ihn stützten, aber zu schwach, um allein gehen zu können. Wir trugen wie gewohnt Handschuhe, und wir führten ihn zwischen uns, Vater rechts und ich links von ihm. Eineinhalb Blocks entfernt stand ein Krankenhaus. Und in dieser warmen Nacht war unser Schweiß kalt, als wir riskierten, entdeckt zu werden, während wir ihn zum Eingang brachten.

Während er zwischen uns dahinschlurfte, sagte er ziemlich verständnislos, dies sei ein sicheres Viertel, sodass er keine Bedenken gehabt habe, so spätnachts zwei Blocks weit zu gehen. Die drei Männer hatten in einer dunklen Gasse gelauert. Sie hatten sich vor ihm aufgebaut, ihm eine Pistole in den Magen gedrückt, ihn gepackt und mit ins Dunkel gezerrt. Er hatte 1200 Dollar in der Geldbörse, dazu Kreditkarten, eine Uhr für 15.000 Dollar, einen

Brillantring für 5000, und glaubte, wenn er alles freiwillig abliefere, würden die Kerle ihm nichts tun. Er kannte einen Mann, der einige Jahre zuvor das Pech gehabt hatte, überfallen zu werden, als er kaum etwas in den Taschen hatte, worauf die frustrierten Räuber ihn zusammengeschlagen hatten. In seinem Fall waren sie darüber aufgebracht, dass er so viel besaß, weit mehr, als sie für fair hielten, und warfen ihm vor, irgendwie habe er alles gestohlen, er mit seinem teuren Anzug und den Schuhen von Gucci, und schlugen ihn zusammen, weil sie seinen Reichtum missbilligten. Er hatte unbestimmt lange bewusstlos dagelegen, und als er aufwachte, fühlte sein Schädel sich an wie in Stücke geschlagen, die nur noch von Haut und Haaren zusammengehalten wurden, und er war blind.

Wir versicherten ihm, seine Blindheit sei nur vorübergehend. Obwohl wir nicht wissen konnten, ob das stimmte, waren seine Augen unverletzt und klar. Wir brachten ihn bis dicht vor den Krankenhauseingang und erklärten ihm ohne weitere Begründung, wir könnten nicht mit ihm hinein. »Die Tür ist gleich vor Ihnen«, sagte Vater. »Sie geht automatisch auf. Nur ein paar Schritte, dann sind Sie drinnen, wo jemand Ihnen helfen kann.« Unterwegs hatte der Überfallene nach unseren Namen gefragt, aber wir hatten es vermieden, sie zu nennen. Jetzt überraschte er mich, indem er eine Hand ausstreckte und mein Gesicht berührte, weil er wissen müsse, wie seine barmherzigen Samariter aussahen. In einer Juninacht hätten Sturmhauben unliebsames Aufsehen erregt, deshalb vertrauten wir auf Diskretion und leichte Jacken mit großen Kapuzen. Kaum hatten seine Finger begonnen, über meine Züge zu gleiten, da riss er die Hand wieder weg. Weil sein blutiges Gesicht ganz geschwollen war, konnte ich keine Nuancen seines Ausdrucks erkennen, aber sein Entsetzen war unverkennbar. Er stolperte ohne ein Wort davon, die Automatiktür ging zischend auf, er torkelte hindurch, und wir rannten in die Nacht davon, als wären wir seine Angreifer, nicht seine Retter.

Als wir einige Wochen nach Mitternacht in der Zentralbibliothek Zeitungen lasen, stießen wir auf eine Story über einen unter die Räuber gefallenen Mann, der die beiden Männer suchte, die ihm geholfen hatten. Wir erkannten ihn nur wieder, weil zu der Story zwei Fotos gehörten – ein aktuelles, das uns nichts sagte, und ein bei seiner Einlieferung von einem Polizeibeamten aufgenommenes. Er hieß Robert Pattica und hoffte uns wiederzufinden, um uns für unsere Freundlichkeit belohnen zu können. Aber wir wollten und brauchten keine Belohnung. Angesichts der Tatsache, dass Mr. Pattica mein Gesicht berührt hatte und daher wusste, dass ich anders war, hatten wir unsere Zweifel an der Lauterkeit seines angeblichen Motivs.

Das Interessanteste an dem Artikel war, was Mr. Pattica über Glühwürmchen sagte. Als er mein Gesicht berührte, hatte er trotz seiner Blindheit Glühwürmchen gesehen, an die er sich aus seiner Kindheit auf dem Land erinnerte, und obwohl sie vertraut waren, erschienen sie ihm auch seltsam, weil er sie wie noch nie zuvor sah: Sie erschienen ihm wie winzige Luftschiffe, die durchs Dunkel glitten. Dieses Bild war so reizvoll gewesen, dass er nun dabei war, sein Haus in der City zu verkaufen und wieder in seine Heimatstadt zu ziehen, wo es Glühwürmchen und viele Wildtiere gab, von denen er bisher nicht gewusst hatte, dass er sie vermisste.

Vater und ich wussten nicht, wie wir das deuten sollten. Für uns stand fest, dass Mr. Pattica erschrocken geflüchtet oder mich trotz seiner Verletzungen angegriffen hätte, wenn er mein Gesicht gesehen hätte. Im Lauf der Jahre hatten wir zu viel erlitten, um zu glauben, wir könnten jemals umarmt werden, wenn wir uns zeigten. Der einzige Mensch, der Vater freundlich behandelt hatte, war der Freund, der ihm den Schlüssel für das Gebäude der Tafel gegeben hatte, und sogar dieser fand es schwierig, sich öfter als einmal im Jahr kurz mit ihm zu treffen, um sich zu vergewissern, dass es ihm gut ging.

Aber was war mit den Glühwürmchen? Wie konnte Mr. Pattica die Glühwürmchen gesehen haben, die er früher in dieser Nacht bewundert hatte, und wie konnte ihm dasselbe Bild wie mir eingefallen sein – winzige Luftschiffe im Dunkel? Wir gelangten zu dem Schluss, seine Kopfverletzungen mussten nicht nur vorübergehende Blindheit, sondern auch ebenso flüchtige Hellsicht bewirkt haben.

Wir konnten von Glück sagen, dass seine kurze Vision ihn von dem abgelenkt hatte, was seine Fingerspitzen ihm über mein Gesicht hätten sagen können.

Natürlich war uns klar, dass vorübergehende Hellsichtigkeit eine lahme und unwahrscheinliche Erklärung war. Die Ordnung dieser Welt ist jedoch so abstrus, so undurchsichtig und komplex, dass die meisten Erklärungen, die Leute sich für seltsame Ereignisse zurechtlegen, ungenügend sind. Allein unsere Existenz als vernunftbegabte Wesen ist ein unlösbares Rätsel. Mit ihren Tausenden von Proteinketten ist jede Zelle des menschlichen Körpers komplexer als eine Boeing 747 oder das größte Kreuzfahrtschiff, sogar komplexer als beide zusammen. Alles Leben auf der Erde bietet sich in seiner extravaganten Vielfalt zum Studium an, aber obwohl wir immer tiefer in seine Struktur eindringen, bleibt uns seine Bedeutung verschlossen. Die Wunder und Geheimnisse hören niemals auf: Glühwürmchen und Spieldosen, die Sterne, von denen es mehr gibt als Sandkörner an allen Stränden der Welt, stecknadelkopfgroße Eier, aus denen Raupen schlüpfen, die sich dann verpuppen und Schmetterlinge werden, dass manche Herzen finster und andere voller Licht sind.

58

Um 1:40 Uhr morgens parkte Gwyneth auf der Südseite des Kathedralenkomplexes ganz in der Nähe der Residenz des Erzbischofs, an die auf beiden Seiten die Umfassungsmauer anschloss.

»Hier?«

»Ja.«

»Was machen wir hier?«, fragte ich.

»Einen Besuch.«

Sie drehte sich zur Seite, griff über die Mittelkonsole, tastete den Wagenboden hinter den Sitzen ab und brachte einen Wäschebeutel mit Zugschnur zum Vorschein.

»Wofür soll der gut sein?«, fragte ich.

»Zweckmäßigkeit.«

Der kältestarre, abbröckelnde Himmel, die Myriaden von durch die Nacht segelnden Kristallen, die Straße ein stilles weißes Meer …

Wir stiegen über Schneemassen, die ein Räumfahrzeug zusammengeschoben hatte, stapften über den tief verschneiten Gehweg und hinterließen Spuren in dem jungfräulichen Schnee auf den breiten Stufen, die zum Portal der erzbischöflichen Residenz hinaufführten.

Als Gwyneth den Schlüssel an dem kurzen Spiralkabel aus grünem Kunststoff aus der Tasche zog, fragte ich: »Echt jetzt?«

»Was?«

»Dies ist nicht das Ziel, das ich erwartet hatte.«

»Welches Ziel hast du erwartet?«

»Das weiß ich nicht. Nur dieses nicht.«

»Nun, es ist aber das Ziel.«

»Wow. Wir sollten unsere Schuhe ausziehen.«

»Die haben wir nicht ausgezogen, als wir Simons Haus betreten haben.«

»Das war nur ein Bungalow, und wir hatten ein dringendes Anliegen.«

»Auch hier haben wir ein dringendes Anliegen«, sagte sie, »und warum soll dieses Gebäude heiliger als Simons Bungalow sein?«

Trotzdem zog ich den Reißverschluss meiner Überschuhe auf, an denen Schneeklumpen hafteten, und streifte sie ab. Gwyneth folgte meinem Beispiel. Wir trugen beide Sportschuhe – sie wieder die silbernen, mit denen sie wie Merkur über die Gänge zwischen den Bücherregalen geflogen war.

Der Schlüssel passte, der Schlossriegel öffnete sich leise klackend, und wir betraten ein geräumiges rundes Foyer mit Marmorboden. Neben der Tür leuchteten die Ziffern des Tastenfelds der Alarmanlage in sanftem Grün. Die Audiofunktion war wie versprochen abgeschaltet; lediglich die Warnleuchte über den Worten ANLAGE SCHARF GESTELLT blinkte stumm, um das Eindringen Unbefugter zu signalisieren. Nachdem Gwyneth ihre Handschuhe ausgezogen und in eine Jackentasche gestopft hatte, hielt sie den Zettel, den ihr Vormund ihr gegeben hatte, in der Linken. Ich beleuchtete den Code mit meiner Stablampe, während sie mit der Rechten die vierstellige Zahl eingab und die Sterntaste drückte. Die Signalleuchte hörte zu blinken auf und blieb dunkel.

Vertrauen. Unsere Beziehung basierte auf Vertrauen. Und ich vertraute ihr. Aber ich war trotzdem nervös. Mein Mund war vor Sorge ausgetrocknet.

Die Treppe war kein architektonisches Stilmittel und führte nicht aus dem Foyer nach oben. Wir betraten den großen Salon und leuchteten mit unseren Stablampen nach links und rechts. Dies war einer der Räume, in denen der Erzbischof Gäste empfing, denn zu seinen Aufgaben gehörte auch die Pflege der Beziehungen zu Spitzenpolitikern, Wirtschaftskreisen, Künstlern und den anderen Glaubensgemeinschaften der City. Mehrere elegant möblierte Sitzbereiche, Orientteppiche und exquisite Antiquitäten wurden durch wundervolle Gemälde mit biblischen Szenen, Marmorstatuen von Heiligen sowie kleineren Statuen auf verschiedenen Tischen und Konsolen ergänzt. An einer Wand hing ein ungewöhnlich detailliertes großes Christusporträt von einem Maler, der es verstand, eine Illusion von Tiefe zu erzeugen, sodass das Bild fast dreidimensional wirkte und mir für einen Augenblick den Atem raubte.

Die Treppe lag hinter einer Ecktür des Salons, und wir stiegen auf ihr in den zweiten Stock hinauf. Die Tür auf dem oberen Treppenabsatz führte in einen Vorraum, der nur mit zwei Stühlen möbliert war. Erhellt wurde er lediglich durch eine flackernde elektrische Kerze, die in einem Glaszylinder vor einer Marienstatue stand.

Ich flüsterte: »Wir sollten nicht hier sein.«

»Aber wir sind hier.«

»Warum?

»Wir haben zwei Dinge zu erledigen, bevor wir zu meinem Vormund zurückfahren können.«

Ich erinnerte mich, dass Mr. Hanlon gefragt hatte, ob er sie bald wiedersehen werde, und sie geantwortet hatte, das sei der Plan.

»Welche beiden Dinge?«, fragte ich.

»Vertrau mir«, sagte sie und wandte sich der nächsten Tür zu.

Ich dachte, diese Tür würde abgeschlossen sein, sodass wir aufgeben müssten, weil wir keinen zweiten Schlüssel hatten. Aber sie war nicht abgesperrt.

Als wir über die Schwelle traten, erwartete ich Dunkelheit; hier brannten jedoch mehrere Lampen. Das Licht ließ Gwyneth zögern, aber dann betraten wir eine Welt, die sich von den Räumen im Erdgeschoss unterschied, die ostentativ Teil der Residenz eines Kirchenfürsten waren.

Dieses Wohnzimmer erinnerte mich an Zeitschriftenfotos von Häusern, die auf gemäßigte Moderne spezialisierte Innenarchitekten eingerichtet hatten. Bis auf zwei rote Sessel waren die Polstermöbel mit luxuriöser goldener Seide überzogen und hatten Schabracken und rund gepolsterte Armlehnen. Weil ihre Beine nicht sichtbar waren, schienen die Sessel dicht über dem Boden zu schweben. In Gold- und Silbertönen lackierte Beistelltische, scharlachrote Akzentkissen und riesige abstrakte Gemälde schufen einen Raum, der in Zeitschriften Erfolgsautoren,

Avantgardekünstlern oder Filmstars hätte gehören können, die ihren Geschmack als »schlichten Glanz« definierten.

Mich überraschte, dass dieses Wohnzimmer nicht das kleinste Kunstwerk mit religiösem Bezug enthielt. Das Verblüffendste an ihm war jedoch das Marionettenpaar auf dem Kaminsims. Mithilfe von dekorativen Metallständern saßen die beiden sich an den Rändern eines großen Gemäldes gegenüber, das lediglich mehrere dynamische schwarze Pinselstriche zeigte, die mit blauen Tröpfchen besprengt waren, die Blutstropfen von Außerirdischen hätten sein können.

59

Vom rechten hinteren Ende des Wohnzimmers aus führte ein Flur zu den übrigen Räumen der Wohnung. Er war unbeleuchtet, aber aus einer halb offenen Tür fiel ein Rechteck aus Licht, das den genoppten grauen Teppichboden aus solch einem Winkel beleuchtete, dass er aus Kieseln zu bestehen schien. Aus dem Zimmer dahinter kamen zwei sonore Männerstimmen.

Angesichts meiner Bestürzung flüsterte Gwyneth: »Sprechende Köpfe.«

Entgeistert fragte ich: »Wer?«

Weil sie mehr über Fernsehen wusste, als ich jemals wissen würde, sagte sie gelassen sicher: »Bloß Fernsehen. Nachrichten oder eine späte Diskussionsrunde.«

Der Erzbischof war offenbar noch wach, und ich fand, wir sollten sofort verschwinden.

Gwyneth fand das nicht, sondern ging zu dem offenen Kamin und flüsterte: »Komm jetzt. Beeil dich. Hilf mir.«

Als ich neben ihr stand, öffnete sie den Wäschebeutel und legte ihn auf die untere Kaminplatte mit dem Rost.

Ich sagte: »Aber das ist Diebstahl.«

»Nein. Das ist eine Säuberung.«

Obwohl ich glaubte, sie würde nie lügen, hielt ich es für möglich, dass sie irregeführt worden war.

»Sie wissen, dass ich hier bin«, flüsterte sie. »Sie wissen es.«

Die Marionetten saßen sich wie zuvor auf beiden Seiten des Gemäldes gegenüber. Ihre geriffelten Augen fixierten uns nicht.

»Ich denke, ich sollte sie lieber nicht anfassen, Addison. Nimmst du sie herunter und steckst sie in den Beutel?«

»Aber wieso ist das kein Diebstahl?«

»Wenn du darauf bestehst, schicke ich ihnen einen großzügigen Scheck. Aber steck sie in den Beutel. Bitte.«

In einem Zustand der Quasi-Verwirrung, weil ich kaum glauben konnte, wo ich war und was ich tun sollte, versuchte ich, eine der Marionetten vom Sims zu heben, aber sie war unter ihrem Smoking mit dem Ständer verbunden. Als ich den ganzen Ständer anheben wollte, erwies er sich als auf dem Kaminsims festgeschraubt.

»Beeil dich«, drängte Gwyneth.

Ich schob das Jackett des Smokings hinten hoch, bis ich die Schnur fand, mit der die Marionette fixiert war. Während ich an dem Knoten herumfummelte, kam Erzbischof Wallache vom Korridor herein.

Er trug zwei Koffer, die er bei unserem Anblick so plötzlich fallen ließ, dass einer von ihnen umfiel. Er fragte: »Wer sind Sie, was tun …?« Dann wandte Gwyneth sich ihm zu, und er erkannte sie sofort. »Sie!«

Er trug weder Soutane, Chorhemd, Stola, Brustkreuz noch Priesterkragen, auch nicht den schlichten schwarzen Anzug eines Geistlichen, weder Schlafrock noch Pyjama. In bequemen Wildlederschuhen, Kakihose und dunkelbraunem Pullover über einem beigefarbenen Hemd hätte er irgendjemand sein können – vielleicht ein Lehrer oder Buchhalter, der zu einem frühen Flug in den Urlaub unterwegs war.

Groß und fit, hatte er ein attraktives, aber blasses Gesicht mit den scharfen Zügen eines Staranwalts für eine hochklassige Klientel. Für sein Alter war sein Haar ziemlich dicht, sehr lockig, noch immer mehr blond als grau.

Er kam nicht sofort näher. Falls er sich annäherte, würde ich zurückweichen. Aus diesem Abstand konnte er meine Augen unter der Sturmhaube nicht deutlich sehen. Ich erinnerte mich gut an die Holzkirche am Fluss, an den Mann mit dem gütigen Gesicht, der mich mit einem Baseballschläger verfolgt hatte. Zu dem Kaminbesteck in einem Ständer gehörte ein langes Schüreisen, das vielleicht noch gefährlicher als ein Louisville Slugger war.

»Unter meinen Mitbrüdern muss es einen Agenten des Teufels geben, vielleicht auch mehrere«, sagte er.

»Euer Eminenz, Erzbischof Wallache«, sagte Gwyneth und nickte ihm zu, als wären wir auf seine Einladung hier.

Vater und ich hatten nie die ganze Zeitung gelesen und waren in Kirchenfragen nicht sehr bewandert, aber diesen Namen kannte ich. Gehört hatte ich ihn vor sechs Jahren, als ich in der Krypta unter der Kathedrale neben der Abflussöffnung gestanden hatte. Zwei Männer, die ich nie zu Gesicht bekam, hatten sich an diesem abgelegenen Ort getroffen, um sich über ein Geheimnis auszutauschen, das mir damals nichts gesagt hatte. Erst jetzt wurde mir klar, dass es darum gegangen war, wen der Vatikan zum nächsten Erzbischof bestimmt hatte.

»Bitte sag mir, dass es nicht Wallache wird.«

»Leider doch.«

»Sie müssen alle übergeschnappt sein!«

»Erzähl bloß nichts weiter, sonst bin ich erledigt. Diese Sache ist supergeheim.«

»Aber sie müssen doch … er muss doch Wallaches Biografie kennen?«

»Sie scheinen Wallache seine Version abzunehmen.«

Jetzt sagte Erzbischof Wallache: »Ich nehme an, dass Sie nicht gekommen sind, um meinen Segen zu erbitten.« Auf seinem Anwaltsgesicht erschien ein Lächeln, das ich ihm nicht zugetraut hätte, das warm genug war, um jede Geschworenenbank für ihn einzunehmen. »Sie sind Bewunderer dieser Marionetten?«

»Wie können Sie solche Scheusale in Ihrer Nähe dulden?«, fragte Gwyneth.

»Ich gebe zu, dass das Thema makaber und ihre Geschichte düster ist, aber die handwerkliche Qualität ist überragend. Außerdem waren sie ein Geschenk, und Geschenke abzulehnen ist unhöflich.«

»Ein Geschenk von Edmund Goddard», sagte sie in verächtlichem Tonfall.

»Lassen Sie mich nur eins sagen: Verbringt man seine Tage unter Gläubigen und spendet die Hoffnung Christi denen, die ihrer bedürfen, entwickelt man manchmal ein zu sonniges Temperament, das die Wahrheit aus den Augen verliert, dass das Böse auf Erden unterwegs und der Kampf dagegen stets verzweifelt dringend ist. Solch eine

Erinnerung an große Bösartigkeit vor Augen zu haben macht einem die Möglichkeit bewusst, dass man selbst auf Irrwege geraten könnte.«

Gwyneth sagte: »Also dienen sie Ihnen als Erinnerung daran, dass das Böse real ist und jeder in Versuchung geführt werden kann.«

»Ja, genau.«

»Sind sie effektiv? Haben Sie das Böse gemieden, seit Sie sie besitzen?«

Er konnte sein Lächeln mit der scheinbaren Mühelosigkeit eines Hochseilartisten durchhalten, der hoch über einer Menge von emporgewandten Gesichtern balanciert. »Dürfte ich auch eine Frage stellen, würde ich fragen, was Sie mit ihnen vorhaben.«

»Ich will sie verbrennen. Die anderen vier habe ich schon gekauft und verbrannt.«

»Sie wollen Ikonen des Bösen vernichten – und trotzdem machen Sie sich zurecht, um ihnen zu ähneln.«

Sie äußerte sich nicht dazu.

Mit einem Nicken zu mir herüber fragte der Erzbischof: »Wer ist Ihr maskierter Begleiter? Ist er Ihr Muskelmann, wie man wohl sagt?«

Statt seine Frage zu beantworten, sagte Gwyneth: »Ich nehme diese beiden letzten Marionetten mit. Wollen Sie die Polizei anrufen und ihr erklären, dass Sie diese Scheusale als Warnung vor dem Bösen und um Irrwege zu vermeiden, auf Ihrem Kaminsims hatten, sollten Sie das unbedingt tun. Vielleicht glauben Ihnen die Cops. Sogar viele von ihnen. Seit diesen Morden ist fast ein Vierteljahrhundert vergangen, sodass viele Leute die grausigsten Details des Verbrechens, das Paladine an seiner

Familie verübt hat, vergessen haben dürften. Aber Cops vergessen solche Dinge nie. Sie werden wissen wollen, wieso Goddard auf die Idee gekommen ist, sie Ihnen zu schenken.«

Falls er sich angegriffen fühlte, war er zu clever, um sich etwas anmerken zu lassen. Hätte er ein Federkleid gehabt, wäre es stets glatt gewesen. Nach einem Blick auf seine Armbanduhr sagte er: »Ich habe keine Verwendung mehr für sie. Sie können sie verbrennen – aber Sie dürfen sie nicht mitnehmen. Dieser Kamin wird mit Gas beheizt. Der Abzug ist offen, und er zieht gut. Sehen Sie die Fernbedienung auf dem Kaminbesteck? Mit der können Sie das Feuer zünden.«

Gwyneth griff nach der Fernbedienung. Als sie den Startknopf drückte, waren die realistisch wirkenden Keramikscheite sofort von blau-orangeroten Flammen umgeben.

»Das Holz der Eibe«, sagte der Erzbischof, »ist so biegsam, weil es seinen natürlichen Ölgehalt auch gefällt und verarbeitet noch jahrzehntelang bewahrt. Sie müssten schnell und gut brennen.«

Ich trat wieder an die Marionette, die ich loszuknüpfen versucht hatte.

»Nicht Sie«, sagte Erzbischof Wallache.

»Sir?«

»Nicht Sie«, wiederholte er. »Sie muss sie selbst herabnehmen und den Flammen übergeben. Oder ich greife wirklich nach dem Telefon.«

»Daran hindere ich Sie«, sagte ich.

»Wirklich? Das glaube ich nicht. Ich bin ein guter Menschenkenner, und Sie kommen mir trotz Ihrer Maske eher wie ein Lamm als wie ein Löwe vor.«

»Ich mach's selbst«, sagte Gwyneth. »Ich fürchte mich nicht davor.«

Ich sagte: »Er kann mich nicht aufhalten.«

»Wer weiß, wozu er imstande wäre. Nein, ich verbrenne sie selbst.«

Ich glaubte zu bemerken, dass die Marionette mich aus dem Augenwinkel heraus beobachtete. Aber als ich sie genauer ansah, starrte sie über den Kaminsims hinweg weiter ihr Pendant an.

60

Gwyneth' Hände zitterten so sehr, dass sie einige Mühe hatte, den Knoten zu lösen, der die Marionette auf dem Ständer fixierte, der sie aufrecht hielt. Als sie das Ding befreit hatte, fasste sie es an den Armen und hob es mit offensichtlichem Grausen, das mich ansteckte, von dem Kaminsims.

Der Erzbischof sagte: »Sie beißt nicht.«

Als Gwyneth einen Schritt zurücktrat und sich bücken wollte, um die Marionette ins Feuer zu werfen, schrie sie auf, als hätte sie etwas gestochen, ließ sie vor den Rost fallen und wich noch einen Schritt zurück.

Ich fragte: »Was ist passiert?«

»Sie hat sich bewegt!«

»Ich hab nichts gesehen.«

Sie rieb mit der linken Handfläche über ihren rechten Handrücken, dann mit der rechten Hand über die linke, als ob die verblassten blauen Echsen ihrer Fake-Tattoos sich auf ihrer Haut bewegten und sie versuchen würde, sie zum Stillhalten zu veranlassen.

»Ich habe sie an den Oberarmen gehalten. Ich habe gespürt, wie sie … ihre Muskeln angespannt hat.«

»Aber sie ist aus Holz«, sagte der Erzbischof leicht amüsiert. »Sie hat keine Muskeln.«

Die Marionette lag auf dem Rücken und hatte einen Arm ausgestreckt und den anderen quer über der Brust, ein Bein war angewinkelt. Der Zylinder war abgefallen, sodass ihr geschnitztes und bemaltes Haar zu sehen war. Der bewegliche Mund stand offen, sodass die breiten meißelartigen Zähne an eine Falle erinnerten, die jederzeit zuschnappen konnte.

Gwyneth streckte vorsichtig den rechten Fuß aus, um das widerwärtige Ding damit auf den Rost zu befördern.

»Nein, das ist nicht zulässig«, sagte der Erzbischof.

»Es gibt keine Regeln.«

»Die lege ich fest«, sagte er und hielt ein Handy hoch, das er offenbar aus einer Hosentasche gezogen hatte. »Die 911 ist schon vorgewählt. Ich brauche nur noch auf das Symbol zu drücken. Nur mit den Händen, Girl.«

Ohne mehr zu wollen, als ihn zu überreden, trat ich einen Schritt auf Wallache zu, aber Gwyneth sagte: »Addison, nein. Deine Augen.«

Als ich den Kopf senkte und einen Schritt zurückwich, fragte der Erzbischof: »Was ist mit Ihren Augen?«

Gwyneth zog ihre Handschuhe aus einer Jackentasche.

»Mit bloßen Händen«, wies der Erzbischof sie an.

Als Reaktion auf den verächtlichen Blick, den sie ihm zuwarf, hielt er nur sein Smartphone hoch.

Gwyneth steckte die Handschuhe wieder ein, zögerte, zögerte, zögerte, bückte sich dann plötzlich und schnappte sich das verhasste Ding. Sie schien es einen Augenblick lang von sich abzuschütteln, und ich konnte nicht genau sehen, ob die Hände der Marionette tatsächlich ihren Daumen umklammerten oder ich mir dieses Detail nur einbildete, aber dann schleuderte sie die Holzpuppe auf den Rost, wo die Gasflammen sofort ihre Kleidung in Brand setzten.

Vielleicht war der Effekt eine Folge der Biegsamkeit des ölhaltigen Holzes, aber die Marionette wand sich wie in Todesqualen, bog und streckte ihre Glieder und schien Halt an den Keramikscheiten zu suchen, als wollte sie vom Rost klettern, die Flammen zu uns tragen und den ganzen Raum in Brand setzen.

Ein Geräusch, als trommelten die Absätze von Holzschuhen auf Marmor, brach den Bann, in den der Anblick der sich windenden Marionette mich geschlagen hatte. Ich sah zu ihrem Zwilling hinüber, der weiter auf dem Kaminsims saß. Obwohl ich sicher wusste, woher das Geräusch gekommen war, saß die Holzpuppe wie zuvor mit ausgestreckten Beinen und auf den Knien liegenden Händen unbeweglich da. Wäre ich nicht groß genug gewesen, hätte ich nicht sehen können, dass auf dem ziemlich hohen Sims einige Splitter der schwarzen Hochglanzfarbe verstreut lagen, mit der die Lackschuhe der Marionette bemalt waren.

Auf dem Rost lag die Marionette still über den Scheiten. Dünne Fäden von übel riechendem schwarzen Rauch schlängelten sich wie Geister aus ihren schwindenden Überresten und entwichen durch den Schornstein in Nacht und Sturm.

Als ich zu Gwyneth hinübersah, drückte sie ihren linken Daumen mit der rechten Hand, und als sie jetzt die Hand öffnete, glänzte aus dem Daumenballen quellendes Blut.

»Sie braucht ein Pflaster«, erklärte ich dem Erzbischof.

»Nein, Addison. Mir fehlt nichts. Der Schnitt ist nicht tief.«

Trotz Wallache und seines Smartphones ging ich zu der verbliebenen Marionette, riss die Schnur durch, mit der sie an dem Ständer fixiert war, und hob sie vom Kaminsims.

In der Mitte meines Blickfelds erschien ein schwarzer Tintenklecks, der sich zu den Rändern hin ausbreitete, aber ich war nicht erblindet, denn in diesem Dunkel schwebte die Spieldose, deren Schlüssel Vater vor vielen Jahren abgezogen und eingesteckt hatte. Hell wie im Rampenlicht, das keine erkennbare Quelle hatte, war ihr Deckel wieder mit vier Tänzern besetzt. Der Prinz und die Prinzessin waren entthront, durch Gwyneth und mich ersetzt, aber ebenso gekleidet wie zuvor. Sie tanzte mit dem bocksfüßigen Pan, ich hielt den Frosch mit Glupschaugen in den Armen, und die vier kleinen Figuren walzten zu dünner, kalter Musik auf ihren vorgegebenen Bahnen. Mitten im Tanz machte der Hirtengott halt, um sein Gesicht im Ausschnitt seiner Partnerin zu vergraben, sie warf den Kopf wie in Ekstase zurück, der Frosch grinste mich an, ließ dabei nadelspitze Zähne sehen, die kein echter Frosch jemals besessen hatte, und aus seinem Grinsen zuckte eine gespaltene schwarze Zunge, die von der Figur, die mich darstellte, begierig in den Mund genommen wurde.

Ich glaube nicht, dass ich aus dieser Vision entlassen wurde, sondern mich selbst aus ihr hinauskatapultierte. Wäre mir das nicht geglückt, hätte ich mich als Nächstes vermutlich ganz in den Tänzer auf der Spieldose verwandelt – mit dem schuppigen Dämon in den Armen, unsere Zungen zu einem höllischen Kuss verschmolzen.

Obwohl ich glaubte, mindestens eine Minute lang aus den Privatgemächern des Erzbischofs abwesend gewesen zu sein, musste diese beunruhigende Vision nur Bruchteile einer Sekunde gedauert haben, weil weder Gwyneth noch Wallache reagierten, als wäre ich fort gewesen. Ich warf die Marionette auf die brennenden Überreste ihres Zwillings, und die schwarzen Rauchfäden schienen nicht nur aus ihr hervorzuquellen, sondern in den Abzug zu schießen, als könnten sie's kaum erwarten, den Schornstein zu verlassen und sich in den Weiten des Kosmos zu verlieren.

Der Erzbischof fragte: »Was glauben Sie mit diesem sinnlosen Ritual erreicht zu haben?«

Wir gaben keine Antwort, sahen ihn auch nicht an, sondern beobachteten, wie der schwarze Rauch grau wurde, die verkohlten Marionetten zu einem Gewirr aus sich windenden Gliedmaßen wurden, bis das Feuer ihre Rümpfe spaltete und hinter einem Vorhang aus blau-orangeroten Flammen nur noch rote Glut zwischen den Keramikscheiten leuchtete.

»Sind Sie hier fertig?«, fragte Wallache. »Oder möchten Sie ein Sofakissen verbrennen, vielleicht einen ganzen Sessel?«

»Wir sind fertig«, sagte Gwyneth.

»Gut. Ich hab's eilig, wenn's recht ist.«

»Last-Minute-Trip?«, fragte ich und deutete auf seine beiden Koffer.

»Als ob Sie das was anginge.«

»Sie können nirgendshin, Euer Eminenz«, sagte Gwyneth.

»Ich bin in einer Gegend mit viel mehr Schnee aufgewachsen. Ich weiß, wie man im Tiefschnee fährt.«

»Das habe ich nicht gemeint. Möchten Sie alles Geld in meinem Treuhandfonds für wohltätige Zwecke? Wenn Sie wollen, können Sie mein Geld jetzt haben.«

Ohne sich ein weiteres Lächeln abringen zu können, sagte er: »Sie sind ein Dämon.«

»Außerhalb des Sturmgebiets«, sagte sie, »sind die Flughäfen in Betrieb. Aber was wird aus Ihrer Herde, die Sie im Stich lassen?«

Erstmals machte eine leicht defensive Haltung die scharfen Kanten seines Selbstvertrauens stumpf. »In dieser Diözese gibt es viele gute Priester, die sie in meiner Abwesenheit hüten können.«

»Ja«, bestätigte sie, »viele gute Priester.« Ihr Tonfall deutete jedoch an, dass sie ihn nicht zu dieser Kategorie zählte.

Wie der Streit zwischen Goddard und ihr in der Gasse hinter seiner Galerie hatte dieses Gespräch eine unterschwellige Bedeutung, die ich nicht ganz erfasste. Während ich nicht wusste, wohin Wallache aus welchem Grund unterwegs war, schien Gwyneth diese Informationen zu haben oder intuitiv zu erraten.

Der Erzbischof gewann seine Fassung zurück und sagte: »Wenn Sie Ihren Vandalismus beichten möchten, Gwyneth, und vermutlich noch viel mehr, könnte ich Ihnen eine angemessene Buße auferlegen.«

»Danke, ich habe etwas anderes vereinbart«, sagte sie, ließ den Schlüssel seiner Residenz zu Boden fallen und verließ mit mir dicht hinter sich die Wohnung.

Im Vorzimmer sagte ich: »Wir müssen deinen Daumen verbinden.«

»Der genügt«, sagte sie und zog einen Strickhandschuh über ihre rechte Hand.

Auf dem Weg die Treppe hinunter streifte sie auch den linken Handschuh über. Ich sagte: »Du scheinst zu denken, dass er für sein Amt ungeeignet ist.«

»Das denke ich nicht nur. Es ist die Wahrheit.«

Als wir durch den Salon gingen, in dem viele Kirchenväter in Farben, Bronze und Marmor traurig dreinblickten, fragte ich: »Aber warum ist er ungeeignet?«

»Geistliche und Ordensleute seines Bistums haben ihr Gelübde auf schlimmste Weise gebrochen. Er hat nicht getan, was sie getan haben, aber ihre Vergehen vertuscht – weniger um der Kirche, sondern um seiner Karriere willen, ohne Gerechtigkeit für die Opfer. Und er ist dabei so raffiniert vorgegangen, dass er kaum Spuren hinterlassen hat.«

Ich glaubte zu wissen, worauf sie anspielte. Vermutete ich richtig, wollte ich keine weiteren Details hören.

Draußen erstreckte die Straße sich nach beiden Seiten wie ein weißes Flussbett mit turbulent fließenden Schneewirbeln darüber.

61

Als wir von der erzbischöflichen Residenz wegfuhren, gab Gwyneth erst zu viel Gas, sodass das Heck des Land Rovers trotz Allradantriebs und Schneeketten ausbrach, worauf sie noch mehr Gas gab, was natürlich nicht half, bevor sie den Druck aufs Gaspedal leicht verringerte. Als der SUV nicht mehr schleuderte und wir mit etwas ungefährlicherer Geschwindigkeit unterwegs waren als ein Fluchtfahrzeug von Bankräubern, ließ ich den Beifahrergriff los und stellte meine eingespreizten Füße wieder parallel auf den Wagenboden.

Ich sagte: »Zorn ist keine Lösung.«

»Ich wollte, er wäre eine. Dann würde ich alle Probleme der Welt hinwegzürnen.«

Sie hatte nicht gesagt, wohin wir fuhren. Obwohl sie wieder willkürlich unterwegs zu sein schien, wusste ich, dass der Stadtplan, nach dem sie sich in dieser Nacht orientierte, von keinem wunderlichen Kartografen stammte.

»Wohin will er?«, fragte ich.

»Wallache? Keine Ahnung.«

»Aber dort hast du's anscheinend gewusst.«

»Ich weiß nur, dass er sich im Kreis bewegt. Wohin er auch geht, er findet nur das, wovor er wegzulaufen versucht.«

»Wovor läuft er weg?« Als sie keine Antwort gab, sagte ich: »Manchmal scheinst du etwas zu wissen, das ich nicht weiß, aber doch wissen sollte.«

Ich konnte das Lächeln in ihrer Stimme hören. »Addison Goodheart, dein Name ist so treffend. Ich liebe deine Unschuld.«

Nachdem ich ungefähr eine Minute lang über ihre Worte nachgedacht hatte, sagte ich schließlich: »Ich glaube nicht, dass das eine Abfuhr war.«

»Abfuhr? Wie kann es eine Abfuhr sein, wenn ein Mädchen sagt, dass es dich liebt?«

Glaubt mir, ich bedachte und zergliederte diese Worte sehr sorgfältig, analysierte den zweiten Nebensatz genau und machte mir Sorgen darüber, welche unterschwellige Bedeutung mir diesmal entging. Dann sagte ich: »Du hast nicht gesagt, dass du mich liebst. Du hast gesagt, dass du meine Unschuld liebst.«

»Und du *bist* deine Unschuld. Für dich ist sie so fundamental wie Wasser fürs Meer.«

Obwohl Worte die Welt bedeuten und sie einst hervorgebracht haben, gab es keine Worte, die ausdrücken konnten, was ich in diesem Augenblick empfand, keine Worte für das Ausmaß meiner Freude, den gewaltigen Aufschwung, den meine Stimmung nahm, die Tiefe meiner Dankbarkeit, die strahlende Helligkeit meiner Hoffnung.

Als ich wieder sprechen konnte, sagte ich: »Ich liebe dich auch.«

»Ich weiß.«

»Das sage ich nicht nur so.«

»Ich weiß.«

»Weil du's gesagt hast, meine ich.«

»Ich weiß. Du liebst mich. Ich weiß.«

»Du weißt es wirklich?«

»Ganz sicher.«

»Seit wann weißt du's?«

»Seit wir uns in der Bibliothek begegnet sind. Im Schatten bei Charles Dickens stehend hast du gesagt: ›Wir nehmen einander durch unsere Exzentrizitäten in Geiselhaft.‹«

»Ich glaube, dass ich auch gesagt habe, wir seien füreinander geschaffen.«

»Richtig, das hast du gesagt. Aber was du davor gesagt hattest, hat mein Herz wie verrückt hämmern lassen. Liebt man jemanden, ist man eine Geisel des Schicksals, denn verlieren wir diesen Menschen, sind auch wir verloren. Mit deiner Aussage, dass wir einander in Geiselhaft nehmen, hast du deine Liebe so eindeutig erklärt wie nur möglich.«

Merkwürdig, dass Ekstase einen ebenso sprachlos machen kann wie Entsetzen. Angst hatte mich nie wirksamer zum Schweigen gebracht als dies.

Zuletzt fragte ich: »Kann es etwas wie Liebe auf den ersten Blick geben?«

»Das haben die großen Dichter immer gesagt. Aber müssen wir uns wirklich von Poeten überzeugen lassen?«

»Nein, ich nicht.«

»Ich auch nicht.«

Durch die Frontscheibe starrend nahm ich weder den Schnee noch die verschleierte Stadt wahr. Es gab nichts zu sehen, nichts Sehenswertes außer ihrem Gesicht.

Ich wollte sie berühren, nur meine Hand auf ihre Wange legen, aber sie konnte es nicht ertragen, berührt zu werden, und ich wollte in ihre Augen blicken, aber ich wagte nicht, sie in meine sehen zu lassen. Unsere Exzentrizitäten waren mehr als nur seltsame Charakterzüge; sie waren grausame Realitäten unserer Existenz. Unsere Lage hätte mir hoffnungslos erscheinen und mich mit Verzweiflung erfüllen müssen. Aber unabhängig davon, was wir nicht haben konnten, konnten wir weiterhin unsere Gefühle füreinander haben, und in diesem Augenblick war das Wissen, dass meine Gefühle erwidert wurden, solch ein Segen, dass mein Glück durch keinen Pfeil heruntergeholt werden konnte.

Sie sagte: »Wir müssen zu Walter fahren und das Mädchen holen.«

»Das namenlose Mädchen? Warum?«

»Alles passiert so schnell. Aber bevor wir zu Walter fahren, will ich die Räume sehen, in denen du lebst.«

»Was? Jetzt, meinst du?«

»Ja, gleich jetzt. Ich will sehen, wo du dich 18 Jahre lang vor der Welt versteckt hast.«

62

In einer Aprilnacht, als ich zwölf war, kurz nachdem ich einen Roman über eine Glücksbringermünze ausgelesen hatte, waren Vater und ich in der nachmitternächtlichen City unterwegs, in der trotz des schwachen, aber anhaltenden Abgasgestanks süßer Frühlingsduft ebenso in der Luft lag wie die Erwartung einer Veränderung, weil die Bäume in den Parks auszutreiben begannen.

In dem großen Park, im Pavillon, auf dem erhöhten Podium für Musiker, ließ ein schräger Mondstrahl eine Centmünze glänzen und machte mich auf sie aufmerksam. Ich hob sie auf, nicht weil wir bettelarm waren, was zutraf, oder weil wir mit Geld viel anfangen konnten, was nicht der Fall war, sondern wegen des Buchs, das ich vor Kurzem gelesen hatte. Ich zeigte sie Vater, erklärte ihm, jetzt hätte ich meinen eigenen Glücksbringer gefunden, und fing an, laut darüber zu spekulieren, welche Wunderdinge wir von ihm erwarten könnten.

Er konnte sich bei Fantasiespielen immer leicht gegen mich behaupten, aber dieses gefiel ihm überhaupt nicht. Als wir in der lauen Frühlingsnacht langsam um den Pavillon herumgingen, auf die Wiesen hinaussahen, die im Mondschein wie mit Raureif bedeckt erschienen, das dunkle Wäldchen, das seine Geheimnisse bewahrte, und den schwarzen See, auf dessen Wassern der Vollmond wie ein Floß schwamm, erklärte er mir, solches Glück gebe es nicht. Um auf Glück zu vertrauen, müsse man glauben, das Universum wäre ein Roulettekessel und würde uns nie auszahlen, was wir verdient hatten, sondern nur, was es wollte. Aber es sei kein Glücksrad, sondern ein Kunstwerk, vollständig und von der Ewigkeit umrahmt.

Weil wir in der Zeit leben, sagte er, glauben wir, dass die Vergangenheit gebacken, serviert und gegessen ist, die Gegenwart in weiteren Gängen aus dem Backrohr kommt und die Zukunft sich noch nicht mal in der Teigschüssel befindet. Jeder nachdenkliche Physiker mit guter Ausbildung in Quantenmechanik stimme zu, dass alle Zeiten gleichzeitig existieren, was ich später als wahr erkennen würde. Tatsächlich, sagte Vater, sei im ersten Augenblick des Universums alle Zeit vorhanden gewesen. Alle unsere Gestern und Heute und Morgen, jeder und alles, was jemals war oder sein würde, hättten in diesem Augenblick existiert. Noch erstaunlicher sei jedoch, dass der Vater des Universums zugleich die unendliche Vielfalt geschaffen habe, wie die Dinge sich entwickeln könnten – unzählige, die extrem schrecklich, und unzählige andere, die glorreich seien. Nichts sei uns vorausbestimmt, und trotzdem seien alle unsere möglichen Entscheidungen Teile des universalen Gewebes der Dinge, sodass wir Willensfreiheit genossen, obwohl die Folgen unserer Entscheidung vorhersehbar waren. Wir glaubten, die Zeit vergehe, sagte Vater, weil wir uns nicht der Realität stellen könnten, dass Vergangenheit, Gegenwart und Zukunft gleichzeitig existieren und unsere gesamte Geschichte schon im ersten Augenblick des Universums existiert hat.

Damit ich das besser verstand, riet Vater mir, ich solle mir das Universum als riesiges Gemälde mit mehr als drei Dimensionen vorstellen – mit elf, sagen manche Wissenschaftler, andere sagen, weniger, aber das wird nie jemand genau wissen. Steht man in einer Galerie zu dicht vor einem nur zweidimensionalen Gemälde, kann man die Pinselstriche des Künstlers und bestimmte Details deutlich sehen, aber die volle Bildwirkung oder die Absichten des Malers bleiben unverständlich. Man muss einen Schritt zurücktreten und noch einen, manchmal sogar einen dritten, um die Gesamtheit des Werks zu überblicken. Um das Universum, unsere Welt und alles Leben auf der Welt zu begreifen, müsste man aus der *Zeit* treten, was für lebende Menschen keine Option ist, weil wir Teile dieses Gemäldes sind, Figuren der Darstellung, die es nur als kontinuierliche Folge von Ereignissen und Episoden wahrnehmen. Aber weil wir denkende Wesen mit der Gabe zu logischem Denken sind, können wir forschen, lernen, Schlüsse aus dem Gelernten ziehen und die Wahrheit erkennen.

In einem Universum, in dem Vergangenheit, Gegenwart und Zukunft im selben Augenblick entstanden sind, von Anfang bis Ende vollständig, mit allen möglichen Varianten jedes Lebens als Teil des Wandteppichs, gibt es keinen Zufall, nur Entscheidungen, kein Glück, sondern nur Konsequenzen. Ein im Mondschein glänzender Cent ist nur ein Cent, obwohl seine Existenz – von denkenden Wesen geprägt, um gegenwärtig dem Handel und zukünftig zur Geldanlage zu dienen – für Fantasiebegabte, die an Wunder glauben, eine Art Wunder sein könnte. Vater sagte, die Münze werde uns kein Glück bringen; selbst wenn sie eine Million Dollar wert wäre, könne sie allein uns kein Glück bringen und unser Leben verändern, denn was mit uns geschehe, hänge von unseren eigenen Entscheidungen ab – und gestatte uns daher mehr Hoffnung, als Glück jemals bieten könne.

In jener Aprilnacht war ich erst zwölf, aber durch die Reibung zwischen mir und der oberen Welt schon frühzeitig gereift. Als Vater mir das Glück wegnahm, war ich nicht niedergeschlagen, sondern beschwingt. Der Cent bedeutete nichts, aber was ich damit anfing, zählte. Ich legte die Münze wieder aufs Podium, wo ich sie gefunden hatte, und hoffte, der nächste Finder würde durch liebevolle Erklärungen wie von meinem Vater oder durch sein eigenes Herz zur selben Erkenntnis geführt werden, die ich erlebt hatte.

Und so wusste ich in einer Winternacht über 14 Jahre später bestimmt, dass Gwyneth mir nicht durch Frau Fortuna in den Schoß gefallen war. Sie und ihre Liebe zu mir waren eine der unzähligen Möglichkeiten, die hätten sein können. Aber nun war es diese geworden – als Folge zahlloser Entscheidungen, die sie und ich in allen Momenten unseres Lebens getroffen hatten, ohne sie jemals wieder nachvollziehen zu können.

Von diesem Augenblick an konnte ich sie nur noch verlieren, wenn ich falsche Entscheidungen traf. Oder wenn sie welche traf. Aber das würden wir lieber riskieren als die Chancen, die Glück zu bieten hatte.

63

Im Hauptraum meines unterirdischen Heims schritt Gwyneth die Bücherregale ab und las die Titel auf den Buchrücken. »Ich wusste, dass es Bücher geben würde – und auch welche Art Bücher.«

Ihre Anwesenheit hier unten war die magischste Entwicklung in dieser Nacht voller Wunder. Freude drückte sich in meinem verdeckten Gesicht aus, in meiner Stimme, meinem Verhalten, meinem Tun. Das Mädchen wusste, dass ich glücklich war, und fand mein Entzücken entzückend.

Ich konnte den Blick nicht von ihr lassen, und weil sie das respektierte, sah sie mich nicht an.

»Dein Mut macht mich demütig«, sagte sie.

»Mut? Eigentlich nicht. Aus Notwendigkeit bin ich ein Feigling. Wir mussten immer vor Gefahren weglaufen.«

»In dieser Enge hausen, ohne einen Sonnenstrahl, 18 Jahre lang, seit sechs Jahren ohne Gesellschaft, immer mit der Erwartung, dass es nie mehr als dies geben wird, das alles zu ertragen und nicht verrückt zu werden … Unter solchen Umständen bei Verstand zu bleiben erfordert mehr Mut, als ich besitze.«

So zeigte sie mir mein Leben aus einer anderen Perspektive, und ich wusste nicht, was ich dazu sagen sollte.

Dann fragte sie: »Was willst du mitnehmen, Addison?«

»Mitnehmen?«

»Was ist dein kostbarster Besitz? Lass ihn nicht hier. Wenn wir gehen, kommst du nie mehr zurück.«

Ich begriff nicht ganz, was sie meinte, und hatte den Eindruck, sie falsch verstanden zu haben. »Nicht zurückkommen? Aber wo würde ich leben?«

»Mit mir.«

»Du meinst in der Wohnung mit dem Flügel?«

»Nein. Auch dahin gehen wir nicht zurück. Mit der ist's vorbei. Alles ist vorbei. Wir brechen zu neuen Ufern auf.«

Bis dahin hätte ich nicht geglaubt, dass großes Glück und Angst koexistieren könnten, aber jetzt befiel mich Letztere, ohne Ersteres zu mindern. Ich merkte, dass ich zitterte – nicht aus Furcht oder Entzücken, sondern aus irgendwie neutraler Erwartung.

»In den nächsten paar Stunden bleibt uns viel zu tun«, sagte sie. »Beeil dich also, entscheide dich, was du nicht zurücklassen willst, und lass uns aufbrechen.«

Vertraue, ermahnte ich mich selbst, und ich vertraute.

Ein zwischen zwei Büchern in einem Regal eingeklemmter Umschlag enthielt ein Foto, einen einzelnen Schnappschuss, ohne den ich niemals sein wollte. Unter dem Schutzumschlag eines anderen Buchs in einem anderen Regal zog ich eine Karteikarte heraus, auf die Vater in Druckschrift Wörter mit besonderer Bedeutung für mich geschrieben hatte. Ich steckte die Karte in den Umschlag, den ich in die Innentasche meiner Jacke schob.

Ich folgte Gwyneth zu dem Gang, der vom Hängemattenraum – der auch meine Küche war – wegführte, und blieb dort noch mal stehen, um mich umzusehen. Ich hatte über zwei Drittel meines Lebens in diesen fensterlosen Räumen verbracht und war größtenteils zufrieden und hoffnungsvoll gewesen. Ich hatte das Gefühl, diese Betonwände hätten zehntausend Gespräche zwischen Vater und mir aufgesogen, und wenn ich nur geduldig genug still und aufmerksam genug dasäße, würden sie sie für mich wiedergeben. Nichts auf dieser Welt, auch die alltäglichsten Momente unseres Lebens nicht, ist ohne Bedeutung, und nichts geht jemals verloren.

Als wir dann gingen, vergaß ich, das Licht auszumachen. Ich überlegte, ob ich zurückgehen sollte, um die Lampen auszuknipsen, tat es dann aber doch nicht. Ich ließ sie wie das ewige Licht in einem Schrein brennen. Als ich Gwyneth folgte, gestattete ich mir die Fantasie, die Glühbirnen dieser Lampen würden unheimlich lange brennen, sodass irgendein abenteuerlustiger Erforscher des Kanalsystems, der in tausend Jahren auf diesen Zufluchtsort stieß, von Lampenlicht und tadellos erhaltenen Büchern begrüßt wissen würde, dass an diesem ärmlichsten aller Orte in früheren Zeiten viele glückliche Stunden verbracht worden waren.

64

Schräg trieb der Schnee durchs Scheinwerferlicht, die Straßen waren leer bis auf die unermüdlich arbeitenden Räumfahrzeuge, die Einwohner der City hatten sich in ihren warmen, behaglichen Wohnungen eingeigelt, der Wind heulte neben mir über Frontscheibe und Beifahrertür …

Gwyneth war jetzt auf einer vertrauteren Route unterwegs. Nur wenige Minuten, nachdem wir losgefahren waren, klingelte ihr Mobiltelefon. Sie sah aufs Display, schaltete den Lautsprecher ein und sagte: »Ich würde darum beten, dass Simon Sie ewig heimsucht, aber er hat seine Ruhe verdient.«

»Wie rührend, dass dir so viel an einem wertlosen, ausgebrannten Säufer liegt, der sich zuletzt sogar noch in die Hose gepisst hat.«

Ryan Telfords Stimme war heiserer als zuvor, und trotz seiner großspurigen Worte klang er unsicher.

Als sie nichts sagte, brach Telford das Schweigen. »Du hattest recht, Mäuschen, dass er nicht wusste, wo dein neuntes Apartment liegt. Das Einzige, was wir aus dem irren Simon rauskriegen konnten, war die Story, wie er dich überhaupt erst kennengelernt hat.«

Gwyneth erstarrte, schwieg aber weiter.

»Er hat ein kleines Mädchen aus einem Müllcontainer gerettet, war aber vermutlich so betrunken, dass er nicht wusste, was er tat. Und weil er die Kleine gerettet hat, hast du ihn gerettet. Deine Schwäche, Miss Maus, ist die Tatsache, dass du 'ne sentimentale kleine Bitch bist.«

»Wo sind Sie?«, fragte Gwyneth.

Statt ihre Frage zu beantworten, sagte er: »Im Internet sind alte Zeitungsartikel leicht zu finden.«

Er machte eine Pause. Die Geräusche, die er von sich gab, ließen darauf schließen, dass er sich körperlich anstrengte, vielleicht um ein schweres Gewicht zu heben oder einen festsitzenden Dosendeckel aufzuschrauben. Er murmelte halblaut einen Fluch.

Gwyneth wartete.

Der Kurator sagte: »Aus der ersten Meldung und den folgenden Artikeln erfuhr ich, in welches Krankenhaus die Kleine eingeliefert wurde, dass sie ein Mündel des Gerichts wurde, wie sie in vegetativem Zustand im Koma gelegen hat. Dann war auf einmal Schluss, als hätten die Zeitungen alles Interesse an ihr verloren, kein Wort mehr über ihr Schicksal. Ist sie gestorben? Lebt sie noch mit dem Gehirn einer Karotte?«

Als Telford wieder eine Pause machte, ließ Gwyneth mich ihr Smartphone halten, um mit beiden Händen lenken zu können, und fuhr schneller.

Der Kurator grunzte, ließ erneut den angestrengten Laut hören und holte dann mehrmals tief erschaudernd Luft. »Du erinnerst dich, dass ich dir erzählt habe, dass zwei von Goddards Kerlen, die jetzt für mich arbeiten, ehemalige Cops sind?«

»Ja, ich weiß.«

»Einer von ihnen kennt Leute mit einem guten Draht zu dem Richter aus den Zeitungsmeldungen. Tatsächlich haben sie den guten Richter im Schwitzkasten. Sie können ihn Tag und Nacht anrufen, um irgendwas zu verlangen, und er tut so, als würde er ihnen nur allzu gern helfen, sogar wenn sie ihm den größten Scheiß aufbürden.«

Die nächste Kurve nahm Gwyneth in solchem Tempo, dass ich gegen meine Tür geworfen wurde und beinahe das Mobiltelefon verlor.

Telford sagte: »Diesmal musste Richter Gallagher durch keinen brennenden Reifen springen, um sie zufriedenzustellen. Er brauchte ihnen nur zu sagen, was aus dem Mädchen geworden war, das in den Gerichtsakten Jane Doe 329 hieß.«

»Rühren Sie sie nicht an«, sagte Gwyneth. »Ja nicht!«

Der Kurator schien wieder mit etwas zu kämpfen, und ich stellte mir vor, er wäre an einen Stuhl gefesselt und würde versuchen, sich von seinen Fesseln zu befreien, obwohl das keinen Sinn ergab.

Er sagte: »Kommst du nicht her, mache ich mit Jane 329, was ich vor fünf Jahren mit dir machen wollte. Sie reizt mich nicht so sehr wie du, Mäuschen. Sie ist blässlich und merkt nicht mal, wie gut ich bin, wenn ich's ihr besorge.«

»Sie ist ein Kind.«

»Aber sie ist recht hübsch und gut ernährt und jeden Tag beübt worden, sodass ihr Muskeltonus sicher ziemlich gut ist.«

»Ich bin unterwegs«, sagte Gwyneth.

»Das will ich um ihretwillen hoffen.«

»20 Minuten.«

»Ist das bestimmt genug Zeit?«

»20 Minuten«, wiederholte sie.

»21 sind zu viel.«

Er beendete das Gespräch. Ich legte das Handy in die Mittelkonsole.

»Ich habe das Mace«, sagte sie. »Ich habe den Taser.«

»Sie haben bestimmt Pistolen.«

»Wir haben den Angriffsschwung.«

»Ich habe gesehen, wie mein Vater erschossen wurde.«

»Hoffen wir auf ein bisschen Glück.«

»Glück gibt es nicht.«

»Nein«, sagte sie. »Echt nicht.«

65

Dass wir uns in den Wirbeln des Lebens begegnet waren, die mehr Leute trennen als vereinen, dass wir in dem anderen so vieles entdeckt hatten, was kompatibel war, dass wir einander aus Schwäche und Zweifeln zu Stärke und Überzeugung emporheben konnten, dass wir uns verlieben konnten, obwohl wir außerstande waren, uns körperlich zu lieben, eine Liebe von Kopf für Kopf, Herz für Herz, Seele für Seele: Dieses seltene Geschenk war unbezahlbar. Und die komplizierte Kette von Ursachen und Wirkungen, aus der es entstanden war, übertraf die Komplexität und Schönheit des raffiniertesten Fabergé-Eis, von hundert von ihnen.

Um unsere Liebe zu erhalten und die Chance auf viele Jahre zu bekommen, in denen wir einen Bruchteil ihrer Passagen und Heiligtümer erforschen konnten, durften wir jetzt keine einzige falsche Entscheidung treffen, keiner von uns, sondern mussten von Augenblick zu Augenblick auf höchst effektive Weise das Richtige tun.

Wir kamen an einem Schneepflug vorbei, der offenbar eine Panne hatte. Das gelbe Licht auf seinem Dach leuchtete hell, aber es blinkte nicht, sondern war zu einer leuchtenden Kugel zusammengeschrumpft. Nur mit Standlicht, der Fahrersitz leer, die Tür halb offen, der Motor ausgeschaltet, schmelzende Schneeflocken auf der noch warmen Kabine … so stand das riesige Fahrzeug schräg auf einer kompakten Schneewehe, die sich am Randstein angesammelt hatte.

Wenige Minuten später wunderte ich mich in einem Wohngebiet darüber, wie viele Häuser beleuchtete Fenster hatten. In manchen Fällen hatten Leute vielleicht nur vergessen, vor dem Zubettgehen die weihnachtliche Außenbeleuchtung auszuschalten, aber hinter mindestens der Hälfte solcher Fenster brannte ebenso Licht wie in vielen Häusern ohne Festbeleuchtung. Die wirklich dunkle Nacht der Seele beginne immer um drei Uhr morgens, hat der Romanautor F. Scott Fitzgerald gesagt, und die 60 Minuten zwischen drei und vier Uhr seien zuverlässig die dunkelsten der Großstadt. Nicht jedoch in dieser Nacht.

Auf der Straße mit den kahlen Ahornbäumen gab es wegen zugeparkter Randsteine und aufgetürmter Schneehaufen keine Parkplätze. Gwyneth stellte den Motor ab, zog die Handbremse an und stieg direkt vor dem gelben Klinkerhaus aus dem Rover, neben dem nur eine Fahrspur frei blieb.

Das Tor in dem schmiedeeisernen Zaun, die Verandastufen, die Haustür – alle Landmarken auf dem Weg ins Haus wirkten so bedrohlich wie der Schnee und der eisige Wind, die uns vor sich her in eine noch unbekannte Hölle zu schieben versuchten. Telford wusste, dass wir kamen. Auf eine heimliche Annäherung konnten wir nicht hoffen.

Bevor Gwyneth klingelte, sagte ich: »Vielleicht ist dies der Augenblick, nur dieses eine Mal, unabhängig davon, wer wir sind, vielleicht ist dies der Augenblick, die Polizei zu rufen.«

»Telford hat nichts mehr zu verlieren. Sieht er Polizei, zieht er den Sicherungsstift heraus und jagt alles in die Luft. Und mit was für Cops müssen wir rechnen? Dürfen wir hoffen, dass sie ihren Diensteid ernst nehmen? Und kommen sie überhaupt? Reagieren sie in dieser Nacht aller Nächte überhaupt auf einen Anruf? Von nun an sind wir allein, Addison, ganz allein, überall allein. In zwei Minuten läuft unsere Zeit ab.«

Sie drückte den Klingelknopf.

Als niemand reagierte, öffnete sie die Haustür, und wir traten ein. Walter lag tot in dem Durchgang zwischen Eingangsbereich und Wohnzimmer. Er war von mehreren Schüssen getroffen worden.

Im Wohnzimmer brannte Licht, die Kerze vor dem Muttergottesschrein flackerte, aus dem Fernseher kamen beruhigende Stimmen. Walter und seine Schwester hatten spätnachts ferngesehen, und Janet, die einen langsameren Tod als ihr Bruder gestorben war, lag in einer großen Blutlache.

Auf den beiden Fotos in massiven Silberrahmen lächelte die tote Ehefrau Claire, deren brutale Ermordung lange zurücklag, für immer und ewig.

Gwyneth' Make-up als Goth Girl konnte ihren Schmerz nicht verbergen. Die dicke schwarze Wimperntusche färbte ihre Tränen schwarz wie ihren Kummer.

Der Nachrichtensprecher im Fernsehen sagte etwas über die Einstellung aller internationalen Flüge in die und aus den Vereinigten Staaten, aber wir konnten uns nicht mit dieser Eilmeldung aufhalten, weil die Treppe uns nach oben rief, wie die Treppe zum Galgen die Verurteilten ruft.

Auf dem Flur im ersten Stock kamen wir an der offenen Tür des Kinderzimmers vorbei, in das die Krankenschwester namens Cora gebracht worden war, um mit ihnen ermordet zu werden. Jetzt waren keine Kinder mehr da, auch keine Krankenschwester. Nur ihre Leichen waren zurückgeblieben.

In dem Zimmer, in dem das namenlose Mädchen gepflegt wurde, saß Ryan Telford auf der Kante des Bettes, in dem Cora hätte schlafen sollen. Während er mit auf den Oberschenkeln ruhenden Unterarmen nach vorn gebeugt dahockte, hielt er in seinen Händen zwischen den Knien eine Pistole. Als wir hereinkamen, sah er grinsend auf, aber sein Grinsen hatte nichts von Humor an sich, sondern war nur das fiebrige Grinsen eines tollwütigen Schakals.

66

Telfords Haar war nass und strähnig, als käme er gerade aus der Dusche, aber dies war die fettige Feuchtigkeit von saurem Schweiß. In seinem blass glänzenden Gesicht glichen die Zentren seiner blutunterlaufenen Augen weniger schwarzen Iriden als Portalen zu dem lichtlosen Reich seines Geistes. Seine schinkenrosa Lippen sahen wie grau geschminkt aus, als hätte auch er es mit dem Goth Look versucht.

»Mäuschen, du bist eine Masturbationsfantasie.«

»Sie nicht«, sagte sie.

»Wer ist der Maskierte, Kemosabe?«

»Erkennen Sie ihn nicht – mit seiner Kapuze und allem? Er ist der Tod.«

»Ich glaube nicht, dass der Tod eine Sturmhaube trägt.«

Seine Stimme war so heiser wie am Telefon, vielleicht etwas schwächer.

»Sie sehen nicht gut aus«, sagte Gwyneth.

»Das stimmt wohl leider.«

Das Hemd klebte ihm durchgeschwitzt am Oberkörper, und seine Hose war mit Blut getränkt, das aber nicht seines war.

Gwyneth trat ans Bett des namenlosen Mädchens, ohne Telford aus den Augen zu lassen. »Sie waren in Japan.«

»In Fernost lassen sich nicht mehr so gute Geschäfte machen wie früher.«

»Also sind Sie vorzeitig zurückgekommen.«

»Nicht rechtzeitig genug.«

Weil ich fürchtete, dass wir umzingelt waren, fragte ich ihn: »Wo sind Ihre beiden … Partner?«

»Die Dreckskerle hatten Schiss und sind abgehauen.«

»Nachdem sie die Familie abgeschlachtet hatten«, stellte ich fest.

»Das hat ihnen nichts ausgemacht. Aber ich hatte einen meiner Augenblicke, und sie sind weggelaufen wie kleine Mädchen.«

»Augenblicke?«

Wieder das humorlose Grinsen. »Warte's nur ab.« Gwyneth legte ihren Kontakt-Taser auf den Nachttisch.

»Ich schaff's auch nicht mehr«, sagte Telford und legte seine Pistole neben sich aufs Bett.

Sie fragte: »Wann haben die Symptome angefangen?«

»Leichter Schwindel am Spätvormittag. Leichte Übelkeit am Nachmittag. Fieber zum Abendessen. Und dann peng!«

»Ja, das geht schnell.«

»Unheimlich schnell«

Bei meinen letzten Besuchen in der Bibliothek hatte ich keine Zeitungen gelesen. Fragmente von Dingen, die ich in den beiden letzten Nächten en passant im Fernsehen gehört hatte, verdichteten sich plötzlich in meinem Kopf, und ich begriff, weshalb ich den Eindruck gehabt hatte, unterschwellige Bedeutungen in Gwyneth' Gesprächen mit Edmund Goddard und dem Erzbischof nicht zu verstehen.

Ich war stets von dieser Welt, aber nur selten in ihr gewesen. In diesem Fall war Unwissenheit der Preis der Isolation.

Gwyneth machte sich daran, das seitliche Sicherheitsgitter am Krankenbett des Mädchens herunterzulassen.

»Fass sie lieber nicht an«, riet Telford ihr.

»Ich hole sie hier raus.«

»Ich hab sie angefasst. So ziemlich überall. Süßes Ding. Lecker. Jetzt stirbt sie daran.«

Gwyneth schlug die Bettdecke zurück. Der Pyjama des schlafenden Mädchens war in Unordnung.

Ich sah weg.

»Konnte nicht mehr, als sie zu berühren«, sagte der Kurator. »Aber schon das war wundervoll – die Nähe.«

Im nächsten Augenblick schlang er plötzlich die Arme um seinen Oberkörper und beugte sich so weit nach vorn, dass er fast von Coras Bett fiel. Dabei ließ er wieder das pfeifende Geräusch hören, als versuchte er, ein schweres

Gewicht zu heben, aber diesmal klang es gequälter und hielt länger an als zuvor am Telefon. Er sah aus, als zerfiele er innerlich und würde sich verzweifelt bemühen, seinen Körper zusammenzuhalten. Aus einem Mundwinkel tropfte etwas, das nicht wie Erbrochenes aussah und viel schlimmer roch.

Einer seiner Augenblicke.

Gwyneth beugte sich übers Bett und zog den Schlafanzug der Kleinen zurecht. »Addison, in der Nachttischschublade findest du eine Flasche Alkohol, eine Packung Baumwollpads und Heftpflaster. Bitte stell diese Sachen für mich bereit.«

Ich tat wie geheißen und war froh, mich nützlich machen zu können. Ich machte alles mit der linken Hand, während ich in meiner Rechten die kleine Sprühdose Mace hielt.

Als Telford sich erholte, setzte er sich langsam auf und fuhr sich mit einem Ärmel über den Mund. Die Tränen an seinen Wimpern waren so blutig wie die, die ihm übers Gesicht liefen. Er sah sich um, als versuchte er sich zu erinnern, wo er war und wie er hergekommen war.

Gwyneth zog die Kunststoffkanüle aus dem linken Arm des Mädchens und ließ sie am Ende des dünnen Plastikschlauchs baumeln, der zu dem Tropfbeutel am Infusionsständer hinaufführte.

Sie sagte »Ich glaube nicht, dass das nötig ist, aber für alle Fälle …« und desinfizierte die Einstichstelle, aus der sie die Kanüle gezogen hatte.

Sobald Telford die Orientierung zurückgewonnen hatte, fragte er: »Was sind das für Stiche an ihrer Seite?«

»Vor zwei Tagen haben wir die Magensonde herausnehmen lassen«, sagte Gwyneth.

»Die haben mir nicht gefallen. Haben mich abgetörnt. Ansonsten ist sie ein süßes kleines Ding. Bisschen verweichlicht vom langen Herumliegen, aber insgesamt echt klasse.«

»Sie ist ein Kind.«

»Also erst recht klasse.«

Gwyneth legte ein Baumwollpad auf die Einstichstelle und fixierte es mit Heftpflaster.

Plötzlich zänkisch sagte Telford: »Teufel noch mal, die Bitch ist gehirntot und infiziert. Was machst du mit ihr? Wozu denn? Was geht sie dich überhaupt an?«

»Sie ist speziell«, sagte Gwyneth.

Er griff wieder nach seiner angeblich aus Schwäche weggelegten Pistole. »Warum ist sie speziell?«

Statt ihm zu antworten, zog sie die Wolldecke vom Bett und schlug das Laken übers Fußende zurück, sodass die Kleine von Kopf bis Fuß im Schlafanzug sichtbar war.

»Warum ist sie speziell?«, wiederholte Telford.

Gwyneth wälzte das Mädchen von uns weg auf die rechte Seite und sagte: »Addison, hilf mir mit der Decke.«

Telford hob seine Pistole und zielte damit auf die Zimmerdecke, als wollte er sich unsere Aufmerksamkeit sichern. »Hey, hier rede *ich!*« Anscheinend war er noch schwächer, als er aussah, und die Waffe war ihm zu schwer, denn sein Handgelenk wurde schlaff, sodass er mal hierhin, mal dorthin zielte. »Warum ist die kleine Bitch so speziell?«

»Weil das jeder ist«, sagte Gwyneth.

»Sie ist bloß 'ne kleine Schlampe.«

»Ist sie das, muss ich mich getäuscht haben.«

»Scheiße, das hast du – und wie!«

Gwyneth und ich breiteten die Wolldecke so hinter dem Mädchen aus, dass eine Seite über die Bettkante herabhing.

»Sie sind auch speziell«, erklärte sie Telford.

»Was für eine Fiesheit war das?«

»Das war keine Fiesheit. Ich hoffe nur.«

Sie wälzte Jane Doe 329 nach links, auf die Wolldecke und bis fast an die Bettkante weiter.

»Worauf hoffst du?«, fragte Telford.

»Dass Sie die Zeit, die Ihnen noch bleibt, dazu nutzen, sich selbst zu retten.«

Wir zogen den freien Teil der Wolldecke über das Mädchen und schoben sie unter ihren Rücken.

»Du weißt genau, dass ich sterbe, Bitch. Scheiß auf Hoffnung!« Er rappelte sich mit den unkoordinierten Bewegungen eines Betrunkenen von dem zweiten Bett auf. »Ich muss dir was erzählen.«

Gwyneth griff nach dem anderen Deckenrand und schlug ihn so über die Komatöse, dass sie ganz eingewickelt war.

Telford taumelte zwei Schritte vorwärts und packte das Sicherheitsgitter des anderen Bettes mit seiner Linken, um sich zu stabilisieren.

Ich hob die Sprühdose, aber Gwyneth sagte: »Nein. Das macht ihn erst recht verrückt. Und was dann?«

»Mäuschen, wenn du verrückt willst, geh nach Nordkorea. Lauter Irre. Durchgeknallte Hundesöhne. Im Fernsehen sagen sie, dass dieses Ding, das die Irren entwickelt haben, doppelt wirkt.«

Gwyneth sagte: »Addison, schieb die Arme unter sie, heb sie hoch. Beeil dich.«

Ich wollte das Mace nicht einstecken. Vielleicht würden seine brennenden Augen ihn überschnappen lassen, aber das konnte sogar gut sein, auch wenn er eine Pistole hatte.

»Los jetzt, Addison!«

»Hey, Lone Ranger, hast du gehört, dass es doppelt wirkt?«

»Ich hab's gehört«, versicherte ich ihm, während Gwyneth mir die Sprühdose aus der Hand nahm.

»Ebola-Virus, Lone Ranger, und fleischfressende Bakterien, alles *kräftig* aufgepumpt, dieser Scheiß ist *hochwirksam,* verbreitet sich durch die Luft, soll schlimmer als Atombomben sein. Er frisst einen von innen auf. Echt schlimm, was?«

Ich schob die Arme unter das Mädchen und hob es vom Bett. Mit der Kraft des Schreckens staunte ich darüber, wie leicht sie war.

Die Pistole fiel aus Telfords kraftloser Hand aufs Bett. Von Schweiß triefend und blutigere Tränen weinend als zuvor beugte er sich über das Gitter, aber nicht um nach der Pistole zu greifen, sondern um Gwyneth ins Gesicht zu spucken. Der dicke, eklige Schleimklumpen enthielt mehr als nur Speichel.

67

Auf dieser vor dem Aus stehenden Welt gibt es Dinge, auf die man hofft, die man aber voraussichtlich nie bekommen wird, weil es kein Glück gibt und nie gegeben hat, aber auch, weil es Dinge gibt, die so wertvoll sind, dass alles Gute, das man ein Leben lang tun könnte, nicht ausreichen würde, um sich für sie zu qualifizieren. Wird eine Hoffnung erfüllt, gelangt man jemals in den Besitz dieser Kostbarkeit, erhält man sie als Gnade und muss für dieses Geschenk bis an sein Lebensende tagtäglich dankbar sein. Das Mädchen, das ich im Lampenlicht bei Charles Dickens getroffen hatte … es war meine Gnade – alles, was ich mir wünschte oder jemals wünschen würde.

Ich stand mit Jane Doe in den Armen hilflos da, als Telford Gwyneth ins Gesicht spuckte: einen widerlichen Schleimklumpen, den er für eine letzte Schandtat angesammelt hatte. Er lachte zittrig. In seinem Lachen lag Belustigung, übermütige Freude, fast Entzücken. »Mit der Pistole geht's zu schnell, Mäuschen. Jetzt stirbst du wie ich, genau wie ich.«

Sie griff nach einer Ecke des Bettlakens und tupfte ihr Gesicht ab, aber ich wusste, dass das nicht genügen würde, um sie vor einer Infektion zu bewahren.

»Stirb wie ich, stirb wie ich.« Der Kurator zog jedes *ich* so in die Länge, dass es klang, als entwiche Luft aus dem zugehaltenen Füllansatz eines Kinderballons. Er war ein Mann und zugleich ein Monster, ein Ungeheuer und ein Clown, der sich amüsierte, und wenn er noch die Kraft dazu gehabt hätte, hätte er ein Freudentänzchen aufgeführt.

So wahr mir Gott helfe, ich hätte die Komatöse beinahe fallen lassen, um mir die Pistole zu schnappen und ihn zu erschießen. In meinem Kopf schwoll ein Brausen an, als stürzten Wassermassen 30 Meter in die Tiefe, ich hatte Sterne vor den Augen und Eis im Rückenmark, mein Zorn drohte mich zu überwältigen, mich zu verzehren, aber ich ließ das Mädchen nicht fallen.

Gwyneth sagte: »Komm, sie muss hier raus«, und ich mahnte: »Ins Bad, heißes Wasser, Seife, wasch dich!«, und sie sagte: »Los, beweg dich, wir haben's eilig.«

Telford hatte einen neuerlichen Anfall. Sein ganzer Körper wand sich in Krämpfen. Er beugte sich übers Bett und würgte eine dampfende Masse heraus, die aus nichts bestand, was er gegessen hatte, sondern Teil der Essenz seines Körpers war. Mit dem Geräusch sich entleerender Eingeweide und dem Klappern von Knochen brach er zusammen und verschwand auf dem Boden liegend aus unserem Blickfeld.

»Komm«, sagte Gwyneth. *»Los, komm jetzt!«* Sie ging vor mir her aus dem Zimmer, am Bad vorbei, in dem es heißes Wasser und Seife gegeben hätte, den Flur entlang zur Treppe, und ich konnte nichts anderes tun, als ihr zu folgen. Meine Beine waren schwach vom Gewicht des Mädchens auf meinen Armen und dem Entsetzen, das auf mir lastete.

Auf der Treppe umgab mich plötzlich der üble Geruch aus dem offenen Kamin des Erzbischofs, der Pestgestank von Paladines Marionetten in Flammen.

Ich blieb stehen, und Gwyneth schien den Grund dafür zu erkennen, denn sie sagte im Weitergehen: »Das hat nichts zu bedeuten, sie sind nicht hier, das ist eine vorübergehende Täuschung. Wie das Klopfen auf dem Dachboden. Komm!«

Durch den Eingangsbereich, vorbei an dem toten Walter. Die Haustür, die Veranda, das Tor in dem schmiedeeisernen Zaun mit Speerspitzen, jeder wichtige Punkt entlang unseres Weges wirkte nicht weniger bedrohlich als beim Hineingehen.

Gwyneth öffnete die Hecktür, und ich schob das in die Wolldecke gewickelte Mädchen behutsam in den Laderaum des Land Rovers.

Etwas weiter die Straße entlang gruben zwei oder drei Männer ihre Autos aus dem Schnee. Ihr Arbeiten hatte etwas Hektisches an sich, und nicht einer von ihnen sah auf, um festzustellen, was wir machten.

Als ich die Hecktür schloss, fragte ich: »Hast du ein Desinfektionsmittel im Ablagefach, irgendetwas, hast du irgendwas? Ich fahre jetzt.«

»Du kannst gar nicht fahren. Mit mir ist alles in Ordnung, Addison.«

Sie setzte sich ans Steuer, und mir blieb kein anderer Platz als der Beifahrersitz. Dann rollten wir wieder. Wir rollten – aber mit welchem Ziel und welcher Absicht?

68

Wer wir Verborgenen waren, was wir waren, weshalb wir existierten, erklärte das Geheimnis der aus dem Äther kommenden Musik. Tage nach jener grausigen Nacht in der City, nachdem ich Zeit gehabt hatte, in Ruhe nachzudenken, wurde mir klar, dass Vater die schöne, aber traurige Melodie, die manchmal den Weg in meinen unterirdischen Zufluchtsort fand, nie gehört hatte. Seine letzte Ruhe im Fluss hatte er über ein Jahr vor dem Tag gefunden, an dem die ersten Klaviernoten die Luft um mich herum erfüllten, als ich lesend in seinem Sessel saß.

Manchmal erklang das Nocturne nur ein Mal, schwebten diese klaren Töne in kristallklaren Passagen heran, und mein Verstand genoss die Brillanz der melodischen Struktur, während die Reinheit der durch die Musik ausgedrückten Gefühle mein Herz anrührte. Ich erkannte den akuten Schmerz, der diese Komposition veranlasst hatte, und ahnte, dass dahinter der Verlust eines geliebten Menschen stehen musste, aber ich bewunderte auch das Talent und die kluge Absicht, die bittere Gefühle unterdrückt und daraus Trauerklänge gemacht hatten, die das beste Zeugnis für die Schönheit des Verlorenen waren. Bei anderen Gelegenheiten wurde das Stück zwei- oder dreimal wiederholt, oft bis zu fünfmal, und die Wiederholungen ließen mich alles Nachdenken über Identität und Motivation des Komponisten vergessen, bis nur noch die Musik zu mir sprach und meine Gefühle wegen meiner Verluste ausdrückte.

Hätte Vater noch gelebt, als das Phänomen begann, hätte er dieses Nocturne gehört und auf der Suche nach seinem Ursprung wie ich vor Rätseln gestanden, hätte er eine Frage angeschnitten, um sie mit mir zu erörtern: Durch welches Medium konnte ein Stück für Klavier quer durch die halbe City und bis in die Tiefen ihres Kanalnetzes transportiert werden – ohne Leitungen oder drahtlose Übertragung, auch ohne Empfänger, Verstärker oder Lautsprecher deutlich vernehmbar? Faszinierende Gespräche hätten zu allen möglichen Spekulationen geführt, von Spekulationen zu Vermutungen, von Vermutungen zu Annahmen und schließlich zu einer Hypothese, die später vielleicht wieder verworfen werden musste, worauf der Prozess von Neuem begann.

Vater hätte nie von einer Hypothese zu einer überzeugenden Theorie gelangen können, denn das wahre Wesen der Verborgenen erfasste er zeit seines Lebens nicht. Was wir sind und weshalb wir existieren, erklärt das Medium, durch das Gwyneth' Musik damals, am Ende eines Zeitalters, auf außerordentliche Weise zu mir gelangte. Wäre ich Gwyneth nicht begegnet, wäre ihr biologischer Vater nicht der verständige, wahrhaft gütige Mann gewesen, der er war, wäre der beste Freund ihres Vaters nicht Teague Hanlon gewesen, hätte ich vielleicht nie erfahren, was wir sind, und wäre bei einem endgültigen Ausbruch nihilistischer Gewalt umgekommen.

In jener Nacht von Telfords Tod entdeckte ich, was ich war und wer ich war. Was ich hätte sein können, aber nie geworden war … Nun wurde dies alles wieder möglich.

69

Der fallende Schnee, Schnee auf Schnee, erschien mir jetzt wie keiner zuvor, nicht nur weil er dicht wie Tropenregen fiel, sondern auch wegen meines neuen Wissens über die unheilbare Plage. Dieses Wissen diente als Korrektiv für meine Sichtweise, sodass ich in dem fallenden Weiß nicht nur die Andeutung von Frieden sah, die allem Schnee eigen ist, sondern von ewigem Frieden.

Eine Großstadt ist die Hoffnung der Menschheit. Das heißt jedoch nicht, dass die Zukunft in Großstädten liegt. Auch eine Kleinstadt ist die Hoffnung der Menschheit. Ein bescheidenes Dorf, eine Kreisstadt, eine Hauptstadt, eine große Metropole: Alle sind die Hoffnung der Menschheit. Genau wie jedes Viertel. Ein Leben in Isolation kann ein Leben als Vorbereitung sein, wie es jetzt bei mir der Fall zu sein schien. Aber es ist kein vollständiges Leben, bis es mit anderen gelebt wird, die es komplettieren. Obwohl ich als Außenseiter in keinem ihrer Stadtteile willkommen gewesen war, war die City meine Heimat, ihre Leute waren meine Leute, auch wenn sie das nicht sein wollten, und dieser in Massen fallende Schnee hätte Asche aus dem Krematorium eines Vernichtungslagers sein können, dessen Niederrieseln bittere Trauer auslöste.

Das namenlose Mädchen lag eingepackt und komatös hinten in dem Land Rover. Gwyneth fuhr. Ich machte mir Sorgen. Machte mir Sorgen und verfluchte mich, weil ich Telford nicht mit seiner Pistole erschossen hatte, und betete, um nicht zu verzweifeln.

Gwyneth fragte: »Wie oft bist du erkältet?«

Unter den gegenwärtigen Umständen erschien mir ihre Frage seltsam. »Wie meinst du das?«

»Bloß ein Wort hatte mehr als eine Silbe.«

»Wie oft ich erkältet bin?«

»Muss ich dir irgendein Wort erklären?«

»Ich bin nie erkältet«, sagte ich.

»Wie oft hattest du schon Grippe?«

»Niemals. Woher sollte ich eine Erkältung oder eine Grippe bekommen? Ich habe buchstäblich keinen Kontakt zu Menschen, erst recht nicht zu Kranken. Ich lebe weitgehend isoliert.«

»Was war mit dem Mann, den du Vater genannt hast? Erkältungen, Grippe?«

»Nicht in der Zeit, in der ich ihn gekannt habe. Er hatte nicht mehr Kontakte als ich.«

»Zahnschmerzen?«

»Nein. Wir benutzen Zahnseide und -bürsten. Da sind wir sehr gewissenhaft.«

»Das müssen Wunderseide und eine magische Bürste sein. Kein einziges Loch?«

»Worauf willst du hinaus?«

»Hast du dich jemals geschnitten?«

»Natürlich.«

»Hat die Wunde sich jemals entzündet?«

Die Klaren lenkten mich davon ab, dass ich ihr antworten sollte. Wir waren noch in einer Wohngegend, in der sie von Zeit zu Zeit wie überall sonst zu sehen waren, aber jetzt tauchten sie plötzlich in Massen auf. Einer in blauer Krankenhauskleidung überquerte einen Rasen, auf dem Kinder in den ersten Stunden des Sturms einen Schneemann gebaut hatten: mit zwei reflektierenden orangeroten Plastikscheiben als Augen, einem Tennisball als Nase und Tasten eines Spielzeugklaviers als Zähne. Ein anderer in Weiß kam durch eine Hauswand auf uns zu, ohne Trümmer zu hinterlassen oder bei seinem Durchgang Wunden davonzutragen, und zwei in Grün glitten von einem Dach, um über einen Rasen zu schweben, wobei alle auf der Schneedecke blieben, statt Spuren im Schnee zu hinterlassen. Auf einem hohen Ast eines kahlen Baums stand wie ein Wachposten eine leuchtende Frau in Blau; als der Rover näher kam, drehte sie den Kopf, um auf uns herabzusehen, und trotz der Entfernung und obwohl keine Gefahr bestand, dass wir uns direkt anstarren würden, sah ich weg, wie Vater mich immer ermahnt hatte.

Gwyneth fragte: »Wie lange musst du darüber nachdenken?«

»Worüber nachdenken?«

»Hat die Wunde sich jemals entzündet?«, wiederholte sie.

»Nicht mit Bactine und Jod und Heftpflaster.«

»Du achtest sehr sorgfältig auf deine Gesundheit.«

»Das muss ich tun. Ich kann nie zum Arzt gehen.«

»Was fürchtest du, Addison?«

»Dich zu verlieren«, sagte ich sofort.

»Was hast du am meisten gefürchtet, bevor du mich kanntest?«

»Vater zu verlieren.«

»Und was noch?«

»Vater misshandelt und schwer verletzt. Ich selbst misshandelt.«

»Du musst mehr gefürchtet haben.«

»Zu erleben, wie andere verletzt werden. Diese Rolex hat mir ein Mann geschenkt, den jemand in den Rücken geschossen hatte. Ihn sterben zu sehen war schrecklich. Manchmal fürchte ich mich davor, die Zeitungen in der Bibliothek zu lesen, weil sie so viele Geschichten über menschliches Leid enthalten.«

»Fürchtest du die Polizisten, die deinen Vater erschossen haben?«

»Nein. Ich fürchte niemanden, bis ich Mord auf seinem Gesicht sehe.«

Wir hatten noch nicht viel über Vater gesprochen. Von mir hatte sie nicht gehört, dass seine Mörder Polizisten gewesen waren.

Weil ich daran gewöhnt war, dass auf der Welt Rätsel vorherrschten, und weiterhin zögerte, Fragen zu stellen, die sie dazu bringen konnten, sich zurückzuziehen, obwohl sie mir ihre Liebe erklärt hatte, fragte ich lieber nicht nach, woher sie diese Information hatte.

»Was hasst du?«, fragte sie.

Ich überlegte kurz. »Nur was ich fürchte.«

»Was du fürchtest. Das ist in dieser Welt des Hasses eine höchst ungewöhnliche Antwort.«

Bevor ich darüber nachdenken konnte, was sie gesagt hatte, bogen wir auf eine breite Avenue ab, fuhren durch drei Klare hindurch und hatten dann Massen von Klaren vor uns, die mich an jene Nacht vor fünf Jahren – ein Jahr nach Vaters Tod – erinnerten, als ich das große Schauspiel gesehen hatte, das ich eine Versammlung genannt hatte. Heute lag die City wegen des Schneefalls in gedämpftem Licht, und die Hochhäuser entlang ihrer Straßen verschwanden im Dunst, sodass alle, die weiter als einen Block entfernt waren, nur noch Schatten in einem halb blinden Spiegel glichen, bloßen Reflexionen näherer Gebäude. In dem weißen Dämmerlicht standen Klare in der Luft und glitten langsam tiefer wie von unsichtbaren Händen bewegte leuchtende Ornamente: Klare beider Geschlechter und aller Hautfarben, die in weißen Schuhen und weißen, blauen oder grünen Uniformen aus irgendeiner anderen Dimension in unsere kamen. Sobald sie den Boden berührten, gingen sie eilig mit der energischen Zielstrebigkeit fort, die Krankenhauspersonal vielleicht an sich hat, wenn nachts in der Notaufnahme Hochbetrieb herrscht.

Bis vor wenigen Minuten hatte der Anblick von Klaren mich stets aufgemuntert. Obwohl ich glaubte, in ihren Augen wäre vielleicht ein machtvolles Wissen zu entdecken, das mich zwar nicht versteinern, aber doch bis ins Mark erschüttern würde. Sonst fühlte ich mich in ihrer Anwesenheit glücklicher als ohne sie, aber diesmal erfreuten sie mein Herz nicht. Gewöhnlich, falls dieses Wort auf unsere Welt anwendbar ist, waren manche von ihnen ernst, während andere lächelten. Heute war jedoch kein einziges Lächeln zu sehen, und aus ihrem Benehmen schien tiefe Traurigkeit zu sprechen. Die große Schönheit ihrer leuchtenden Abstiege ergriff mein Herz, und ich verstand endlich, was Vater gemeint hatte, als er gesagt hatte, auch wenn die Klaren nicht böse wie die Nebel seien, seien sie auf ihre Art noch schrecklicher, denn ihre Macht war überwältigend großartig und gewaltig.

Ich schloss die Augen, weil ich diese Schönheit nicht länger ertragen konnte, und nach kurzer Pause fragte Gwyneth: »Hast du jemals Kopfweh, Halsschmerzen, Verdauungsstörungen, Herpes oder Heuschnupfen gehabt?«

»Welche Rolle spielt das jetzt?«

Sie sagte: »Du stirbst nicht an der Pest.«

»Ich bin jetzt mehr auf der Welt unterwegs. Also kann ich mich genau wie du anstecken. Ich wollte, du hättest dir das Gesicht gewaschen.«

»Vertraue«, forderte sie.

70

Lange vor meiner Ankunft in der City hatte Vaters Wohltäter ihm den Schlüssel zu dem Gebäude mit der Tafel der Kirche St. Sebastian gegeben. Ich erfuhr nie, welche Stellung er bekleidete, und kannte ihn nur unter dem Namen Unser Freund. Obwohl wir und unser Wohlergehen diesem Unbekannten am Herzen lagen, obwohl er sich ein- bis zweimal im Jahr ein paar Minuten lang mit Vater treffen konnte, ohne auf ihn einzuschlagen, wollte Unser Freund nicht darauf vertrauen, dass er einen gewalttätigen Impuls auch bei einem längeren Treffen würde unterdrücken können. Und weil Unser Freund nach jeder Begegnung an Depressionen litt, die an Verzweiflung grenzten, hielt

Vater es für angebracht, den Mann so selten wie möglich um etwas zu bitten. Und ich sollte mich überhaupt erst an ihn wenden, wenn Vater gestorben war.

Als dieser jammervolle Tag kam und nachdem Vater auf dem Boden des Flusses die letzte Ruhe gefunden hatte, schrieb ich einen Brief, wie er mich angewiesen hatte, und nahm ihn in derselben Nacht zur Tafel mit. Der Brief lautete: *Vater ist tot. Ich habe seinen Leichnam so bestattet, wie er es angeordnet hatte. Er wollte, dass ich Ihnen mitteile, wie sehr er Sie wegen Ihrer Toleranz geliebt hat und wie dankbar er für Ihre Großzügigkeit war. Ich weiß, dass Sie ihm gesagt haben, wenn er einmal sterbe, sei der Schlüssel mein, aber er wollte, dass ich Sie trotzdem frage, ob ich ihn behalten darf. Ich werde von der Tafel und dem Secondhand-Shop nie mehr holen, als ich persönlich brauche. Ich will versuchen, dort nie angetroffen zu werden und niemanden zu erschrecken, indem ich mich zeige, denn es würde mich sehr schmerzen, der Tafel oder allen, die dort arbeiten, Kummer oder Unehre zu bringen. Vater fehlt mir schrecklich, und ich glaube, dass ich ihn ewig vermissen werde, aber ich komme bestimmt zurecht. Er wollte, dass ich Ihnen versichere, dass ich zurechtkomme.*

Weil Vater mir erzählt hatte, Unser Freund habe Sinn für Humor, und ich wusste, dass er die Bedeutung meiner letzten drei Wörter verstehen würde, unterschrieb ich den Brief mit *Sohn von Es.*

Vater hatte mich angewiesen, die Nachricht in einen Umschlag zu stecken und in die mittlere Schublade des Schreibtischs in dem kleineren Büro der Tafel zu legen. Eine Vereinbarung mit unserem Wohltäter sah vor, dass jede Mitteilung möglichst über Nacht beantwortet werden sollte. Als ich in der folgenden Nacht zurückkehrte, fand ich einen anderen Briefumschlag vor, der eine Antwort enthielt: *Mein lieber Junge, Deine Mitteilung hat mich zutiefst betrübt. Ich habe stets für Deinen Vater mitgebetet und werde das weiter für ihn tun – und für Dich –, solange ich lebe. Natürlich kannst Du den Schlüssel behalten. Ich wollte, ich könnte mehr für Dich tun und Dir mehr Trost spenden, aber ich bin schwach und ängstlich. Ich werfe mir täglich selbst vor, feige und nicht wohltätig genug zu sein. Wie Dein Vater dir vielleicht erzählt hat, leide ich seit vielen Jahren an periodisch auftretenden Depressionen, die jeweils einige Zeit anhalten. Trotz seines großen Herzens und sanften Naturells hat jede meiner Begegnungen mit Deinem Vater einen Anfall von tiefster Verzweiflung, von schwärzester Depression ausgelöst, und sein Gesicht erscheint mir in Träumen, aus denen ich wie ein Kind aufschrecke. Das liegt an meiner eigenen Unzulänglichkeit und ist natürlich nicht seine Schuld. Zögere nicht, mich um etwas zu bitten, das Du vielleicht brauchst. Jede Hilfeleistung ist für mich eine Chance, meine Seele zu heilen. Gott segne Dich.*

Weil ich wusste, dass Vater am stolzesten auf mich gewesen wäre, wenn ich die unglückliche Veranlagung Unseres Freundes zu Depressionen respektierte und möglichst selbstständig lebte, bat ich ihn in den folgenden sechs Jahren um keinen Gefallen. Aber ich hinterließ ihm alle paar Monate eine kurze schriftliche Nachricht, damit er wusste, dass ich gesund und munter war.

In der Nacht, in der Gwyneth es mit Ryan Telford aufnahm, um das namenlose Mädchen zu retten, lernte ich Unseren Freund kennen, der für mich zuletzt doch kein Unbekannter war. Auch nach all diesen Jahren denke ich mit großer Zuneigung an ihn und wünsche mir, ich könnte ihm eine Nachricht hinterlassen, dass ich gesund und munter bin, aber nun ist er schon lange tot.

71

Beim Anblick so vieler herabschwebender ernster Klarer hielt ich die Augen geschlossen, bis Gwyneth stoppte und den Motor abstellte. Als ich mich umsah, standen wir in einer Gasse auf dem Vorplatz einer Doppelgarage parallel zu den beiden Rolltoren.

»Wo sind wir, was machen wir?«, fragte ich.

»Wart's ab. Wir bleiben nicht lange, aber wir dürfen das Mädchen nicht im Wagen lassen. Übrigens kommt sie allmählich zu sich.«

»Tut sie das?«

»Das spüre ich.«

Wir stiegen aus, und sie öffnete die Hecktür, und ich nahm das eingepackte Kind wieder auf die Arme.

Als ich hinter Gwyneth im Tiefschnee, der bis fast über meine Stiefel reichte, an den Garagen vorbeiging, hielt ich den Kopf gesenkt, weil der scharfe Wind meine Augen tränen ließ. Auch ich war demütig geworden, und die Anwesenheit so vieler Klarer hatte mich mit schlimmen Vorahnungen erfüllt, sodass ich nicht wagte, zum Himmel aufzusehen.

Wir erreichten den tief verschneiten Bereich zwischen den Garagen und der Rückseite eines einstöckigen Klinkerhauses, dessen Fenster so dunkel waren, als wären sie schwarz gestrichen. Auf den Grundstücksgrenzen standen Mauern, sodass die Fläche an einen winzigen

Gefängnishof erinnerte. Die rückwärtige Veranda war nicht ganz so breit wie das Haus, und links von ihr führte eine kurze Außentreppe mit einer zweiflügligen Glastür als Wetterschutz in den Keller hinunter. Weil wir offenbar erwartet wurden, hatte jemand den Schnee von der Tür gekehrt. Gwyneth zog die beiden Flügel auf.

Ich folgte ihr die Treppe hinunter und durch die untere Tür in einen warmen Keller, in dem es nach heißem Kaffee roch. Zwischen den eisernen Deckenträgern hingen in alten Porzellanfassungen mattierte Glühbirnen, die weiche Licht-und-Schatten-Effekte erzeugten. Der Raum diente als Lagerraum, war aber nicht willkürlich vollgestellt. Ich sah ordentlich beschriftete Kartons, mehrere alte Möbelstücke, darunter ein zerschlissener Lehnstuhl, und an einer Wand einen Klapptisch mit einer Kaffeemaschine, deren feuerfestes Glasgefäß auf einer Heizplatte stand.

Gwyneth wies mich an, das namenlose Mädchen in den Lehnstuhl zu setzen. Dann wickelte sie das Kind behutsam aus der Wolldecke, die sie zusammenfaltete und auf einen Kartonstapel legte.

In Pantoffeln, Flanellhose, blassblauer Wolljacke und blau-weiß kariertem Hemd kam Teague Hanlon aus dem Schatten geschlurft und stellte zwei Becher Kaffee auf eines von drei unterschiedlich großen Blechfässern, die wie primitive Kesselpauken aussahen. »Gwynie trinkt ihren schwarz und hat gesagt, dass du das auch tust.«

»Ja, das stimmt«, versicherte ich ihm.

»Wie geht's der Kleinen?«, fragte er.

»Sie kommt langsam zu sich«, sagte Gwyneth.

Im nächsten Augenblick ließ das Mädchen ein paar kätzchenhafte Laute hören, als erwachte es aus gewöhnlichem

Schlaf und würde bedauern, einen schönen Traum vorzeitig verlassen zu müssen.

»Für mich ist das sehr schwierig«, sagte Mr. Hanlon. »Das verstehst du hoffentlich, Gwynie.«

»Natürlich verstehe ich das.«

Mr. Hanlon ging durch den Keller zu der Tür, durch die wir hereingekommen waren, und sicherte sie mit zwei starken Riegeln.

Gwyneth nahm sich einen Becher, trank einen Schluck Kaffee und beobachtete dabei das Mädchen aufmerksam. »Du kannst die Sturmhaube abnehmen, um Kaffee zu trinken, Addison. Keiner von uns sieht dich an.«

Um die Sturmhaube abnehmen zu können, hätte ich den Klettverschluss meiner Kapuze öffnen und sie zurückschlagen müssen, sodass ich völlig exponiert gewesen wäre, was ich außerhalb meines Refugiums tief unter der Stadt nie war. Der Gedanke an solche Verwundbarkeit erschreckte mich so sehr, dass ich den Kaffee fast abgelehnt hätte.

Aber ich fror, nicht nur von unserem kurzen Weg durch die Kälte, sondern auch von Gedanken an Pest und Tod. Ich brauchte das duftende Getränk. Wenn sie sagte, damit riskierte ich nichts, konnte ich ihr nur glauben.

Sobald ich die Sturmhaube abgezogen hatte, setzte ich die Kapuze wieder auf und verschloss sie locker unter meinem Kinn.

Der Kaffee war stark und gut, und der Becher wärmte meine Hände selbst durch die Handschuhe hindurch.

Mit tief gesenktem Kopf wie ein büßender Mönch ohne Kutte trat Mr. Hanlon an die Kaffeemaschine, um sich ebenfalls Kaffee einzuschenken.

Das Kind hob eine Hand ans Gesicht und tastete es mit den Fingerspitzen ab, als wäre es nicht nur verwirrt, sondern auch blind und würde versuchen, sich durch Berührung zu identifizieren. Es veränderte seine Sitzhaltung, ließ die Hand sinken, öffnete den Mund und ließ einen langen Seufzer hören. Leicht wie der Schlaf einer Nacht fielen fast drei Jahre Koma von der Kleinen ab. Sie schlug die Augen auf, die groß und grau und klar waren, und fixierte sofort Gwyneth. Ihre Stimme war leicht heiser, als sie fragte: »Mama?«

Gwyneth stellte ihren Becher ab, ging zu dem Mädchen und kniete vor ihm nieder. »Nein, Schatz, deine Mutter ist fort. Sie kommt nie mehr zurück. Du bist in Sicherheit. Niemand kann dir mehr etwas tun. Bei mir bist du sicher.«

Noch immer mit gesenktem Kopf kehrte Mr. Hanlon mit einem weiteren Becher zurück. »Sie wird ausgedörrt sein. Ich habe süßen Tee für sie gekocht. Er ist genügend abgekühlt.« Als Gwyneth ihm den Becher abnahm, ging er zu der Kaffeemaschine zurück und blieb mit dem Rücken zu uns stehen.

Ich spürte, dass seine Diskretion für ihn ebenso wohltuend war wie für uns, und fragte mich, weshalb er sich anders als im Egyptian Theater verhielt.

Während ich im Schatten meiner Kapuze mit kleinen Schlucken meinen Kaffee trank und Gwyneth und das Mädchen beobachtete, wurde mir klar, dass die Ereignisse in diesem Keller so weit außerhalb menschlicher Erfahrung lagen wie die Nebel und die Klaren. Das Kind kehrte anders, als jeder Arzt erwartet hätte, ins Bewusstsein zurück: nicht allmählich und zunächst noch schwach, sondern erstaunlich schnell und im Vollbesitz seiner Kräfte. Seine Bewegungen waren so koordiniert, dass es den Teebecher halten und daraus trinken konnte. Gwyneth sprach so leise, dass ich nur wenig mitbekam, aber obwohl das Mädchen ihr nicht antwortete, hörte es aufmerksam zu und ließ seine leuchtenden grauen Augen auf Gwyneth gerichtet, die ihm zärtlich und beruhigend übers Haar strich, seine Arme und sein Gesicht berührte.

Viel früher, als ich für möglich gehalten hätte, stellte das Kind seinen Tee weg und stand auf. Es lehnte sich leicht an Gwyneth, obwohl es vielleicht keine Stütze brauchte.

Bei Mr. Hanlon erkundigte Gwyneth sich: »Hast du die Kleidung für sie besorgt, um die ich gebeten habe?«

Er drehte sich nach uns um, kam aber nicht näher. »Sie liegt auf dem Stuhl in der Küche. Für den Fall, dass … jemand dich sucht, habe ich oben kein Licht gemacht. Die Lampe im Dunstabzug über dem Herd muss reichen. Das Bad hat kein Fenster, also könnt ihr dort unbesorgt Licht machen.«

An Gwyneth' Hand stakste das Mädchen auf langen Beinen, die es fast drei Jahre lang nicht gebraucht hatte und die es nicht gleich hätten tragen dürfen. Ich beobachtete die beiden, als sie zur Treppe gingen, und verfolgte dann, wie ihre Schatten im Zickzack über die Stufen fielen.

In einer Welt voller Geheimnisse und Rätsel gibt es auch Wunder.

Um Abstand von mir zu halten, machte Mr. Hanlon einen langsamen Rundgang durch den Keller und blieb bei jedem Kartonstapel oder Möbelstück stehen, als würde er die in einem unbekannten Geschäft ausgestellten Waren begutachten.

»Addison, ich nehme an, dass du weißt, was auf die Welt gekommen ist.«

»Eine Seuche, meinen Sie.«

»*Die* Seuche, denke ich, mit der der lange Krieg zwischen Menschen und Mikroben beendet sein dürfte.«

Ich dachte an Telford und sagte: »Sie wird schlimm.«

»Schlimmer als schlimm. Nach neuesten Erkenntnissen haben sie das Virus auf 98 Prozent Mortalität ausgelegt. Es hat ihre Erwartungen übertroffen. Und dann ist's außer Kontrolle geraten.«

»Ich habe Angst um Gwyneth. Der sterbende Telford hat ihr ins Gesicht gespuckt.«

Mr. Hanlon sah überrascht auf, wandte sich aber sofort wieder ab. »Wo hat Telford sie aufgespürt?«

»Er war bei der Kleinen, als wir hingekommen sind. Sie ist auch infiziert.«

Er schwieg, nicht weil er nichts zu sagen wusste, sondern weil er zu viel zu sagen hatte. Dann: »Obwohl ich immer auf bessere Umstände gehofft hatte, fühle ich mich geehrt, dich endlich in meinem Heim begrüßen zu dürfen. Addison Goodheart ist ein passenderer Name für dich als Sohn des Es.«

72

Teague Hanlon, Gwyneth' Vormund und der Wohltäter, der Vater den Schlüssel zur Tafel und zu dem Secondhand-Shop gegeben hatte, war nicht der Staranwalt, für den ich ihn gehalten hatte. Der ehemalige Marine war Geistlicher geworden und nun Pfarrer der Kirche St. Sebastian, an den Gwyneth' Vater und meiner sich Hilfe suchend gewandt hatten, sowie der

Mann, der durch Richter Gallaghers Mutter, die seiner Gemeinde angehört hatte, erreicht hatte, dass Gwyneth das namenlose Mädchen in ihre Obhut nehmen durfte. Er war der Schnittpunkt unserer miteinander verwobenen Leben.

In dieser Schreckensnacht waren wir im Keller des Pfarrhauses der Kirche St. Sebastian, aber Pater Hanlon trug nicht den Priesterkragen, der ihn in der Öffentlichkeit als Geistlichen auswies.

Vor dieser Enthüllung war der Kelch meines Herzens bis zum Überlaufen mit Emotionen gefüllt gewesen, und jetzt lief er über. Ich saß auf der Lehne des Lehnsessels, suchte eine passende Antwort und brachte anfangs keine heraus. Die Flut intensiver Gefühle schwemmte mich nicht hinweg. Ich hatte mich in Stoizismus geübt, seit ich laufen konnte. Ich musste nur einen Augenblick still dasitzen, um aus diesen tiefen Wassern die richtigen Worte zu fischen.

Ich sagte: »Du hast uns all die Jahre ernährt.«

»Die Lebensmittel waren nicht von mir. Sie waren alle gespendet.«

»Du hast uns gekleidet.«

»Mit gebrauchten Sachen, ebenfalls gespendet.«

»Du hast unser Geheimnis gewahrt.«

»Das kann man von einem Priester, der die Beichte abnimmt, als Mindestes erwarten.«

»Du hast nie eine Hand gegen Vater erhoben.«

»Ich habe sein Gesicht nur einige Male gesehen.«

»Aber du hast ihm nie geschadet.«

»Ich konnte seinen Blick nur ein einziges Mal erwidern.«

»Und hast ihm nicht geschadet.«

»Ich hätte mich dazu zwingen sollen, ihn mehr als einmal zu erwidern.«

»Aber nach jeder Begegnung mit ihm bist du in Depressionen verfallen.«

»Ich hatte schon manchmal Depressionen, bevor ich von dir und dem Mann wusste, den du Vater genannt hast.«

»Ja, aber allein der Gedanke an uns hat sie schwärzer gemacht. Das hast du in deinem Brief geschrieben. Du hattest unseretwegen Albträume, aber du hast uns trotzdem ernährt und gekleidet.«

Er schlug die Hände vors Gesicht und begann, etwas Lateinisches zu murmeln, vielleicht ein Gebet. Ich hörte zu, und obwohl ich die Worte nicht verstand, war seine Verzweiflung nur allzu offensichtlich.

Ich stand von der Lehne auf, machte einige Schritte auf Pater Hanlon zu und blieb dann stehen, weil es mir in meiner Andersartigkeit nicht gegeben war, andere zu trösten. Eher das Gegenteil. Wie in der Nacht, in der Vater brutal ermordet worden war, während ich unter einem SUV versteckt zusah, fühlte ich mich unzulänglich, nutzlos, und schämte mich meiner Hilflosigkeit.

Die lateinischen Wörter bröckelten in seinem Mund und fielen in Silben von seinen Lippen, bis er zu beten aufhörte und nur noch tief erschaudernd Luft holte, die er mit gequälten Lauten ausstieß, die halb erleichterte Seufzer, halb angewiderte Selbstvorwürfe zu sein schienen.

Mit der Erfahrung von 26 Jahren konnte ich mir nur vorstellen, dass meine Anwesenheit diese ungebremst starken Emotionen ausgelöst hatte. Daher sagte ich: »Ich gehe lieber. Ich hätte nie herkommen sollen. Töricht. Dumm von mir. Rücksichtslos.«

»Nein. Warte. Ich werde mich zusammenreißen. Gib mir eine Chance.«

Ich verdankte ihm so viel, dass ich ihm alles schuldete, was er verlangte.

Als er sich wieder unter Kontrolle hatte, ging er zu der Tür, durch die er hereingekommen war, und schien sich davon zu überzeugen dass er sie wirklich abgeschlossen hatte. Mit dem Rücken zu mir horchte er auf den Sturm, bevor er schließlich sagte: »Der Wind kommt aus Osten – wie der, der das Rote Meer geteilt hat.« Dieser Gedanke schien ihn auf einen anderen zu bringen, denn er zitierte aus der Bibel: »›Denn sie säen Wind und werden Sturm ernten.‹«

Obwohl es viel gab, das ich hätte sagen wollen, wusste ich, dass Schweigen angebracht war. Sein Kopf und sein Herz waren uneins, und nur er konnte ihre frühere Harmonie wiederherstellen.

Er sagte: »Die Nordkoreaner, die noch übrig sind, haben vor Kurzem bekannt gegeben, dass Vögel die Krankheit verbreiten, ohne sie selbst zu bekommen. Eine Quarantäne, die Vögel am Fliegen hindern kann, gibt es nicht.«

Es gab Filme und Bücher über Asteroiden, die alles Leben auf der Erde vernichteten, Horrorstorys, die das Interesse von Zuschauern und Lesern kitzelten. Zuletzt war jedoch keine Millionen Tonnen schwere Masse aus dem All nötig, um die Zivilisation auszulöschen. Für die Ermordung eines Mannes hatten einige Tropfen Oleander-Nektar genügt, und die gesamte Menschheit ließ sich durch etwas viel Kleineres ausrotten: eine gentechnisch veränderte Mikrobe mit absolut tödlicher Wirkung.

Weiter der Tür zugekehrt sagte der Geistliche: »Dein Vater wusste nicht, was er war, aber er hatte auch keinen Grund dazu. Weißt du, was du bist, Addison?«

»Eine Monstrosität«, sagte ich. »Eine Missgeburt, ein Freak, ein Scheusal.«

73

Der Wind rüttelte an der Kellertür, vor der Pater Hanlon stand, und als erriete er meine Gedanken, sagte er: »Nur der Wind scheint diese Tür auf die Probe zu stellen, aber in dieser Nacht aller Nächte ist's vermutlich etwas weit Schlimmeres als der Wind. Dies sind nicht die Zeiten, über die Johannes der Täufer in den Offenbarungen geschrieben hat. Armageddon wäre eine Stunde des Schreckens und der Herrlichkeit, aber das Bevorstehende bringt keine Herrlichkeit, kein Jüngstes Gericht, keine neue Erde, nur bittere Tragödien in unvorstellbarem Ausmaß. Dies ist das Werk von Männern und Frauen in all ihrer Perversität und Überheblichkeit, ihrer Liebe zur Macht im Dienst von Massenmördern. In solch einer Nacht ist's nur wahrscheinlich, dass die finstersten Geister aus allen Winkeln zusammenströmen, um ausgelassen auf den Straßen zu feiern.«

Der köstliche Kaffeeduft wurde durch den Gestank brennender Marionetten ersetzt. Ich dachte an Gwyneth' Worte, als wir das gelbe Klinkerhaus mit dem Mädchen verlassen hatten, und sagte: »So haben die Marionetten im Kamin des Erzbischofs gerochen. Aber der Gestank ist eine Sinnestäuschung. Dort draußen ist nichts.«

»Vorsicht mit dieser Behauptung«, warnte er und deutete auf den Türknopf, der sich heftig hin und her bewegte, wie der Sturm ihn niemals hätte drehen können. »Was hier Einlass begehrt, würde Zweifel mit sich bringen. Wusstest du, dass der Künstler Paladine testamentarisch verfügt hat, er wolle mit einer seiner Marionetten begraben werden?«

»Es hat nur sechs gegeben, und Gwyneth hat sie alle aufgespürt.«

»Diese eine war anders. Paladine hat sie als Abbild seiner selbst geschaffen, und sie soll ihm unheimlich ähnlich gesehen haben. Als einzige lebende Verwandte war seine Mutter seine Alleinerbin. Eine Frau mit ungesunden Interessen und seltsamen Ansichten, die sie vielleicht ihrem Sohn vererbt hatte. Sie hat ihn seinem letzten Wunsch entsprechend beisetzen lassen – auf einem wenig bekannten kleinen Friedhof, der nie von einem Vertreter irgendeiner Glaubensgemeinschaft gesegnet worden ist.«

Der Gestank war noch stärker geworden, und obwohl die Tür zu klappern aufgehört hatte und der Knopf sich nicht mehr drehte, sagte ich: »Täuschung.«

»Du musst lernen, was du bist, Addison, damit du nicht mehr zweifelst und nicht mehr verwundbar bist.« Er kehrte der Tür den Rücken zu, sah mich aber weiter nicht an. Stattdessen betrachtete er seine nach oben gekehrten Handflächen. »Zweifel ist Gift. Er bewirkt, dass man nicht mehr an sich selbst glaubt, auch nicht an alles, was gut und wahr ist.«

Der Sturm rannte gegen das Haus an, und obwohl das Pfarrhaus ein massives altes Gebäude war, schien es über uns zu knarren.

Pater Hanlon ließ die Hände sinken und kam zwei Schritte näher, ohne jedoch Blickkontakt zu suchen. »Du bist keine Monstrosität, keine Missgeburt, kein Freak, kein Scheusal. Du hast dich in Spiegeln gesehen, nehme ich an.«

»Ja.«

»Oft?«

»Ja.«

»Und was hast du gesehen?«

»Das weiß ich nicht. Nichts. Ich bin dafür blind, denke ich.«

Er fasste nach: »Woraus besteht deine Abartigkeit, die augenblicklich so viel Hass und Wut auslöst?«

»Darüber haben Vater und ich viele Stunden lang diskutiert, aber letztlich mussten wir erkennen, dass wir's nie wissen würden. Es ist etwas an unseren Gesichtern, vor allem an den Augen, sogar an unseren Händen, das anderen auf den ersten Blick bewusst ist, nur eben uns nicht. Viele Leute haben Angst vor Spinnen, nicht wahr? Aber wenn Spinnen denken könnten, hätten sie keine Ahnung, weshalb sie so verhasst sind, weil sie sich untereinander attraktiv finden.«

»Das kommt der Wahrheit ziemlich nahe«, sagte der Geistliche. »Aber du sollst dich nicht mit Spinnen vergleichen.« Er trat mit gesenktem Kopf vor mich hin und hielt eine meiner behandschuhten Hände in seinen. »Der Mann, den du Vater genannt hast, hat mir von deiner Ankunft auf der Welt erzählt. Dein biologischer Vater war ein unzuverlässiger Herumtreiber, vielleicht sogar ein Krimineller. Deine Mutter war eine geschädigte, aber nicht ganz verlorene Frau. Wie wir alle bist du als Mensch geboren – aber mit einem wesentlichen Unterschied. Vielleicht deshalb mit einem Unterschied, weil die Welt sich auf eine Zeit zubewegt hat, in der jemand wie du gebraucht werden würde.«

»Mit welchem Unterschied?«, fragte ich atemlos gespannt. Ich wusste, dass ein Unterschied mein Leben bestimmt und mich zu einem Außenseiter gemacht hatte, ohne ihn beschreiben zu können. Auf dieser rätselhaften Welt war ich selbst das zentrale Rätsel meines Lebens.

»Obwohl du als Mensch geboren bist, bist du – genau wie dein zweiter und besserer Vater – kein Erbe Adams und Evas. Durch irgendeine Gnade, die ich nicht verstehe und die niemand versteht, bist du ohne Erbsünde geboren. Du besitzt eine Reinheit, eine Unschuld, die wir anderen augenblicklich spüren, wie ein Wolf Beute wittert.«

Ich begann diese Unschuld zu leugnen, aber er brachte mich zum Schweigen, indem er meine Hand drückte und dabei den Kopf schüttelte.

»Addison, ich fürchte mich mehr davor, dich anzusehen, als ich irgendetwas in meinem Leben gefürchtet habe, denn ich sehe nicht nur dich, sondern auch, was du bist und was ich nicht bin. Sehe ich dich an, sehe ich mich wie sonst nie – alle Sünden meines Lebens als eine lebhafte kaleidoskopische Sammlung vergangener toxischer Momente, weit mehr, als ich bei ernstester Gewissenserforschung zutage fördern könnte. Sehe ich dich an, sehe ich, was ich sein sollte, weiß, dass ich nicht bin, wie ich sein sollte, und erkenne die Gesamtheit aller Dinge, die in meinem Leben schiefgelaufen sind, jede kleine Unfreundlichkeit, jede Bosheit, jede Lüge und jeden schlimmen Gedanken – alle zugleich in einem einzigen Augenblick nacherlebt.«

»Nein«, protestierte ich. »Du bist ein guter Mann.«

»Vielleicht besser als manche, aber keineswegs perfekt. In meiner Jugend, in diesem unkonventionellen Krieg, in dem der Feind nie leicht zu identifizieren war, habe ich manchmal aus Angst geschossen, ohne genau zu wissen, ob das gerechtfertigt war …«

»Aber Selbstverteidigung …«

»Die ist nie Sünde, aber manchmal wusste ich, dass ich hätte nachfragen oder nachforschen müssen, was ich nicht getan habe. Sich der Angst zu ergeben heißt Zweifel einladen. In jedem Herzen gibt es Wollust, Sohn, und bitteren Neid. Vielleicht mehr Neid als alles andere, und er ist schlimmer als alle Leidenschaften. Selbst als junger Priester hatte ich unwürdige Ambitionen, den Wunsch nach Anerkennung und Position, der stärker war als mein Streben zu beraten, zu retten und zu dienen.«

Ich wollte seine Beichte nicht hören. Ich bat ihn, sofort zu schweigen, und er verstummte. Er hielt jedoch weiter meine Hand. Wie er zitterte ich am ganzen Leib.

War mein Unterschied wirklich der, den er identifiziert hatte, wäre ich lieber ein Scheusal gewesen, eine so grausige Missgeburt, dass der Anblick meiner Fratze Männer jäh zu wilder Gewalt trieb. Wie viel schlimmer, ein Spiegel ihrer Seelen zu sein und zu wissen, dass ihnen in dem Moment, in dem sie mich ansahen, alle kleinen und großen Verfehlungen ihres Lebens ebenso vor Augen standen wie die Schmerzen, die sie anderen zugefügt hatten, und sie sich erkannten, wie sie sich im Leben niemals hätten erkennen sollen – bis zu einem Grad, den man erst ertragen konnte, wenn man vor dem Richterstuhl Gottes stand und längst keine weiteren Sünden mehr begehen konnte.

Der Geistliche hob den Kopf, und obwohl ich weiter die Kapuze trug, reichte die Helligkeit aus, dass er mein Gesicht im Halbschatten erkennen und mir in die Augen sehen konnte. Auf seinem Gesicht erschien ein Ausdruck solch mentaler Agonie und tiefer Trauer, dass ich – auch wenn darin weder Wut noch Hass lag – um seinetwillen verzweifelt war. Mich schmerzte, dass ich auf jemanden so wirken konnte, und hatte Angst um uns beide.

Erschüttert sah ich von ihm weg. »Du bist der erste Mensch, den ich, den Vater, den allein unser Anblick nicht gewalttätig hat werden lassen.«

»Verzweiflung und Hass auf die eigenen Verfehlungen wecken in ihnen den Wunsch, dich zu töten, um diese schmerzliche Selbsterkenntnis zu beenden. Ich spüre denselben Drang und widerstehe ihm, glaube aber nicht, dass ich ihm mit dem Mut deiner Mutter widerstehen könnte. Acht *Jahre.*«

Mit dieser Aussage rückte er meine Kindheit und meine Mutter in ein neues Licht, und ich staunte darüber, dass sie eine so moralische Frau gewesen war und mich genug geliebt hatte, um die intensiven mentalen und emotionalen Schmerzen zu ertragen, die Pater Hanlon soeben geschildert hatte.

»Und wenn deine Mutter etwas von einer Heiligen in ihrem Charakter hatte … nun, dann könnte man argumentieren, Gwyneth' Vater müsse heiliggesprochen werden. Er hat nicht nur 13 Jahre lang durchgehalten, sondern sie von ganzem Herzen geliebt, und hätte noch länger ausgehalten, wäre er nicht ermordet worden.«

Das Haus knarrte in Sturmböen, die Kellertür ratterte in ihrem Rahmen, als könnte sie sich von den Angeln losreißen, der Türknauf bewegte sich wie wild hin und her, aber in diesem Augenblick großer Enthüllungen kümmerte mich nicht, was vielleicht durch die Nacht streifte oder über uns hereinbrechen könnte.

74

Ich erzähle eine Geschichte von der Art, in der Namen keine Rolle spielen sollten, gewiss nicht vollständige Namen, Vorname, zweiter Vorname, Familienname jeder auf die Bühne tretenden Person. Wäre diese Geschichte nur 200 Jahre vor meiner Zeit von jemandem statt in der ersten in der dritten Person erzählt worden, hätte er oder sie noch weniger Namen benutzt als ich, und manche Personen wären nur durch ihre Berufsbezeichnung wie Erzbischof oder Priester identifiziert worden. Hätte die damalige Geschichte von Royals gehandelt, wären König und Königin ausschließlich nur so bezeichnet worden, und der tapfere kleine Schneider wäre nur das Schneiderlein gewesen. Schon in jener längst vergangenen Zeit, aber auch noch später hätte die Geschichte mit Tieren in allen Rollen erzählt werden können, und ihre Namen wären unverändert geblieben: Hase und Igel, Katz und Maus, Lämmchen und Wolf, Henne und Reineke Fuchs. Ursache dafür wäre gewesen, dass das Leben damals einfacher war und die Menschen ein deutlicheres Bewusstsein für Recht und Unrecht besaßen als später. Diese lange zurückliegende Periode möchte ich Zeitalter der Klarheit nennen. Keinem Autor oder Leser wäre eingefallen, eine Analyse der Kindheitstraumata eines Schurken sei nötig, um sein Verbrechertum zu erklären, denn alle wussten, dass ein Verbrecherleben eine Option war, für die *jeder* sich entscheiden konnte, der das Böse mehr liebte als die Wahrheit. 26 Jahre lang lebte ich in der Moderne, in der es hieß, die menschliche Psychologie sei so komplex, die Motivationsstränge so unklar und abstrus, dass nur Experten sagen konnten, wieso irgendwer irgendwas tat, was letztlich dazu führte, dass selbst Experten sich am liebsten davor drückten, das Handeln einer bestimmten Person zu beurteilen. Aber obwohl diese Geschichte in der Moderne spielt, habe ich sie nicht für diese Zeit geschrieben. Obwohl wir Gwyneth' Vater durch seine Taten und seine selbstlose Liebe zu ihr kennen, obwohl ich bis hierher gekommen bin, ohne ihm einen Namen aufzubürden, halte ich es trotzdem für angebracht, seinen Namen zu benutzen, weil er kein Repräsentant seiner Zeit, nicht symbolisch für sie war – wenn auch nur um anzuzeigen, dass er ein Licht in einer dunkler werdenden Welt war. Weil Nachnamen heutzutage nicht mehr sehr wichtig sind, will ich nur seinen Vornamen Bailey gebrauchen. Dieser Name stammt aus dem Mittelenglischen, in dem *baile* die äußere Mauer einer Burg bezeichnet.

Bailey war im Kreißsaal anwesend, als seine Tochter geboren wurde und seine Frau bei der Geburt starb. Die Reaktionen des Gynäkologen und der Schwestern waren weniger radikal als die der Hebamme und ihrer Tochter in meinem Fall, aber Bailey spürte eine seltsame Spannung und eine gewisse Antipathie gegen das Baby, weniger stark als Abscheu, aber eine Unfreundlichkeit, ein Fehlen menschlicher Wärme, fast eine stille Distanzierung.

Seine geliebte Frau war tot. Eine verwirrende Mischung aus Emotionen erfüllte ihn, Trauer und Jubel, beide nicht recht passend, aber als ausgezeichneter Kenner von Menschen und ihren Gemütszuständen hatte er das Gefühl, selbst in dieser Verfassung auf seine Intuition vertrauen zu können. Was er auf den Gesichtern des Krankenhauspersonals sah, war erst verwirrend, dann besorgniserregend. Hätten der Tod seiner Frau und die vergeblichen Wiederbelebungsversuche den Arzt und die Schwestern nicht abgelenkt, vermutete er, hätten sie sich ganz auf das Neugeborene konzentrieren können, hätten sie die kleine Gwyneth vielleicht noch schlechter behandelt. Er tröstete sich damit, dass es für Feindseligkeit keinen Grund gab, denn die hilflose Kleine war schön und ungewöhnlich ruhig und gelassen, und er versuchte sich einzureden, seine Sorge um das Kindeswohl sei nur eine Reaktion auf den unerwarteten Tod seiner Frau, der ihn schwer getroffen hatte. Aber das gelang ihm nicht recht.

Warm eingepackt lag das Neugeborene in einer weiß emaillierten rautenförmigen Schale, um nach dem Wiegen auf die Säuglingsstation gebracht zu werden. Sobald die Wiederbelebungsversuche gescheitert waren, ließ Bailey die Hand seiner Frau los und ging zu seiner Tochter hinüber. Als er sie hochhob und in ihre noch unfokussierten Augen sah, erkannte er sich selbst in einem Ausmaß, wie er sich noch nie gekannt hatte, und seine geballte Reue für vergangene Verfehlungen ließ ihn fast auf die Knie sinken.

Er widerstand dieser Flut von Emotionen, und sein stets wacher Verstand war niemals wacher als in diesem Moment, als er zu analysieren versuchte, wie Gwyneth auf ihn wirkte. Laut Pater Hanlon war Bailey nicht nur ein guter Mann, sondern auch unbedingt ehrlich und ehrbar gewesen, erfolgreich, aber im Erfolg bescheiden. Wäre er korrupt oder bei seinem Aufstieg von Armut zu Reichtum rücksichtlos ehrgeizig gewesen, hätte er vielleicht aus so vielen Gründen tiefe Reue empfinden müssen, dass ihm der Säugling gleich dort aus den Händen geglitten und auf den Kopf gefallen wäre, was er mit einem Schwächeanfall wegen seiner Trauer hätte entschuldigen können. Stattdessen hielt er das Baby in der Überzeugung fest, dass es nicht nur in jeder Weise kostbar war, wie es eine Tochter für ihren Vater ist, sondern auch aus Gründen, die er nicht erklären konnte.

Er vermutete, ihre Wirkung auf ihn bewies irgendeine psychische Fähigkeit, die sie in ihrem Alter noch nicht kontrollieren konnte. Sie konnte eine Telepathin oder Empathin sein, wenn das das richtige Wort war, eine Hellseherin oder Gedankenleserin. Er wusste nicht, was sie davon sein könnte, oder ob sie überhaupt etwas davon war, aber er wusste, dass es irgendwas war. Er hatte den Verdacht, die explosive Gewissenserforschung, die sie bei ihm ausgelöst hatte, war nicht das gewesen, was der Arzt und die Schwestern erlebt hatten. Hätten auch sie etwas so intensiv Invasives erlebt, wären ihre Reaktionen dramatischer, ihre stille Distanzierung feindseliger gewesen. Vielleicht hatte Gwyneth mit noch intakter Nabelschnur und in den ersten Minuten nach der Abnabelung weniger Wirkung gehabt als später, nachdem sie einige Minuten lang selbstständig geatmet hatte – als ihr Herz nicht mehr synchron mit dem ihrer Mutter schlug und ihr Gehirn zunehmend an Vitalität gewann.

Im Krankenhaus hielten manche Bailey für exzentrisch, andere für unverschämt herrisch, als er darauf bestand, seine Tochter solle nicht auf die Säuglingsstation kommen, sondern ein Einzelzimmer erhalten, in dem er sie nach den Anweisungen einer Krankenschwester selbst betreuen konnte. Auch wenn er exzentrisch, herrisch oder als Trauernder aus dem Gleichgewicht war, wurden seine Wünsche respektvoll erfüllt, weil er allgemein wohlgelitten war … und seine Stiftung das Krankenhaus mit Millionen unterstützt hatte. Niemand vom Personal oder der Verwaltung wollte zukünftige Millionenspenden aufs Spiel setzen.

Bei erster Gelegenheit rief Bailey seinen Gemeindepfarrer Pater Hanlon an. Ohne weitere Erklärung erkundigte er sich nach der Verfügbarkeit einer besonders frommen Nonne, die früh ins Kloster gegangen war und deren Erfahrung sich aufs Gebet und das Klosterleben beschränkte. Idealerweise gehörte sie einem kontemplativen Orden an, der ihr einen Dispens erteilen würde, damit sie das Kloster vorübergehend verlassen konnte, um diese Aufgabe zu übernehmen. Bailey brauchte ein relativ unschuldiges Wesen, das ihn nachts bei der Pflege seiner neugeborenen und mutterlosen Tochter ablöste, denn er traute keiner Krankenschwester, die mit ihr im Zimmer allein gewesen wäre.

Schon damals beherbergte die City weniger religiöse Orden als in der Vergangenheit. Die Zahl der in Klöstern lebenden Ordensfrauen war geringer als früher, als die Kirche stärker gewesen war. Als Folge von Baileys früherer Großzügigkeit und Pater Hanlons Überredungskunst erwies Schwester Gabriele von den Augustiner-Chorfrauen, die allerdings im aktiven Leben stand, sich als Idealbesetzung, denn sie war eine unbeschwerte, aber trotzdem weltkluge Seele, die es verstand, auch mit den

Säkularsten so umzugehen, dass sie gern taten, was sie für richtig hielt.

Außerdem war Schwester Gabriele durch Meditation und Kontemplation eine Mystikerin geworden, deren Empfindsamkeit über ihre fünf Sinne hinausging. Gwyneth' Anblick setzte ihr zu, erfüllte ihr Herz aber auch mit Freude, sodass sie die durch dieses Kind ausgelöste erbarmungslose Selbstprüfung ertragen, sich sogar erhoben fühlen konnte. Schon am dritten Tag nach Gwyneth' Geburt erklärte die Nonne Bailey, seine Tochter sei absolut rein geboren und nicht mit dem traurigen Erbe der ersten Menschen im Garten Eden belastet. Wie das bei einem Kind gewöhnlicher Eltern möglich war, konnte Schwester Gabriele nicht sagen, aber ihre Gewissheit war so unerschütterlich, dass sie auf dieser Wahrheit, von der sie durchdrungen war, bestanden hätte, selbst wenn ihre Mutter Oberin ihr erklärt hätte, ihre Auffassung sei irrig und wenn sie darauf beharre, mache sie sich der Todsünde des Stolzes schuldig. Auch Bailey wusste, dass dies die Wahrheit war, sobald er davon hörte.

Nach Gwyneth' Entlassung aus dem Krankenhaus besuchte Schwester Gabriele sie in den folgenden vier Jahren täglich, um bei ihrer Pflege zu helfen. Nach dieser Zeit traute sie Bailey zu, diese Aufgabe allein zu bewältigen, zumal die Kleine intellektuell und emotional weit reifer als andere Vierjährige war. Sie war sich der kostbaren Gabe ihrer Unschuld und der Notwendigkeit und Schwierigkeit, sie zu erhalten, bewusst und erkannte die Gefahren einer ihr feindlich gesinnten Welt. Schwester Gabriele entschied sich danach für ein kontemplatives Leben in ihrem Kloster, das sie nie mehr verließ.

In diesen vier Jahren erlebte Bailey so oft eine unfreiwillige Gewissenserforschung, wenn er seine Tochter auch nur ansah, dass er sich selbst und seine früheren Fehler verstehen lernte. Damit er ihre Gesellschaft und sie seine ganz normal wie Vater und Tochter genießen konnten, bereute er seine früheren Verfehlungen aufrichtig.

Unterdessen hatte er sich von seinem Immobilienimperium getrennt und sein Vermögen so investiert, dass er die Verwaltung größtenteils anderen überlassen konnte. Er widmete sich ganz Gwyneth und begann, unter einem Pseudonym eine höchst unwahrscheinliche neue Karriere als Schriftsteller, als der er erstaunlich erfolgreich war, wenn man bedachte, dass er keine Lesereisen machte und nur selten in der Öffentlichkeit auftrat.

Dem Hauspersonal und anderen im Leben seiner Tochter erklärte Bailey Gwyneth' Einsiedlerleben damit, sie sei kränklich und habe ein geschwächtes Immunsystem, obwohl sie niemals auch nur Kopfschmerzen oder eine Erkältung hatte. Später hieß es, sie leide an einer Sozialphobie, was ebenso wenig stimmte. Ihrem Naturell nach genoss sie die Einsamkeit, in der sie las, musizierte und lernte. Ihr Vater und sie glaubten, dass sie vorerst im

Wartestand lebte, aber der Tag kommen werde, an dem ihre Bestimmung klar wurde, und bis dahin müsse sie nur geduldig sein.

Als sie auf die Idee kam, ihr Wesen zu verbergen, um in die Welt hinausgehen zu können, zögerte ihr Vater zunächst, ihr das zu erlauben. Aber Gwyneth ließ nicht locker und bewies ihm, dass ihr Plan durchführbar war. Die Zeitschriftenfotos von Paladines Marionetten erkannte sie als Porträts des Bösen, als perfekte Maske, um ihr wahres

Naturell zu verbergen und die Leute davon abzuhalten, sie sich genau anzusehen, damit sie – wenn sie's vermeiden konnte, berührt und dadurch erkannt zu werden – sich vorsichtig erstmals aus dem Haus wagen konnte, in dem sie bis dahin ihr ganzes Leben zugebracht hatte.

Als ich gefragt hatte, weshalb sie den Look der Marionetten imitiere, hatte sie gesagt, um ihre Sozialphobie zu überwinden, habe sie das Bedürfnis gehabt, exzentrisch auszusehen. Sie fürchte sich vor Menschen und glaube, sie am besten auf Distanz halten zu können, wenn sie ein bisschen gruselig wirke. Damals hatte ich gewusst, dass ihre Antwort unvollständig war, dass sie mir etwas vorenthielt. Die ganze Wahrheit war, dass sie und ich zwei von derselben Art waren, aber während ich im Untergrund lebte und mich nur nachts ins Freie wagte, bewegte sie sich ungefährdet durch die City, indem sie ihr wahres Naturell mit dick aufgetragenem Goth-Make-up tarnte. Ihre seltsamen, verstörenden Augen, schwarz mit roten Strahlen in den Iriden wie bei den Marionetten, waren Kontaktlinsen ohne Funktion, weil sie ausgezeichnet sah, die sie von einer Firma bezog, die alle Arten von prothetischen Hilfsmitteln für Film- und Theaterschauspieler herstellte, aber auch für die wachsende Zahl von Leuten, die ihrem unbefriedigenden, eintönigen Leben dadurch entgehen wollten, dass sie sich nicht nur für Fantasy und Gaming Conventions kostümierten, sondern mehr und mehr auch für das Leben außerhalb ihres Berufs.

Auch wenn Gwyneth mir später ihr Leben erzählte, erfuhr ich viel von alledem von Pater Hanlon, als wir im Keller seines Pfarrhauses beisammensaßen, während das Haus über uns knarrte und der Sturm an der Kellertür rüttelte, wenn das wirklich der Sturm und keine bestialische Hand war.

Ich hatte weitere Fragen, von denen die dringendste »Was nun?« war.

Dies war vielleicht nicht der letzte Winter der Welt, aber allem Anschein nach vermutlich der letzte Winter, den die Einwohner dieser City oder irgendeiner anderen Großstadt erleben würden. Die durch Menschen und Vögel verbreitete Seuche aus Asien mochte bei Infizierten zu 100 Prozent tödlich verlaufen, aber wenn wir waren, was wir zu sein glaubten, waren wir frei von den Übeln dieser untergehenden Welt.

Ich sagte: »Wenn Gwyneth und ich – und das Kind – nicht dazu bestimmt sind, an der Seuche zu sterben, die diese Verrückten freigesetzt haben … welche Zukunft haben wir dann und wie können wir sie sichern?«

Falls Pater Hanlon die Antwort kannte, konnte er sie mir nicht mehr geben, denn in diesem Augenblick kam Gwyneth mit dem Mädchen zurück.

75

Jetzt in Pullover, Jeans und Sneakers, mit einer Jacke über dem Arm, kam das namenlose Mädchen hellwach und lächelnd die Kellertreppe herunter. Nichts wies darauf hin, dass es jahrelang im Koma gelegen hatte. Sein Lächeln schien den Sturm zu beschämen, denn die Tür hörte zu rattern auf und das Haus knarrte nicht mehr.

Hinter dem Kind erschien Gwyneth wie zuvor gekleidet, aber gänzlich ohne Goth-Make-up. Sie leuchtete nicht, wie die Klaren leuchteten, aber ich sage trotzdem, dass sie leuchtete, weil kein anderes Wort ihre strahlende

Schönheit besser wiedergeben konnte: der Teint klar wie Regenwasser, die Augen eine Reflexion des Sommerhimmels hier in diesem Winter der Welt, nicht leuchtend, nein, dieses Mädchen aus Fleisch und Blut, aber dennoch strahlend. Der Schlangenring an der Nase war verschwunden, die blutrote Glasperle in der Unterlippe ebenfalls, und ihre Lippen waren nicht länger schwarz, sondern altrosa wie manche Rosen.

Über das Kind sagte Gwyneth: »Sie heißt Moriah«, und ich fragte: »Woher weißt du das?«, und die Kleine sagte: »Ich hab's ihr gesagt.« Moriah fragte ich: »Erinnerst du dich, was dir zugestoßen ist?«, und sie antwortete: »Nein, ich erinnere mich an nichts Vergangenes«, und ich sagte: »Dann wundert mich, dass du dich an deinen Namen erinnerst.« Sie sagte: »Ich habe mich nicht daran erinnert. Ich habe ihn beim Aufwachen gehört, nur als Flüstern in meinem Kopf. *Moriah.*«

Pater Hanlon schloss die Augen, als könnte er den Anblick von uns dreien nicht länger ertragen, aber seine Stimme zitterte nicht, als er sagte: »Addison, Gwyneth und Moriah.«

Gwyneth trat auf mich zu, blieb vor mir stehen und studierte mein Gesicht im Halbschatten unter der Kapuze.

»Sozialphobie«, sagte ich.

»Keine Lüge. Menschen haben mich geängstigt, ihr Potenzial. Meine Sozialphobie war keine mentale Störung, sondern kalkuliertes Verhalten.«

In ihren 18 und meinen 26 Jahren hatten wir die Welt mehr durch unsere Bücher als durch direkten Kontakt gekannt. Uns hätte nicht überraschen sollen, dass wir unter den vielen Hunderten von Büchern größtenteils dieselben Titel gelesen hatten, wie wir nun hier im Keller zu entdecken begannen.

Als sie anfing, den Klettverschluss unter meinem Kinn zu öffnen, berührte sie mein Gesicht und entzündete eine neue Flamme in meinem Herzen. Mit sanfter, liebevoller Stimme begann sie, ein Gedicht von Edgar Allan Poe aufzusagen, eines seiner letzten: »Ein Ritter hehr / Von Art und Ehr' / Durch Sonnenschein zog und Schatten …«

Ich fuhr fort: »Er ritt gar lang / Durchs Land und sang / und suchte El Dorado.«

Als der Verschluss geöffnet war, legte ich eine Hand auf meine Kapuze, um sie festzuhalten, weil ich mich plötzlich davor fürchtete, mich bei Licht sehen zu lassen. Ich konnte nicht recht glauben, dass ich war, was Pater Hanlon erzählt hatte. Viel leichter konnte ich glauben, ich wäre ein Scheusal, das ein Verletzter, der sterbend am Straßenrand lag, mehr gefürchtet und gehasst hatte, als er den Tod gehasst und gefürchtet hatte.

Sie sprang von der ersten Strophe von *El Dorado* zur vierten und letzten: »›Reit immerzu / Über Mondberge du / Hinab ins Tal des Schattens. / Reit fort und fort‹ / – War des Schattens Wort – / ›Dort findest du El Dorado.‹«

Ich nahm die Hand von der Kapuze, und sie schob sie von meinem Kopf zurück. »Du bist auf jede Weise schön«, sagte sie, »und wirst ewig schön sein.«

Von Wundern überwältigt küsste ich ihren Mundwinkel, in dem die blutrote Perle gesteckt hatte, und ihre Nase, an der der Schlangenring gebaumelt hatte, und ihre Augen, die sie nicht mehr vor einer feindseligen Welt zu verbergen brauchte, und ihre Stirn, hinter der sie gelebt und gehofft und geträumt und Gott erkannt und mich geliebt hatte.

76

Dann kam es wie anscheinend immer: Bis ich mir die unmittelbare Zukunft vorzustellen begann, wusste Gwyneth bereits, was sich als Nächstes ereignen, was folgen und auch, was danach kommen würde. In Bezug auf Voraussicht und kluge Planung war sie ganz die Tochter ihres Vaters. Bevor sie mich vor über acht Stunden an dem Teich in den Riverside Commons abgeholt hatte, hatte sie bereits telefonisch den Treff im Egyptian Theater vereinbart, ihren Vormund darauf vorbereitet, dass wir mitten in der Nacht mit dem Mädchen bei ihm aufkreuzen würden, und ihm angekündigt, dass er vermutlich noch vor Tagesanbruch – vielleicht mit unziemlicher Hast – seines Amtes würde walten müssen.

Ich fühlte mich geehrt, dass sie meinen Antrag hören wollte, war hocherfreut, als er angenommen wurde, und leicht benommen, als Gwyneth eine dünne goldene Halskette abnahm, an der ein aus einem Nagel gebogener Ring hing. Der Nagel musste sehr alt und abgewetzt sein oder seine Spitze war rund gefeilt worden. Der Nagel war zu einem perfekten Kreis gebogen, und in den Kopf, der einen Stein hätte tragen sollen, war eine liegende Acht, das Zeichen für Unendlichkeit, eingraviert. Simon hatte ihn für sie angefertigt, weil er glaubte, dass sie ihn vor Selbstmord durch seine Sucht bewahrt hatte. In einem Begleitschreiben hatte er dazu geschrieben, eines Tages werde sie einem Mann begegnen, der sie so lieben werde, dass er, wenn er sie dadurch vor dem Tod retten könnte, den Nagel gerade biegen und sich selbst ins Herz stoßen würde.

»Simon war so melodramatisch veranlagt wie talentiert«, sagte sie, »aber er hatte auch recht.«

Pater Hanlon hatte eben erst begonnen, die notwendigerweise abgekürzte Zeremonie zu erläutern, als im Haus über uns ein lauter Knall ertönte, nach dem Glas spröde klirrte, als wäre nicht ein Fenster, sondern drei oder vier gleichzeitig zersplittert. Nicht einmal Gwyneth, die sonst alles voraussah, hatte mit einem Frontalangriff im vorletzten Moment gerechnet.

Pater Hanlon sah besorgt zur Kellerdecke auf. »Die Tür oben an der Treppe lässt sich in der Küche, aber nicht auf unserer Seite verriegeln.«

Ich schnappte mir einen Stuhl mit Kunstledersitz und verchromten Beinen und lief damit die Treppe hinauf. Ich sah erleichtert, dass die Tür nicht zur Küche, sondern zu mir hin aufging. Ich klemmte den Stuhl unter den Türknauf und blockierte so die Kellertür.

Als ich zurückkam, stapften schwere Schritte durch die Räume über uns. Sie polterten ziellos erst in eine Richtung, dann in eine andere, als wäre der Eindringling betrunken oder verwirrt.

»Wer ist das?«, fragte Moriah. »Was will er?«

Ich wusste es nicht, hatte niemanden in Verdacht, aber Gwyneth' grimmiger Gesichtsausdruck zeigte, dass sie einen bestimmten Verdacht hegte.

Zu den hier unten lagernden alten Möbeln gehörte ein Betstuhl aus der Sakristei der Kirche St. Sebastian, der durch einen neuen ersetzt worden war. Die Polsterbank für die Knie war breit genug für uns beide. Vor uns stehend wandte Pater Hanlon sein Gesicht ab, aber er sprach mit kräftiger, sonorer Stimme. Im Haus über uns fiel etwas laut krachend um, vielleicht ein hoher Bücher- oder Schubladenschrank, und von der Kellerdecke rieselte Staub auf uns herab.

Ich wollte unser Eheversprechen keine Minute länger hinausschieben. Aber wenn dies die letzten Stunden der Welt waren, wie wir sie gekannt hatten, war nichts weniger wichtig, als es gewesen war, und tatsächlich war alles wichtiger als je zuvor. Und so sagte ich zu dem Geistlichen: »Weißt du bestimmt, dass dies richtig ist? Ich gehöre nicht eurer Kirche an.«

»Deinem Wesen nach«, sagte er mit abgewandtem Blick, »gehörst du allen Kirchen an und brauchst keine von ihnen. Noch nie habe ich eine Trauung mit weniger Zweifeln vollzogen als diese hier.«

Falls ein Haus ausgeweidet werden konnte, mussten die von oben kommenden Geräusche bedeuten, dass Knorpel aus Latten und Gewebe aus Verputz zerstört wurde. Ich stellte mir vor, dass jemand hochsprang, sich mit seinem ganzen Gewicht an einen Kronleuchter hängte und wie ein tollwütiger Affe damit schaukelte, sodass die hängenden Kristallglasteile laut klirrten, während die Kette sich knackend streckte und die Schrauben nacheinander aus der Deckenverblendung poppten. Wieder erzitterte das Haus, als etwas Schweres aus größerer Höhe zu Boden krachte. Das Licht wurde dunkler, flackerte und schickte Schwärme von Schattenfaltern durch den Keller, aber wir wurden nicht in Dunkelheit gestürzt.

»Addison, willst du Gwyneth, hier anwesend, nach dem Ritus unserer heiligen Kirche zur Frau nehmen?«

»Ich will.«

Als die Trauung weiterging, schien der Tumult über uns plötzlich das Werk einer ganzen Horde von Psychopathen zu sein, von vielen eifrigen Händen, die in wilder Zerstörungslust Vorschlaghämmer und Brechstangen benutzten, Glas zertrümmerten, Holz zersplittern ließen und Fußböden aufrissen. Mehrere Explosionen klangen nicht wie detonierende Bomben, sondern wie Überschallknalle von Flugzeugen, als würden aus einem fernen Königreich zahlreiche Besucher herantransportiert, die mit hoher Geschwindigkeit ins Haus kamen, in dem jede Ankunft durch das Klatschen riesiger Hände angekündigt wurde. Aber bei allem Krach, den sie machten, riefen sie einander nichts zu, fluchten oder wüteten auch nicht, als wären sie Wesen, die nie sprachen, außer um zu lügen, und in diesem Endstadium der Welt keinen Grund mehr zur Lüge, keinen Zweck mehr für ihre Zungen hatten.

Dennoch waren unsere Worte trotz des Aufruhrs klar vernehmbar, und es dauerte nicht lange, bis Gwyneth sagte: »… nehme ich dich an als meinen Mann. Ich verspreche dir die Treue in guten und bösen Tagen, in Krankheit und Gesundheit, bis der Tod uns scheidet. Ich will dich lieben, achten und ehren alle Tage meines Lebens.«

Zuletzt erreichte jemand aus der Horde von Bestien, die das Pfarrhaus verwüstete, die von mir verbarrikadierte Kellertür und rüttelte kräftiger an ihr, als zuvor an der Außentür gerüttelt worden war. Das verchromte Querrohr der Stuhllehne kreischte unter dem wie wild gedrehten Türknauf. Die Hülsen der Angeln klapperten auf ihren Zapfen wie ein animiertes Skelett, und die Schlosszunge quietschte in ihrer Halterung im Türrahmen.

Der Geistliche besiegelte unser Eheversprechen, indem er Gwyneth und mich zu Mann und Frau erklärte, die gemeinsam bewältigen sollten, was vor ihnen liegen mochte, wir beide waren nun vereint, an allen unseren Erdentagen und bis in Ewigkeit.

Wir sprangen auf. Moriah, die ihre Jacke anzog, klein und flink, vielleicht etwas ängstlich, war schon zur Außentür unterwegs. Pater Hanlon geleitete uns durch Streifen von Licht und Schatten zum Ausgang, während Staub auf uns herabrieselte, als ob er uns an unsere Herkunft erinnern wollte. Dann machten wir halt, und Gwyneth umarmte ihn und sagte, sie liebe ihn. War dieser Kontakt eine Qual für ihn, entzückte er ihn auch, und auf seinem Gesicht lagen Schmerz und Sorge im Widerstreit mit Hoffnung. Ich sagte, er solle mitkommen, aber er wehrte ab, weil er zurückbleiben müsse, um die Sterbenden zu trösten.

Er gab mir einen zugeklebten Umschlag, der seiner Aussage nach einen Schatz enthielt, und ich steckte ihn in die Innentasche meiner Jacke zu dem Umschlag mit den einzigen Dingen, die ich aus meinen drei fensterlosen Räumen mitgenommen hatte.

Die Außentür öffnete sich zu nichts Schlimmerem als eisigem Wind und Schneetreiben. Als wir die Treppe hinaufstiegen und über den Hof liefen, wagten wir nicht, aufzusehen und festzustellen, welches unheimliche Licht jetzt hinter den zuvor dunklen Fenstern des Pfarrhauses leuchtete und welche grotesken Formen und gespenstischen Schatten hinter ihnen lauern mochten.

Sobald wir drei sicher in dem Land Rover saßen, wendete Gwyneth auf der Gasse, wobei ich einen Augenblick an der Garage in den beleuchteten Durchgang zwischen Haus und Umfassungsmauer sehen konnte. Böige Winde formten den dicht fallenden Schnee zu seltsamen wirbelnden Gebilden und tricksten mit Licht und Schatten, sodass man glauben konnte, Legionen von Dämonen zu sehen.

Aber ich glaube, dass das Wesen, das ich uns verfolgen sah, so real war wie der Schnee, durch den es stapfte.

Wenn es ein Mann war, war es ein Toter mit mondbleichen Augen, in Lumpen gekleidet, aus denen einzelne zersplitterte Knochen ragten wie Stöcke und Stroh aus Rissen in den Lumpen einer Vogelscheuche. Wenn er ein Toter war, war er der Künstler Paladine, denn er trug in der rechten Armbeuge etwas, das durch den Flockenwirbel gesehen eine Marionette zu sein schien. Wenn es keine Illusion, sondern eine Marionette war, gab es keine Schnüre, an denen die hölzernen Hände hätten ziehen können, aber trotzdem trug die menschengroße Vogelscheuche sie durch den Sturm.

Gwyneth fuhr wieder an. Die Reifen spuckten nasse Schneeklumpen, aber dann griffen sie, und wir fuhren in die City davon, die magisch und gespenstisch zugleich war: mit ihren hell in die Nacht aufragenden Türmen, aber einem schwarzen Abgrund unter sich.

77

Gwyneth bog auf eine breite Avenue ab, an der Wolkenkratzer in den für sie unerreichbaren Himmel strebten und in den oberen Tiefen eines Meers aus Schnee verschwammen. Vor uns lag eine Ansammlung von Klaren, wie wir sie noch nie erlebt hatten, ein lebendes Tableau mit Tausenden, Zehntausenden von leuchtenden Gestalten, wundersam und erfreuend, aber zugleich mit einem dramatischen Ausdruck, der so unheilvoll war, dass mir schauderte.

Sie hatte die Klaren natürlich schon immer sehen können und sah sie auch jetzt, was der Grund dafür war, dass sie langsamer fuhr. Auf den älteren, noch gemauerten Gebäuden standen die Klaren dicht an dicht auf allen Simsen, alle in ihrer grünen, blauen oder weißen Krankenhauskleidung wie Votivkerzen leuchtend aufgereiht. In den neuen Gebäuden aus Stahl und Glas standen sie hinter allen Fenstern, auf allen schneebedeckten Terrassen. Wo die Dächer niedrigerer Gebäude in den weißen Schleiern sichtbar waren, standen auch dort Klare – ebenso wie auf Theatermarkisen, Hotelvordächern und den Portiken großartiger Portale. Sie blickten auf die Straße hinunter: feierlich ernste Zeugen, die Wache halten würden, bis es nichts mehr gab, das sie hätten beobachten können. Ohne eine Bestätigung dafür zu brauchen, wusste ich, dass sie auf diese Weise auch andere Avenuen und Querstraßen, Dächer und Bäume von Wohngebieten in anderen Klein- und Großstädten und Staaten bevölkerten, wo immer es Menschen gab, die erkranken und sterben würden.

Vom Rücksitz aus sagte Moriah: »Ich hab Angst.«

Nichts, was ich hätte sagen können, würde ihre Angst wegwischen können. In den Stunden, die dieser Welt vielleicht noch blieben, war Angst unvermeidbar, Angst und Reue und Trauer und starke, verzweifelte Liebe. Im Bann solcher Emotionen ließ Gwyneth den Rover mitten auf der Straße ausrollen, und ich öffnete meine Tür, stieg aus, stand ehrfürchtig erschrocken da und blickte zu den Tausenden auf, die auf mich herabstarrten.

Ungehorsam hatte die Zeit auf die Welt gebracht, damit Leben zukünftig bis zu ihrem Ende gemessen werden konnten. Dann erschlug Kain Abel, wodurch wieder etwas Neues auf die Welt kam: die Macht, sich andere durch Bosheit und Drohungen zu unterwerfen, die Macht, ihre Narrative zu kürzen und durch Angst zu herrschen, worauf der Tod, der eine Gnade und ein willkommener Wechsel in ein Leben ohne Tränen war, nicht länger heilig war, sondern zu einer Keule in den Händen roher Männer wurde. Und obwohl das unschuldige Blut Abels einst zum Himmel geschrien hatte, war im Lauf der Jahrtausende so viel Blut vergossen worden, dass die Erde damit getränkt, davon gesättigt war und frisches Blut nicht mehr hörbar schreien konnte.

Zu der leuchtenden Vielzahl aufsehend drehte ich mich langsam im Kreis und sprach aus dem Herzen zu ihnen, weil ich wusste, dass sie mich so deutlicher hören konnten, als wenn ich laut gesprochen hätte. Ich erinnerte sie an die vielen Millionen Kinder, die Mütter und Väter, die liebten, die Einfältigen, die in ihrer Einfalt ohne Sünde waren, die Bescheidenen, die nach Keuschheit oder Ehrlichkeit Strebenden und nach allen, die die Wahrheit liebten, auch wenn sie sie nicht immer sprachen, die Tag für Tag nach einem Ideal strebten, das sie nie erreichen würden, aber nach dem sie sich sehnten. Es gab Hass unter den Menschen, aber auch Liebe, bitteren Neid, aber auch Freude über das Glück anderer, Gier, aber auch Wohltätigkeit, Zorn, aber auch Mitgefühl. Unabhängig davon, wie eifrig oder beredt ich für die Menschheit plädierte, wusste ich jedoch, dass meine leuchtenden Zuhörer das Kommende nicht verhindern würden, es nicht verhindern konnten, denn nachdem wir uns selbst in diese Lage manövriert hatten, konnten sie nicht mehr Beschützer, sondern nur noch Zeugen sein. Das Weltgeschehen basierte auf unserem freien Willen, und wenn sie von ihren Simsen und Dächern gestiegen wären, um ungeschehen zu machen, was gemacht worden war, hätten sie der Menschheit ihr Selbstbestimmungsrecht geraubt, sie zu Robotern degradiert, zu Golems mit Herzen aus Lehm und reglementiertem Verstand. Wenn einige Leute nach der Macht strebten, die Menschheit von der Erde tilgen zu können, und die Gutwilligen nicht die notwendigen Schritte unternahmen, um diesen Wahnsinn zu unterbinden, waren die Konsequenzen so klar, wie Blitz und Donner aufeinanderfolgen. Die leuchtenden Gestalten blickten nicht mit grausamer Gleichgültigkeit herab, sondern mit Liebe, Mitleid und Trauer, die vielleicht größer als alle Trauer war, die die sterbenden Nationen in den kommenden Tagen erschüttern würde.

Mein Gesicht war steif von gefrorenen Tränen, als ich aus dem Augenwinkel heraus eine Bewegung auf der Straße sah. Eine Klare war zu uns herabgekommen, um drei Kinder unter fünf Jahren zu mir zu führen. Ich erkannte sie an ihren Blutergüssen und Narben, an den Spuren von Unterernährung auf den hohlwangigen Gesichtern der Zwillinge und der blutenden Schürfwunde am Hals des Mädchens von einem rauen Strick, mit dem es vor Kurzem gewürgt worden war. Sie waren wie Gwyneth, Moriah und ich: einst beschimpfte und verhasste Ausgestoßene, nun Erben der ganzen Welt.

Die Klare war dieselbe Frau, die in dem neunten Apartment gewesen war, als Gwyneth die Klaviersonate gespielt hatte, die sie zum Gedenken an ihren Vater komponiert hatte. Ich erinnerte mich daran, was sie in der ersten Nacht unserer Freundschaft gesagt hatte, als es bei ihr Rührei und Brioche mit Rosinenbutter gegeben hatte. Auf meine Frage, ob sie allein lebe, hatte sie geantwortet: *Es gibt jemanden, der unregelmäßig kommt und geht, aber darüber will ich nicht reden.* Diese Klare hatte sie unregelmäßig besucht.

Die große Masse der über mir versammelten Klaren war zu weit entfernt, als dass ich ihr in die Augen hätte sehen können. Trotz Vaters Warnung erwiderte ich den Blick dieser Frau und fand seine Worte bestätigt, dass ich ihre Augen schrecklich finden würde. Sie waren in dem Sinn schrecklich, dass sie imposant und erhaben und illuster waren, blau, aber trotzdem klar wie Glas, mit Tiefen wie noch keine Augen, die ich jemals gesehen hatte, als könnte man in ihnen bis zum Ende aller Zeiten sehen. Durch ihren Blick erfüllte die Klare mein Herz mit feierlicher Ehrfurcht, und ich erschrak über das Ausmaß, in dem ich mich demütig fühlte, und die Intensität, mit der ich mich geliebt fühlte, und musste wegsehen.

Die drei Kinder waren so klein, dass sie bei Moriah auf dem Rücksitz Platz hatten.

Wir fuhren einige Blocks weit schweigend und wussten, dass wir überall, wohin wir auch fuhren, unzählige Klare antreffen würden: leuchtend, beobachtend und trauernd, Wächter bis zuletzt.

Plötzlich erschien mehr Verkehr auf den Straßen – weit weniger, als man in einer Nacht mit gutem Wetter erwartet hätte, aber deutlich mehr als sonst in einem Schneesturm. Die Fahrer achteten so wenig auf Risiken, als wären sie alle auf der Flucht.

Das Jumbotron auf dem Ford Square erschien wie ein riesiges Fenster in die Zukunft, das einen düsteren Blick in unsere Zukunft gewährte, wie sie sich bereits in Asien darstellte, wo Tote auf den Straßen lagen und verzweifelte

Mobs versuchten, schon überfüllte Schiffe zu entern. Die Laufschrift informierte darüber, in welchen amerikanischen Großstädten die sich rasch ausbreitende Seuche schon Todesopfer gefordert hatte, und die geografische Abdeckung war so umfassend, dass selbst der unverbesserlichste Optimist hätte erkennen müssen, dass es kein Entrinnen geben würde.

Als vor uns drei Schneepflüge mit gelben Blinkleuchten in einer kleinen Kolonne über eine Kreuzung rasten, sagte Gwyneth: »Sie arbeiten nicht mehr für die City. Sie flüchten aus ihr.«

Wir schlossen uns ihnen an, und sie bahnten uns den Weg, obwohl das nicht ihre Absicht war.

Bald erreichten wir die Außenbezirke des letzten Stadtbezirks, wo wir erstmals Plünderer sahen. Tief gebeugt und hektisch wie Gestalten aus einem Albtraum mit wolfsähnlichen Räubern strömten sie aus eingeworfenen Schaufenstern, schoben Einkaufswagen, zogen wie Zugtiere schwer beladene Wägelchen und beluden SUVs und andere Autos mit neuester Unterhaltungselektronik und allen möglichen Luxusartikeln, manche von ihnen mit wildem Blick wie scheuende Pferde, andere ausgelassen wie kleine Kinder auf Schatzsuche bei einer Geburtstagsparty.

Auch diese Szenen beobachteten Klare als Zeugen.

Als wir die Vororte hinter uns ließen – jetzt nicht mehr im Windschatten der Schneepflüge –, brannten viele der geplünderten Geschäfte, und die Plünderer fingen an, sich gegenseitig auszurauben, verteidigten ihre Beute mit Revolvern, Montiereisen und Axtstielen. Vor uns lief ein Mann in brennender Kleidung über die Straße; er umklammerte weiter einen Karton mit dem Apple-Logo, als die Flammen von seinem Mantel aufs Haar übersprangen und ihn schreiend auf den schneebedeckten Asphalt warfen.

78

Bei Tagesanbruch hörte der Schneefall auf, und wir fuhren durch Gebiete, die weniger tief verschneit waren, die Straßen frei bis auf einige Fahrzeuge, die von verzweifelten oder von Panik erfassten Leuten gefahren wurden, von denen die meisten nicht zu wissen schienen, wohin sie unterwegs waren, während sie ohne bestimmtes Ziel rücksichtslos durch die Gegend rasten.

Anfangs wunderten wir uns darüber, dass die Straßen nicht verstopft waren, dass nicht Zehntausende zu abgelegenen Orten flüchteten, obwohl sie wussten, dass keine Flucht möglich war. Dann hörten wir im Radio, dass der Präsident die Heimatschutzbehörde angewiesen hatte, alle Großstädte mit internationalen Flug- und Seehäfen abzuriegeln, weil die erste Welle von Meldungen über Massenerkrankungen aus diesen Metropolregionen stammte. So hoffte man, die Pandemie eindämmen zu können. Wir waren gerade noch rechtzeitig aus der City herausgekommen.

Die Zwecklosigkeit solcher staatlichen Anordnungen wurde klar, als vor uns ein kleiner Schwarm Seidenschwänze aus einer Beerenhecke aufflog und uns über die Straße wegflatternd daran erinnerte, dass die Seuche auch von Vögeln übertragen wurde. Um sich auszubreiten, war die Pandemie nicht auf Reisende aus Asien angewiesen, die von Bord von Flugzeugen und Kreuzfahrtschiffen gingen.

Trotz unserer Übermüdung widerstrebte uns, vor unserem Bestimmungsort haltzumachen. Vorige Nacht, als Gwyneth zu dem Teich in den Riverside Commons gefahren war und mir die erste Autofahrt meines Lebens ermöglicht hatte, hatte sie einen Zufluchtsort auf dem Land erwähnt, den ihr Vater ihr für den Fall eingerichtet hatte, dass sie die City verlassen musste. Wir hofften, dieses Refugium noch bei Tageslicht erreichen zu können.

Moriah schlief auf dem Rücksitz ausgestreckt. Für die drei erschöpften Kleineren hatten wir im Laderaum hinter ihr Betten improvisiert.

An einer Mobil-Tankstelle mit Shop in einer malerischen Kleinstadt lag ein Mann in Kakihemd und -hose tot und entstellt neben dem offenen Werkstatttor. Die Tankstelle war menschenleer, aber die Zapfsäulen funktionierten. Allerdings hatten wir keine Kreditkarte. Ich wappnete mich gegen den Horror, verjagte die pickenden Krähen von dem Ermordeten, fand in seiner Geldbörse die richtige Plastikkarte und betankte den Land Rover.

Im Shop füllte ich einen Einkaufskorb mit Crackern, Müsliriegeln, Erdnussbutter-Sandwiches und Apfelsaft in Flaschen – Proviant für die letzte Etappe unserer Reise.

Gwyneth' Vater hatte ihr die Anfahrt genau beschrieben und auf einer Straßenkarte eingezeichnet, aber sobald sie das Ziel im Navi des Rovers eingegeben hatte, brauchten wir die Karte nicht mehr.

Ob Bailey intuitiv erkannte, wozu Wesen wie seine Tochter geboren wurden, oder einfach glaubte, in einer Krise wäre sie nur möglichst weit von anderen Menschen entfernt sicher, werden wir nie erfahren. Das Blockhaus stand einsam inmitten riesiger Wälder, die ihrem

Treuhandfonds gehörten, und binnen eines Jahres nach seiner Fertigstellung ließ Bailey entlang der unbefestigten Zufahrt Bäume fällen, die auf den Weg fielen, und Büsche pflanzen, damit die Natur ihn möglichst rasch wieder in Besitz nahm.

Ein Verwalter namens Waylon, eine Art moderner Lederstrumpf, wanderte einmal im Monat zu dem Blockhaus hinaus, blieb jeweils drei Tage und hielt alle Einrichtungen instand. Dass er jetzt dort draußen war, erschien unwahrscheinlich, und als Gwyneth ihn nicht telefonisch erreichen konnte, vermuteten wir, dass er an der Seuche erkrankt oder tot war.

Mittags lagen die verschneiten Landschaften hinter uns. Vor einem Hintergrund aus grünen Kiefernwäldern stand auf goldgelben Weideflächen hier und da ein einzelnes Haus oder ein Haus mit Scheune, das von einem Planken- oder Ranchzaun umgeben war. Während sie früher vielleicht malerisch und einladend gewirkt hätten, standen sie jetzt still da wie die Häuschen einer Schneekugel, jedoch ohne Kühe, und warfen unter bedecktem Himmel keinen Schatten: stumm, einsam und unbelebt.

Kurz vor drei Uhr nachmittags warnte das Navi uns, die asphaltierte Country Road ende nach einer Meile als Sackgasse. Von dort aus würden wir zu Fuß weitergehen müssen.

Wir hatten zwei Drittel dieser Meile zurückgelegt, als die Hunde zusammenzulaufen begannen. Labradore, Schäferhunde, Doggen, Golden Retriever und alle möglichen Mischlinge kamen von den Feldern und aus den Wäldern, versammelten sich um uns und liefen schwanzwedelnd zu uns aufsehend neben uns her. Wir zählten 20 von ihnen und konnten uns nicht vorstellen, wem diese Hunde gehörten oder woher sie kamen, aber ihre sichtbare Freude zeigte uns, dass sie nicht bedrohlich waren.

Der Asphalt endete an einer Reihe Metallpfosten, zwischen denen der Rover nicht hindurchpasste. Dahinter lag eine unbefestigte Straße mit tiefen Fahrrinnen, steinig und wenig einladend.

Als wir zwischen den Hunden ausstiegen, waren sie ausnahmslos brav und zutraulich. Sie hechelten, aber keiner knurrte oder bellte. Sie liefen um uns herum und baten mit seelenvollen Blicken um ein Streicheln, ein Kraulen. Die vier Kinder waren von den Tieren begeistert, und ich sah die Kleineren erstmals lächeln.

Wir hatten nichts zu tragen außer Müsliriegeln und in Zellophan verpackten Erdnussbutter-Sandwiches, die wir in unsere Taschen stopften.

Die Karte versprach, uns mithilfe einer Reihe natürlicher Landmarken durch die Wildnis zu führen. Die Hunde schienen zu glauben, wir hätten sie als Späher engagiert, denn sie liefen als Rudel voraus und sahen sich immer wieder um, ob wir auch nachkamen.

Die unbefestigte Straße begann mit einer Kurve, und als wir sie umrundeten, hatten wir die Bewaffneten vor uns.

79

50 Meter weiter war ein Jeep Compass quer geparkt, sodass er die Straße versperrte. Vier Männer in Flecktarn und mit Sturmgewehren standen an der Hecktür beisammen, aber als sie uns sahen, liefen sie auseinander und nahmen Verteidigungsstellungen ein, drei von ihnen hinter dem Fahrzeug als Deckung.

Der nicht in Deckung gegangene Mann rief uns laut zu, wir sollten stehen bleiben. Er sagte, wir dürften hier nicht durch, ihr Land sei bisher seuchenfrei, und sie wollten es so erhalten. Aber obwohl sie weit genug von uns entfernt waren, um unsere Andersartigkeit nicht zu bemerken, hatte ich den Eindruck, dass er so blass war und so graue Lippen hatte wie zuvor Telford. Trotz der kühlen Witterung schien sein Gesicht mit einem leichten Schweißfilm überzogen zu sein, was mich vermuten ließ, sie leugneten eine Gefahr, in der sie sich längst befanden.

Ich erklärte ihnen, wir sechs seien nicht infiziert und wollten nur passieren, um zu unserem wenige Meilen entfernten Blockhaus zu gelangen. Aber sie waren nicht bereit, mir zu glauben oder sich auch nur darum zu kümmern, ob ich die Wahrheit sagte. Ohne uns zu gefährden, gab ihr Anführer einen kurzen Feuerstoß über die Köpfe der Hunde hinweg ab und forderte uns erneut zum Umkehren auf.

Als wären die Schüsse ein Signal gewesen, begannen weitere Hunde aus dem hohen Gras auf den Weideflächen beiderseits der Straße zu kommen, was die vier Männer verblüffte. Sie schienen nicht aus Verstecken zu kommen, sondern sich aus Weidegras zu materialisieren. 20 bis 30 kamen hervor, um sich unseren Begleitern anzuschließen, sodass das Rudel nun etwa 50 Tiere stark war.

Die Geheimnisse und Wunder der City waren die Geheimnisse und Wunder der Welt, hier ebenso wie überall, wie wir in den folgenden Tagen erfahren würden. Die Hunde versammelten sich um uns, als wären sie unsere Prätorianergarde, und wie außergewöhnlich dieses Rudel war, zeigte sich daran, dass die Tiere absolut stumm waren, während sie den Jeep und die vier Bewaffneten anstarrten – nicht drohend, sondern als wollten sie sie auffordern, ihre Angst zu überwinden und menschlich zu handeln.

Ich wusste nicht recht, was wir tun sollten, aber dann setzten die Hunde sich in Bewegung. Gwyneth sagte, wir müssten ihnen folgen. Sie führten uns auf die Weide, auf der Kaninchen vor uns flüchteten, ohne uns aufzuhalten, und in weitem Bogen an dem Jeep Compass vorbei, bevor wir auf die unbefestigte Straße zurückkehrten.

Die Bewaffneten sahen schweigend zu, und falls einer von ihnen mit dem Gedanken spielte, uns sicherheitshalber mit einem Kugelhagel niederzumähen, setzte er ihn nicht in die Tat um. Was aus den Männern wurde, weiß ich nicht, denn wir sahen sie nie wieder.

Durch Urwald, in den nachmittäglicher Sonnenschein schräg durch Tannenäste fiel, führten die Hunde uns auf verschlungenen Wildwechseln. In dem nach Harz duftenden Halbdunkel standen gefiederte Farne wie ein Vogelschwarm mit gewaltigen grünen Schwingen, der jederzeit aufflattern konnte. Vor mir folgten die Kinder Gwyneth, verschwanden zwischendurch in Schatten und tauchten in der Sonne wieder auf, als wollte der Wald mich daran erinnern, dass ein Geschenk auch wieder verloren gehen konnte.

Das Blockhaus war weniger schlicht, als sein Name vermuten ließ: ein weitläufiges, gut eingerichtetes Gebäude unter einem Schindeldach mit kupfernen Dachrinnen, die im Lauf der Zeit eine grüne Patina angenommen hatten. Eine Veranda umgab es auf allen vier Seiten.

Als wir am Rand der großen Lichtung mit dem Haus standen, bevor wir hineingingen, sagte Gwyneth, hier seien Vorräte für drei Jahre eingelagert. Aber sie fragte sich, wie wir's schaffen sollten, auch 50 Hunde durchzufüttern.

Wie als Antwort auf ihre Frage zogen die Hunde sich in den Wald hinter uns zurück und waren binnen einer Minute verschwunden, als hätten sie nie existiert. In der Folgezeit leisteten sie uns Gesellschaft, aber sie fraßen nie von dem, was wir ihnen anboten, sondern schnüffelten nur kurz daran und wandten sich ab, als beleidigte das Angebotene ihren empfindlichen Geruchssinn. Gelegentlich verschwanden sie im Wald, nicht gemeinsam, sondern jeder nach seinem eigenen Zeitplan, und kehrten anscheinend satt und zufrieden zurück. Erst später sollten wir hinter ihr Geheimnis kommen.

80

Die Zwillinge hießen Justin und Joshua, und die kleine Consuela, die mit ihnen gekommen war, war nicht mit ihnen verwandt. Die Jungen, die ihre Mutter als Strafe für die Verzweiflung, in die sie sie gestürzt hatten, hatte hungern lassen, setzten bald wieder Fleisch an, und die blutigen Strangulationsmale am Hals des Mädchens verschwanden nach einiger Zeit. Moriahs eingedrücktes Jochbein blieb, wie es war, aber ihr Haar verdeckte die Stelle, und sie hatte offenbar keinen Schaden davongetragen, denn sie war klug und flink und lachte viel.

In jenem Jahr wollten sie Weihnachten feiern. Wir fällten eine Tanne und schmückten sie mit Stechpalmen aus dem Wald und handbemalten Blechsternen, die wir aus Konservendosen anfertigten.

Im Wohnbereich stand ein Steinway, auf dem Gwyneth für uns Weihnachtslieder spielte. Manche Lieder, die wir uns wünschten, kannte sie nicht, aber wenn sie sie zu spielen versuchte, schlug sie wie von selbst die richtigen Tasten an, und die Musik erfüllte das Blockhaus ohne eine einzige falsche Note.

Weil seine Tochter musikalisch hochbegabt war, hatte Bailey das Blockhaus auch mit Musikinstrumenten ausgestattet: mit zwei Klarinetten, einem Saxofon, zwei Geigen, einem Cello, zwei Gitarren und weiteren Instrumenten. Wir vereinbarten, dass Moriah und ich bis nächstes Weihnachten ein Instrument spielen lernen würden, um Gwyneth am Klavier begleiten zu können.

81

Als ich am Morgen des 6. Januar in die Küche kam, um bei den Vorbereitungen fürs Frühstück zu helfen, war die Hintertür offen. Draußen stand Gwyneth auf der Veranda und starrte über die Lichtung hinweg in den Wald, in dem noch Schatten hingen, obwohl seine Baumkronen schon in der Sonne leuchteten.

Für die Jahreszeit war das Wetter mild, aber Gwyneth litt unter der Traurigkeit, die uns manchmal erfasste, auch wenn die Kinder davon verschont blieben.

Als ich neben sie trat und einen Arm um sie legte, fragte sie: »Spürst du's auch?«

»Was?«

Sie gab keine Antwort, und nach ein, zwei Minuten wusste ich den Grund für ihre Melancholie. Weder Stille noch Geräusche, weder Gerüche noch deren Abwesenheit, weder die Intensität des Sonnenscheins noch die Farbe des

Himmels lieferten den geringsten Hinweis darauf, dass eine Ära zu Ende gegangen war und eine neue begonnen hatte. Trotzdem hatte ich keinen Zweifel daran, dass sie allesamt gestorben waren, all ihr Reichtum nun ohne Besitzer, ihre Vergnügungsparks, Kneipen und Clubs ohne Feiernde, jede City, jeder Weiler ohne eine einzige Stimme, jedes Schiff auf See ein Geisterschiff und der Himmel wieder das alleinige Reich der Vögel.

»So bald«, sagte sie.

Ich mochte gar nicht daran denken, aber es war unsere Gabe, wie es die Gabe unserer Vorfahren gewesen war, denken zu können, vernünftig zu erwägen und zu urteilen, und zu dieser Gabe gehörte der Drang, sie zu nutzen.

Falls es dort draußen auf dem stillen Erdenrund weitere Denker gab, lebten sie wie Gwyneth und ich in weit verstreuten Kleingruppen, die sich der Wunder und Mysterien bewusst waren, die in die Substanz jedes Tages verwoben waren.

82

Der Wald, dicht und ursprünglich, beherbergt nichts, was tötet, und in ihm wachsen jetzt Bäume, von denen es in unserer umfangreichen Bibliothek keine Fotos gibt. Die neuen Bäume und neuen Ranken tragen zahllose Früchte, die bisher unbekannt waren – zumindest in der jüngst vergangenen Ära. Manche dieser Früchte sind süß, andere sind sauer, und sie sind jetzt unsere Nahrung, von der auch die Hunde und alle anderen Tiere von Bären bis zu Mäusen leben. Sind wir des Geschmacks und der Textur dessen, was Bäume und Ranken liefern, jemals leicht überdrüssig, fallen uns sofort neue Zubereitungen für sie ein, wenn nicht neue Früchte erscheinen, die anders, aber nicht weniger köstlich sind.

Sehe ich manchmal bei einem Blick aus dem Fenster ein lachendes Kind, das ohne Sattel auf einem Braunbären reitet, durchzuckt mich eine alte Angst, die jedoch nie lange anhält.

83

An einem Tag Ende Januar las ich nochmals das Gedicht ›East Coker‹ von T. S. Eliot und sah etwas, das ich vergessen hatte: die drastische, aber schöne Metapher, in der er Gott als einen verletzten Chirurgen schildert, der mit blutigen Händen das Skalpell führt: »Unter den blut'gen Händen spüren wir / Das scharfe Mitleid des Heilers Kunst.« Ich fragte mich, ob diese vergessene Metapher mich unterschwellig dazu veranlasst hatte, die Klaren in Krankenhauskleidung zu sehen, oder ob Eliot ein noch größerer Visionär gewesen war, als selbst seine Bewunderer behaupteten.

84

In unserem neuen Heim tragen weder Fensterbänke noch Türschwellen die Inschriften, mit denen Gwyneth die Zugänge zu ihren Wohnungen gesichert hatte, denn sie sind hier nicht mehr nötig. Das von ihr benutzte Alphabet war frührömisch, von den Etruskern aus dem Griechischen entlehnt. Auf Lateinisch hätten die Worte gelautet: *Exi, impie, exi, scelerate, exi cum omnia fallacia tua.* Oder übersetzt: *Hebe dich hinweg, Ungläubiger, hebe dich hinweg, Verfluchter, hebe dich hinweg mit allen deinen Täuschungen.* Auch wenn sie dadurch vor

Nebeln und allem anderen sicher gewesen war, das sich in Marionetten, Spieldosen und Menschen einnisten mochte, hatten diese mit Filzschreiber geschriebenen Worte Ryan Telford nicht aufhalten können, vielleicht weil in seinem Inneren nichts gelauert hatte als das eigene Böse.

85

In den zahllosen Büchern, die ich gelesen habe, steht viel Wahres und Kluges, aber in keinem einzigen Band wird die Wahrheit des Liebesakts enthüllt. Liege ich ekstatisch in Gwyneth' Armen, geht es weniger um Gefühle als um Leidenschaft – keine Leidenschaft des Fleisches, sondern von Herz und Verstand. Kein Autor hat mir jemals erzählt, dass das Ich dabei zurücktritt, dass der Drang, etwas zu geben, stärker ist als der Wunsch, etwas zu empfangen, dass Liebende hingerissen eins werden, dass ich sie bin und sie ich ist, dass wir uns nicht mit Verführung und Kapitulation befasst wiederfinden, sondern in der Agonie der Schöpfung. Nicht von Begierde verzehrt, sondern von Staunen darüber, dass uns vorübergehend die Macht gegeben ist, der das Universum seine Existenz verdankt, sodass auch wir Leben erschaffen können. Sie trägt jetzt ein Kind unter dem Herzen.

86

Auf dem Steinway stehen Fotos in handgearbeiteten Rahmen. Eines davon ist das Bild, das ich in jener Nacht, in der Gwyneth mir erklärte, ich würde nie mehr dorthin zurückkehren, aus meinen fensterlosen Räumen mitgenommen habe. Es ist ein Schnappschuss von meiner Mutter an einem Tag, an dem sie nicht zu viel getrunken hatte und bereitwilliger lächelte als sonst. Sie ist wunderschön, und in ihrem Blick und ihrer eleganten Haltung liegt das Versprechen, das nie in Erfüllung ging. Ich fand es in einer Reißverschlusstasche des Rucksacks, den sie mir mitgab, als sie mich in die Welt hinausschickte.

Dort steht auch ein Foto von Gwyneth' Vater: ein Vorbild an Güte mit leuchtenden klugen Augen. Gelegentlich ertappe ich mich dabei, dass ich ihn länger anstarre, und wenn ich allein auf der Veranda sitze oder im Wald wandere, rede ich manchmal mit ihm und erzähle ihm, was wir in letzter Zeit getan und gelesen und gedacht haben. Ich danke ihm nicht nur bei diesen Gelegenheiten, sondern jeden Tag, denn ich hätte kein Leben, wenn er nicht seines gelebt hätte.

Vater und ich fotografierten einander nie. Wir hatten keine Kamera und auch nicht das Bedürfnis, Erinnerungen zu konservieren, weil wir stets zusammen waren und darauf vertrauen konnten, dass wir sie durch Gespräche lebendig erhalten würden. Aber der Umschlag, den Pater Hanlon mir im Keller des Pfarrhauses gegeben hatte, enthielt ein Foto von Vater. Der Geistliche hatte ihn in einem Sessel sitzend aufgenommen: mit Licht und Schatten wie die Prominentenporträts des großen Fotografen Edward Steichen. Vater sah dem berühmten Filmschauspieler Denzel Washington ähnlich: Teint wie Milchschokolade, kurzes, dichtes Haar, ein breites, freundliches Gesicht, ein Lächeln, das Engel neidisch machen konnte, und dunkle Augen, die wie die Dreh- und Angelpunkte erschienen, um die das Universum sich ewig dreht.

Ebenfalls gerahmt besitze ich die Karteikarte, auf der Vater mir aufgeschrieben hat, was ich niemals vergessen durfte, wenn er einmal nicht mehr da war, um mich daran zu erinnern. Er hinterließ mir folgende Worte: *Von einer Ausnahme abgesehen vergehen alle Dinge dieser Welt, und die Zeit tilgt nicht nur Erinnerungen, sondern ganze Zivilisationen und lässt dabei alle Menschen, alle Denkmale zu Staub werden. Das einzig Beständige ist die Liebe, denn sie ist eine Kraft so dauerhaft wie das Licht, das von seinem Ursprung zu den Grenzen des ständig expandierenden Universums unterwegs ist: die Kraft, aus der alle Dinge entstehen und die in einer Welt jenseits dieser Welt aus Zeit und Staub und Vergessen alle Dinge erhalten wird.*

Diesen Bericht habe ich für meine Kinder und deren Kinder und Kindeskinder niedergeschrieben, damit sie wissen, wie die Welt einst war und wie ihr heutiger Zustand entstanden ist. Es gibt nicht nur kein Töten mehr unter Menschen oder auch nur unter Tieren, sondern es scheint überhaupt keinen Tod mehr zu geben außer bei Gräsern und Blumen und anderen Pflanzen, die im Jahresverlauf absterben und vom Frühjahr wiederbelebt werden. Sollte der Tod vergessen werden, wäre das vielleicht keine so gute Sache, wie man auf den ersten Blick vermuten würde. Wir müssen uns an den Tod und die Versuchung der Macht erinnern, die er verkörpert. Wir müssen in Erinnerung behalten, dass wir durch den Anspruch, den Tod einsetzen zu können, um andere zu unterjochen, eine Welt verloren haben, tatsächlich mehr als nur eine Welt.

Seit dem Tag, an dem wir hier angekommen sind, haben wir keine Nebel oder Klare mehr gesehen. Wir glauben, dass Erstere keine Erlaubnis mehr haben, die

Erde zu besuchen, und Letztere hier vielleicht nicht mehr gebraucht werden. Sollte ich jemals ein längliches Wesen aus verdichtetem Rauch sehen, das sich durch den Wald schlängelt, oder eine leuchtende Gestalt in Krankenhauskleidung im Schnee herabsinken sehen, werde ich wissen, dass an irgendeinem Ort der Pakt gebrochen wurde und die Tragödie auf die Weltbühne zurückgekehrt ist. Bis dahin gibt es Freude, die übrigens nicht, wie man früher glaubte, Angst und Schmerz als Kontrast braucht, um ihren Pep zu behalten.

Dean Koontz bei FESTA

Devoted – Der Beschützer
Elsewhere – Der Universalschlüssel
The Other Emily – Die Doppelgängerin
Auf der Suche nach Ashley Bell
Quicksilver
Jonah und die Stadt
Sündenlos

Zuletzt erschienen in der Reihe HORROR & THRILLER:

161 Edward Lee: *Leichenwald*
162 N. Sansbury Smith & A. J. Melchiorri: *Dark Age – Buch 2*
163 N. Sansbury Smith & A. J. Melchiorri: *Dark Age – Buch 3*
164 Terry Goodkind: *Teufelsnest*
165 Brian Keene: *Der Komplex*
166 Hunter Shea: *Schlachthaus*
167 Darcy Coates: *Der Fluch von Ashburn House*
168 Terry Goodkind: *Angela Constantine*
169 Simone St. James: *Der Geist von Maddy Clare*
170 Terry Goodkind: *Mädchen vom Mond*
171 N. Sansbury Smith & A. J. Melchiorri: *Dark Age – Buch 4*
172 Ambrose Ibsen: *Der Spuk im Rainier Asylum*
173 Ambrose Ibsen: *Der Spuk von Winslow Manor*
174 Alma Katsu: *Das Fieber*
175 Brian Keene: *Ghost Walk – Pfad des Unheils*
176 Tiffany D. Jackson: *Weißes Feuer*
177 Lisa Unger: *Die Rote Jägerin*
178 Elias Witherow: *Die Schwarze Farm*
179 Jonathan Janz: *Das finstere Spiel*
180 Dean Koontz: *Jonah und die Stadt*
181 Jeff Strand: *Allison*
182 Rebecca Netley: *Die Geisterflöte*
183 Goldy Moldavsky: *Der Mary-Shelley-Club*
184 Darcy Coates: *From Below – Die Toten warten*
185 Alma Katsu: *The Deep – Spuk auf der Titanic*
186 Isabel Cañas: *Die Hazienda*
187 Gretchen Felker-Martin: *Manhunt – Die Apokalypse der Geschlechter*
188 Dean Koontz: *Sündenlos*

Festa: If you don't mind sex and violence and lots of action

Niemand veröffentlicht härtere Thriller als Festa. Werke, die keine Chance haben, in großen Verlagen veröffentlicht zu werden, weil sie zu gewagt sind, zu neuartig, zu extrem.

Statt der üblichen Matt- oder Glanzfolie haben die Bücher von Festa eine raue, lederartige Kaschierung. Sie symbolisiert die Härte und sexuelle Gewagtheit unseres Programms. Diese »Bücher im Ledermantel« sind auch sehr widerstandsfähig – die Bücher wirken nach dem Lesen noch wie neu.

Unsere erfolgreichsten Buchreihen:

HORROR & THRILLER – Moderne Meister des Genres

FESTA ACTION – Blockbuster zum Lesen

MUST READ – Große Erzähler. Muss man gelesen haben

FESTA EXTREM – Wenn Lesen zur Mutprobe wird …

Wegen der brutalen und pornografischen Inhalte erscheinen die Titel ohne ISBN und werden nur ab 18 Jahre verkauft. Sie können nur direkt beim Verlag bestellt werden.

Festa steht beim Thema harte Spannung für viele Jahre bewährte Qualität. Darauf geben wir sogar eine Zufriedenheitsgarantie. Dieser Service ist für einen Buchverlag einzigartig.

Warum tun wir das?

Frank Festa: »Wir wollen, dass die Leser unsere Bücher lieben. Das geht nur mit Qualität. Und als Spezialist für Horror und Thriller aus Amerika können wir in dem Bereich diese Qualität garantieren – so einfach ist das.«